이게
사랑일까
봐

이게 사랑일까 봐

1판 1쇄 펴냄 2015년 4월 22일
1판 3쇄 펴냄 2018년 4월 19일

지은이 | 수현
펴낸이 | 고운숙
펴낸곳 | 봄 미디어

기획·편집 | 김민지, 김자유, 김현주

출판등록 | 2014년 08월 25일 (제387-2014-000040호)
주소 | 경기도 부천시 원미구 길주로64, 1303(굿모닝 오피스텔)
영업부 | 070-5015-0818 편집부 | 070-5015-0817 팩스 | 032-712-2815
E-mail | bommedia@naver.com
소식창 | http://blog.naver.com/bommedia

값 9,000원

ISBN 979-11-5810-024-7 03810

※파본은 구입하신 서점에서 교환하여 드립니다.

이게
사랑일까
봐

수현 장편 소설

contents
****

프롤로그 ·········· 7

chapter 1 난 스승, 넌 제자 ·········· 15

chapter 2 크리스마스엔 징글벨 ·········· 46

chapter 3 겨울이 추운 이유 ·········· 73

chapter 4 Step by step ·········· 105

chapter 5 네 이웃을 사랑하라 ·········· 135

chapter 6 오랜만이야 ·········· 163

chapter 7 제 마음은요 ·········· 183

chapter 8 익숙해지지 않는 것들 ·········· 213

chapter 9 여기, 우리가 사는 세상 ·········· 242

chapter 10 그녀의 모든 것 ·········· 272

chapter 11 종이 울리네, 꽃이 피네 ·········· 298

chapter 12 오픈 하트 ·········· 326

chapter 13 이게 사랑인가 봐 ·········· 356

에필로그 ·········· 389

작가 후기 ·········· 399

프롤로그

11월 30일. 한해의 끝이 될 12월을 마중하는 날.

올해는 엘리뇨의 영향으로 그리 춥지 않을 거라던 예상과 달리, 이제 겨울의 문턱에 발을 들였을 뿐인데 벌써부터 바람이 심상치 않았다.

옥상으로 나서려던 여울은 다시 문을 닫고 옷깃을 여미며 팔짱을 꼈다. 몸을 웅크린 채 찬바람이 쌩쌩 휘몰아치는 문밖을 바라보다 고개를 절레절레 흔들며 뒤돌아섰다.

전날의 숙취가 가시지 않아 바람이나 쐬어 보자 싶어 옥상 정원으로 가려던 길이었다. 하지만 살짝 맛본 바람은 다시 마주하고 싶지 않을 만큼 시리고 차가웠다.

"으......."

몸서리를 치며 계단을 내려온 여울은 곧장 너스 스테이션 쪽으로 발길을 돌렸다. 의국으로 가면 편하게 쉴 수 있겠지만 그

7

대로 숙면에 빠져 깨어날 수 없을지도 몰랐다.

쉬고 싶어도 제대로 쉴 수 없는 자신의 불행한 직업이 새삼 와 닿자 여울은 깊은 한숨을 내쉬었다.

"김 간호사님, 나간 정신도 돌아오게 만든다는 그 서프라이즈한 음료 좀 주세요."

"에구, 어제 정형외과 송아림 선생님 송별회 하셨다더니 많이 드셨나 보네요."

"11시까지 추가 근무하고 늦게 도착해 미안하다 외치며 부어라 마셔라 했죠. 주당들 따라가다 아주 위랑 쓸개가 제대로 혹사를 당했잖아요."

스테이션에 널브러지듯 엎드린 여울의 눈앞으로 김 간호사가 숙취 해소제 하나를 내밀었다. 정신은 어느 정도 돌아왔지만 내장 기관들은 그러지 못했다. 인상을 찌푸린 채 환자를 대할 순 없으니 가능한 빨리 불편한 속을 풀어야 했다.

숙취 해소제의 뚜껑을 따 단숨에 목 뒤로 넘긴 여울이 텅 빈 병을 아쉬워하며 혀를 내밀어 톡톡 두드렸다.

그때 김 간호사가 뭔가 떠올랐다는 듯 손뼉을 쳤다. 하지만 눈을 크게 뜨며 손짓하는 그녀의 행동에도, 여울은 심드렁한 눈빛을 보낼 뿐이었다.

병원에서 일어날 수 있는 일은 너무나도 많았다. 펠로우 2년 차를 넘어가자 그다지 신기할 일도, 놀라 나자빠질 만한 일도 없었다.

나름 잔뼈가 굵어졌다고 자부할 만큼 구르고 치였다. 제대로 잠을 자기는커녕 집에 돌아가지도 못했던 나날의 연속이었고, 악착같이 버티면서 차곡차곡 쌓아 온 시간이었다.

손뼉까지 치며 유난을 떨 만한 그 엄청난 일이 뭔지 말해 보라며 여울이 선심 쓰듯 손을 움직였다.

"의료사고 때문에 해직당하신 흉부외과 최극한 교수님 있잖아요."

몇 달 전, 아직 임상 실험도 제대로 통과하지 못한 약품을 병원과 환자의 동의도 구하지 않고 몰래 투약하는 일이 발생했다. 차기 병원장이 될 수 있게 도와주겠다는 제약 회사의 종용에 환자를 대상으로 임상 실험을 한 것이다.

원래부터 최 교수는 탐욕과 야망이 강한 사람이었고 그의 이름 뒤로는 늘 비리와 관련된 루머가 따라붙었다. 수면 위로 떠오른 일이 없었을 뿐, 뒤에서는 모두 그의 행실을 비난했다.

하지만 뭐든 과하면 체하는 법. 그 환자는 심장이식을 기다리던 이였고, 약을 투여받은 지 얼마 지나지 않아 사망하고 말았다.

처음에는 원인 불명의 돌연사로 처리되었다. 하지만 양심의 가책을 느낀 부교수에 의해 모든 것이 드러났고, 결국 최교수는 책임지고 물러나겠다는 말을 내뱉었다.

쫓겨나는 볼썽사나운 모습을 보이느니 책임을 지고 떠나는 것이 더 보기 좋지 않겠느냐는 병원장의 권유에 마지못해 물러난 것이었다.

그렇게 흉부외과 전임 교수 자리가 빈 지 벌써 한 달이었다. 오래도록 공석인 이유는 자처하고 나서는 사람이 없어서

이기도 했지만, 최극한 교수의 불미스러운 일까지 모두 덮어 버릴 정도로 능력 좋은 써전(Surgeon)을 찾지 못해서이기도 했다.

여울의 한쪽 눈썹이 의문을 담아 위로 치켜 올라갔다. 그게 왜?

"놀라지 마세요. 글쎄, 그 자리에 서기영 교수님이 오신대요."

"……누구요?"

자신이 잘못 들은 거라 생각했다. 서기영 교수는 5년 전 존스홉킨스 대학의 러브콜을 받고 미국으로 떠난 사람이었다. '신의 손을 가진 천재 써전'이라는 칭호로 불리던 그는, 그곳에서도 놀라울 만한 연구 결과를 내고 있다고 했다.

그곳에 간 후 천재 써전이라는 호칭을 대신해 존스홉킨스의 심장이라 불리며 아낌없는 지원을 받고 있는 그가 왜 느닷없이 이곳으로 돌아온다는 건지 여울은 이해할 수 없었다.

술은 자신이 마셨는데 김 간호사가 취한 것 같다고 속으로 중얼거리며 귀를 휘적거렸다. 어마어마한 뉴스에도 별다른 반응을 보이지 않는 여울의 모습에 괜히 안달이 났는지 김 간호사가 목소리를 높였다.

"서기영 교수님이 흉부외과 전임 교수님으로 오신다고요."

"에이, 만우절도 아닌데 무슨 그런 농담. 서기영 교수님이 여길 왜 와요. 말도 안 돼."

"왜 말이 안 돼."

"그야……."

당연한 거 아니냐, 그곳에 말뚝 박는 게 더 이득인데 왜 열악함의 끝을 달리는 여기로 오겠느냐, 주저리주저리 말을 늘어놓으려던 여울이 문득 검지를 든 채 마른침을 삼켰다.

귀에 익어 듣기 좋은 중저음의 목소리에 뒷목으로 오스스 소름이 돋았다. 천천히 몸을 돌려 소리가 들려온 곳으로 시선을 움직였다.

설마 그럴 리가 없어. 분명 환청일 거야.

불안한 확신을 하며 돌아선 여울이 거친 숨을 급하게 삼켰다.

"헉."

런웨이 위를 걸어도 전혀 위화감이 없을 만큼 모델 뺨치는 자태의 기영이 눈앞에 서 있었다.

"말해 봐, 은여울. 내가 여기 있지 못할 이유가 뭔지."

"아, 그게. 그러니까."

"질문엔 항상 간단명료하게 정확한 답만 한다. 그새 잊은 건 아니겠지? 은방울?"

시선을 빼앗은 매혹적인 입술에서 '은방울'이라는 단어가 흘러나왔다. 딸랑딸랑 쉬지도 않고 사고만 치고 다닌다고 그가 붙여 준 별명이었다. 가늘게 떠 내린 눈에서 레이저가 나와 자신을 지지는 것 같은 느낌에 여울이 부르르 몸을 떨었다.

"햇병아리처럼 떨고 있네. 무모하리만큼 패기 넘치던 그 당돌함은 어디로 사라진 거지? 펠로우 2년차다운 패기가 없어. 대체 그동안 뭘 한 거야? 처음부터 다시 제대로 배워야겠어.

그렇지, 은방울?"

그와 마주하고 있다는 믿지 못할 현실에 여울은 아무런 답도 하지 못하고 그저 입만 벙긋거렸다.

서기영.

그는 의대 시절 은사로 대학병원 인턴과 레지던트 시절을 함께 보낸 사이였다. 은사였으나 하는 짓은 악마나 다름없었다.

도대체 무슨 잘못을 한 것인지 알 수 없었지만 그는 자신을 못 잡아먹어 안달이었다. 하드한 병원 생활보다 기영에게서 받는 정신적 스트레스가 더 클 지경이었다.

악연도 이런 악연이 없다고 울부짖던 그녀에게 한 줄기 햇살이 비추었다. 그가 미국으로 떠난다는 소식을 들은 것이다.

그리고 예상대로 그가 떠난 후 지난 5년, 여울은 천국을 경험했다. 괴롭히는 사람이 없으니 체력적으로 지쳐도 얼마든지 참아 낼 수 있었다.

그런데 그런 평화로움이 예고도 없이 하루아침에 깨져 버릴 줄이야. 그녀의 머리 위로 다시금 먹구름이 몰려들고 있었다. 암흑처럼 까만 어둠과 함께.

"컨퍼런스 준비해서 30분 안에 회의실로 달려와. 물론 네 아래로 줄 선 놈들 모두 데리고."

지금 오신 거 아닙니까? 묻고 싶은 말이 목구멍에 걸려 채 나오지 못하고 가르릉거렸다.

"그리고 날을 샜으면 향수라도 좀 뿌리든가. 썩은 시궁창 냄새 난다."

"……."

썩은 시궁창……. 시궁창이 썩으면 대체 어떤 냄새가 나는 걸까.

"물론 그런 게 있다면 말이야."

그녀가 가지고 있는 화장품은 미스트가 다였다. 그 흔한 스킨로션도 없었다. 5년 전이나 지금이나 변함없이.

뻔히 알면서 놀리듯 말하는 그가 얄미웠다. 그럼에도 뭐라 대들 수 없는 것은 압도적인 카리스마에 익숙하게 짓눌린 탓이었다. 오랜 습관처럼. 망할.

저벅저벅, 그가 우아하게 복도를 걸어갔다. 한껏 목을 빼고 그의 뒷모습을 황홀하게 쳐다보는 김 간호사의 표정에 여울이 눈썹을 들썩였다.

이해한다. 침이 곧 떨어질 것처럼 벌어진 입도, 현혹되어 반짝이는 그 눈동자도.

군침을 잘잘 흐르게 만드는 뒷모습의 자태는 자신이 봐도 아주 간지 작살이었다. 그러나 남녀노소 누구나 한 번쯤 돌아보게 만드는 외모는 서기영의 매력적인 두뇌에 비하면 새 발의 피였다.

그래서 붙은 별명이 바로 '앞프로뒤태' 였다.

앞은 엄지를 척 들어 올릴 만큼 프로의 기질이 다분하고, 뒤태는 두말하면 잔소리라는 의미였다.

"하느님, 저한테 왜 이러십니까? 교회는 안 가도 님을 찾아 얼마나 울부짖었는데 이런 식으로 배신을 때리십니까?"

'오 마이 갓!' 이란 절망의 소리가 그렇게도 듣고 싶었던 겐니까. 이러면 저 정말 다시는 님을 안 찾을 겁니다. 맹세합니다.

멀어지는 기영의 뒷모습을 보며 여울이 속으로 울먹거렸다.

앞프로뒤태가 돌아왔다.

chapter 1

난 스승, 넌 제자

'서기영'은 흉부외과의 전설과도 같은 인물이었다. 유일대학병원 역대 명의 중 한 명으로, 메스를 들고자 하는 모든 이들의 워너비적인 존재.

그런 그가 유일대학병원 흉부외과 교수로 돌아왔다. 끌려온 것인지, 자처해 온 것인지는 알 수 없었지만 모두 두 손들고 환영하는 바였다. 물론 본과 4년차에 다시 제자가 되어버린 여울만 빼고 말이다.

늘 하는 컨퍼런스이기에 전공의들은 긴장하는 기색 없이 차트를 챙기고 있었다. 긴장은커녕 그가 집도하는 수술을 직접 보는 영광을 누릴 수 있게 되었다는 사실에 한껏 들뜬 상태였다. 그런 그들을 여울은 측은한 마음 반, 한심한 마음 반으로 바라보았다.

기영이 말한 컨퍼런스까지 남은 시간은 고작 10여 분. 그동안 흉부외과 병동의 모든 환자에 대한 브리핑을 준비해야 했다.

완벽에 완벽을 기해야 한다, 빠짐없이 체크하고 정신 바짝 차려야 한다, 몇 번이나 주의를 주었건만 그녀의 말은 그들의 오른쪽 귀로 들어가 왼쪽 귀로 고스란히 빠져나왔다. 여울의 한숨이 더 깊어졌다.

하긴 고작 전공의 2·3년차들이 뭘 알까. 4년차 치프조차 저렇게 들떠 있는데.

서기영이 떠난 건 5년 전이었다. 이곳에서 그를 겪어 본 사람은 여울이 유일했다.

"꼭 직접 깨지고 부서져 봐야 이게 날벼락이구나, 깨닫는 놈들이 있다니까."

여울이 혀를 차며 고개를 설레설레 흔들었다.

기영의 등장에 넋이 빠져 있던 것도 잠시, 여울은 미친 듯이 치프에게 콜을 쳤다. 하던 거 올 스톱하고 2·3년차 전공의들 죄다 집결시키라고 말한 뒤 먼저 의국으로 내달렸다.

흉부외과 전원 소집이라고 말해 봤자 전공의 2년차 최익현, 3년차 김인후, 송빈, 4년차 이민재가 다였다. 골통 인턴 나빛나는 객식구이긴 하지만 일단 지금은 흉부외과에 배정되어 있었다.

병원의 3D라고 불리는 흉부외과에 지원자가 없는 건 예나 지금이나 한결같았다. 이 정도 인원으로 버티고 있는 것도 어찌 보면 기적 같은 일이었다.

가엾은 어린양들은 드디어 흉부외과에 한줄기 희망의 빛이 내리비쳤다며 신의 은총이라 믿고 있었지만 그 믿음이 얼마나 갈지는 알 수 없었다.

잠시나마 희망에 부풀어 있는 것도 괜찮지 않을까. 나름의 배려라는 것을 하며 여울이 입을 꾹 다물었다.

벌컥, 문이 열리고 가쁜 숨을 내쉬며 나빛나가 들어왔다.

"사실이에요? 전설의 앞프로뒤태가 돌아왔다는 게?"

오자마자 책상 위 난잡하게 어질러진 잡동사니 사이에서 작은 향수병을 찾아 뿌리며 빛나가 물었다. 앞머리에 살짝 물기가 묻어 있는 것이 인턴 주제에 화장실에서 간단히 머리 손질까지 하고 온 모양이었다.

향수 냄새에 코를 킁킁거린 민재가 친절하게 고개를 끄덕였다. 소문은 발이 없다더니 서기영의 이름 앞에 붙는 앞프로뒤태라는 호칭도 삽시간에 퍼져 햇병아리의 귀에까지 들어간 모양이었다.

의국의 상징과도 같은 쾌쾌한 냄새에 뒤섞여 공기 중을 어색하게 떠도는 향수 냄새를 여울이 킁킁거리며 맡았다. 여울에게는 뭔가 멜랑꼴리한 냄새였지만, 사내들에게는 어필이 되는지 빛나 주변 인간들의 얼굴이 어느새 확 펴졌다.

여울이 고개를 숙여 코를 제 옷에 갖다 댔다.

어제 지하 세탁실에서 찾아 놓았기에 가운에서는 섬유 유연제 냄새가 났다. 하지만 술의 여독이 풀리지 않은 몸에선 알코올의 알싸한 향이 어렴풋이 풍겼다. 기영이 말한 썩은 시궁창 냄새가 뭔지 알 것 같았다.

쩝, 예민하게 굴긴. 짧게 입맛을 다신 여울이 어깨를 으쓱하며 가운을 탁탁 털었다.

이런 것에 주눅 들 필요 없다. 자신은 펠로우 2년차였다. 더 이상 기영의 질문에 어리바리하게 답하던 햇병아리 인턴이 아니었다. 당당하게 그를 대할 정도의 경력은 된단 말이다. 등을 꼿꼿이 세우며 차트를 챙겨 들었다.

"5분 전이다. 늦으면 얄짤없으니까 서둘러."

의국을 나서며 여울이 최종 통보를 하자 상기된 표정의 치프를 선두로 흉부외과 전공의들이 줄줄이 뒤따랐다.

회의실로 들어서 착석하기가 무섭게 앞문이 열리고 가운을 입은 기영이 걸어 들어왔다. 조금 전과 달리 테가 없는 안경을 끼고 있어 더욱 이지적이고 도도하게 보였다.

기영은 당연하다는 듯 두 번째 줄에 앉은 여울의 곁으로 다가와 앉았다. 아무 말도 하지 않고 정면을 주시하고 있는 기영을 힐끔, 곁눈질로 바라본 여울이 조심스레 마른침을 삼켰다.

앞에서 대기 중인 민재에게 살짝 눈짓을 해 보이자 한껏 상기된 목소리로 민재가 브리핑을 시작했다.

더블 스크린에 CT를 비롯한 초음파 동영상이 뜨고 주치를 맡은 환자에 대한 브리핑이 이어졌다. 기영은 냉철한 눈으로 스크린을 주시하며 조용히 듣기만 했다. 그게 또 묘한 긴장감을 형성해 사람들을 주눅 들게 만들었다.

"35세, 최은숙 환자입니다. 어젯밤 인천 세양병원에서 트랜스퍼*된 환자로 현재 EEG* 결과를 기다리고 있는 중입니

---

*트랜스퍼(Transfer):대형 대학병원으로 환자를 이송하는 것.
*EEG:뇌파 검사.

다. 오랜 판막질환으로 심장비대 소견 있습니다."

"히스토리는?"

내내 듣고만 있던 기영이 입을 연 건 여울이 브리핑을 할 때였다. 여울을 비롯한 모두의 시선이 기영에게로 몰렸다. 잠시 멈칫한 그녀는 무심함을 가장한 그의 냉철한 눈빛을 보며 말을 이었다.

"오전에 받을 수 있게 세양병원에 의뢰해 놓은 상태입니다."

"오전 언제."

고저 없이 평온한 말투에 섬뜩함을 느낀 이는 비단 여울만이 아니었다. 힐끔, 여울이 회의실 벽면에 붙은 시계를 확인했다.

현재 시각 a.m. 8:45.

세양병원에서 히스토리가 오기까지 넉넉잡아 두 시간을 준다면 정오를 넘지 않은 11시가 될 것이다. 재빨리 머리를 굴린 여울이 단정적으로 말했다.

"10시 40분까지 받아 놓겠습니다."

탁, 기영이 들고 있던 볼펜을 내려놓았다. 그 작은 소리가 이상하게 크게 들렸다. 모두 숨을 죽이고 기영을 바라보는 와중에 가장 긴장한 건 역시 여울이었다. 내색하지 않으려 애쓰느라 턱이 과도하게 치켜 올라갔다. 그녀를 무미건조하게 보며 기영이 천천히 턱을 쓸었다.

답이 만족스럽지 못할 때 나오는 그의 버릇이었다. 여울의 미간이 미세하게 꿈틀거렸다. 가슴이 섬뜩한 건 5년 전이나 지금이나 마찬가지였다.

"여, 열 시!"

그녀답지 않게 말을 더듬으며 시간을 정정했다. 기영의 기려한 눈썹 한쪽 끝이 살짝 들렸다. 턱을 쓸던 손이 입술로 옮겨 갔다. 그가 손끝으로 입술을 가볍게 톡톡 두드렸다.

그 섹시한 동작에, 뒤쪽 자리에 대각선으로 비스듬하게 앉아 있던 빛나가 황홀한 표정을 지었다. 처음부터 스크린에는 시선도 주지 않고 기영을 바라보고 있었지만 그 누구도 주의를 주지 않았다. 다들 기영이 무슨 말을 할지 주목하느라 바빴기 때문이다.

"은방울."

나른하다 못해 야릇함이 묻어나는 중저음의 목소리가 입술을 통해 흘러나왔다. 뭔 방울? 갸웃하던 이들의 시선이 기영을 따라 일제히 여울에게로 쏠렸다. 그녀의 주변으로 어쩐지 은색 방울이 딸랑거리며 울리는 것 같았다. 묘하게 어울리는 별명이었다.

쿡, 누군가 참지 못하고 터트린 웃음에 여울의 눈이 가늘게 찢어졌다.

"환자는 시간의 제약을 받지 않아."

고요를 뚫고 흘러나온 말에 여울의 시선이 곧장 기영에게로 향했다.

"과거 병력을 모른 채 환자를 수술대에 올리면 어떤 일이 벌어지지?"

"……판단 미스라는 치명적인 실수를 저지를 수 있습니다."

"바로 뛰어가 세양병원에 직접 콜해서 알아내. 트랜스퍼면 그쪽에선 응급으로 보낸 걸 텐데. 너무 나태한 거 아닌가?"

나이테도 아니고 나태라니. 모두가 보는 앞에서 펠로우 2년 차에게 면박을 준다.

트랜스퍼라고 해도 초를 다투는 위급 상황은 아니었다. 그쪽엔 흉부외과 전문의가 없어 이곳으로 보낸 것이다. 무책임하게 방치하고 있던 것도 아니었다. 그쪽 담당과 전화 통화 후 상황을 파악하고 대기하던 중이었다.

이렇게 컨퍼런스 도중, 모두가 보는 앞에서 깨질 만큼 큰일은 아니었다. 그건 누구보다 경험 많은 기영이 잘 알고 있을 터였다. 여울의 얼굴에 불만이 그대로 드러났다.

"은방울, 10분 내로 보고해."

기영이 자리에서 일어나 여울의 앞을 유유히 지나쳐 문을 열고 나섰다. 문이 닫힘과 동시에 여울이 잘근 아랫입술을 깨물었다.

오늘 컨퍼런스, 어쩐지 영 내키지 않더라니. 전공의들이 브리핑할 때는 가만히 있다가 자신의 차례가 되자 기다렸다는 듯 태클을 걸었다. 뭔가 구린내가 진동을 한다.

흑막이 있는 거지? 일부러 골탕 먹이려고 그런 거 맞지?

"아우!"

양 주먹을 꽉 움켜쥐고 허공에 흔들며 울분을 토하는 여울을 모두가 멍하니 쳐다봤다. 흉부외과 하늘 아래 교수들을 빼고 일인지하 만인지상 은여울 천하를 외치며 당당하게 병동을 활보하던 그녀를 단칼에 깨갱거리게 만들다니. 새삼 서기영의 위대함이 돋보였다.

쾅! 기세등등하게 문을 박차고 나온 여울이 성큼성큼 기영의 뒤를 쫓았다.

긴 기럭지를 자랑하며 저만치 걸어가는 기영을 여울이 목청을 돋우어 우렁차게 불렀다.

"서 교수님!"

복도에 있던 사람들 모두가 주목할 만큼 큰 소리였지만 정작 당사자인 기영은 돌아보지 않은 채 흉부외과 연구실 안으로 사라졌다.

급하게 발을 놀린 여울이 숨을 헐떡이며 연구실 문을 열고 들어섰다. 책상 앞으로 다가서던 기영이 자신을 따라온 그녀를 무심히 쳐다봤다.

"뭐야."

막상 그와 마주하니 말문이 막혔다. 눈빛에 깃든 강한 포스에 눌려 머릿속이 멍해졌다. 내가 뭘 따지러 왔더라? 생각을 정리하기 위해 눈동자를 굴리는 여울의 모습을 기영이 마뜩잖게 쳐다봤다.

"은방울, 내가 지시한 거 잊었어? 7분 45초 남았다."

그 말에 여울의 머릿속에 뭔가가 번뜩 떠올랐다. 성큼 그의 앞으로 다가선 뒤 당당하게 턱을 치켜들고 말했다.

"그렇게 부르지 말아 주세요."

"뭐?"

"교수님 밑에서 어리바리하게 굴던 햇병아리 아니에요. 펠로우 2년차입니다. 아랫놈들 보기 민망하다고요. 앞으로 은방울이라고 부르지 마세요."

기영이 눈을 가늘게 뜨며 한 걸음씩 앞으로 다가섰다. 좁혀지는 거리가 부담스럽게 느껴진 여울이 뒤로 물러나자 그만큼 또 다가왔다. 그렇게 몇 발 물러서자 등 뒤로 방금 열고 들어온 문이 닿았다.

꿀꺽, 마른침을 삼키는 순간 그가 팔을 뻗었다. 손이 얼굴에서 한 뼘 정도 떨어진 곳을 짚더니 은밀하게 낮아진 목소리가 들렸다.

"좋아."

팔을 바라보던 시선을 돌리자 그 끝에 보일 듯 말 듯 미미하게 올라간 기영의 입매가 보였다.

"너그러운 아량으로 네게 선택권을 줄게."

"네?"

"은방울이 싫으면 금방울은 어때?"

여울의 미간이 찌푸려졌다. 방금 이 인간이 뭐라고 한 거야? 설마 농담이라고 한 건 아니겠지? 기막힌 한숨을 속으로 삼키며 여울이 한 박자 늦게 답했다.

"……둘 다 싫은데요."

"둘 중 하나야. 다른 건 없어."

"왜요?"

"내 마음이야."

금도끼 은도끼도 아니고, 금방울 은방울 중에 하나를 선택하라니. 무슨 말도 안 되는 궤변인가 싶었다. 여울의 눈에 떠오른 불만을 기분 좋게 바라보던 기영이 시니컬하게 말했다.

"왜냐하면, 넌 내가 키운 방울이니까."

여울의 미간이 더 좁아졌다. 반발심이 떠오른 얼굴을 본 기영이 엷은 미소를 머금으며 탐스러운 이마에 손가락 끝을 튕겼다.

"아야!"

여울이 인상을 쓰며 이마를 문지르자 기영이 고개를 갸웃 기울이며 나른하게 턱을 쓸었다.

"이상하네. 이 소리가 아닌데."

"네?"

"발랄하게 '교수님!' 해야 하는데, 불퉁하게 '아야!' 라고 하잖아. 좋은 세월의 흐름에 따라 깊이가 더해 간다는데 방울은 아니구나. 흐음, 역시 은방울도 세월은 비켜 가질 못하는 건가."

"5년이면 강산이 절반은 변하는데 절대 적은 시간이 아니죠. 레지던트 2년차가 펠로우 2년차가 될 만큼 어마어마한 시간이란 말입니다. 교. 수. 님."

무슨 소린가 했더니 나이를 들먹이며 짓궂은 농담을 하고 있었다. 해석하자면 '너 그동안 많이 늙었다'는 뜻이었다.

여울이 사뭇 진지하게 '교수님'이란 단어에 힘을 실으며 제 가운에 달린 명찰을 잘 볼 수 있게 들어 올렸다. 기영은 간단히 시선만 내려 그녀의 명찰을 눈으로 훑었다.

흉부외과 전임의 은여울.

명찰로 곧장 다가오는 길고 고운 손에 여울이 움찔해 상체를 옆으로 슬쩍 빼려 했다. 하지만 기영이 빨랐다. 그가 솜씨 좋게 손끝으로 명찰을 잡았다.

전공의에서 전임의가 된 건 충분히 자부심을 가질 만한 일이었다. 스스로가 대견스러울 것이다.

"지금 뭐하시는 거예요?"

명찰을 잡은 기영의 손을 여울이 덮쳤다. 제 손을 가둔 새하얀 손을 가만히 내려 보던 기영이 시선을 들어 여울을 마주했다.

울상을 지으며 죄송하다고 사과하던 실수투성이가 당당하게 고개를 치켜들고 반항한다. 이건 예상보다 훨씬 더 재미있는 반응이었다.

"그러니까."

기영이 태연하게 여울의 손을 떼어 내고 그녀의 명찰을 톡톡 두드렸다.

"네?"

"나랑 한가하게 농담 따먹기나 하자고 들이닥친 건 아닐 테고. 시간상 내가 지시한 걸 다 했을 리도 만무하고. 여기서 지금 뭐하고 있는 거지? 은여울 선생?"

"그야, 아까 컨퍼런스에서 교수님께서 하신……."

"부당하단 말인가?"

미처 말을 끝내기도 전에 기영이 치고 들어왔다. 여울은 멀뚱히 그를 보다 고개를 끄덕였다.

"……네."

기영이 등을 보인 채 책상 쪽으로 천천히 걸어갔다. 놓여져 있는 차트를 쫙 펼쳐 그중 하나를 앞으로 내밀었다. 여울이 브리핑했던 최은숙 환자의 차트였다.

"어떤 부분이 부당하단 거지? 펠로우 2년차를 감히 밑의 놈들 보는 앞에서 지적해 망신을 준 게? 아니면 그 정도면 할 만큼 한 거다, 이건 흔히 있는 관행이니 내 잘못은 눈곱만큼도 없다, 그런데 네가 뭐라고 날 거기서 씹느냐 이거야?"

농담처럼 가볍게 말을 주고받던 때와는 달리 눈빛이 날카롭고 차갑게 변해 있었다. 덩달아 표정을 굳힌 여울이 입을 꾹 다물었다.

기영이 정색을 할 때는 가슴이 선득했다. 반박의 여지를 주지 않는, 한 치의 어긋남도 없는 명확한 말을 할 때였으므로.

"은여울."

나지막이 부르는 기영의 목소리에 여울은 숨을 깊게 들이쉬었다. 오랜만에 느끼는 긴장감이었다.

"네."

"내가 왜 컨퍼런스에서 널 지목했는지 알아?"

"……솔직히 잘 모르겠습니다."

"내가 널 키웠으니까."

기영이 다시 진지하게 키웠다는 말을 했다. 그의 눈을 바라보던 여울의 머릿속에 뭔가가 번뜩 떠올랐다. 그는 지금 '가르쳤다'는 말을 '키웠다'라고 바꿔 표현하고 있었다.

"환자의 히스토리에 대해 모르고 있던 사람은 너 말고도 많았어. 그런데 왜 내가 별명까지 불러 가면서 널 콕 집었을까?"

"……."

입술을 꽉 깨물며 여울이 두 손을 움켜쥐었다. 이제야 기영의 의도를 알 것 같았다. 하지만 입이 쉽게 떨어지지 않았다.

"네가 그들이 가야 할 길을 먼저 가고 있기 때문이야. 그들이 보고 배우는 건 내가 아니라 가장 가까이에 있는 너이기 때문에. 떠나기 전 누누이 강조했던 말 기억해? 한순간도 방심하지 마라, 어느 자리에 있든 사람의 생명을 다루는 의사라는 걸 잊어서는 안 된다, 뒤에서 너의 모습을 보며 써전의 길을 걷는 후배들이 있다는 걸 명심하고 또 명심해라."

"……네."

"그럼 지금 네가 뭘 해야 하는지 알겠지?"

"네."

기영이 시선을 거두고 자리에 앉았다. 기세등등하게 들어왔던 것과 달리 여울은 풀이 죽은 채 목례를 하고 문을 나섰다.

그가 안경을 벗어 책상 위에 내려놓았다. 좋은 시력에도 굳이 안경을 쓴 건 조금 더 냉정하게 보이기 위해서였다. 고개를 들어 닫힌 문을 바라보던 기영이 가만히 손끝으로 입술을 쓸었다.

"수긍이 빠르네. 조금은 큰 건가?"

우울한 방울 소리가 문밖 복도에서 울리는 것 같았다. 그의 입술에 엷은 미소가 번졌다.

삐삐, 책상 위 인터폰이 울리자 기영이 손을 뻗어 수화기를 들었다.

"네. 흉부외과 서기영 과장입니다."

─서기영 과장님, 병원장님께서 잠시 뵙자고 하십니다.

"알겠습니다."

수화기를 내려놓고 자리에서 일어선 기영이 방금 전 여울이 나간 문을 열고 복도로 나섰다.

저만치 엘리베이터 앞에 선 여울의 모습이 보였다. 팔짱을 끼고 뭔가를 구시렁거리는 품이 자신을 열심히 씹고 있는 모양이었다.

포스에 눌려 아무 말도 못 하다가, 나와서 생각해 보니 억울하기도 하고 속은 것 같기도 해서 이제야 분통이 터지는가 보다.

"잘 씹어 삼켜라. 안 그럼 가슴에 탁 걸려서 빼도 박도 못 하니까."

"협."

등 뒤에서 갑자기 들려오는 목소리에 여울이 놀라며 숨을 삼켰다. 인기척도 못 느꼈는데 어느새 기영이 곁에 서 있었다. 안 그래도 미국에서 뭘 잘못 먹었기에 저렇게 더 고약해져서 왔나 하며 기영을 씹던 참이었다.

속으로만 구시렁거렸는데 어떻게 알고 저런 말을 하는 건지. 독심술이라도 배워 온 거 아니야?

"안 타?"

도착한 엘리베이터에 먼저 오른 기영이 열림 버튼을 누르며 물었다. 여울은 멍하니 몇 번 눈을 깜빡이다 머리를 흔들며 이내 원래의 모습으로 돌아왔다.

"타요."

재빨리 엘리베이터에 오른 여울이 흉부외과 병동이 있는

5층 버튼을 눌렀다. 뒤따라 기영이 9층 버튼을 누르자 그녀는 고개를 반대편으로 돌려 안도의 한숨을 소리 없이 내쉬었다.

자신이 못 미더워 따라나선 줄 알았더니 병원장실에 가는 길인 모양이었다.

"원장님께 인사드리러 가세요?"

"응."

고작 두 층을 올라가는 것뿐인데 시간이 너무나도 길게 느껴졌다. 가만있기가 머쓱해 말을 걸자 짧은 답이 돌아왔다.

쳇, 조금 전에는 입에 모터를 단 것처럼 사람을 잘도 갈구더니. 단박에 여울의 입이 뾰족하게 튀어나왔다.

띵.

엘리베이터가 5층에 멈추고 문이 열렸다. 번잡하게 오가는 사람들의 소리가 이렇게 반가울 수 없었다.

얼굴색을 바꾸며 상큼하게 한 발 내딛는 여울의 팔을 기영이 붙잡았다. 고개를 갸웃하며 반쯤 몸을 틀어 바라보자 그가 가슴 위로 서슴없이 손을 뻗었다.

멀뚱히 지켜보는 여울의 눈에 자신의 명찰을 만지작거리는 손이 들어왔다.

"비뚤어졌다."

문이 닫히기 전, 아주 짧은 시간이었다. 그 찰나의 순간 기영의 손이 명찰을 소중히 쓸고 지나갔다.

"정신 바짝 차려."

닫히는 문 사이로 쓴소리를 잊지 않고 쏟아 낸 기영이 눈 앞에서 사라지고 난 후에도 여울은 엘리베이터 앞에 멀뚱히

서 있었다.

고개를 갸웃거리며 닫힌 엘리베이터 문을 쳐다보다 머리를 긁적이며 돌아섰다. 기분이 묘한데 무엇 때문인지 모르겠다.

"흠, 이상하네. 뭔가 혹 던져서 받았다가 흔들리고 차인 이 요상한 기분은 뭐지?"

도통 알 수 없는 오묘한 감정에 어리둥절해하며 여울이 너스 스테이션을 향해 걸어갔다.

아, 오랜만에 만나서 옴팡 깨졌네.

그녀는 기영이 지시한 히스토리를 받아 내기 위해 바삐 몸을 움직였다.

✠　　　　　✺　　　　　✠

9층 원장실 앞에 도착한 기영을 비서실장이 일어나 맞았다.

"기다리고 계십니다."

기영이 가볍게 고개를 끄덕이자 비서실장이 노크를 한 뒤 문을 열고 한켠으로 비켜섰다.

"어서 오게, 서 교수."

들어서는 기영을 보고 자리에 앉아 있던 병원장이 일어나 반갑게 인사를 건넸다. 책상을 돌아 다가온 그가 악수를 청하자 기영이 손을 맞잡고 엷은 미소를 띠었다.

"오랜만에 뵙습니다."

"그래, 그래. 작년 학술회에 참석했을 때 보고 처음이지?"

"네."

병원장이 권한 맞은편 자리에 앉으며 기영이 대답했다.

"차는 여전히 기문홍차지?"

"그런 걸 아직 기억하고 계셨습니까."

"나도 자네 덕에 기문홍차 마니아가 됐거든."

기분 좋은 미소를 입에 단 병원장이 인터폰을 눌러 차를 준비해 달라 일렀다.

세계 3대 홍차 중 하나인 기문은 중국 안휘성 서남부 기문이란 곳에서 생산되는 홍차였다. 은은한 향은 과일과 난이 어우러진 듯했고 맛 또한 부드러웠다.

기영은 입맛이 까다로운 편은 아니었지만, 차는 늘 기문홍차만 마셨다. 그걸 기억하고 챙겨 주는 병원장의 마음 씀씀이가 고마웠다.

지금은 유일대학병원의 병원장으로 있지만 그는 교수로 재직하던 시절 기영의 은사였다. 어린 제자를 향한 그의 신뢰는 대단했다. 시기와 질투의 대상이 되어 외톨이처럼 지내던 기영을 다독여 주고 이끌어 준 유일한 사람이었다.

졸업하던 해에 기영에게서 받은 기문홍차가 마음에 들었는지 그 뒤로 한 번씩 기영의 룸에 들러 차를 마시고 가곤 했다.

비서실장이 차를 테이블에 내려놓고 물러나자 병원장이 먼저 잔을 들었다.

"무슨 변덕이야?"

"네?"

"작년에는 아직 하고 싶은 연구 과제가 많다고 내민 손 매몰차게 쳐 내서 사람을 민망하게 하더니. 이번엔 그냥 툭 던진 말인데 덥석 물었잖아. 뭐야? 자네가 존스를 버리고 올 만큼 중요한 일이."

"궁금증이 생겨서요."

"궁금해? 여기가?"

"많이 시끄럽기도 하고."

"시끄럽다니. 나 말인가?"

매달리다시피 돌아올 생각이 없냐고 묻던 자신을 두고 하는 말인가 싶어 병원장이 뜨끔하자 느긋이 차를 한 모금 삼킨 기영이 엷은 미소를 띠며 고개를 저었다.

"그렇지? 아니지?"

"네, 아닙니다."

"그럼 뭐야. 이거 사람 엄청 궁금하게 만드는구만."

"별거 아닙니다. 그냥, 여기엔 더 이상 아무 미련도 없을 줄 알았는데 문득문득 떠오르는 뭔가가 있어서요."

"떠올라?"

가족, 친지 하나 없는 혈혈단신이었다. 유일한 혈육이었던 조모가 세상을 뜰 때까지 2년 반을 교수직에서 물러나 병원에서 지냈다. 그로 인해 의도치 않게 같은 병원에 근무하게 된 여울에게 여전히 교수님으로 불렸다.

궁금한 건 많은데 서툴고, 의욕은 차고 넘치는데 실수투성이고, 그럼에도 꿋꿋이 묻고 또 묻고. 사람을 아주 귀찮게 하는 존재였다. 종알종알 쉴 새 없이 따라다니며 떠들기에 붙여

준 별명이 은방울이었다.

조모를 보내고 아무것도 남지 않은 한국을 미련 없이 홀가분하게 떠났다. 그런 줄 알았다. 정말 아무것도 남은 게 없을 줄 알았다.

처음 2년간은 연구에 몰두해 정신이 없었다. 그러다 혼자 있는 시간에 가끔씩 목소리가 들리기 시작했고, 어느 순간 종알거리는 여울의 모습이 문득문득 주변에 나타나기 시작했다.

참 할 일 없다. 헛웃음 한 번으로 넘기던 것이, 종알거림에 저도 모르게 웃게 되고, 뻔히 환영인 줄 알면서 손을 뻗게 되었다.

타국에 있다 보니 고국이 그리워 그런가 보다 했다. 그런데 넌지시 러브콜을 보내는 병원장의 전화에 가슴이 뛰었다. 삭막하기 그지없던 일상에 청명하고 달콤한 방울 소리가 들리고, 수화기 너머 병원을 활보하고 다니는 여울의 활기찬 모습이 보이는 것 같았다.

그때는 자신도 몰랐다. 여울을 떠올리는 자신의 입가에 미소가 번진다는 걸.

"알고 싶어졌습니다. 제 삶이 과연 사람 하나로 변화할 수 있을지."

"변화라. 자네가 여기서 누군가에게 뭘 더 배울 리는 만무하고. 그 변화가 사람에 의해서라면, 꼭 여자였으면 좋겠군."

호기심 어린 병원장의 시선을 여유롭게 받아 넘기며 기영이 잔을 입으로 가져갔다. 차를 한 모금 머금은 뒤 입가를 살며시 끌어 올렸다.

'그러게요. 저도 그 아이가 여자였으면 좋겠습니다. 제게 여자로 다가올 수 있을지 그게 궁금합니다.'

✣ ❃ ✣

"네, 고혈압이 있으셨고요. 다른 건 없으시고요. 감사합니다. 그럼."

역시 예상했던 것처럼 최은숙 환자는 5년 전부터 앓아 온 고혈압 외에 별다른 병력은 없었다. 있었다 해도 작은 아픔 정도는 무시하고 지내서 병원 기록에 남지 않았을 것이다.

심장비대 소견이 보이는 것도 평소 지병인 고혈압이 원인일 수 있었다. 가슴이 답답하고 통증이나 호흡곤란도 가끔 있었을 것이다.

"우리나라 어머니들은 그저 참는 게 미덕인 줄 알아서 그게 문제라니까. 병은 키우는 게 아닌데 말이죠."

병동을 돌며 환자 상태를 점검하던 인후가 여울을 발견하고 다가와 참견했다. 스테이션 위에 차트를 올려놓고 은근히 눈치를 보는 모습이, 컨퍼런스에서 서기영 교수에게 한 소리 들은 여울이 신경 쓰이는 모양이었다.

"가자미눈이 원추면 성형외과나 가 보든지."

여울이 차트에 조금 전 통화 내용을 기록하며 딱딱하게 말했다. 서글서글한 성격의 인후가 빙긋이 웃더니 주머니에서 뭔가를 꺼내 슬그머니 내밀었다.

힐끔 시선을 옮겨 뇌물의 탈을 쓴 기분 전환용 초코바를 확인한 여울이 인후를 돌아봤다. 눈이 마주치자 그가 히죽 웃었다.

"이게 씹는 맛이 아주 좋더라고요. 아침 안 드셨죠? 대용으로 드세요."

"더 식감 좋은 게 눈앞에 어른거리는데. 그걸로 바꾸면 안 될까?"

재빠르게 받아 든 초코바를 스테이션 위에 톡톡 두드리며 여울이 의미심장하게 말했다. 내내 히죽거리던 인후의 입 끝이 살짝 경직되었다. 식감 좋은 것이 무엇인지 저 직설적인 눈빛만 봐도 충분히 알 것 같았다.

"아이고, 507호 이재기 할아버님 혈압 재야 하는데 깜빡했네. 선생님, 급한 환자가 있어서 이만 가 보겠습니다."

혈압은 간호사들이 다 체크해 놨을 텐데 인후가 호들갑을 떨며 급히 몸을 움직였다.

경보를 선보이며 멀어지는 인후의 등을 게슴츠레한 눈으로 노려보던 여울이 손에 든 초코바를 스테이션에 세게 내려쳤다.

순식간에 비닐이 벗겨진 초코바를 한입 크게 베어 물고 오물오물 야무지게 씹어 삼켰다.

"은여울 선생님! 응급실 콜이요."

업무를 보던 이 간호사가 다시 초코바를 입으로 가져가는 여울의 앞에 수화기를 내밀었다.

왜 직접 콜하지 않고 흉부외과 병동으로 전화를 했지? 수화기를 건네받으며 주머니를 뒤적이던 여울이 아뿔싸 하며 잘근 입술을 깨물었다. 휴대폰 챙기는 걸 깜빡했다.

"네. 흉부외과 은여울입니다."

—응급의학과 서이석입니다. 노상에서 실신해 실려 온 환잡니다. 쓰러지기 전에 배 쪽에 격렬한 통증을 호소했다고 합니다. 복부 CT 요청해 놓은 상태인데 아무래도 대동맥류 파열이 의심됩니다. 직접 내려와 보시는 게 좋을 것 같습니다.

"지금 가겠습니다."

다시 수화기를 건네준 여울이 급하게 엘리베이터 쪽으로 달려갔다. 응급실엔 이미 최익현과 나빛나가 상주하고 있었다. 그럼에도 콜을 쳤다는 건 그들 선에서 해결할 수 없는 정도이거나, 눈코 뜰 새 없이 바빠 손이 부족한 경우일 터였다.

후자이길 바라며 엘리베이터의 버튼을 눌렀다. 초조하게 기다리다 안 되겠다 싶어 비상구로 향하려는데 도착음과 함께 문이 열렸다.

"……어."

내리려던 기영과 부딪칠 뻔한 여울이 급제동을 걸며 비틀거렸다. 기영은 손을 뻗어 뒤로 기우는 그녀를 엘리베이터 안으로 당겼다.

"응급이야?"

"네."

"읊어."

응급실이 있는 1층 버튼을 누르며 기영이 짧게 말했다.

"노상에서 실신해 들어온 환잔데 복부 통증을 호소했다고 합니다. 대동맥류 파열이 의심돼 복부 CT 요청하고 대기 중이랍니다."

"누가?"

"응급의학과 서이석 선생 소견입니다."

"보초병은."

"둘 있는데 여건이 안 되는 것 같습니다."

"대동맥류 파열이면 수술 들어가야 되잖아. 수술실 알아보고 CT실 습격해."

"네."

기영과 여울은 곧장 응급실 안으로 들어섰다. 여울을 발견한 이석이 알은체를 하며 고갯짓으로 이동식 침대에 눕혀진 환자를 가리켰다.

기영이 환자에게 다가가자 여울은 재빨리 응급실 안을 훑었다. 흉부외과 보초병 둘은 예상대로 꽁지가 빠져라 환자들 사이를 종횡무진 뛰어다니고 있었다.

"나빛나, 이리 와!"

연차가 앞선 보초병 익현의 뒤를 졸졸 따르는 빛나를 소리쳐 부르자 번쩍 고개를 돌린 그녀가 빠르게 달려왔다.

"네, 선생님."

"밀어."

"네?"

여울이 이동식 침대를 손으로 가리키자 빛나가 멍하니 눈을 깜빡였다. 그러다 환자를 살피는 기영을 발견하고는 눈빛을 과하게 반짝거렸다. 넋을 완전히 빼려는 찰나 여울이 그녀의 옆구리를 툭 쳤다.

"CT실 대기 몇 명이야?"

"세 명입니다."

"이 환자까지?"

"아, 네 명입니다. 지금까지는요."

"습격한다."

"네?"

"복부대동맥 파열 소견 나왔어. 못 기다려. 치고 들어가야지."

"헉."

말도 안 된다는 듯 쩍 벌어지는 빛나의 입을 친절하게 닫아주며 여울이 혀를 찼다. 서기영 사전에 말이 안 되는 일은 없다. 응급수술을 요하는 다급한 상황에서는 환자의 생명이 최우선이었다. 빠르면서도 정확한 판단과 검사가 필요했다.

지금은 기영의 고갯짓 한 번에 앞뒤 잴 것 없이 달리는 게 그들이 할 일이었다.

"3분 준다. 뛰어."

"네."

기영이 가운을 휘날리며 앞에서 침대를 밀자 여울과 빛나도 함께 붙어 움직였다. CT실 앞에 도착한 그가 대기 중인 환자들의 상태를 빠르게 훑었다. 수술을 필요로 할 만큼 위급한 환자가 없는 것을 확인한 뒤 문을 열었다.

"뭡니까?"

준비 중이던 방사선사가 침대를 밀고 안으로 들어서는 기영과 일행을 돌아보며 불쾌하게 내뱉었다.

"오랜만입니다, 김 선생님."

기영이 아는 체를 하자 얼굴을 유심히 살피던 방사선사가 헛웃음을 터트렸다. 유일대학병원에서 10년 넘게 근무하고 있는 그는 기영을 잘 알고 있었다. 아직 첫 스타트도 끊지 않았는데 들이닥친 걸 보면 급한 환자인 모양이었다.

그가 혀를 차며 기계실 밖으로 나왔다.

"이러시면 곤란합니다."

"급해서 그럽니다."

"안 급한 환자가 어디 있습니까."

"늦으면 수술대 위에서 사망 선고 내려야 할 수도 있습니다."

웬만해선 막무가내로 들이닥칠 기영이 아니라는 걸 알면서도 쓴소리를 한 건 미리 콜을 해 양해를 구하지 않은 것에 대한 불쾌함을 드러낸 것이었다.

"죄송한데 CT부터 찍고 타박하시면 안 되겠습니까?"

어느새 환자를 옮겨 놓은 여울이 애교 섞인 목소리로 말하며 한쪽 눈을 찡긋거렸다. 불퉁하게 기영과 마주하던 방사선사가 피식 웃으며 고개를 끄덕였다.

여울은 7년 넘게 봐 온 방사선사의 성격을 아주 잘 알고 있었다. 자신의 영역에 허락도 없이 함부로 들이닥치는 걸 싫어했다. 그래서 기영이 근무하던 시절엔 1년에 한두 번씩 꼭 둘의 기싸움이 벌어졌었다. 고래 싸움에 새우 등 터지듯 그 사이에서 이리 치이고 저리 치이던 건 여울이었다.

그리고 이제 그녀는 방사선사의 마음을 들었다 놨다 할 만큼 노련해져 있었다. 자신을 여동생처럼 귀여워해 주는 그에게 윙크와 애교를 섞어 발사하면 못 이긴 척 넘어간다는 걸 알았기에 습관처럼 자연스럽게 나온 행동이었다.

"이번 한 번입니다. 더는 안 됩니다."

"네!"

배시시 웃으며 답하는 여울을 밉지 않게 흘기며 방사선사가 기계실로 들어갔다. 순조롭게 촬영이 진행되고 이석의 소견대로 복부대동맥 파열이 확진되자 곧 수술실을 잡았다.

보호자에게 퍼미션*을 받은 뒤, 흉부외과를 비롯한 병원 의료진의 집중 관심을 받으며 기영의 집도하에 수술이 진행되었다.

눈앞에서 벌어지는 기영의 현란하고 기막힌 솜씨에 여울은 속으로 감탄을 금치 못했다. 까다로울 거라는 예상과 달리 수술은 빠른 시간 안에 깔끔하게 끝났다. 뒷정리를 하고 수술실을 나서며 여울이 고개를 갸웃했다.

뭔가 위화감이 느껴진다 했는데 가만히 생각해 보니 CT를 찍고 수술이 진행되는 내내 기영이 필요한 말 외에 어떤 말도 하지 않았다는 걸 깨달았다. 그렇게 이상할 건 없었지만 묘하게 신경이 쓰였다.

"꼭 뭔가에 화난 사람처럼 보인단 말이지."

의국으로 어슬렁어슬렁 걸어가며 여울이 혼잣말을 중얼거렸다. 무심코 주머니에 손을 집어넣자 먹다 남은 초코바가 잡혔다. 배가 출출한 게 밥때가 된 모양이었다. 초코바를 꺼내

---

*퍼미션(Permission):수술 동의서.

입에 물고 시간을 확인하려던 여울이 손가락을 딱 부딪쳤다.

'맞다! 휴대폰!'

복도를 걸으며 곰곰이 휴대폰의 위치를 가늠했다. 아침 컨퍼런스를 준비하며 의국에 떨어트린 건지, 아니면 술에 떡이 돼서 들어오며 당직실에 던져 놓은 건지 가물가물했다.

일단 가까운 곳부터 뒤져 보자고 생각하며 5층 흉부외과 병동과 붙어 있는 당직실을 향해 걸어가던 여울은 너스 스테이션에 서 있는 기영을 발견했다. 얼른 초코바를 입에 밀어 넣고 포장지를 빼 주머니에 쑤셔 넣었다.

출근 첫날 수술까지 하고 피곤하지도 않나. 꿍얼거리며 스피드하게 초코바를 씹어 삼킨 여울이 슬그머니 시선을 피해 그의 뒤를 지나치려 했다.

"서."

자신에게 하는 말인 것 같았지만 멈추지 않고 발을 움직였다. 그러나 몇 걸음 떼기도 전에 뒷덜미가 잡혔다. 눈동자만 굴려 옆을 보자 예상대로 기영이 자신을 내려 보고 있었다.

"서라는 말 못 들었나?"

"못 들었는데요."

딱 잡아떼며 도리질을 치자 가늘게 뜬 눈으로 내려다보던 기영이 잡고 있던 뒷덜미를 놓았다. 여울은 뒷목을 쓱쓱 문지르며 눈동자를 불안하게 움직였다. 그가 팔짱을 끼고 고개를 기울여 그녀의 얼굴을 빤히 쳐다보다 입을 열었다.

"따라와."

"왜요?"

날카로운 눈빛에 뜨끔해하던 참이라 그의 '팔로우 미'에 덜컥 겁이 났다. 눈을 동그랗게 뜨고 오히려 한 발 뒤로 물러서는데 기영이 턱으로 당직실을 가리켰다.

여울은 저도 모르게 마른침을 꿀꺽 삼켰다. 무슨 실수를 했나 싶어 빠르게 생각해 보다 번뜩 휴대폰을 떠올렸다. 인턴들이나 하는 실수를 했다고 이러는 건가?

"여기서 해?"

조금 전까지 기영과 함께 수술실에 있었다. 뒷정리를 하고 올 동안 병동에서 무슨 일이 벌어졌고 그사이 그가 콜을 몇 번 쳤다면…… 아니, 어쩌면 콜을 안 받아서 이리로 전화가 왔다는 말을 너스 스테이션에서 들었을 수도 있었다.

괜스레 너스 스테이션을 한 번 째려본 여울이 낮은 한숨을 쉬며 도리질을 쳤다.

"아니요."

기영이 쌩하니 돌아서 당직실로 향했다. 여울은 풀이 죽은 모습으로 뒤따르며 어떤 변명으로 위기를 넘길까 곰곰이 머리를 굴렸다.

당직실로 들어선 기영이 2층 침대에 기대 문을 바라보고 섰다. 그의 적나라한 눈빛에 여울은 숨을 깊이 들이쉬며 닫고 싶지 않은 문을 닫고 한 발을 내딛었다.

"교수님, 제가 일부러 그러려던 게 아니라요."

솔직하게 털어놓고 한 대 쥐어박히고 말자 싶어 먼저 입을 열었다. 그러자 앞으로 불쑥 기영이 다가섰다.

"허억."

바짝 다가와 어두운 그림자로 자신을 덮친 기영을, 여울이 놀란 토끼눈으로 올려다보았다. 그의 손이 얼굴 쪽으로 곧장 다가오는 걸 보며 질끈 눈을 감았다. 따귀 한 대로 간단히 끝나면 좋겠다고 속으로 바라면서.

"칠칠맞지 못하게."

따스하고 부드러운 손길이 제 입술을 쓸어내리는 걸 느낀 여울이 천천히 눈꺼풀을 들어 올렸다. 시선이 마주치자 그가 나무라는 투로 혀를 차며 손가락을 눈앞에 들어 보였다. 초코바의 잔해가 묻어 있는 손끝을 본 여울이 혀로 입술을 날름 핥았다.

"……하하, 긴장이 풀리니까 허기가 져서. 그냥 말로 하셔도 되는데."

머쓱하게 말하는 여울을 내려 뜬 눈으로 가만히 바라보던 기영이 손끝으로 자신의 입술을 쓸었다. 무심코 한 행동인 듯했다. 기영의 입술로 옮겨 간 초코바의 잔해를 보며 여울은 입을 열려다 말았다.

혼자 몰래 초코바를 먹은 사람은 이제 기영이 되어 버렸다. 누가 보면 참 웃기겠다. 속으로 고소해하는데 불쑥 기영의 얼굴이 다가왔다.

"왜, 왜 그러십니까?"

"눈이 어디 잘못됐나 싶어서."

"예?"

"아까 CT실에서 이쪽을 깜빡이던데."

기영이 손끝으로 여울의 왼쪽 눈꺼풀을 살짝 눌렀다. 방사선사에게 윙크했던 걸 말하는 모양이었다.

그 상황에서 내가 안 그랬으면 분위기 완전 험악해졌을걸.

여울이 불만을 그대로 드러내며 입술을 삐죽였다. 기영이 손을 움직여 여울의 콧잔등을 톡 친 뒤 튀어나온 입술을 엄지와 검지로 잡았다.

"코도 이상하고, 입도 이상했어. 안 본 사이에 상태가 많이 나빠졌다, 은방울."

스치듯 여울의 입술을 담은 기영이 보일 듯 말 듯 입매를 끌어 올렸다. 여울은 입을 꼼지락거리다 제 입을 잡은 기영의 손을 덥석 붙잡았다. 손은 생각보다 쉽게 떨어져 나갔다. 또 제 입을 잡을까 여울이 그의 손을 놓지 않은 채로 투덜거렸다.

"상태가 나빠진 게 아니고 처세술이 능해진 겁니다. 교. 수. 님!"

기영은 딱딱 끊어지는 '교수님'이라는 단어에 눈을 가늘게 떴다. 여울에게 꽉 잡힌 손이 간질거렸다. 도리어 그녀의 손을 제 손에 가두고 싶어서.

그가 다른 손을 들어 여울의 볼을 잡아 쭉 늘였다. 덩달아 그녀의 눈도 반항적으로 찢어졌다.

"너한테 안 어울려. 보는 사람 눈 버린다. 다신 하지 마. 천천히 말려 죽일 생각 아니면."

"교수님!"

볼을 늘이던 손으로 찌푸려진 여울의 미간을 툭 치며 기영이 피식 웃었다.

어쩌면 결론은 이미 오래전에 내려져 있었던 건지도 모른다. 다시 여울을 만난 순간 뛰어 대던 가슴이 그걸 증명하고 있었다. 생애 처음으로 여자를 향해 설렘을 드러낸 심장을 그는 솔직하게 받아들이기로 했다.

모든 것이 사랑스럽고, 보고 있는 것 자체가 좋고, 단 한 사람만을 상대로 가슴이 뛴다면 이건. 그래, 이건 사랑일 테지.

그래. 난 네 스승이고, 넌 내 제자였지.

그런데 말이야, 은방울.

아무래도 이제 거기에 하나를 더 첨부해야 할 것 같다.

현재형으로 바뀔 수 있는 적당한 말을.

뭐가 좋을까?

앞으로 우리 사이가 어떻게 진행될지 궁금하지 않아, 은방울?

chapter 2

크리스마스엔 징글벨

　밤새 논문 작업을 하느라 두 시간밖에 자지 못한 여울은 입이 찢어져라 하품을 하며 눈가를 손으로 쓸었다. 막 잠이 들려는 차에 콜이 와 중환자실까지 뛰어갔다 왔고 그 뒤로도 제대로 쉬지 못하고 아침부터 수술실에 들어가야 했다.

　오후 1시가 가까워져서야 겨우 구내식당에 내려온 참이었다.

　"잠 못 잤어?"

　무거운 눈을 겨우 들어 올리며 식판을 챙겨 든 여울이 말소리가 들린 쪽으로 고개를 돌렸다. 대학 동기 내과 펠로우 2년차 동욱이 식판을 들고 서 있었다.

　"못 자는 게 뭐 하루 이틀인가. 하아암."

　"논문 준비는 잘 돼 가?"

　"성공 사례 찾기가 힘들어."

"너무 어려운 걸 택한 건 아니고?"

"그럴지도. 이모님, 제육볶음 좀 많이 주세요."

게슴츠레하게 반쯤 닫혀 있던 여울의 눈이 제육볶음을 보곤 심 봉사 눈 뜨듯 번쩍 뜨였다. 넘칠 듯 담긴 제육볶음에 만족스런 미소를 지은 그녀는 서둘러 식탁에 자리를 잡고 앉았다.

"이게 얼마 만에 먹어 보는 고기냐! 고기야, 너 참 반갑다!"

이보다 행복할 순 없다고 감격에 겨워하며 식사에 열중하기 시작한 여울의 옆자리에 동욱이 앉으며 쿡쿡 웃었다.

"식성 하난 진짜 타고났다니까. 수술실 들어갔다 나오면 다들 고기는 쳐다보기도 싫어하는데 말이야."

"무슨 소리. 먹을 수 있을 때 양껏 먹어 둬야 하는 거야. 제대로 된 식사 구경하기가 얼마나 힘든데."

"하긴. 흉부외과는 식사 챙기기 더 힘들지?"

"두말하면 입 아프다."

말을 하는 동안에도 연신 밥과 고기를 입에 밀어 넣는 경이적인 여울의 손놀림에 동욱이 낮게 휘파람을 불었다. 무슨 음식이든 참 맛나게 먹는다. 그래서 함께 있는 사람들의 식욕도 돋운다. 하긴, 함께여서 좋은 게 그것만은 아니었다.

"하아, 하아. 빅뉴스!"

급하게 식당으로 뛰어 들어온 빛나가 여울은 보지도 못한 듯 옆 테이블에 앉은 동기들 곁으로 달려가 눈을 빛내며 손짓했다. 무슨 비밀 얘기를 하려고 저렇게 분위기를 잡나 싶어 여울이 젓가락을 놀리며 힐끔 쳐다봤다.

"드디어 내가 우리의 아름다운 써전, 앞프로뒤태 프로필을 영접했다는 거 아냐."

"진짜? 어디서?"

"뜸들이지 말고 빨리 풀어 봐."

여자 인턴들의 눈과 귀가 온통 빛나에게 쏠렸다.

"우리 앞프로뒤태께서 다른 교수진들에 비해 초 동안이잖아. 그게 다 이유가 있었어."

"뭐야, 그럼 소문이 진짜였어?"

"무슨 소문?"

"그 왜 있잖아. 앞프로뒤태 흡혈귀설. 영원히 늙지 않는 저주에 걸린 거라고."

"말도 안 되는 소리. 영(Young)한 건 진짜 영해서 그런 거였어."

"진짜 영하다니?"

"너희 앞프로뒤태가 뇌까지 섹시하단 소리 들은 적 있지?"

"최연소란 수식어가 늘 붙어 다녔다는 말은 들었지."

"빙고! 그 최연소가 초딩 때부터였단다. 초등학교 5학년 때 등교 거부, 그 이유가 가관이지. 학교 공부가 시시해서. 그리고 열세 살에 중학교 검정고시 합격, 열네 살에 고등학교 검정고시 합격, 열다섯 살에 의과대 수석 합격. 이게 말이 돼?"

"협, 뭐? 열다섯 살?"

인턴 하나가 물을 마시다 사레가 걸린 듯 컥컥거렸다.

아무렴, 말도 안 되지. 여울이 국을 떠 입에 넣으며 고개를 끄덕였다. 하지만 말이 안 될 뿐, 틀린 말은 아니었다. 엄연한 사실이었다.

같은 나이의 사람들이 의대에 입학할 때 벌써 의대 본과 4학년이었던 그는 온갖 시기와 따돌림을 견디며 꿋꿋하게 인턴, 레지던트 과정을 거쳐 전임의 1년 만에 학위를 취득했다.

2년간 미국 유학을 떠났다 돌아와 스물여덟 살에—이거야말로 정말 말도 안 되는 일이지만—학과장의 전폭적인 지지를 받으며 최연소 의대 교수가 되었다.

처음 기영을 강의실에서 봤을 때만 해도 여울은 그를 그저 같은 과 후배라고 생각했다. 모델 뺨을 후려칠 정도로 뛰어난 외모는 그때도 변함이 없었다.

어림잡아 한두 해 후배이겠거니 했는데 교수라는 말에 혀를 내두르며 놀랐다. 그건 비단 여울만의 착각은 아니었다. 그를 쉽게 보고 깐죽거리다 혼쭐난 놈들은 손으로 다 꼽을 수 없을 정도로 많았다.

여울이 올해 딱 계란 한 판하고도 두 개를 더 얹었으니, 기영은 거기다가 세 개를 더 얹어야 했다.

서른다섯 살에 흉부외과 교수라니. 찬란한 프로필에 비하면 나이가 많이 어렸다. 또 그게 병아리들에겐 눈 돌아갈 만큼 매력적으로 보여지는 것도 사실이었다.

"앞프로뒤태라, 오랜만에 들어 보는 별명이다. 서 교수님은 여전히 핫이슈네. 우리 때나 지금이나."

동욱이 피식 웃으며 말했다.

"걸어 다니는 서프라이즈잖아."

여울이 얼마 남지 않은 제육볶음을 입에 넣으며 동의했다.

"내가 뭘 어쨌다고?"

앞자리에 새로운 식판이 놓이더니 기영이 앉았다. 여울은 젓가락을 입에 넣은 채 멍하니 그를 쳐다봤다. 하필이면 이 시간에 식당에 내려올 게 뭐람.

동욱이 자리에서 일어나 고개를 숙이며 인사하자 기영이 앉아 마저 식사하라는 듯 손짓을 해 보였다. 기영과 시선이 마주친 여울이 히죽 웃었다.

"그건……"

뭔가를 발견한 듯 기영의 미간이 살짝 찌푸려졌다. 아, 또 뭔가 묻었나? 칠칠치 못하다고 핀잔을 주려나? 그가 팔을 움직이는 게 보이는 순간 고개가 홱 돌려졌다.

"은여울, 나중에 떼 먹으려고 킵해 둔 거 아니지?"

기영보다 먼저 움직인 동욱이 여울의 턱을 잡아 돌리고 입가에 붙어 있는 밥풀을 뗐다. 자연스런 행동에 여울이 멋쩍은 듯 입맛을 다셨다.

"자식이 그걸 왜 떼고 그래. 나중에 먹으려고 따로 챙겨 둔 건데."

"자자, 다시 붙여."

"됐어. 다른 사람 손 탄 건 안 먹어."

"아이고, 그러세요. 그럼 따끈한 새것으로 붙여 드릴까요?"

"됐거든."

"고마우면 그냥 고맙다고 해."

오랜 친구답게 티격태격 스스럼없이 행동하는 둘 앞에서 기영은 조용히 식사를 했다. 그러다 동욱이 여울의 머리를 부스스 헝클이며 장난을 치는 모습에 우뚝 손을 멈췄다.

그가 젓가락을 탁 소리 나게 내려놓고 앞머리를 가볍게 쓸어 넘겼다. 그리고 천천히 시선을 들어 여울을 응시했다.

아무런 감흥도 느껴지지 않는 무미건조한 그의 얼굴에 여울이 저도 모르게 움찔했다. 왠지 몹시 화가 나 있는 것 같았다.

"그럼 식사 맛있게 하십시오."

무서워진 여울이 벌떡 자리에서 일어났다. 동욱도 같이 일어나며 식판을 정리했다. 기영은 여울의 식판으로 시선을 내려 아직 남아 있는 밥과 반찬을 바라보았다.

"은여울 선생, 다 먹고 가지. 일부러 날 피하는 게 아니라면."

"저, 다 먹었습니다."

"아직 남았잖아."

"그래, 넌 다 먹고 와. 기회 놓치면 먹기 힘들다며. 난 콜 와서 그만 가 봐야겠다. 서 교수님, 먼저 가 보겠습니다."

동욱이 거들자 여울은 마지못해 자리에 앉았다. 자기만 남겨 두고 발걸음도 가볍게 식당을 벗어나는 동욱이 얄밉기 그지없었다.

서 교수를 앞에 두고 밥맛이 있겠냐고. 속으로 투덜거리며 여울이 무겁게 느껴지는 젓가락을 다시 들어 올렸다.

기영이 '섹시한 두뇌'로 유명하다면 여울에겐 '식성'이라는 수식어가 있었다. 절대 그릇에 음식의 흔적을 남기지 않는 전설의 식탐 여왕이라나 뭐라나.

그걸 알고 있는 기영에게 다 먹었다는 핑계는 통하지 않았다. '나 너랑 마주 앉아 밥 먹기 껄끄러워 피하는 거야'라고 돌려 말하는 것이나 마찬가지였다.

여울이 식판에 남은 밥을 박박 긁어모았다. 크게 뜨면 두 번만에 끝낼 수도 있을 것 같았다. 수저가 넘치게 밥을 떠 올리자 그 위로 그만큼의 제육볶음이 올라왔다. 여울이 제육볶음의 출처를 의심하며 마주 앉은 기영을 쳐다봤다.

"반찬 모자라잖아."

"……감사합니다."

기영의 과잉 친절에 잠시 당황하던 여울이 입을 크게 벌려 그것을 밀어 넣었다. 한껏 부풀어 오른 개구리 볼 같은 여울의 모습을 바라보던 기영이 고개를 숙여 국에 숟가락을 담갔다.

흘러내린 앞머리에 가려 잘 보이지 않았지만 가늘게 떨리는 어깨로 봐서 터져 나오려는 웃음을 간신히 참고 있는 게 분명했다. 나빴어, 서기영.

저를 놀려 먹는 재미에 푹 빠진 것이라 해석한 여울이 툴툴거리며 입에 든 것을 꼭꼭 씹어 삼켰다. 마치 그게 눈앞의 기영인 것처럼.

"많이 먹고 무럭무럭 자라라, 은방울."

두 번째 수저를 들었을 때 또다시 반찬을 올려 준 기영이 마치 아이를 대하듯 머리를 쓰다듬었다. 시큰둥하게 밥을 씹어 삼킨 여울이 처음과 변함없는 그의 식판을 보며 퉁명하게 말했다.

"왜요. 많이 먹고 무럭무럭 자라면 잡아먹으시게요?"

투덜거림에도 기영은 이상하게 아무런 반응을 보이지 않았다. 먹는 것도 잊은 듯 손을 모아 턱을 괴곤 물끄러미 여울을 응시했다. 입가가 의미심장하게 말려 올라가는 걸 보며 여울이 꿀꺽 마른침을 삼켰다. 뭐야, 진짜 잡아먹으려고?

산 채로 그의 입에서 와그작와그작 씹히는 상상을 하자 소름이 돋으며 부르르 몸이 떨렸다. 미간을 좁히며 울상을 지은 여울이 기영을 응시했다.

도대체 제가 무슨 잘못을 저질렀기에 이러십니까.

"뭐해? 콜 왔잖아."

"네?"

엉뚱한 상상을 하고 있는 여울의 눈앞에 손가락을 딱 부딪친 기영이 눈짓으로 그녀의 주머니를 가리켰다. 그제야 여울은 제 주머니에서 미친 듯이 떨어 대는 휴대폰의 존재를 눈치챘다. 중환자실 콜이었다.

"먼저 가 보겠습니다."

벌떡 자리에서 일어나 식판을 챙겨 들자 기영이 식판을 뺏어 도로 테이블 위에 내려놓으며 손을 내저었다.

"그냥 가."

"아, 네. 감사합니다."

식당을 나서며 여울은 고개를 연신 갸웃거렸다. 급한 콜이라 빨리 가야 하는 건 맞지만 그렇다고 식판을 교수에게 떠넘길 정도는 아니었다. 뭔가 이상한 그의 행동에 그저 어리둥절할 뿐이었다.

"회식이요?"

기영의 갑작스런 회식 선언에 이게 웬일인가 싶어 익현이 되물었다. 모두들 그와 같은 마음으로 기영을 쳐다봤다.

흉부외과에서 '전원 회식'이란 말은 만우절에 주고받는 농담과도 같은 것이었다. 시간을 쪼개 잠을 자기도 어려운 판국에 회식이라니. 이거야말로 정말 듣고도 믿을 수 없는 언빌리버블한 일이었다.

"나 복귀한 지 근 한 달이 다 되어 가는데 환영식도 안 했잖아. 기다리다 지쳐 내가 판 깐다."

"아이고, 이런. 저희가 미처 그 생각을 못 했습니다. 환영식 해야지요. 지당하신 말씀이십니다."

"중환자실이랑 병동 미리 체크해 두고, 되도록 콜 안 오게 처리 잘하고 10시까지 모인다."

저녁을 먹기엔 한참 늦은 시각이었지만 병원 밖에서 건강한 사람들과 평범한 시간을 보낸다는 게 어딘가 싶었다. 거기다 음주가무까지 적당히 섞어 주면 금상첨화였다.

찬밥 더운밥 가릴 처지가 아니었으나 그래도 이왕이면 분위기 있는 곳이 좋겠다는 기대감에 민재가 물었다.

"어디로 모입니까?"

"알아서 적당한 장소 섭외해 봐. 그 시간에 갈 만한 곳으로."

"네."

"은여울 선생도 꼭 챙겨서 데려오고."

수술실에 들어가 자리에 없는 여울을 언급하며 기영이 의국을 나섰다.

문을 닫자마자 안에서 환호성과 왁자지껄하게 떠드는 소리가 들려왔다.

"와아, 눈이 오네요."

"첫눈인가? 올해는 조금 늦었네."

어느덧 거리에는 캐럴이 울려 퍼지고 있었다. 일에 치여 시간이 어떻게 가는지도 모르다 정신을 차려 보니 내일이 크리스마스이브였다. 아니, 정확히는 1시간 40분 뒤였다. 약속 시각보다 20여 분이 늦었지만 그래도 그들은 용케 병원을 벗어나는 데 성공했다.

한껏 들떠 도착한 곳은 음주가무가 동시에 가능한 병원 인근의 가요주점이었다. 기껏 예약한 장소가 이런 곳이냐고 타박할 만도 했지만 아무도 불평을 하지 않았다. 스트레스를 날려 줄 술과 음악이 있으면 그만이었다.

룸에 들어서 자리를 잡자마자 인석이 알아서 술 제조에 나섰다. 술을 잔에 3분의 1쯤 따르고 이어 3분의 2를 물로 채웠다. 이른바 '물맥'이란 것이었다.

마음 같아서는 솜씨 좋게 폭탄주를 만들어 기분을 한껏 내고 싶었지만 언제 어떤 호출이 올지 몰라 마음 놓고 술을 마실 수가 없었다. 적당히 기분 내는 걸로 만족해야 하는 흉부외과 의사들이 자주 애용하는 방법이었다.

"자아, 술이 있는 곳에 가무가 빠질 수 없으므로 우리의 영원한 병아리, 삐악삐악. 누렇게 떠 가지만 여전히 노란 햇병아리라 주장하는 나빛나의 '송송 댄스 송' 먼저 들어 보겠습니다."

레지던트 2년차 익현이 얼른 물맥을 한 모금 들이켜고는 앞으로 나가 분위기를 띄웠다. 지목당한 빛나가 빼는 것 없이 냉큼 번호를 눌렀다. 요즘 유행하는 걸 그룹의 노래였다.

중앙에 앉은 기영을 응시하며 유혹적인 몸짓으로 노래를 열창했지만 그는 무심하게 제 앞에 놓인 맥주잔을 들어 입으로 가져갈 뿐, 아무런 반응이 없었다.

그의 신경은 오로지 빛나의 우측에 자리한 출입문에 머물러 있었다. 수술에 들어간 여울과, 그녀를 챙기기로 했던 민재가 아직 도착하지 않은 상태였다.

흉부외과 보초병 사총사가 연신 분위기를 띄우며 열정적인 무대를 선보였지만 기영은 그들을 향해 고개를 끄덕여 줄 뿐이었다.

"늦어서 죄송합니다."

그때 벌컥 문이 열리고 민재와 여울이 모습을 드러냈다. 여울이 들어갈 수 있게 비켜선 민재가 냉큼 테이블 위 맥주잔을 들어 한 모금 삼켰다. 비록 온전한 술은 아니었지만 그는 정말 그리웠다는 듯 만족스러운 미소를 지었다.

"수술은?"

앉을 자리를 찾아 두리번거리는 여울을 손짓으로 부르며 기영이 물었다.

"네?"

음악 소리에 묻혀 제대로 들리지 않는 듯 여울이 곁으로 다가오며 되물었다. 가까이 다가온 여울의 손을 잡아 제 옆에 앉히며 기영이 귀에 입술을 가져다 댔다. 여울의 몸에서 찬 기운이 물씬 풍겼다. 눈이 내려서 기온이 더 떨어진 모양이었다.

"수술 잘 끝냈어?"

"네. 내과와 협조해서 잘 마무리했어요."

"수고했어."

기영이 빈 잔을 놓아 주고 맥주병을 들자 여울이 얼른 두 손으로 잔을 받쳐 내밀었다. 술을 따라 주자 언제 피곤함을 담았나 싶게 눈이 반짝거렸다.

"감사합니다."

마시기 좋게 따라진 술을 입으로 가져가 시원하게 비워 냈다. 입에 묻은 잔해를 손등으로 쓱 문질러 닦은 그녀의 앞으로 키위가 나타났다.

냉큼 받아먹고 돌아보자 그가 빤히 자신을 쳐다보고 있었다. 또 뭐가 묻었나 싶어 여울은 손으로 쓱쓱 얼굴을 문질렀다.

"루돌프 같다."

"네?"

"코가 빨갛네."

"아, 바람이 차서 코가 얼었나 봐요."

"추워?"

"괜찮아요. 술 들어가니까 확 달아오르는데요?"

웬일로 이 인간이 이렇게 다정하게 묻나 싶어 여울은 의심을 담은 눈초리로 힐끔거리며 잔에 술을 채웠다.

피곤해 죽을 지경이었지만 공짜 술을 마다할 수는 없었다. 기회는 주어졌을 때 붙잡아야 하는 법. 그래서 민재의 말이 떨어지기 무섭게 후다닥 준비를 마치고 나온 길이었다.

여울은 곁에 앉은 기영의 눈치를 보면서 홀짝홀짝 술을 머금었다. 마침 내일이 오프겠다, 부담 없이 마실 수 있어 더 좋았다.

"그러다 취하면 버리고 간다."

기영이 지나가는 투로 툭 던지듯 말했다. 뜨끔한 여울은 잔을 슬그머니 테이블 위에 내려놓으며 고개를 내저었다.

"아이고, 교수님. 저 이 정도로는 절대 안 취해요. 걱정 붙들어 매세요."

"피곤하면 빨리 취하니까 적당히 마셔."

"옙."

여울이 과일 하나를 입에 집어넣으며 얼른 답했다.

분위기가 한창 무르익었다 싶은 순간 익현의 휴대폰이 울렸다. 익현은 전화를 받기 전부터 이미 절망한 듯한 표정이었다. 액정을 확인하자마자 낙담한 얼굴로 룸을 나가는 그를 측은하게 보던 인후와 송빈의 휴대폰 역시 울리기 시작했다. 둘은 인상을 구기며 휴대폰을 확인했다.

"응급이야?"

"네."

"할 수 없다. 가 봐."

"먼저 들어가겠습니다."

레지던트들이 자리를 뜨고 난 뒤에도 지칠 줄 모르고 노래를 불러 대던 빛나마저 결국 나가떨어졌다. 민재가 한숨을 푹푹 내쉬며 여울을 돌아봤다. 눈이 서서히 풀려 가는 건 그녀도 마찬가지였다. 여울과 빛나를 번갈아 보던 민재가 '에잇!' 하며 빛나를 추슬러 부축했다.

"교수님, 저는 이놈을 맡을 테니 교수님은 은 선생님을 맡아 주십시오. 그럼."

기영이 뭐라 대답을 하기도 전에 민재가 잽싸게 룸을 빠져나갔다. 아직 완전히 취한 건 아니었지만 그래도 여울보단 막 굴려도 부담 없는 빛나가 훨씬 다루기 쉬웠다. 선수를 친 민재가 사라진 룸에는 여울과 기영만이 남아 있었다.

"1시네. 우리도 이만 일어나자."

"네."

아쉬웠지만 이쯤에서 일어서는 게 맞았다. 먼저 룸을 빠져나가는 기영의 뒤를 따르던 여울이 잠시 비틀하다 이내 머리를 흔들어 정신을 깨웠다.

고작 맥주 네 잔에 머리가 핑 돌다니. 수술로 쌓인 피로와 긴장 때문에 취기가 빨리 도는 것 같았다.

"정신 바짝 차려야지, 은여울."

계산을 마치고 출입문 앞에 서 있는 기영의 곁으로 다가가며 여울이 제 볼을 톡톡 두드렸다. 이 정도로 취할 자신이 아니라며 큰소리 땅땅 쳤는데 그 앞에서 비틀거리면 곤란했다.

"눈이 제법 쌓이겠는데."

"그러네요."

밖으로 나온 기영이 곳곳에 쌓이기 시작한 눈을 보며 말하자 여울이 고개를 끄덕이며 동조했다.

"병원으로 복귀할 건가?"

"오늘은 집에 들어가려고요."

"그래."

병원과 반대 방향으로 말없이 걷던 기영이 우뚝 걸음을 멈췄다. 그를 따라 걸음을 멈춘 여울이 시선을 옮겼다. 저만치 앞에 커다란 성탄 트리가 화려한 빛을 뿜어내고 있었다.

"아, 오늘이 크리스마스이브네요."

여울이 생각난 듯 혼잣소리처럼 중얼거렸다. 트리를 보며 감탄하고 있는 그녀를 지그시 바라보던 기영이 입을 열었다.

"잠시만 여기서 기다리고 있어."

"네?"

왜냐고 물을 새도 없이 그가 어딘가로 무작정 걸어갔다. 기다리라고 했으니 기다리긴 해야겠고, 날은 춥고. 여울이 한숨을 푹 쉬며 다시 트리를 올려다봤다. 5미터는 너끈히 넘는 웅장한 트리였다. 병원 생활에 찌들어 이런 걸 보며 즐길 여유가 없었다. 벌써 크리스마스구나.

"자."

어느새 돌아온 기영이 여울의 눈앞에 쇼핑백 하나를 내밀었다.

"뭐예요?"

"선물."

"예?"

"크리스마스잖아."

"아이고, 뭐 이런 걸 다 챙겨 주시고."

뜻밖의 선물에 함박웃음을 지으며 여울이 쇼핑백을 냉큼 받아 들었다. 오랜만에 받아 보는 크리스마스 선물이었다.

기영은 산타와 거리가 매우 먼 사람이었지만 지금은 산타보다 나아 보였다. 착한 일을 해야만 받을 수 있는 산타의 선물보다 절대 그럴 일이 없는 사람에게 뜬금없이 받은 선물이 더 기분 좋았다.

여울이 들뜬 마음으로 쇼핑백을 열었다. 골드색 천을 발견하곤 고개를 갸웃하며 그것을 꺼냈다. 돌돌 말린 모양이 목도리와 비슷했다. 참 반짝반짝 화려하게도 빛난다 생각하며 기영을 올려 보았다.

"추워 보여서."

엷은 미소까지 띤 그가 목도리를 직접 둘러 주었다. 그런데 두르는 방법이 좀 이상했다. 목 옆쪽에서 리본을 묶어 마무리했다.

보통 목도리는 이런 식으로 두르는 게 아니지 않나? 다른 사람에게 목도리를 매 준 적이 없어 서투른 건가? 그때 그의 입끝이 야릇하게 말려 올라갔다.

"저기, 교수님. 혹시 이거…….

여울은 그의 어깨 너머 트리 곳곳에 매달려 있는 은빛의 종을 바라보았다. 그리고 설마 하며 입을 열었다.

"저기서 가져오신 건 아니죠?"

여울의 손끝이 은빛 종에 리본으로 묶여 있는 금색 끈을 가리켰다. 말없이 웃는 기영의 얼굴이 설마가 설마가 아님을 말해 주고 있었다. 젠장, 이 인간이 진짜!

"크리스마스라고 아예 절 트리용 은방울로 만드실 생각이세요?"

"안 팔려는 거 겨우 사 왔어. 크리스마스엔 역시 징글벨이지."

싱긋이 올라가는 그의 입꼬리에 여울이 기막힌 듯 입을 허, 벌렸다. 크리스마스만 되면 너한테 딱 어울리는 노래라며 징글벨을 강요하던 기영의 예전 모습이 떠올랐다.

"징글징글 벨이겠죠."

여울이 투덜거리며 목에 매인 끈을 풀려 하자 기영이 갑자기 팔을 잡아당겼다. 얼떨결에 딸려 간 몸이 포근히 감싸였다. 사태 파악이 안 된 그녀가 멀뚱히 눈을 깜빡이는 사이 귓가로 감미로운 중저음의 목소리가 스며들었다.

"나만의 징글벨이지. 나만 볼 수 있는."

사라락, 사라락.

눈이 내리는 소리와는 다른 소리가 머리 위에서 들려왔다. 기영의 커다란 손이 머리를 쓰다듬는 소리였다. 온몸에 전해지는 따스한 온기가 기영의 것임을 깨달은 여울이 고개를 들었다.

보일 듯 말 듯 엷은 미소가 머물러 있는 그의 입술을 멍하니 바라보던 여울은 문득 느껴지는 어지러움에 살짝 눈을 감았다. 기영이 그런 여울을 그윽한 눈에 가득 담아냈다.

'미안하지만 이건 나를 위한 최고의 크리스마스 선물. 너에겐 두고두고 더 많은 것들을 줄게. 내가 줄 수 있는 모든 것을.'

"눈이다."

이마 가까이 내려온 그의 입술이 바람을 천천히 불어 섬세한 감각을 일깨웠다. 몸을 안고 있는 팔에 지그시 힘이 들어가는 게 느껴졌다.

이게 뭐지? 어리둥절함에서 헤어 나오지 못하는 여울의 이마 위로 기영이 뜨거운 숨결과 함께 말을 흘려 냈다.

"그리웠다, 은방울."

이마가 간질거렸다. 손을 넣어 벅벅 긁고 싶을 만큼 심장도 간질거렸다.

사람에겐 어울리는 말이 있고 그렇지 않은 말이 있다. 지금 기영은 그와 상당히 어울리지 않는 언어를 구사하고 있었다.

그리웠다는 말이 이렇게 해석하기 어려운 단어인지 여울은 처음 알았다. 당최 뭐가 그리웠다는 건지, 단어 그대로의 의미로 받아들여지지 않았다. 눈을 감고 있는 여울의 미간이 당황스러움을 담고 쉼 없이 꿈틀거렸다.

그런 여울을 지그시 내려 보고 있는 기영의 눈가가 부드럽게 말려 올라갔다.

눈앞에서 생생하게 살아 움직이는 얼굴을 그렇게도 그리워했다. 반듯한 이마와 고집스러워 보이는 짙은 눈썹, 유리구슬같이 동그랗고 반짝이는 두 눈.

높지 않은 콧대로 콧방귀를 뀌어 대는 건방진 모습을 보고 싶었고, 발칙한 입술로 새침하게 톡톡 쏘며 교수님이라고 부르는 목소리도 듣고 싶었다.

여울은 치장하지 않아도 예뻤다. 청순한 민낯이 더 예쁜 아이. 향수를 뿌리지 않아도 자신만의 향기가 나는 아이. 그래서 오래 떨어져 있을수록 더 그리워지는 아이. 여울은 그렇게 그리운 아이였다.

심장 속에서 은은하게 울리며 자신의 존재를 각인시키는, 보고 있어도 계속 보고 싶은 나만의 징글벨.

생각의 정리가 끝난 듯 여울이 눈을 번쩍 뜨고 기영을 두 눈 가득 담아냈다. 그 눈빛이 조금 불손했다. 치켜 올라간 여울의 한쪽 눈썹을 따라 기영의 눈썹도 너울을 그렸다.

"딸랑딸랑, 놀리는 재미가 쏠쏠한 은방울이 그렇게 그리웠어요? 그래서 이런 말도 안 되는 걸 선물이라고 주신 거죠? 와아, 깜빡 속을 뻔했네요."

여울이 투덜거리며 목에 매인 리본을 흔들었다. 쿡, 기영의 입에서 낮은 웃음이 흘러나왔다. 그걸 긍정의 대답으로 오해한 여울이 샐쭉하게 눈을 흘겼다.

"후우."

기영이 그녀의 얼굴에 가볍게 입바람을 불었다. 반사적으로 질끈 감기는 눈을 얄밉게 살짝 흘긴 뒤 안고 있던 팔을 풀었다.

눈 속으로 흘러 들어온 솜털 같은 숨결과 자신을 감싸고 있던 따스한 온기가 사라지는 묘한 경계가 여울의 마음에 살랑 바람을 불어넣었다.

"둔탱이."

파르르 떨리는 속눈썹을 밀어 올리자 투정하듯 제 머리를 헝클이고 한 발 앞서 걷는 기영의 뒷모습이 보였다. 가운을 벗은 기영의 드넓은 등은 병원에서 보는 것과는 조금 다른 느낌이었다. 교수와 써전으로서의 믿음직스러움과는 다른 뭔가가 있었다.

갸웃하고 머리를 기울이던 여울은 기영의 손이 닿았던 머리를 벅벅 긁으며 삐죽 입을 내밀었다.

"다른 남자였으면 진짜 심쿵했겠지. 눈 내리는 크리스마스고 완전 분위기 좋았는데. 아쉽다."

목에서 부스럭거리는 리본을 휙 돌려 뒤로 보낸 여울이 머리카락을 찰랑거리며 쪼르르 기영의 뒤를 쫓았다.

기영은 뒤에서 들려오는 여울의 가벼운 발걸음 소리에 작게 한숨을 내쉬었다. 오랜 고민 끝에 내린 결론이 '놀리는 게 즐거워서'라니. 여전히 변함없는 여울의 둔함이 그리 달갑지 않았다.

한 달 가까이 여울과 있으면서 모든 것이 만족스러웠고 즐거웠다. 그래서 내린 결론은 '내가 은방울을 아주 많이 좋아하나 보다'였다.

그런데 그리웠다는 말에 돌아오는 답이 고작 저런 반응이라니. 아무래도 레벨을 은방울 수준에 맞춰 내려야 할 것 같았다.

"그런데 교수님은 왜 이쪽으로 가세요?"

가까이 다가온 여울이 앞을 한 번 보고 기영을 다시 돌아보며 물었다.

"혹시 바래다주시는 거면 괜찮아요. 좀 늦긴 했지만 그리 멀지 않은 데다가 오늘은 사람도 많아서 위험하지 않거든요."

"알아."

"네?"

기영이 여울을 보며 진지하게 말했다.

"아무도 널 가까이 하지 않을 텐데. 위험할 리가 없지."

"……."

앞으로 뚜벅뚜벅 걸어가는 기영의 모습에 여울이 깊게 숨을 들이켰다. 목에 묶인 끈을 기영의 멱살인 양 꽉 움켜잡았다.

그의 말이 맞았다. 이대로 조금만 발랄하게 뛰면 백차가 삐뽀삐뽀 달려올 판이었다. 여울의 눈썹이 불만으로 꿈틀거렸다.

"그리웠던 만큼 목에 매달려 아주 징글징글하게 울려 드립지요, 앞프로뒤태님."

난 크리스마스 장식용 리본을 달았지만 당신은 그걸 달고 있는 은방울을 달게 될 겁니다. 진절머리 나게 만들어 주리라.

불끈 쥔 주먹을 그의 뒤통수를 향해 흔들던 여울은 기영이 걸음을 멈추고 돌아보자 반사적으로 손을 딸랑거렸다.

"징글벨, 징글벨. 눈이 아주 알흠답습니다, 교수님. 노래가 절로 나올 만큼."

우는 건지 웃는 건지 모를 모호한 얼굴로 눈 내리는 하늘을 우러르는 여울을 물끄러미 바라보던 기영이 고개를 돌렸다. 그리곤 어서 오라 손가락을 까닥였다. 손을 내리고 축 늘어진 어깨를 애써 추스르며 여울이 걸음을 옮겼다.

덕분에 고개를 돌린 기영이 웃음을 참으려 아랫입술을 잘근 깨문 건 보지 못했다.

"바래다주시는 거 아니라면서 왜 자꾸 따라오세요?"

가까워진 사택을 보며 여울이 삐죽거렸다. 놀릴 거 다 놀리고 바래다줄 건 뭐람. 속으로 툴툴거리는 여울의 말이 실제로 들리는 것 같아 기영이 피식 웃었다.

"착각하지 마. 난 내 집에 가는 거야."

"어우, 그런 말 그다지 안 멋져요. 아닌 척 바래다주는 거 남자들은 멋진 줄 아는데 아닙니다요. 그거야말로 착각이죠."

빌라의 정문 앞에서 기영이 걸음을 멈추고 여울을 똑바로 마주했다. 자신의 말이 틀리냐고 반문하는 듯한 그녀를 향해 정색하며 물었다.

"너한테 내가 남잔가?"

"……네?"

그가 한 발 가까이 다가섰다. 덕분에 여울의 고개가 조금 더 뒤로 젖혀졌다.

"은여울에게 서기영이 남자냐고."

"……여잔 아니죠?"

당황해 도리질할 줄 알았던 여울이 생뚱맞은 답을 내놓았다. 기영의 미간이 미세하게 움찔거렸다. 이런, 한 방 맞았네.

조금은 컸다 이거지? 그가 고개를 끄덕이며 여울의 어깨를 손으로 툭툭 두드렸다.

"오케이. 서기영은 은여울에게 남자다."

기영이 돌아서 정문으로 걸어 들어갔다. 그 모습을 멀뚱히 바라보던 여울의 눈이 깜빡거렸다.

뭔가 말의 뉘앙스가 이상했다. 남자긴 남잔데 서기영이 은여울의 남잔 아니지 않나?

4층 빌라엔 엘리베이터가 없었다. 주로 펠로우들이 기거하는 곳으로 여울의 경우 한 달에 보름이나 들어올까 말까 했다. 그런 곳으로 기영이 서슴없이 들어서고 있었다.

"교수님!"

어느덧 정신을 차리고 후다닥 계단을 오른 여울이 그의 코트를 붙잡았다.

"여기 들어오시면 안 돼요."

"왜?"

"왜라니요. 아무리 교수님이지만 개인 공간인 제 집에 함부로 들어오시면 안 되죠."

당연한 거 아니냐는 듯 여울이 눈을 부릅떴다. 그런 여울을 물끄러미 내려다보던 기영이 불쑥 상체를 숙였다. 움찔거리는 여울의 미간을 손끝으로 꾹꾹 눌러 펴곤 그대로 손을 옮겨 귀를 잡아당겼다.

"아야!"

"내일 출근하면 이비인후과 진료부터 받아."

"네?"

기영이 여울의 귓가에 입술을 대고 친절하게 말했다.

"아무래도 귀에 이상이 있지 싶다. 분명히 말했지. 내 집에 간다고."

"그러니까, 왜……."

"왜일까?"

"설마, 그럴 리가."

여울이 의구심 가득한 눈빛으로 기영을 곁눈질했다. 기영의 입가가 자신만만하게 올라가 있었다.

"202호. 내 집이다."

"왜요?"

단박에 따라붙는 질문에 기영이 피식 낮은 웃음을 흘렸다. 뒤로 조금 물러나 이번에는 여울의 양 볼을 두 손으로 꾹 누르며 제게 고정시켰다.

"넌 왜 여기 살지?"

"그야 사택이라 싸고, 거리도 가깝고, 또 따로 집을 구할 시간도 없어서……."

"나도 그래."

"전에 살던 집 있으시잖아요."

"5년 동안 그 집을 그대로 뒀을까? 돌아오지 않을 생각이었는데?"

"파셨어요?"

"응."

기영이 간단하게 고개를 끄덕이고 물고기마냥 입술을 쭉 내밀고 있는 여울의 얼굴을 놓아주었다. 그가 2층으로 오르는 마지막 계단에 발을 올리자 여울도 뒤를 따랐다. 그의 손에 짓눌렸던 볼을 불퉁하게 비비적거리면서.

"여긴 평수가 작아서 불편하실 텐데요."

"괜찮아. 청소도 그렇고 관리하기엔 이쪽이 더 편해."

기영이 202호 게이트맨의 번호를 눌렀다. 삐리리, 잠금이 해지되는 소리를 들으며 여울은 깊은 한숨을 내쉬었다. 절망스럽게도 그의 말은 사실이었다.

문을 열고 안으로 들어서며 기영이 여울을 돌아봤다.

"내일 늦지 마."

"잠깐만요."

문을 닫으려는 그를 여울이 불러 세웠다.

"언제부터 여기 사셨는데요?"

"정확히 26일 됐지."

"오신 날부터네요."

"그렇지."

"그런데 왜 전 여태 몰랐을까요? 왜 한 번도 교수님을 보지 못했을까요?"

스스로에게 하는 것 같은 멍한 질문이었다. 기영이 한쪽 발로 문을 고정시키고 안쪽 벽에 기댔다. 그리곤 알아듣기 쉽도록 차근차근 설명을 시작했다.

"첫째, 넌 그동안 집에 들어온 게 손에 꼽을 만큼 적었어. 정확히 오늘로 여섯 번인가?"

곰곰이 생각하던 여울이 고개를 끄덕였다. 확실히 기영이 흉부외과로 컴백하고 나서 집에 오는 날이 더 줄었다.

"둘째, 너와 난 출퇴근 시간이 달라. 난 아침 7시, 넌 6시 30분에 총알처럼 튀어 나가지. 말로 형용하기 힘든 몰골로."

여울의 눈이 동그랗게 커졌다. 그건 또 어떻게 알았지? 그런 속마음을 꿰뚫듯 기영이 그에 맞는 답을 해 주었다.

"출근 전 티타임으로 항상 발코니에서 바깥을 보거든."

"하아."

"퇴근은 말 안 해도 알겠지?"

안다, 충분히. 좀비처럼 흐느적거리며 집으로 들어와 시체놀이를 하는 일상이었다. 논문 준비에 정신없이 병원을 활보하고 다니느라 그럴 수밖에 없었다.

"이제 그만 집으로 들어가도 되겠나? 길어야 네다섯 시간 쉴 수 있겠는데."

"아, 네."

얼떨떨하게 답하는 여울을 가만히 바라보던 기영이 손가락을 까닥였다. 가까이 와 보란 소리였다. 주춤주춤 다가서자 그가 손을 뻗어 머리카락을 손가락으로 쓸어내렸다. 놀라 눈을 번쩍 뜨고 쳐다보자 기영이 시큰둥하게 말했다.

"내일은 제발 망나니처럼 머리 산발하고 뛰지 말아 줘. 그 모습 볼 때마다 가슴이 선득하니까."

"……네."

"잘 자라, 은방울."

그가 손을 미끄러트려 여울의 볼을 스치듯 어루만졌다. 그리곤 아무 일도 없었던 것처럼 무심히 돌아서 집 안으로 사라졌다.

여울은 멍하니 눈을 깜빡이며 그의 손이 닿았던 볼을 슬며시 감쌌다. 그러다 황급히 돌아서서 자신의 집인 201호 게이트맨을 눌렀다.

"놀래라. 정신 차리라고 때리는 줄 알았네."

집으로 들어서자마자 여울이 바닥에 풀썩 주저앉았다.

문에 기대선 채로 여울의 집 현관문이 닫히는 소리를 듣던 기영의 입가로 엷은 미소가 번졌다. 입술을 달싹이며 여울은 듣지 못할 감미로운 목소리를 흘려 냈다.

"굿나잇. 서기영의 여자 은여울."

chapter 3

겨울이 추운 이유

옆집의 알람 소리가 귀로 선명하게 스며들었다. 침대 위에서 눈을 감고 있는 기영의 입술이 감미롭게 말려 올라갔다.

매일 저 소리에 맞춰 잠을 깨는 건 오히려 기영이었다. 여울은 알람이 10분 간격으로 두세 번 더 울리고 나서야 후다닥 잠자리를 박차고 나온다.

"하여튼, 게으름은."

기영의 입술에서 느릿한 웃음이 흘러나왔다.

방음이 그다지 좋지 못한 낡은 빌라였다. 웬만한 고시원 저리 가라 할 정도의 얇은 벽에도 막상 살고 있는 이들은 아무런 불만이 없었다. 그런 사소한 일에 신경을 곤두세울 만큼 한가하지도, 예민하지도 않았기 때문이다. 집에 오면 자기 바쁜, 피곤에 절어 사는 써전들의 거처였다.

기영은 이곳이 마음에 들었다. 여기엔 여울이 있었고, 그가 몰랐던 그녀의 병원 밖 생활을 알 수 있었으니까.

여울의 인기척 하나하나가 웃음을 자아냈다. 그녀를 생각하면 설레고 기쁘고 행복했다. 이런 자신의 마음을 몰라주는 그녀가 야속해 철부지 아이처럼 굴기도 했다. 나 좀 봐 달라고 자꾸만 놀려 댔다.

하지만 이런 자신의 마음을 과연 얼마나 더 숨길 수 있을지, 그녀를 향해 날로 커져 가는 사랑을 언제까지 참을 수 있을지 장담할 수 없었다. 여울에 대한 사랑의 감정이 커질 대로 커져 언제 터져 버릴지 알 수 없었다.

오늘, 아니, 지금 당장 문을 열고 나가 현관 벨을 누르고 고백할 수도 있었다. 여울이 자신을 거절하면 어쩌나, 농담으로 치부해 버리면 어쩌나 하는 이 두려움만 아니라면 말이다.

연애세포 제로인 은여울에겐 돌려 말하는 게 통하지 않았다. 그녀에겐 직설적인 고백이 적절하다는 걸 요 며칠 일을 통해서 깨달았다.

중요한 건 고백의 시점이었다. 지금일지, 오늘일지, 내일일지. 깊은 고민과 달리 마음은 벌써 그녀를 향해 달려가고 있었다.

눈을 뜬 기영이 엷은 미소를 머금은 채 몸을 일으켰다. 오늘은 여울의 오프였다. 저 알람을 끝으로 그녀는 아주 깊은 숙면에 빠져들 것이다. 정오가 지나서야 느릿하게 일어나 고픈 배를 채우기 위해 집 안을 어슬렁거리겠지. 즐거운 상상을 하며 기영이 침실을 나섰다.

시끄럽게 울리는 알람 소리에 여울은 머리끝까지 뒤집어썼던 이불을 들추고 힘겹게 일어나 앉았다. 부스스한 머리를 벅벅 긁으며 퀭한 눈으로 사이드 테이블 위 알람시계를 돌아봤다.

평소엔 아무리 요란하게 울려 대도 잘 들리지 않던 소리가 오늘은 귀가 아플 정도로 명확하게 들렸다. 잠을 제대로 못 잔 탓이었다.

a.m. 5:30.

2시가 다 되어 침대에 누웠으나 그 뒤로 한참을 뒤척였다. 이불이라도 뒤집어쓰면 나을까 싶어 머리끝까지 끌어 올렸지만 잠이 들기도 전에 알람이 울렸다. 결국 세 시간 반을 몸부림만 친 꼴이었다. 이게 무슨 짓이람.

어제 내과와 함께 진행한 6세 환아의 수술에서 트라키오스토미*를 집도했고, 오늘이 오프라 마음 놓고 술까지 마셨더랬다. 평소 같았으면 완전 곯아떨어졌을 것이다. 누가 업어 가도 모를 정도로.

그런데 한숨도 이루지 못했다. 여울은 그 원인이 있는 옆집 쪽을 한껏 째려보았다.

서기영은 왜 하고 많은 집들 중 하필이면 여기에 둥지를 틀었을까?

"돈도 많으면서."

입을 삐죽거린 여울이 길게 하품을 하며 어기적어기적 침대

---

*트라키오스토미(Tracheostomy):기관 절개술.

를 빠져나왔다. 오프엔 그동안 못 잔 잠을 진탕 자야 하는데 오늘은 영 그른 것 같다. 크게 기지개를 켜며 침실을 나온 여울이 주방으로 걸어가 냉장고 문을 열었다.

"어라? 물이 다 떨어졌네."

냉장고에 든 거라곤 물밖에 없었는데 그마저도 떨어져 텅텅 비어 있었다. 입맛을 쩝 다신 여울이 문을 닫고 주방을 휘둘러보았다. 이곳에서 산 지 근 2년이 다 되어 가는데 제대로 된 살림살이라곤 눈을 씻고 찾아봐도 없었다. 쓰고 버리기 쉬운 일회용 물품이 전부였다.

"대충 눈곱 떼고 편의점이나 다녀와야겠다."

어슬렁거리며 욕실로 향한 여울은 칫솔을 들어 치약을 짜다 무심코 거울을 봤다. 그리곤 그대로 손을 멈췄다. 거울에 웬 거지 하나가 들어앉아 있었다. 기영이 말한 망나니가 바로 이 앤가 보다.

그동안은 눈을 뜨기 무섭게 우당탕 욕실로 들어서 대충 세수만 하고 달려 나가기 바빠 제대로 거울을 본 적이 없었다.

"너 참 낯설다."

거울 속의 자신을 향해 간략한 소감을 말한 여울이 칫솔을 입에 넣었다. 이 닦기와 세수를 마친 뒤 욕실을 나서려다 한숨을 푹 내쉬며 다시 돌아섰다. 아무래도 거울 속 망나니가 마음에 들지 않았다. 샤워나 한판 해 볼까? 걸치고 있던 티와 바지를 벗어 던졌다.

개운하게 샤워를 하고 나와 트레이닝복으로 갈아입은 여울이 조심히 문을 열고 마주한 기영의 집 현관문을 바라보았다.

꿈이라면 좋겠지만 절대 꿈이 될 수 없는 악몽 같은 현실 앞에 깊고 깊은 한숨을 내쉬었다.

어찌하여 'God' 께서는 제게 쉴 틈 없이 이런 말도 안 되는 시련을 주시나이까. '오! 마이 갓' 이 아닌 '오! 유어 갓' 인 겝니까?

하늘을 향해 원망을 터트린 여울이 조심조심 문을 닫고 소리를 죽여 계단을 내려갔다. 그리고 빌라 정문을 나서다 문득 고개를 들어 기영의 집 발코니를 올려다보았다. 그가 출근 전 발코니에서 티타임을 가진다는 말이 떠올라서였다. 날도 추운데 설마, 하며 무심코 올려다보던 여울의 눈이 동그랗게 커졌다.

'헉, 놀래라.'

기영이 발코니에 서서 자신을 내려다보고 있었다. 김이 모락모락 피어오르는 찻잔을 든 채. 멍하니 그를 마주 보던 여울이 번득 정신을 차리고 고개를 꾸벅 숙여 보였다.

"안녕히 주무셨어요, 교수님."

"음. 오늘 오프 아닌가?"

"네."

"한창 꿈나라를 헤매고 있을 시간인데. 어디 가나?"

남의 일과에 어찌 그리 관심이 많으신지. 속으로 툴툴거렸지만 내색 않고 대답했다.

"편의점이요. 생수가 똑 떨어져서 사러 가요."

더 이상 할 말이 없다는 듯 돌아서려는 여울을 기영이 불러 세웠다.

"은방울, 이리 와."

"네?"

"생수 가져가라고."

"아니에요. 어차피 먹을거리도 사야 돼요."

"2분. 뛰어 와."

명령하듯 말하고 냉정하게 등을 돌려 집 안으로 사라지는 기영을 여울이 어이없게 바라보았다.

"에잇, 툭하면 명령질이야."

구시렁거리며 입을 샐쭉 내밀었지만 계단을 다시 오르는 발걸음은 아주 가벼웠다.

"앗싸! 돈 굳었다."

안 그래도 추워서 움직이기 싫었는데 잘됐다. 물을 기부하 겠다는 게 천사가 아니라 앞프로뒤태라는 사실이 조금 찝찝 했지만 신경 쓰지 않기로 했다.

기영의 집 앞에 도착한 여울이 막 벨을 누르려는 찰나 저절 로 문이 열렸다. 여울은 문을 열고 나온 그를 멀뚱히 쳐다보 다 정중히 두 손을 내밀었다.

"감사히 받겠습니다."

"셀프다. 네가 직접 들어와서 가져가."

기영이 문을 조금 더 열며 한쪽으로 비켜섰다. 그럼 그렇지. 뭔가를 준다고 한 것부터 이상했다. 곱게 그냥 줄 위인이 아니 었다.

"그럼 실례하겠습니다."

기영을 지나 안으로 들어선 여울이 신발을 벗고 실내로 성

78

큼 올라섰다. 목마른 사람이 우물을 파야지 별수 있나.

"우와!"

"웬 감탄사?"

여울을 스쳐 주방으로 걸어가며 기영이 물었다. 그의 뒤를 쪼르르 따라가며 여울이 신기한 듯 연신 주변을 두리번거렸다. 분명 자신의 집과 똑같은 평수에 똑같은 구조인데 실내가 확연히 달랐다. 모던하고 세련된 인테리어가 서기영와 꼭 닮아 있었다.

"제 집이랑 판이하게 달라서요."

"당연한 거 아닌가?"

"네?"

"사는 사람이 다르잖아."

"아, 네."

말인즉 난 깔끔하고 정리 정돈에 능숙한 사람이고, 넌 덜렁이에 정리와는 담을 쌓은 사람이란 뜻이었다. 맞는 얘기였지만 대놓고 말하니 약간 민망했다.

"앉아."

머쓱하게 서 있는 여울에게 식탁 의자를 권한 기영이 자신의 것과 똑같은 찻잔을 내려놓았다. 아무 문양 없는 백색 찻잔의 테두리엔 고운 은빛이 둘러져 있었다. 받침 역시 그랬다.

또 은이야? 여울은 눈썹을 꿈틀거렸지만 찻잔이 싫은 건 아니었다. 오히려 단아함과 우아함이 느껴져 대접받는 기분이 들었다.

"마셔."

"전 물 얻으러 왔는데요?"

모락모락 피어오르는 김과 은은한 향이 손을 유혹했지만 선뜻 잔을 들진 않았다. 물 달랬더니 차까지 내놓는 기영의 저의가 의심스러웠다.

"그 잠깐 사이 루돌프 됐다. 몸 녹이는 데는 차가 제일이야. 마셔. 독 안 탔으니까."

"에이, 독은 무슨. 그냥 넙죽 받아 마시기 죄송스러워서 그런 거죠."

그제야 찻잔을 들어 호호 입바람을 부는 여울을 기영이 부드럽게 바라보았다. 그리고 다른 접시를 꺼내 쿠키 몇 개를 담아 그녀의 앞에 밀어 주었다.

"곁들이면 맛있어."

"어이쿠, 감사합니다."

아침엔 밥 대신 간단하게 차와 쿠키를 먹는 기영이었다. 바쁜 스케줄을 소화하기 위해선 이쪽이 훨씬 효율적인 데다 보기와 달리 제법 든든했다.

맛있게 차와 쿠키를 먹는 여울을 흡족하게 지켜보다 냉장고 쪽으로 가던 기영이 그녀의 젖은 등을 발견했다. 머리카락 끝이 닿는 부분이 젖어 있었다. 그러고 보니 머리카락에 물기가 그대로 남아 있었다.

발길을 돌려 욕실 쪽으로 걸어가는 그를 무심히 쳐다보던 여울은 이내 남은 쿠키를 입으로 가져갔다. 자신의 휑한 주방과 달리 갖가지 용품들이 제대로 갖춰져 있었다. 여자인 자신보다 더 살림을 잘하는 것 같았다.

연신 속으로 감탄을 터트리던 여울은 움찔하며 시선을 멈추었다. 등 뒤에서 자신의 머리카락을 만지작거리는 것이 느껴졌다.

"교수님?"

"칠칠맞지 못하게 머리도 제대로 안 말리고 다니니까 루돌프가 되지."

"괜찮은데요."

여울이 그의 손을 잡으며 말했지만 기영은 그 손을 물리고 젖은 머리를 수건으로 꾹꾹 누르며 조심히 닦아 냈다.

"내가 안 괜찮아."

"네?"

"내 집에 물 떨어지잖아."

"아, 그게…… 죄송합니다."

"차 마저 마셔."

"……네."

바닥에 물을 뚝뚝 떨어트리고 다니는 외부인을 마음에 들어 하지 않는 건 깔끔한 기영에게 있어 어쩌면 당연한 일일지도 몰랐다. 하지만 그렇다고 서기영이 남의 머리를 직접 닦아 줄 위인이냐 하면 절대 그렇지 않았다. 내쫓았으면 내쫓았지.

뭔가 수긍이 되면서도 되지 않는 묘한 기분에 사로잡힌 여울이 찻잔을 들어 입에 댔다.

"몸 관리 잘해. 의사가 감기 걸려서 골골거리면 환자 제대로 못 본다."

구구절절 옳은 말이었지만 지금 여울의 귀엔 한마디도 제대로 들어오지 않았다. 그녀는 기영이 자신에게 왜 이러는지, 또 무슨 놀림거리를 만들어 자신을 괴롭히려는 건지 그 의도에 대해 생각하는 것만으로도 머릿속이 복잡했다.

이렇게 뜬금없이 전에 없던 행동을 할 때마다 고민은 깊어져 갔다.

머리를 부드럽게 매만지던 손길이 멈췄다. 수건을 의자 등받이에 걸쳐 놓은 기영이 냉장고에서 생수 두 병과 샌드위치, 먹기 좋게 포장된 샐러드를 꺼내 쇼핑백에 담았다.

"가져가 챙겨 먹어. 종일 시체 놀이만 하지 말고."

여울이 힐끔 쇼핑백 안을 살폈다. 생수 하나면 족한데 이렇게 먹을거리까지 챙겨 주고. 확실히 뭔가 이상했다.

"저기, 교수님."

"왜."

하지만 남의 성의를 의심하며 외면하기에 여울의 심성은 너무 고왔다.

"이왕이면 저녁거리도 좀……."

먹거리의 유통기한을 확인한 여울은 먹고 탈 날 일은 없겠다 판단하고 서둘러 말했다. 얻어먹는 김에 풍성한 그의 냉장고에서 저녁까지 해결하면 금상첨화겠다는 생각이 들었다.

먹고 죽은 귀신이 때깔도 좋다고 했다. 게다가 공짜였다. 기영이 달라진 거야 외국물을 오래 먹어 그런 거겠지. 어쩌면 버터에 너무 많이 절여져서 그런 건지도 모른다.

―이야, 좋은 시간 다 갔다. 쉴 땐 좋았지? 어서 폰 받고 정

신 챙기자?

참 타이밍도 기가 막히게 여울의 휴대폰이 울렸다. 오프 때는 병원에서의 연락 벨을 따로 지정해 놓고 있었다. 여울은 물론 기영의 시선도 그녀의 트레이닝복 주머니로 움직였다.

여울이 깊은 한숨을 내쉬며 휴대폰을 꺼내 귀에 댔다. 오프라고 해서 마음 편하게 쉴 수 있는 것은 아니었다. 언제 연락이 올지 모르기에 제대로 된 오프를 즐기는 경우는 손에 꼽다시피 했다.

"네, 은여울입니다."

—선생님, 어제 산부인과에서 컨설트해 온 환자요. 지금 응급으로 수술 들어간답니다. CPR* 들어와서 이민재 선생님이 들어가셨는데 어레스트* 한 번 왔대요. 현재 쇼크 상태로 대량 출혈 있습니다. 얼른 오셔야 할 것 같아요.

"수술실 연결해 줘요."

—네.

수화기 너머로 새어 나오는 통화 내용을 들은 기영이 서둘러 가방을 챙겨 들고 여울을 향해 손짓했다.

자신의 코트를 덮어 준 그는 등을 부드럽게 감싸 여울을 현관으로 이끌었다.

곧장 집을 나서며 여울이 정확한 상황을 물었다. 그녀가 통화를 하고 있는 사이 기영이 빌라 주차장에 세워 둔 차를 몰고 왔다. 그가 조수석 문을 열어 주자마자 여울은 차에 올라

---

*CPR(Cardiopulmonary Resuscitation):심폐소생술.
*어레스트(Arrest):심정지.

탔다. 응급이었기에 마다할 이유가 없었다.

"출혈점은요?"

—아직 못 찾았습니다.

"10분……."

속력을 내기 시작한 기영이 손가락 다섯 개를 펼쳐 보이자 여울이 시간을 수정했다.

"아니, 5분 안에 도착합니다."

"심폐기실 연락해서 에크모* 달아 놓으라고 해."

기영의 말을 여울이 그대로 전달했다. 병원에서 집이 그리 멀지 않다고는 하나 걸어서 20분은 걸렸다. 그 거리를 3분만에 돌파한 기영이 응급실 앞에 급히 차를 세우며 여울을 향해 말했다.

"차분하게 잘하고 있어. 나도 곧 갈 테니까."

"오전에 점액종 수술 있으시잖아요."

"혼자 가능하겠어?"

"네. 안 되면 콜 드리겠습니다."

"그래."

여울이 엷게 웃으며 내린 뒤 응급실 안으로 뛰어갔다.

기영이 9시에 집도할 좌심방 점액종도 응급이긴 마찬가지였다. 자칫 시기를 놓치면 점액종이 심장판막을 막아 호흡곤란이 올 수도 있었고, 떨어진 종양이 뇌나 심장의 혈관을 막을 수도 있었다.

---

*에크모(ECMO):이동 가능한 인공심폐기.

a.m. 7:15.

일단 수술실에 들어가면 언제 끝이 날지 모른다. 한 번 멈춘 쇼크 상태의 심장을 바로잡기엔 아슬아슬한 시간이었다. 여울을 믿어 보는 수밖에.

낮은 한숨을 토해 낸 기영이 차를 주차장으로 몰았다.

수술실 안은 그야말로 초긴장 상태였다. 여울이 들어서자 제세동 중이던 민재가 그녀를 반갑게 돌아보았다. 산부인과 집도의의 설명을 들으며 환자를 살핀 여울이 즉시 수술에 들어갔다.

"에크모 연결합니다. 포셉*."

모두 숨을 죽인 채 그녀의 손끝만 바라보았다.

오늘 수술할 환자를 비롯해 회진을 돌던 기영은 수술 현황이 떠 있는 상황판을 무심히 바라보았다. 여울의 수술이 아직 끝나지 않은 모양이었다.

"O형 혈액 더 구해서 3번 수술실로 넣어 주세요."

너스 스테이션으로 달려온 PA*가 다급하게 말했다.

"지금 구하는 중이에요. 조금만 기다려 주세요."

"빨리요!"

발을 동동 구르는 PA의 모습에 기영이 뒤에 선 송빈을 빤

---

*포셉(forceps):수술용 집게.
*PA(Physician Assistant):일정 부분 의사의 일을 할 수 있도록 트레이닝된 전문 간호사.

히 쳐다보았다. 그 시선에 송빈은 자신이 뭘 잘못했나 싶어 꿀꺽 마른침을 삼켰다.

"송빈, 너 O형이지."

"네."

"저 PA 따라가서 피 좀 뽑고 와."

"네?"

"신선 혈장 들어가면 피가 더 빨리 멎을 거 아냐. 서둘러."

피를 뽑으라는 기영의 말에 송빈의 얼굴이 핼쑥해졌다. 말이 쉽지, 수술을 위한 거라면 흡혈귀에게 빨리듯이 밑바닥까지 뽑힐 게 뻔했다. 생각만 해도 몸서리가 쳐졌다. 그렇게 피를 빨리고 수술실 어시까지 서면 그냥 골로 가는 것이다. 하지만 차마 못 하겠다는 말은 할 수 없었다.

"대신 오전 한 시간 빼 준다."

"……아, 네!"

금방이라도 죽을 것처럼 얼굴을 굳히고 있던 송빈이 언제 그랬냐는 듯 넙죽 답하며 PA를 향해 뛰어갔다. 한 시간이면 잠 보충에 몸보신까지 하고도 남았다.

30분 후.

산부인과 집도의에게 메스를 넘기고 나온 여울이 2번 수술실을 지나다 그 앞에 멈췄다. 기영이 집도하는 점액종 수술이 막 시작되려 하고 있었다. 멈칫하던 여울이 조심스럽게 수술실 안으로 들어섰다. 그리고 자신을 바라보는 기영을 향해 정중히 고개를 숙였다.

"참관해도 되겠습니까?"

"참관만?"

"네?"

"거기 송빈이 보내는 바람에 어시 부족해. 스크럽하고 퍼스트 서."

퍼스트 어시를 하라는 기영의 말에 여울의 눈이 금세 반짝거렸다. 응급수술을 마치고 나와 기진맥진하던 몸에 갑자기 힘이 솟는 기분이었다.

이런 기회는 흔치 않았다. 오늘이 오프만 아니었다면 자신이 먼저 기영에게 퍼스트 어시를 서도 괜찮겠느냐고 부탁하려 했었다. 흉부외과 써전으로서 그의 집도를 눈앞에서 보고 싶은 건 당연했다.

"하기 싫어?"

"아닙니다. 합니다."

스크럽을 위해 밖으로 나서는 여울을 보며 마스크로 가려진 기영의 입술이 흐뭇하게 말려 올라갔다. 쏜살같이 들어선 여울에게 써클레이션 간호사가 새 수술복과 글러브를 끼워 주었다.

여울이 다가오자 인후가 자리를 내어 주었다. 기영은 맞은편에 선 여울에게 따스한 눈빛을 건네고 이내 수술에 집중했다.

"썩션."

그의 지시에 따라 여울이 차분히 피를 썩션기로 빨아들였다. 수술은 기영의 현란한 솜씨로 순식간에 끝이 났다. 악성이 아닌 양성이라 종양만 떼어 내면 되었지만 그 깔끔함과 세

밀함은 타의 추종을 불허할 만큼 빠르고 완벽했다.

"마무리해."

"네."

여울에게 봉합을 맡기고 기영이 먼저 수술실을 나섰다. 여울은 한껏 상기된 얼굴로 바늘을 집어 들었다.

서기영 교수는 아무에게나 수술 마무리를 시키지 않았다. 그런 그가 마무리를 시켰다는 건 써전으로서 여울을 믿는다는 의미였다.

수술을 완전하게 끝내고 탈의실로 들어선 여울은 막 옷을 갈아입으려다 말고 아차 하며 아무렇게나 널브러져 있는 기영의 코트를 집어 들어 손으로 털었다.

흉부외과 교수 연구실엔 기영이 없었다.

회진을 돌 시간은 아니고 응급실이나 중환자실에 있는 건가? 여기저기 기영을 찾아 기웃거리던 여울이 너스 스테이션으로 걸어갔다.

"김 간호사님, 혹시 서기영 교수님 어디 계신지 알아요?"

"아까 커피 뽑아서 위로 올라가시던데요? 옥상에 가신 거 아닐까요?"

"옥상? 날도 추운데 거긴 왜 올라갔지?"

"바람 쐬고 싶어서 그런 거 아니겠어요?"

"다른 사람한텐 몸 관리 잘하라더니 자긴 이 추운 날 수술까지 하고 거길 왜 가. 그러다 감기 걸리면 어쩌려고."

"잠깐인데요, 뭘. 어, 그거 서 교수님 코트예요?"

"어떻게 알았어요?"

여울이 놀란 듯 묻자 김 간호사가 당연한 것 아니냐는 표정으로 말했다.

"향기 때문에요. 교수님이 쓰시는 향수랑 똑같은 향이 나잖아요."

"와아, 그걸 어떻게 알아요?"

"딱 교수님한테 어울리는 향이거든요."

"또 관심병 도졌네, 우리 김 간호사님."

"관심병이 아니라 사랑이라고 하죠, 이런 건."

"헉, 어떻게 그런 끔찍한 말을."

"왜요?"

"앞프로뒤태는 얼음마왕이라고요, 찔러도 피 한 방울 안 나오는. 아무리 찍어도 안 넘어온다고 결국엔 모두 두 손 두 발다 들어요. 도끼도 막 부숴 버린다고. 얼마나 심하면 앞프로뒤태는 NS, 성별이 없다고 '노 섹스'라는 말이 붙었겠어요."

"여자한테 관심이 없다는 말을 듣긴 했지만 그건 아직 마음에 드는 여자를 못 찾아 그런 거 아니겠어요?"

"과연 마음에 드는 여잘 만나면 변할까요?"

"그건 두고 보면 알겠죠?"

"그 여자가 김 간호사면 더 좋을 테고요?"

"물론이죠, 헤헤."

생각은 벌써 거기까지 닿았던 건지 김 간호사가 황홀한 얼굴로 실실 웃었다. 고개를 절레절레 흔들며 엘리베이터로 발걸음을 옮긴 여울은 곰곰이 서기영의 여자에 대해 생각해 보았다.

서기영이 여자와 사랑에 빠진다는 건 상상해 본 적이 없었다. 실제로 그가 누구와 사귄다는 말을 들어 본 적도 없었다. 누군가 대시했다가 처참하게 차였다는 소문만 무성했다.

일밖에 모르는 사람이 사랑이란 걸 하게 되면 어떻게 변할까. 그다지 떠오르는 이미지가 없었다. 자신을 괴롭히며 즐거워하는 모습밖에는. 그런 것도 사랑이라고 할 수 있나? 아니면 호감?

"워이, 무슨 끔찍한 생각을."

터무니없는 생각을 머릿속에서 훌훌 지워 내며 엘리베이터에 오른 여울은 옥상으로 이어진 최고층의 버튼을 눌렀다.

옥상 입구에 선 그녀는 문을 열기도 전에 부르르 떨었다. 손잡이가 차가웠다. 벌써 찬바람이 몸을 에워싼 듯 추위가 엄습해 오는 것 같았다.

"그냥 밑에서 기다릴까……."

손잡이를 잡고 망설이다 결심을 굳혔다. 코트가 자신에게 있으니 그는 아마 가운만 걸친 채 바람을 마주하고 있을 것이다. 얼른 주고 들어오는 게 좋을 듯싶었다.

문을 열자 아니나 다를까 찬 기운이 몸을 공격해 왔다. 으스스 몸을 한차례 떤 여울이 서둘러 기영을 찾아 나섰다. 그는 난간 앞에 서서 김이 모락모락 피어오르는 종이컵을 들고 아래를 내려 보고 있었다.

"교수님."

여울의 목소리에 기영이 고개를 돌렸다. 뛰어와 코트를 내

미는 그녀의 몸이 바들거리며 떨리고 있었다.

"고맙게 잘 썼습니다."

"아직 덜 쓴 건 아니고?"

"네?"

"마셔."

코트를 가져간 기영이 들고 있던 종이컵을 내밀었다. 여울은 달콤한 커피향을 느끼며 컵을 받아 들었다. 따스한 온기가 손안에서 느껴졌다. 냉큼 종이컵을 입으로 가져가려다 그를 올려 봤다.

"교수님이 드시려던 거 아니에요?"

"난 커피 안 마셔."

"그럼 왜……."

"누가 그러더라고. 수술 후엔 달콤한 자판기 커피가 딱이라고. 죽여주게 맛있다나?"

"그거 저 말씀하시는 거예요?"

수술이 끝나면 자판기 커피를 뽑아 너스 스테이션에 기대며 하던 말이었다.

기영에게 직접 한 말도 아닌데 어떻게 알고 있을까, 희한하다는 생각이 들었다. 하지만 지나가다 들었겠지 싶어 깊게 고민하지 않고 넘겼다. 일단은 추운 몸과 피로를 커피로 달래는 게 먼저였다.

커피를 한 모금 삼킨 여울이 기분 좋은 미소를 달곤 기영을 바라봤다.

"정말 저 주려고 뽑으신 거예요? 제가 올 줄 어떻게 아시고요?"

"이거."

그가 코트를 들어 보였다. 여울이 코트를 들고 찾아올 줄 알고 미리 커피를 뽑아 추운 옥상에서 기다리고 있었다는 의미였다. 왜지? 그냥 교수실에 있는 게 더 편하지 않나?

"은여울."

"네?"

"너 애인 있어?"

"……."

"사귀는 사람 있냐고."

"있던 애인도 달아나는 게 흉부외과 아닙니까. 일주일 썸 타다 튕겨 나간 놈 말곤 제대로 만나 보지도 못했어요. 지금 저 놀리려고 물으시는 거죠?"

삐죽 튀어나온 여울의 입술을 가만히 바라보던 기영이 그녀의 앞으로 가까이 다가섰다. 그리곤 들고 있던 코트를 머리에서부터 감싸 덮어 주었다.

여울이 멀뚱히 눈을 깜빡이며 올려 보자 그가 상체를 숙여 종이컵에 입술을 댔다. 입술을 축일 정도로 커피를 한 모금 머금은 기영이 입술을 부드럽게 말아 올리며 나직하게 말했다.

"그러네. 커피 맛있네."

"교수님?"

"은여울, 겨울이 왜 추운지 아나?"

"네?"

"그건 말이지. 따스함을 알게 해 주기 위해서야."

"따스함이요?"

"뜨거움이나 더운 것과는 다른 따스함. 사람을 통해서만 느낄 수 있는 그런 온기."

"무슨 말씀이신지……."

기영이 여울의 머리를 덮은 코트 위로 손을 올려 가만히 그녀의 얼굴을 감쌌다. 말똥거리는 여울의 눈을 지그시 바라보다 이마 위로 제 입술을 내려놓았다.

작지만 분명하게 느껴지는 따스함이 여울의 이마 위로 스며들었다.

"궁금했던 건 확인했고. 이제 마지막 하나."

이마에 닿은 기영의 입술이 작게 움직이자 여울이 저도 모르게 움찔거렸다.

"은여울."

그가 입술을 거두고 눈을 마주했다. 여울은 왠지 모를 긴장감을 느끼며 마른침을 꿀꺽 삼켰다.

"내가 널 좋아한다."

뜬금없는 고백에 여울의 눈이 동그랗게 커졌다. 이건 전혀 예상 못 한 일이었다. 갑작스럽게 이마에 입을 맞춘 것만 해도 당황스럽고 설레서 어쩔 줄 모를 판국인데, 거기다 좋아한다는 핵폭탄급 고백이라니. 준비되어 있지 않은 여울의 심장에 직격탄을 쏜 것이다.

쇼크에 멈춰 버린 것처럼 미동조차 않던 심장이 어느 순간을 기점으로 미친 듯이 뛰기 시작했다. 여울은 당황한 기색이 역력한 얼굴로 그를 올려다보았다.

왜? 날 왜? 이건 은방울 놀리기의 또 다른 버전임이 분명했다. 그렇지 않고서야 그의 입에서 이런 말이 나올 리 만무했다.

마주한 그의 진지한 눈빛에 여울이 갑자기 딸꾹질을 터트렸다.

"딸꾹!"

"그래서 지금부터 너랑 사랑이란 걸 하려고 한다."

"딸꾹. 하하, 교수님. 장난이 심하세요. 사랑이라니, 무슨 그런…… 딸꾹."

놀리지 말라는 듯 샐쭉하게 눈을 흘기는 여울의 얼굴을 기영이 더 가까이 당겼다. 들고 있던 종이컵이 툭 떨어졌다. 기영이 그녀의 손을 잡아 제 왼쪽 가슴 위에 올려놓았다.

생각지도 못한 접촉에 여울의 눈이 커졌다. 셔츠를 사이에 둔 그의 단단한 가슴이 손과 맞닿았다.

"심장은 거짓말을 하지 않아."

"무슨……."

"지금 내 심장이 하는 말, 잘 새겨들어."

진지한 눈빛과 제 손바닥 아래에서 빠르게 뛰어 대는 그의 심장박동에 여울의 입이 꾹 다물어졌다.

두근두근두근.

평소의 그답지 않게 심장이 미친 듯이 뛰고 있었다. 믿을 수 없게도 서기영의 심장은 은여울에게 '지금 나는 너 때문에 뛰는 거다'라고 말하고 있었다. 그의 가슴 위에 놓인 손이 감전이라도 된 듯 따끔거렸다. 더불어 얼굴도 화끈거렸다.

여울은 방금 기영이 한 말이 자신을 놀리기 위한 농담이기를 바랐다. 아니, 그래야만 했다.

그렇지 않고서는 복잡하게 얽혀 교통정리가 제대로 되지 않는 머릿속을 도저히 정리할 수가 없었다. 이대로 과부하가 되면 터져 버리고 말 것이다.

서기영은 처음 만났던 그 순간부터 스승이었고, 그로부터 8년이 지난 지금도 마찬가지였다. 지극히 간단한 인간관계를 지향하는 여울의 관점에서 기영과 자신은 사랑이란 걸 논할 사이가 아니었다. 그건 불변의 진리처럼 변하지 않는 사실이었고, 앞으로도 그러리라 생각했다.

좋게 말해 자신이 귀여워 짓궂은 장난을 칠 수는 있었다. 예를 들면 목에 트리 장식용 리본을 달아 선물이라고 말하는 식의. 하지만 지금 이건 그 수준을 벗어나 있었다.

기영은 흉부외과 의사답게 심장을 들먹이며 자신의 진실성을 표현했다. 하지만, 아무리 그래도 너무 말이 안 되는 일이라 순순히 받아들일 수가 없었다.

날 좋아한다고? 그래서 나와 사랑이란 걸 해 보고 싶다고? 도대체 언제부터 그런 감정이 생긴 건데?

갈피를 잡지 못한 여울의 마음이 불안한 눈동자에 고스란히 드러났다.

"생각은 머리로만 하라니까."

"잠깐만요. 안 그래도 머리 울려 죽겠으니까 조금만 조용히 해 봐요."

저도 모르게 손을 뻗어 기영의 입을 탁 막은 여울은 흠칫 몸을 떨었다. 손바닥으로 전해지는 입술의 감촉이 너무 부드럽고 따스했다. 봉인된 그의 입술이 천천히 말려 올라가는 것이 느껴졌다.

'미쳤어! 은여울, 너 지금 무슨 짓을 한 거야!'

차마 고개를 들어 그를 마주하지 못한 여울이 서둘러 버르장머리 없는 제 손을 거둬 냈다. 기영에게서 아무런 기척이 느껴지지 않자 불안한 마음에 힐끔 눈동자를 올렸다.

때마침 불어온 북풍에 그의 머리카락이 부드럽게 흩날렸다. 자신을 지그시 내려다보고 있는 눈빛만으로도 심장이 덜컥거리는데, 믿을 수 없게도 그의 입가에 싱그러운 미소가 걸려 있었다.

앞프로뒤태에게 싱그러움이라니! 싱그러움이라니!

눈을 동그랗게 뜬 여울의 고개가 가로저어졌다.

기영은 그런 여울의 머리에 손을 올렸다. 시시각각 다양하게 변하는 그녀의 표정이 너무 귀여웠다.

'그 나이에도 귀여울 수 있는 건 은방울이기에 가능한 일이겠지. 더불어 내 눈에 낀 콩깍지도 한몫하는 걸 테고.'

여울이 후다닥 몇 발자국 뒤로 물러섰다. 그러자 몸을 감싸고 있던 코트가 바닥으로 툭 떨어졌다.

대상을 잃은 기영의 손이 허공에 머물렀다. 그저 습관처럼 가볍게 머리를 헝클어 주려던 것뿐인데 과민반응에 그의 한쪽 눈썹이 물결치듯 치켜 올라갔다.

"흐음."

경계심을 드러내며 가자미눈을 하고 있는 여울의 모습에

기영이 가만히 턱을 쓸었다.

너무 좋아해서 심장이 떨린다는 걸 직접 표현한 사람치곤 너무나 차분한 얼굴이었다.

손바닥 아래에서 뛰어 대던 심장을 직접 접해 보지 않았다면 아마 여울은 그의 말을 믿지 않았을 것이다. 어떻게 사랑하는 여자를 눈앞에 두고 저렇게 느긋하고 태연할 수 있을까. 그 여자가 제 손길을 대놓고 거부했는데 말이다.

어쩌지? 어떻게 해야 되지? 기영의 시선이 올가미처럼 자신을 옭아매기 전에 벗어나야 한다고 여울은 판단했다. 생각은 그다음이다. 과연 결론을 낼 수 있을지 의문이긴 하지만.

"교수님, 아무래도 제가 지금 당장 이비인후과 진료를 받아 봐야 할 것 같아요."

여울이 은근슬쩍 기영의 시선을 회피하며 귀를 휘적거렸다.

"왜, 잘 안 들려?"

"역시 명의시라니까요. 윙윙거리는 게 잡음 때문에 말이 제대로 안 들려요. 막 환청 같은 게 들리는 것도 같고."

"환청 아니야."

속이 훤히 보이는 얄팍한 수에 넘어갈 기영이 아니었다. 나직하게 웃은 그가 한 발 가까이 다가섰다. 흠칫 놀란 여울이 두 손을 교차해 제 가슴을 봉쇄하곤 재빨리 물러났다. 동시에 기영의 미간이 살짝 찌푸려졌다.

쉽게 받아들이지 않을 거라 예상은 했지만 이건 좀 과한 게 아닌가 싶었다. 자신이 마치 치한이라도 되는 양 바짝 신경을 곤두세우고 경계하는 여울의 태도가 기영은 못마땅했다.

점점 굳어 가는 기영의 표정에 여울이 서둘러 변명을 늘어 놓았다.

"그런 게 아니라면 교수님이 제게 이런 말을 할 리가 없잖아요. 조, 좋아한다니. 말이 돼요?"

"안 될 건 또 뭔데."

"안 되죠. 교수님이시잖아요. 제 은사신데 어떻게 그런 감정이 생겨요? 게다가 교수님은 천하의 앞프로뒤태……."

그의 별명을 말하던 여울이 순간 흠칫하며 눈치를 살폈다. 불쾌함이 역력한 표정을 보니 역시 말을 잘못 꺼냈다 싶었다. 수습할 말을 고르는 동안 기영이 성큼성큼 다가왔다. 놀란 여울이 눈을 동그랗게 뜨고 그의 얼굴을 멀뚱히 올려다봤다.

"숨 쉬어."

그의 말을 듣고서야 여울은 자신이 숨을 멈추고 있었다는 걸 깨달았다.

"네. 후우."

"은사가 뭐? 학창 시절 동경하던 스승과 결혼하는 제자는 수도 없이 많아. 성인이 돼서 만났고, 오랜 시간 서로를 봐 왔어. 나이? 우린 고작 네 살 차이고. 교수는 내 직업일 뿐이야. 문제가 될 건 전혀 없다고 보는데. 말해 봐. 내가 싫어?"

"예?"

너무 직설적인 질문이었다. 선뜻 답하지 못하고 눈동자를 굴리는 여울의 표정이 어딘지 모르게 어색했다.

겉으론 별다른 변화를 보이지 않는 그의 가슴 위로 묵직한 돌덩이 하나가 떨어졌다. 불안한 마음을 담아 미세하게 꿈틀거리는 미간과 파르르 떨리는 속눈썹을 여울이 보지 못한 게 천만다행이었다.

"그게…… 항상 그런 건 아니고요. 가끔 절 놀리실 때만 조금 그래요. 싫다는 표현보단 밉다는 표현이 적절하겠죠?"

"미워?"

그 정돈 괜찮았다. 미움은 애증의 표현 방법 중 하나니까.

"싫은 건 아니다?"

"딱히 좋은 것도 아니랄까요."

"뭐가 그렇게 어중간해. 딱 잘라 말 못 해?"

뭘 그렇게 딱 잘라 말하는 걸 좋아하는지. 차트 정리하는 것도 아니고. 메스를 들고 무 썰 순 없는 거 아닌가? 속으로 구시렁거린 여울이 검지를 척 들어 보였다.

"딱 잘라 말하자면, 저는 교수님을 단 한 번도 이성으로 생각해 본 적이 없습니다."

이번엔 비교적 명확하게 자신의 뜻을 밝혔다.

그랬다. 문제는 거기에 있었다. 은여울은 서기영을 단 한 번도 이성으로 생각해 본 적이 없었다. 그래서 그의 사랑하잔 말에 당장 거부 반응이 나타난 것이었다.

자신이 내뱉은 말에 흡족한 듯 여울이 고개를 끄덕였다. 기영이 턱을 쓸던 손을 움직여 제 아랫입술을 톡톡 두드렸다. 뭔가를 곰곰이 생각하는 모양이었다.

그 손길에, 아니, 손끝이 두드리고 있는 기영의 매력적인 입술에 눈길이 가는 건 달리 시선을 둘 곳이 없어서라고 여울은 자신을 변론했다.

"좋아. 그럼 지금부터 이성으로 생각하면 되겠군."

"······그게 마음먹는다고 되는 일일까요?"

"물론 협조가 필요하겠지."

"협조? 어떤 협조요?"

갸웃하는 여울에게 기영이 제 얼굴을 기울였다. 뒤로 휘는 허리를 한 팔로 휘감으며 그녀의 입술 위로 입술을 가져갔다. 닿을 듯 말 듯한 거리에서 멈춘 기영의 입술에 여울의 심장이 빠르게 뛰기 시작했다. 부릅떠진 채 혼란스럽게 흔들리는 눈동자와 느릿해진 숨소리에 기영의 입가가 사르르 말려 올라갔다.

"예를 들면."

여울의 입술 위에 일부러 제 숨결을 섞어 말을 흘려 낸 기영이 고개를 틀어 그녀의 귀에 입술을 가져다 댔다. 부드러운 입술이 예민한 피부에 닿자 여울이 흠칫 몸을 떨었다.

"이런 식의 가벼운 자극? 둔한 감각을 일깨우고 상대를 의식하게 만들기에 이만한 게 없지. 앞으로 은여울이 서기영을 남자로 느낄 수 있도록 물심양면으로 협조해 줄게. 단지 이유가 그것 때문이라면 크게 문제될 건 없으니까."

입 끝을 살짝 끌어 올린 기영이 붉게 달아오른 여울의 귓불을 만족스레 바라보다 그녀의 목덜미로 시선을 내렸다. 사뿐히 내려 뜬 눈동자에 장난기가 스쳤다. 가녀린 목 위로 입술을 가만히 내려놓았다. 마치 자신의 것이라는 낙인을 찍듯 지그시 무게를 더해서.

"걱정 붙들어 매."

너무 놀라 얼음처럼 굳은 여울에게서 입술을 거둔 기영이 아무 일도 없었다는 듯 그녀의 어깨를 가볍게 툭툭 두드렸다. 자박자박, 멀어지는 발소리가 이명처럼 여울의 귓속으로 스며들었다.

멍하니 눈만 깜빡거리던 여울은 손을 올려 기영의 입술이 닿았던 부위를 덮었다. 그리고 옥상 출입문을 돌아보며 따지듯 투덜거렸다.

"뭘 물심양면으로 협조하겠다는 거야? 자기가 무슨 흡혈귀인 줄 아나. 남의 목에 입술은 왜 박고 난리야."

뜨거움과 간지러움이 공존하는 묘한 여운이 자꾸만 신경을 거슬리게 했다. 발치에서 걸리적거리는 기영의 코트를 툭 걷어차고 씩씩거리며 출입문으로 향하던 여울은 다시 돌아서 코트를 집어 들었다.

"상한 치즈를 너무 많이 먹은 거야. 그러지 않고선 저럴 수가 없지, 암."

코트에 묻은 먼지를 손으로 탁탁 털어낸 여울이 다시 문쪽으로 걸어갔다. 아무래도 기영에게 정신과 상담을 받아 보라고 권해야 할까 보다.

천하의 서기영이 자신의 제자였던 골칫덩어리 은방울을 여자로 본다는 건 실로 엄청난 일이었다. 혹시 어떤 정신적 쇼크를 받은 것이 아닐까. 적어도 여울의 관점에선 그랬다.

차마 기영의 얼굴을 마주 볼 용기가 나지 않아 도망치듯 병원을 빠져나왔다. 어차피 오프였고, 다시 응급 상황이 일어나지 않는 한 병원으로 돌아갈 일은 없었다.

✠   ❀   ✠

집에 도착하고 보니 허기가 졌다. 점심시간이 다 되어 가고 있었지만 밖에 나가고 싶지 않아 그대로 침대에 몸을 뉘었다.

"오는 길에 뭐라도 사 올 걸 그랬네."

아침에 기영에게 얻어먹은 쿠키와 차가 오늘 먹은 음식의 전부였다. 침대에 누워 꼼지락거리고 있자니 그가 챙겨 먹으라고 담아 줬던 쇼핑백 안의 음식이 떠올랐다.

그게 지금 그의 집에 있다는 게 너무 아쉬웠다. 아무리 급해도 챙겨 나올걸. 입맛을 다시며 배고픔을 잊으려 몸을 움츠릴 때였다.

메시지가 도착했음을 알리는 휴대폰 알림이 들려왔다. 여울이 손을 더듬어 사이드 테이블 위에 있던 휴대폰을 집어 들었다. 병원 콜일지도 모른다는 생각에 한숨을 쉬며 확인한 메시지는 뜻밖에도 기영에게서 온 것이었다.

⟨1130000.⟩

⟨현관 비번이야. 음식 챙겨 가서 먹어.⟩

⟨나중에 확인해서 안 가져갔으면 불러 앉혀서 먹일 거니까 알아서 해.⟩

여울은 몇 번이나 메시지를 확인했다. 저도 모르게 씨익 올라가는 입꼬리를 얼른 손으로 막아 감춘 뒤 새침한 표정으로 혼잣말을 했다.

"뭘 또 이런 걸 가지고 무섭게 협박까지 하고 그러실까."

재빠르게 침대에서 빠져나온 여울은 카디건을 걸치며 거실을 가로질렀다. 문밖으로 얼굴만 내밀어 인기척이 없음을 확인한 뒤 얼른 기영의 집 앞으로 다가섰다.

"안 가져가면 불러서 먹인다잖아. 그럼 안타깝게도 난 체하게 되겠지. 일도 제대로 할 수 없을지 몰라. 이건 그런 불편함을 없애기 위해 어쩔 수 없이 하는 일이라고."

나름의 정당성을 끊임없이 나열하며 기영의 집 게이트맨 비밀번호를 눌렀다. 경쾌한 소리를 내며 문이 열리자 여울의 눈이 반짝거렸다. 주인 없는 집에 들어가려니 조금 머쓱했다.

"잠시 실례하겠습니다."

나름의 인사치례를 하는 여울의 코끝으로 익숙한 향기가 스며들었다. 기영의 향기였다. 살짝 두근거리는 가슴을 애써 무시하며 씩씩하게 집 안으로 들어섰다.

한눈팔지 않고 곧장 주방으로 걸어간 여울은 식탁 위에 얌전히 놓여 있는 쇼핑백을 집어 들었다. 그리고 그대로 나오려다 문득 식탁 위에 놓여 있는 찻잔과 접시에 시선이 머물렀다.

아침나절 그에게 대접받은 것들의 잔해였다. 빈 찻잔과 접시를 물끄러미 바라보던 여울이 흠, 하며 쇼핑백을 다시 내려놓았다.

그녀는 찻잔과 접시를 개수대에 담고 팔을 걷어붙였다.

"아무리 그래도 양심 있는 이웃으로서 먹고 튀는 얌체짓을 할 순 없지."

달그락달그락 그릇 씻는 소리가 주방을 가득 메웠다. 그릇을 헹구던 여울은 문득 동작을 멈추고 고개를 갸웃했다. 기분이 묘했다. 서기영의 집에서 설거지를 하다니.

"은혜에 보답하는 까치 격인 거야, 이건. 다른 뜻은 절대 없다고."

고개를 주억거리며 그릇을 정리했다. 하지만 말과는 달리 왠지 모르게 설레였다. 괜스레 목을 쓰다듬다 움찔하고 손을 멈췄다. 어쩐지 목 언저리가 뜨거웠다. 정확하게는 기영의 입술이 닿았던 부위가 불에 덴 듯 뜨겁게 달아올랐다.

"온기 좋아한다, 거짓말쟁이. 이건 너무 뜨겁잖아."

♈ ◆ · ♦ ● ♡ ♥ ○ ♥

chapter 4

Step by step

기영은 새벽 2시쯤 귀가했다. 작정을 하고 그의 집을 염탐한 건 아니었다. 그저 주변이 너무 조용했고, 그 시각까지 잠을 이루지 못하고 있었을 뿐이다.

집 앞 주차장에 차를 세우는 소리와 계단을 오르는 가벼운 발소리가 유독 신경을 집중시켰다. 마치 소리의 주인이 기영임을 알았던 것처럼 그녀는 고개까지 그의 집 쪽으로 돌리고 있었다.

'꽤 늦었네.'

누군가의 집 현관문이 언제 열리고 닫히는지, 그런 것에는 관심조차 없었던 여울의 귀로 문이 열리고 닫히는 소리가 선명하게 들렸다.

두근두근.

그와 동시에 심장이 빠른 속도로 뛰기 시작했다. 여울은 작은 소리라도 놓치지 않겠다는 듯 귀를 바짝 곤두세웠다.

하지만 그 뒤로 30분이 지날 때까지 아무런 인기척도 느껴지지 않았다.

'대체 무슨 생각을 하는 거야. 새벽 2시에 남의 집을 급습하는 멍청이가 어디 있다고. 하루 종일 환자와 씨름하다 온 사람이 무슨 기력이 남아 있어서 그런 일을 하겠어. 바보.'

긴장이 풀리자 힘없이 처진 몸으로 묘한 서운함이 스며들었다.

멍하니 눈을 깜빡이며 제 집 현관을 바라보던 여울이 주섬주섬 일어나 방문으로 걸어갔다. 추운 날씨에 뭐하러 방문은 열어 놓고 있었는지.

"갑갑해서 그런 거지, 갑갑해서."

괜스레 혼잣말을 중얼거리며 스스로를 설득한 여울은 다시 침대로 기어 올라가 방문을 등지고 모로 돌아누웠다. 그러다 금세 몸을 돌려 천장을 바라보았다. 한번 뛰기 시작한 심장은 진정될 기미가 보이지 않았다.

천장에 기영의 얼굴이 떠오르더니 그가 천천히 다가왔다. 숨을 죽인 채 눈만 깜빡이고 있던 여울의 품에 안기듯 내려온 기영이 목 언저리에 지그시 입술을 눌렀다.

분명히 환영인데 이상하게 느낌만은 생생했다. 목 근처가 뜨겁게 달아올랐다.

바운스, 바운스. 심장이 뛰는 소리와 목의 뜨거움이 그녀의 숨소리를 다소 거칠게 만들었다.

누가 들으면 오해할지도 모를 숨소리를 애써 가다듬으며

여울은 화끈거리는 뺨을 두 손으로 감쌌다.

"미쳤나 봐."

컨트롤되지 않는 마음에 당황한 여울의 눈이 동그랗게 커졌다.

그전의 연애에서도 이런 경험은 해 본 적이 없었다. 이런 엉큼한 상상이라니! 그것도 앞프로뒤태를 대상으로! 정말 말도 안 된다.

여울은 입술을 꽉 깨문 채 이불을 뒤집어쓰고 소리 없는 몸부림을 쳤다.

알람이 울림과 동시에 이불 속에서 꾸물거리며 나온 손이 사이드 테이블을 더듬었다. 몇 번의 시행착오 끝에 알람을 끈 여울이 부스스한 몰골로 이불 속에서 모습을 드러냈다. 머리를 긁적이며 자리에서 일어난 그녀는 방문을 열며 길게 하품을 했다.

잠을 제대로 설쳐 귀한 오프를 뜬눈으로 보내다시피 했다. 전에 없던 일이었다.

어기적거리며 욕실로 향한 여울이 칫솔에 치약을 짜 입에 넣었다. 그리고 무심코 거울을 보다 심장마비에 걸릴 뻔했다. 눈 주변이 검게 물든 기괴한 몰골의 여자가 거울 안에 있었다.

눈썹을 꿈틀거린 여울이 물을 틀어 손끝에 묻힌 뒤 차분하

게 머리를 정돈했다. 까치가 떼로 몰려와 둥지를 튼 모양이었
다.

쉽사리 정돈되지 않는 머리를 몇 번 만지다 칫솔질을 마저
끝내고 입을 헹궜다.

씻고 나와 젖은 머리를 수건으로 감싼 채 생수를 마시던 여
울의 눈에, 어제 기영의 집에서 가져온 쇼핑백이 들어왔다. 맛
나게 잘 먹긴 했는데 너무 염치가 없는 거 아닌가 하는 생각
이 불현듯 들었다.

다른 걸 떠나 서기영은 흉부외과 교수였다. 잘 보이려 노
력해도 모자랄 판에 염치없이 받아먹기만 했다. 제대로 갚아
줘야 한다는 생각은 드는데 할 수 있는 게 없었다.

원체 바쁜지라 자신의 끼니를 챙기는 것조차 힘들었다. 주
로 이용하는 건 편의점의 즉석요리와 인스턴트식품이었고,
간혹 재수가 좋으면 병원 식당을 이용하기도 했다.

솜씨 발휘는 언감생심이었기에, 그가 좋아하는 메뉴로 간
편히 먹을 수 있는 것을 사 주는 편이 좋을 듯싶었다.

방으로 들어간 여울이 청바지와 티를 껴입었다. 머리를 말
아 올린 수건이 떨어지고 젖은 머리카락이 목과 등으로 찰싹
달라붙었다.

"앗! 차거."

말리지 않아 물기가 그대로였다. 여울이 얼른 떨어진 수건
을 들어 머리카락을 꾹꾹 눌렀다.

a.m. 5:30.

그리 늦은 시각은 아니었지만 머리를 말리느라 미적거릴

수는 없었다.

"이렇게 꽁꽁 싸매면 되지."

커다란 머플러를 꺼내 든 여울이 머리와 얼굴에 그것을 돌돌 말았다. 눈만 내놓은 해괴한 몰골이 되긴 했지만 추운 것보다는 나았다.

달리 든 것도 없는 가방을 쥐고 현관으로 나선 여울은 신발을 신고 가만히 현관문에 귀를 댔다.

앞집에선 아무런 인기척이 느껴지지 않았다.

이대로 나선 뒤 절대 위를 올려다보지 말고 곧장 걸어가면 된다. 그럼 기영과 출근 전에 마주칠 일은 없었다.

여울은 심호흡을 크게 한 뒤 잠금을 해제시키며 문을 열었다.

그리곤 그대로 굳은 듯 서 버렸다.

여울의 집을 향해 비스듬히 기대 선 채 기영이 여유롭게 차를 마시고 있었다.

"굿모닝."

그가 조금 잠긴 나른한 목소리로 아침 인사를 건넸다. 여울이 멀뚱히 눈을 깜빡거렸다.

거칠게 내뱉은 숨이 머플러에 가로막혀 뜨거운 열기가 얼굴로 고스란히 스며들었다. 굿모닝은 고사하고 아침부터 어레스트 제대로 올 뻔했다.

얼음처럼 굳어 있는 여울을 가만히 보던 기영이 천천히 다가왔다. 그의 모습이 점점 클로즈업되자 여울의 눈도 따라 커졌다.

그가 들고 있던 찻잔을 여울의 손에 쥐어 주었다. 따스한 온기가 손을 통해 전해졌다.

"이슬람으로 개종한 건 아닐 테고. 동사하기 싫은 몸부림치곤 좀 과한데."

기영이 손을 뻗어 돌돌 말린 여울의 머플러를 차분히 풀어 헤쳤다.

"왜, 왜 이러세요. 멋 부리다 얼어 죽는 것보단 나아요."

붉게 물든 뺨이 드러나자 번뜩 정신을 차린 여울이 부랴부랴 머플러를 푸는 그의 손을 덮쳤다. 여울의 제지에도 불구하고 기영은 손을 멈추지 않았다. 크고 단단한 그의 손이 여울의 손 아래에서 느긋하게 움직였다.

"교수님."

"안 얼어 죽어. 대신 이대로 나가면 감기는 걸리겠지."

머플러 밖으로 드러난 여울의 머리카락이 젖은 채 축 늘어졌다. 기영이 물기가 묻어나는 머리카락을 손끝으로 매만지며 미간을 살짝 찌푸렸다.

머리카락이 닿았던 머플러도 제법 젖어 있었다. 이럴 줄 알았다. 칼바람에 얼어붙을 게 뻔한 차림으로 집을 나서겠다니. 무모한 건지, 무딘 건지.

"안 되겠다."

"뭐가요?"

"따라와."

"예?"

기영이 다짜고짜 여울의 손을 잡아끌었다.

"어어어."

찻잔이 흔들렸다. 혹시나 차가 쏟아질까 그것에 집중하느라 여울은 기영이 이끄는 대로 끌려갈 수밖에 없었다.

집으로 들어선 기영은 여울의 손에 들린 찻잔을 테이블 위에 내려놓고 그녀를 소파에 앉혔다. 그가 머플러를 소파에 걸쳐 놓고 파우더룸으로 들어서는 것을 보며 여울이 볼을 부풀렸다.

여유롭게 나서긴 했지만 이렇게 허비할 시간은 없었다. 조금 더 지체하면 발에 불이 나게 달려야 할 판이었다. 어쩔 수 없이 머플러를 챙겨 슬금슬금 현관 쪽으로 가던 여울의 귀에 기영의 목소리가 들렸다.

"동작 그만."

그 말 한마디에 거짓말처럼 여울이 발걸음을 멈췄다. 얼음이 되어 버린 여울이 인상을 구기며 속으로 구시렁거렸다. 멈추란다고 멈추는 바보가 세상에 어디 있어, 이 멍청아.

"자의로 갈래, 타의로 갈래."

"네?"

기영이 조금 전 그녀가 앉아 있던 소파를 가리켰다. 한쪽 눈썹을 치켜 올리는 표정이 반항은 용납하지 않겠다는 것처럼 보였다.

"교수님, 저 출근하는 길이거든요. 지금 가지 않으면 지각한다고요."

"괜찮아, 나랑 같이 가면 돼."

여울을 그대로 세워 둔 채 기영은 일단 수건으로 머리카락을 감싸 물기를 덜었다.

"같이 가다니요? 어디를요?"

"어디긴, 병원이지."

"전 교수님 출근 전에 회진 준비해야 하는데요."

"그 교수가 여기 있는데 뭐가 걱정이야."

"그 교수님이 여기 계시니 걱정이죠. 미리 가서 애들 챙기는 게 제 소임이거든요."

무슨 말을 하는지 뻔히 알면서 먹통처럼 동문서답을 하는 기영이 갑갑해 여울이 눈을 흘겼다. 그런 여울을 바라보며 기영이 슬며시 입가를 끌어 올렸다. 여릿한 미소가 머문 그의 입술에 절로 시선이 갔다.

그 앞에서 더 이상의 추태는 보이고 싶지 않은데 저도 모르게 침이 삼켜졌다. 아무 감정이 없노라 선언한 지 얼마나 됐다고, 기영의 미소에 침을 삼키다니. 쪽을 아주 제대로 팔았다.

여울이 그의 손길을 피해 옆으로 한 걸음 물러섰다.

"이 정도면 괜찮은 거 같은데요. 그리고 저도 손이라는 게 있어요. 교수님이 이러실 필요 없거든요."

기영이 수건을 양쪽으로 잡고 끌어당기자 여울의 얼굴이 그의 가슴 가까이 기울었다.

평소 같으면 출근 전이라 가벼운 브이넥 니트를 입고 있었을 그가 오늘은 셔츠를 입고 있었다.

익숙한 향기가 났다. 김 간호사가 말하던 향수 냄새가 아닌, 익숙하지만 지금까지 깨닫지 못했던 또 하나의 향.

그가 늘 마시는 차의 향이었다. 그래서 그 차향이 나면 으레 그가 있나 보다 생각하곤 했다. 향기는 기영과 잘 어울렸다. 기품 있고 우아하며 단아하게 깔끔한.

기영이 미국으로 떠난 후 병원 생활을 하던 도중 언뜻 스치는 향기에 저도 모르게 '교수님'이라고 부르며 돌아본 적이 있었다. 하지만 그곳에 서 있는 건 병원장님이었다.

향기와 어쩐지 매치가 안 되는 인물의 등장에 잠시 어리둥절했던 기억이 떠올랐다.

'이상하네. 어떻게 향기만으로 이 사람이라고 단정 지을 수 있었지?'

가만 생각해 보니 묘했다. 왜 홍차 냄새에 한 치의 의심도 없이 기영이 왔다고 여겼었는지. 그 차를 마시는 사람이 기영만은 아닐 텐데 말이다. 당연한 듯 익숙해져 있었나 보다. 서기영이란 사람의 향기에.

갸웃이 기운 여울의 턱을 손끝으로 올려 저를 바라보게 만든 기영이 살며시 고개를 숙여 시선을 맞췄다.

"그 손이 제대로 커버를 못 하니까 내 손이 필요한 거지."

"바빠서 그런 거예요. 아시잖아요, 머리 감는 것도 용하다는 거."

"그래서 내 손이 더 필요하겠지. 앞으로도 쭉."

"자꾸 왜 이러세요."

"뭐가?"

"말꼬리 잡고 늘어지시잖아요."

"잡고 늘어질 게 아직은 그거뿐이니까."

"네?"

의미심장한 미소를 띠며 여울의 머리를 마구 헝클어트린 기영이 재킷을 걸치고 코트를 들었다.

"머리를 헝클면 어떡해요."

"원래 헝클어져 있었어."

쌜쭉하게 입을 내민 여울과 빌라를 나선 기영은 걸어가겠다고 고집을 피우는 그녀를 협박했다.

"나보다 늦으면 당분간 오프는 없다."

"와아, 이게 바로 권력 남용이란 거죠. 갑의 횡포가 유행이라더니, 교수님도 유행 따라가세요?"

"타."

직접 보조석 문을 열어 주는 손길에 여울은 마지못해 차에 올라탔다. 보닛을 돌아 운전석에 오른 기영이 안전벨트를 매며 말했다.

"네가 갑이 되는 방법을 가르쳐 줄까?"

"제가 갑이 돼요?"

차를 출발시키며 기영이 한쪽 눈을 찡긋거렸다. 그 곁에 여울의 미간이 꿈틀거렸다. 당장 차에서 뛰어내릴 것 같은 여울의 얼굴을 보고 유쾌한 웃음을 터트린 기영이 다정하게 말했다.

"내 여자가 되면 돼."

오늘 제대로 얼음땡 놀이를 즐길 요량인가 보다. 사람을 들었다 놨다 하는 기영을 여울이 불퉁하게 쳐다봤다.

그걸 지금 말이라고 하느냐며 쏘아 주고 싶은데 입을 열 수가 없었다. 그럼 기영이 정색하며 진심이라고 말할 것 같아서.

차라리 얼음이 돼서 병원까지 가자 싶어 입을 꾹 다물고 정면을 주시했다. 다행히 기영도 더는 아무 말을 하지 않았다. 그저 여유로운 미소를 입에 달고 있을 뿐.

"저 여기서 내려 주세요."

병원 입구로 들어가는 길목을 가리키며 여울이 말했지만 기영은 묵묵히 차를 몰았다.

"교수님, 저 여기서 내릴게요."

"앞까지 가."

"사람들이 보면 어떡해요."

"처음도 아니잖아."

맞는 말이긴 했다. 바로 어제도 기영의 차를 타고 응급실 앞에서 내렸다.

하지만 우연이 겹치면 사람들의 의심을 사게 된다. 어쩌다한 번 그의 차를 얻어 탄 것과 연달아 같이 오는 것은 느낌이 달랐다.

게다가, 그는 병원 모두가 이목을 집중하고 있는 앞프로뒤태였다.

"처음은 아니지만…… 네버 엔딩이 돼서도 안 되는 거죠."

"왜 안 돼?"

"……."

당연한 걸 왜 물어?

여울의 얼굴에 고스란히 떠오른 질문에 기영이 피식 바람

115

새는 웃음을 터트렸다.

짧은 대화가 오가는 동안 차가 정문 현관 앞 주차장에 도착했다. 여울이 본능적으로 바짝 몸을 낮췄다.

"훗."

낮게 웃으며 안전벨트를 푼 기영이 보조석 쪽으로 몸을 기울였다.

"왜, 왜요?"

"내려야지. 안 내릴 거야? 6시 15분 전인데."

"그러게 왜 여기에 차를 세워요. 저것 봐요, 완전 병원 사람들 천지야."

"병원이니까."

기영이 그녀의 몸을 덮치듯 팔을 뻗어 문손잡이를 잡았다. 놀란 여울이 그의 팔을 두 손으로 붙들었다.

"왜."

"사람들 다 지나가면요."

"바보야? 같이 살아서 같이 왔다고 하면 되지. 그게 뭐라고."

"어머! 같이 사는 건 아니죠. 같은 빌라에 사는 거지. 엄연히 집이 다르잖아요, 집이."

"뭐가 문제야. 카풀이라고 해."

"……카풀이요?"

"아니야?"

기영의 반문에 여울이 눈을 깜빡거렸다. 카풀이라면 얘기가 달라지긴 해도, 그에 이어질 사람들의 반문이 걱정스럽긴 마찬가지였다.

아무리 같은 빌라에 산다고 해도 천하의 서기영이 남을 차에 태운다는 건 말이 안 된다고 할 게 뻔했다. 하지만 이렇게 된 이상 남들이 물어보면 그 이유를 대야 할 것 같았다.

"그렇네요, 카풀."

"그럼 이제 내려도 돼? 시간이 촉박한데."

"앗! 이런."

기영이 잡고 있던 손잡이 쪽 차 문을 연 여울이 서둘러 내렸다. 뒤도 돌아보지 않고 문을 향해 뛰는 그녀를 기영은 흐뭇하게 바라보았다. 한 시간 정도 빠른 출근이었지만 괜찮았다. 그만큼 여울과 함께할 수 있는 시간이 많아지니까.

차에서 내린 기영은 귀를 찢을 듯 울려 대는 사이렌 소리에 걸음을 멈췄다. 응급실 쪽으로 구급차가 다급히 들어섰다. 차가 멈춰도 사이렌은 멈추지 않았다. 연속해서 울리는 사이렌을 따라 여러 대의 구급차가 줄지어 들어섰다.

기영이 즉시 응급실 쪽으로 뛰어갔다.

"무슨 일입니까?"

이동 스트레저로 환자를 내리던 구급대원이 기영의 물음에 다급하게 대답했다.

"교통사고 환잡니다. 운전석에 충격이 가해지면서 복부에 열상이 생겼습니다. 과다 출혈로 쇼크가 온 것 같습니다."

구급대원의 말처럼 환자는 상당량의 출혈로 인해 바이탈 사인*이 모두 불안정한 상태였다. 좌측 5, 6번 진성늑골을 부

---

*바이탈 사인(Vital Sign):호흡, 맥박, 체온 등의 활력 징후.

러트리며 박힌 차량의 파편이 내외사근은 물론 심장과 폐까지 찔렀을 가능성이 컸다.

"서 교수님!"

콜을 받고 나온 응급의학팀이 그를 알아보고 인사를 했다. 기영은 인사를 받을 틈도 없이 지시를 내렸다.

"에피네프린*, 리도케인* 투여하고 에이라인* 잡아. 인튜베이션*도 해 두고. 이젝션 프렉션*해서 하트 데미지* 체크해. 수술실 잡아 준비하고."

"네, 알겠습니다."

거침없이 쏟아지는 기영의 지시에 바짝 신경을 곤두세웠던 응급의학 전공의가 구급대원과 함께 이동 스트레저를 밀고 응급실로 달려갔다. 아무래도 응급수술이 연달아 이어질 것 같았다.

응급실은 입구부터 아수라장이었다. 생사의 기로에 놓인 환자부터 경미한 부상을 입은 환자와 소식을 듣고 달려온 가족들까지, 정신없는 혼잡이 이어졌다.

"선생님! 여기 씨저*예요!"

---

*에피네프린(Epinephrine):신경전달물질의 하나. 교감신경을 자극해 혈압을 상승시키고 심박동수와 심박출량을 증가시킴.
*리도케인(Lidocaine):국부 마취제.
*에이라인(A line):Arterial line. 심장의 압력을 모니터하기 위해 동맥에 삽입하는 라인.
*인튜베이션(Intubation):응급 상황 시 호흡 가능한 숨길을 확보하는 방법.
*이젝션 프렉션(Ejection Fraction):심박출량. 심실에 들어온 혈액과 심실에서 뿜어져 나가는 혈액의 비율. 55%가 정상.
*하트 데미지(Heart Damage):심장 손상.
*씨저(Seizure):발작, 경기.

"리도케인 주세요!"

"에크모!"

여울의 가운은 이미 피로 여기저기 얼룩이 져 있었다. 라텍스 장갑을 벗으며 다른 베드로 이동하던 여울이, 심실세동*으로 심정지가 일어난 환자를 CPR 중인 인후의 곁에 다가갔다.

"50줄 차지!"

"여기요."

"비켜요. 셧!"

환자의 몸에 패들이 닿자 충격이 가해졌다. 튕기듯 솟은 상체가 원상태로 돌아갔지만 심장은 여전히 잠잠했다. 인후의 얼굴엔 이미 땀이 한껏 배어 있었다. 심각하게 일그러진 그의 미간이 더 좁아졌다.

"100줄 차지!"

"충전됐어요."

"물러나. 셧!"

기진맥진한 인후에게서 여울이 패들을 옮겨 받으려던 찰나 모니터가 다시 산 모양을 그리기 시작했다. 일정한 리듬을 그리며 심장박동이 돌아오자 모두 안도의 한숨을 내쉬었다.

"수고했어."

땀에 젖은 인후의 등을 거리낌 없이 두드리며 여울이 미소를 지어 보였다. 답할 기력도 없었던지 인후가 고개만 간신히

---

*심실세동(Ventricular Fibrillation):심실이 한 개의 펌프로 수축하지 않고 부분마다 수축하는 상태. 심실로부터 혈액의 박출이 거의 없이 수 분간 이어지면 사망.

끄덕였다.

"흉부외과 선생님! 여기 좀 봐 주세요!"

이동 트레이를 밀고 들어오는 응급의학팀 치프의 외침에 여울이 다급히 달려갔다.

목에 깊은 열상을 입은 환자였다.

치프가 지혈하고 있던 손을 살짝 치우자 기도 옆으로 아슬아슬하게 난 상처가 보였다.

"바로 수술 들어갑니다."

여울이 다급하게 말하며 트레이를 밀었다. 기영은 벌써 복부 열상 환자의 수술을 진행 중이었기에 이 환자는 여울이 맡아야 했다. 지친 기색을 떨친 인후가 곧장 수술실을 잡았다.

기도 안쪽이 찢긴 것이 아니기를 바랄 뿐이었다.

응급실을 나와 복도를 달려가는 그들의 발걸음에 긴박함이 묻어났다.

시간을 체크할 여유조차 없었다. 응급수술은 총 세 건이었고 내과, 외과, 신경과까지 수술에 들어갔다.

기영의 어시스트는 송빈과 민재가 섰다. 익현은 중환자실 킵이었고, 여울은 인후와 함께 또다시 응급실에 묶였다.

급한 환자들을 처리하고 한숨 돌렸을 땐 이미 해가 기우는 중이었다. 접수처 앞에 설치된 벽시계가 5시를 향해 달리고 있었다.

꼬르르륵.

배에 아무것도 들어가지 않자 위가 강력하게 항의를 하기 시작했다. 밥을 먹기엔 시간이 모자랐다.

아침에 제대로 하지 못한 회진을 돌아야 했고, 중환자실도 체크해야 했다.

여울은 무거운 발걸음을 끌고 커피 자판기 앞으로 걸어갔다. 주머니를 뒤져 동전을 찾았지만 손에 잡히는 것은 없었다.

"밥은 고사하고 커피 한 잔조차 마실 수 없는 이 비루한 인생 같으니라고. 하아…… 이러다 내가 먼저 아사하지 싶다."

아쉬움에 자판기를 한 번 격하게 끌어안은 여울이 엘리베이터로 향했다.

어차피 차트를 챙기려면 의국으로 가야 했다. 간 김에 먹을거리라도 찾아 입에 좀 넣어 볼까 생각 중이었다.

멍하니 엘리베이터를 기다리며 서 있는데 동욱이 곁으로 다가와 섰다.

"자, 여기."

동욱이 주먹 쥔 손을 내밀었다. 여울이 물끄러미 그의 손등을 바라보다 제 손을 펼쳤다. 혹시 애틋한 동기애로 동냥이라도 주려나 싶었다.

"아무리 그래도 정신은 좀 챙기고 다니자."

여울의 손바닥을 동욱이 찰싹 내려쳤다. 그와 동시에 여울의 눈썹이 들썩였다. 급격히 굳어 버린 그녀의 얼굴을 빤히 쳐다보며 동욱이 실실거렸다.

"자판기 앞에 떨어트린 네 정신머리 내가 주워 왔다. 잘했지?"

"오뉴월에 우박 맞아 뒈질 놈."

음산하게 내뱉은 여울의 말에도 동욱은 웃음을 지우지 않았다.

"6월에 우박이 왜 떨어져."

때마침 도착한 엘리베이터 안으로 들어서며 둘은 타고 있던 의료진에게 가볍게 목례를 했다. 문을 향해 선 여울이 작게 속삭이며 동욱의 옆구리를 팔꿈치로 쿡쿡 찔렀다.

"그만큼 네놈이 재수 없단 소리지."

"무슨 소리. 난 우박도 피해 가는 엄청난 행운아야. 우박이 바로 녹아 버릴걸. 나의 뜨거운 열정에."

"아우, 위가 더 뒤틀린다."

"내과 소견 필요하면 찾아와. 내가 친히 진료해 줄 테니까."

"앓느니 죽지. 내과에서 가장 경계해야 할 닥터가 너거든."

"왜 이래, 나 인기 만점이야. 병동에 뜨면 난리라고."

"너 정신과 검진 받아 봐야겠다. 아무래도 섬망* 온 것 같은데. 착각은 병이야, 병."

5층에 도착하자 여울은 동욱의 발을 꾹 밟으며 엘리베이터에서 내렸다.

짧은 비명을 삼키며 얼굴을 일그러뜨린 동욱을 향해 여울이 주먹을 보였다. 그리고 중간에 자리한 아이를 수줍게 세워

---

*섬망(Delirium):의식 혼탁 상태.

작별 인사를 했다.

"잘 가."

의국으로 가는 길목, 방앗간 앞의 참새처럼 여울이 너스 스테이션에 멈춰 섰다. 스테이션 뒤 그녀들의 휴식처엔 늘 먹을 것이 있었다.

"김 간호사님, 나 보약 하나만 주세요."

"오늘은 달달한 게 필요하신 모양이네요. 응급실 난리 났었죠."

"어제 오늘 일도 아니고 수술 안 들어간 것만으로 다행이라고 생각해야죠."

"아, 아직 수술 중이죠? 거의 아홉 시간 넘어가는 거네요. 얼마나 더 걸리려나. 힘드시겠네, 우리 교수님."

김 간호사가 휴게실 책상 위에 있던 초코바를 건네며 안쓰러운 듯 말했다. 받아 든 초코바의 포장을 손바닥에 탁, 쳐서 벗긴 여울이 시큰둥하게 중얼거렸다.

"두세 시간은 더 걸리지 않을까요?"

다른 때 같았으면 초코바가 고마워 맞장구를 쳐 줬을 것이다. 그런데 오늘은 이상하게 마음이 꼬였다. 김 간호사의 '우리 교수님'이란 말이 자꾸만 걸렸다.

우걱우걱 초코바를 씹으며 너스 스테이션을 벗어난 여울이 의국으로 들어서 털썩 소파에 널브러졌다.

마지막 남은 초코바를 입에 털어 넣으며 골똘히 생각했다.

기분이 나쁜데 무엇 때문에 나쁜 건지 확실치가 않았다. '우리 교수님' 이란 말은 누구나 할 수 있었다. 그 단어가 왜 거슬리는지 의아했다.

다정하게 부르는 게 배알이 꼴렸나? 나보다 친한 것 같아서? 에이, 설마.

답을 알 것도 같았지만 쉽게 인정은 하지 못했다. 입에 문은 잔해를 털어 내며 일어난 여울이 자신의 자리로 가 차트를 챙겼다. 힐끔 책상 위 시계를 보고 입을 씰룩거렸다.

"배 엄청 고플 텐데."

오늘 아침 자신 때문에 차도 제대로 마시지 못하고 출근해 고강도 수술을 아홉 시간째 집도하는 중이었다. 고도의 집중력을 요했기에 수술이 진행되는 동안엔 느끼지 못할 테지만 끝난 후 긴장이 풀리면 바로 허기가 질 것이다.

여울이 들고 있던 차트를 다시 내려놓고 의국을 뒤적이기 시작했다. 누군가 비상용으로 숨겨 놓은 먹을거리가 있을 터였다. 그렇게 이 잡듯 샅샅이 의국을 뒤진 결과 작은 수확을 얻을 수 있었다.

남들은 반찬으로 먹는다는 추억의 국민 소시지와 열아홉 가지 곡식이 들어갔다는 나름 건강식 쿠키 두 개, 껌 반 통, 종류를 알 수 없는 즙 하나. 책상 위에 수확물들을 늘어놓고 가만히 내려다보던 여울이 머리를 긁적였다. 기영에게 내밀기엔 다소 민망한 것들이었다.

결단을 내린 그녀는 지갑을 챙겼다. 그리고 때마침 의국 문을 열고 들어서는 초췌한 인후에게 소시지를 투척하며 빠르게 지시했다.

"10분 안에 돌아올 테니까 차트 좀 정리해 놔."

닫힌 문과 제 품으로 들어온 소시지를 번갈아 보며 인후가 짧게 입맛을 다셨다.

여울이 하사한 아기 손목 굵기의 소시지는 며칠 전 송빈이 비상식량이라며 절대 눈독들이지 말라고 엄포를 놓았던 것이었다.

테이블 위에 소시지를 내려놓은 인후가 책상에서 나이프를 꺼내 들고 결연한 표정을 지었다.

"이건 우리의 전지전능하신 여울느님이 하사한 것이다. 절대 내가 흑심을 품고 이러는 게 아니다. 난 하사품을 나눠 먹으려는 고운 마음으로 이러는 거다."

주문처럼 중얼거린 인후가 단호하게 나이프를 휘둘렀다. 순식간에 네 동강이 난 소시지를 만족스레 쳐다보다 그중 조금 커 보이는 것을 집어 들었다.

막 소시지를 입에 넣으려다 말고 그가 고개를 갸웃하며 테이블에 남은 소시지를 확인했다.

"이런, 막둥이 게 빠졌네."

제 몫의 소시지를 한쪽에 두고 나이프를 다시 집어 든 인후가 신중하게 소시지의 배를 가르는 집도를 시작했다.

병원 건물 1층에 있는 카페로 내려온 여울이 숨을 헐떡이며 카운터를 급습했다. 눈을 동그랗게 뜨고 쳐다보는 직원의

반응에도 아랑곳하지 않고 재빨리 진열장을 훑었다.

냉장 기능이 있는 진열장엔 먹음직스러운 조각 케이크와 쿠키, 샐러드가 나열되어 있었다.

"으음, 단걸 좋아했었나? 아닌가?"

그러고 보니 꽤 긴 시간 함께했었는데 기영의 식성을 전혀 몰랐다. 그가 평소에 뭘 먹는지, 어떤 음식을 좋아하는지 도통 머릿속에 떠오르는 게 없었다.

"주문하시겠어요?"

기다리던 직원이 조심스레 묻자 여울이 해죽 웃었다. 그리곤 진열장 안에 있는 것 중 하나를 수줍게 가리켰다.

"저걸로 주세요."

"닭가슴살 샐러드 말씀하시는 거죠?"

"네."

신중하게 내린 결정이었다. 단백질과 섬유질을 고루 흡수할 수 있는 음식으로. 계산을 마친 여울은 행여 누가 볼세라 가운 안에 그것을 숨기고 사람들의 출입이 빈번한 엘리베이터가 아닌 비상구로 향했다.

다행히 흉부외과 과장실은 3층에 있었다.

단숨에 계단을 올라 비상구 문을 연 여울은 사방을 주의 깊게 살피며 복도로 나섰다. 연구실이 있는 곳이라 다른 층에 비해 대체로 한적했다.

최대한 은밀하고 민첩하게 움직여 임무를 완수해야 했다. 여울은 몸을 낮춰 기영의 연구실을 향해 다가갔다. 발끝까지 세워 무사히 연구실 앞에 당도한 뒤 안도의 한숨을 내쉬던 그

때였다. 문손잡이를 향해 뻗어 가던 여울의 손이 도중에 멈췄다.

"거기서 뭐해, 은방울?"

살짝 지친 기색이 가미된 기영의 목소리가 등 뒤에서 들려왔다. 여울이 움찔 몸을 떨며 눈동자를 불안하게 움직였다.

"회진 준비 다 돼서 온 거야?"

"아, 아니요."

"아니야?"

여울이 돌아서며 샐러드가 든 봉투를 얼른 등 뒤로 감췄다. 피로한지 미간을 손으로 꾹꾹 누르던 기영이 잠시 감았던 눈을 뜨고 그녀를 바라봤다.

"그럼 왜?"

"그게 저기…… 그러니까."

머뭇거리며 눈치를 살피는 여울의 모습에 기영이 낮은 한숨을 내쉬며 손을 뻗었다. 손이 허리께로 다가오자 여울이 흠칫거리며 몸을 반대편으로 기울였다. 그가 고개를 갸웃하며 문손잡이를 잡아 돌렸다.

"일단 들어가자."

"……네."

그가 먼저 안으로 들어가자 주춤거리던 여울이 따라 들어섰다. 문이 닫히는 소리에 아랫입술을 살짝 깨물었다. 전엔 벌컥벌컥 참 잘도 열고 들락거리던 곳인데 지금은 그와 단둘이 있는 게 너무나도 어색했다.

"천장 안 무너져. 앉아."

"네."

여울은 얼른 소파에 앉아 다소곳이 무릎을 모았다. 기영이 맞은편 자리에 앉으며 불편하게 뒤로 돌린 그녀의 손을 무심하게 바라보았다.

"그새 내가 보고 싶었어?"

"예?"

직설적인 질문에 여울의 눈이 커졌다. 당황해하는 모습이 귀여워 기영이 옅게 웃으며 손바닥을 내보였다. 그녀가 기영의 손바닥과 얼굴을 번갈아 바라보았다.

"줄 거 있잖아."

"어, 어떻게 아셨어요?"

"코가 괜히 있는 게 아니거든. 특히나 허기져 있는 사람의 후각은 아주 예민하지."

"아."

그러고 보니 샐러드 특유의 고소하고 새콤한 냄새가 미미하게 나는 것 같았다. 여울이 얼굴을 붉히며 샐러드 봉투를 테이블 위에 올려놓았다.

"계속 얻어먹기만 한 것도 있고, 카풀로 신세도 졌고, 오늘 아침은 저 때문에 제대로 드시지도 못한 것 같아서요."

"뇌물?"

"뭐, 일종의 보답이라고나 할까요?"

훗, 바람처럼 사뿐한 그의 웃음에 여울의 입가도 사르르 풀어졌다. 뚜껑을 제거하자 고소한 냄새가 물씬 풍겼다. 여울이 내민 포크를 순순히 받아 든 그가 샐러드로 시선을 내렸다.

"닭가슴살 샐러드?"

"싫어하세요?"

"아니. 싫어하진 않는데 다른 게 더 좋아서."

"다른 거 어떤 거요?"

"글쎄, 뭘까?"

모호한 말을 남기고 그가 샐러드를 집어 들었다. 초코바 하나로 충전이 됐다고 생각했던 여울의 배가 자극적인 냄새와 비주얼에 또다시 반항을 시도했다.

포크를 입으로 가져가던 기영이 지그시 여울을 응시했다. 배를 꾹 누른 그녀가 히죽 웃었다. 들었나?

"밥은?"

"대충 먹었어요."

"어떤 거?"

"으음, 단거요."

"간호사들 간식? 초코바 같은 거?"

"와아, 어떻게 아셨어요?"

혹시 묻었나? 아까 분명히 털었는데. 여울이 손바닥으로 입 주변을 쓸자 그 손을 잡아 내린 기영이 샐러드를 내밀었다.

"사 온 노고를 생각해서 한입."

"아니에요. 전 회진 준비도 해야 하고 바빠서 이만."

손을 뿌리치고 일어서는 여울의 모습에 기영이 그녀의 허리를 잡아 앉혔다.

"엄마야!"

갑자기 허리를 잡아채는 그의 손길에 놀란 여울이 소리를 질렀다. 기영이 포크에 매달려 있는 샐러드를 그녀의 벌어진 입으로 전진시켰다.

"이번에도 안 먹으면 내 무릎에 앉혀서 강제로 먹일 거야."

"……."

"못 믿어?"

"아니요."

한 번도 그가 헛말하는 걸 본 적이 없다. 여울이 포크를 덥석 물어 샐러드를 입에 넣었다. 새콤한 맛이 입안에 사르르 번져 가자 단박에 웃음이 머금어졌다.

본능적으로 움직이는 입을 만족스레 바라보던 기영은 그녀의 입가에 묻은 소스를 손가락으로 닦아 냈다. 그리고 그 손을 그대로 제 입에 가져갔다.

"교수님!"

"이럴 줄 알았어."

"네?"

"거 봐, 이게 더 맛있잖아."

"……뭐라고요?"

기영이 보란 듯 손가락을 혀로 야릇하게 핥았다. 여울의 입에서 짧은 신음이 흘러나왔다. 지독하게 잘생긴 남자가 섹시한 모습으로 유혹하는 상상은 꿈에서도 해 본 적이 없었다. 그런데 그게 눈앞에서 실제로 일어나고 있었다.

'섹시'와는 매치가 되지 않을 것 같던 서기영이 야릇한 눈빛으로 자신을 향해 색스러운 유혹의 자태를 보이고 있었다. 믿을 수 없는 현실에 여울의 심장이 달리기를 하듯 빠르게 뛰어 댔다.

"빨리 먹고 일어서자. 회진 늦겠다."

여울이 물었던 포크로 양상추를 찍어 입에 넣은 기영이 다
시 그녀를 향해 샐러드를 내밀었다. 멍하니 그것을 받아먹은
여울이 기계처럼 입을 움직였다. 더 이상 맛이 느껴지지 않았
다.

"남 챙길 생각 말고 너나 잘 챙겨."

"챙겨 줘도 타박이세요."

"난 너보다 훨씬 여유로워. 권력의 축이잖아."

여울이 했던 말을 그대로 인용하며 기영이 입 끝을 매끄럽
게 끌어 올렸다. 그 입술 위에서 반짝이는 소스의 잔해를 걷
어 내고 싶어 여울의 손이 꼼지락거렸다. 낯선 충동을 억지로
눌러 참으며 어색한 웃음을 흘렸다.

"라스트는 체중 관리 포기한 사람이 먹는 거 알지?"

기영이 마지막 가슴살을 여울의 입에 넣어 주며 얄밉게 말
했다. 그냥 네가 한입 더 먹으라고 다정히 말해 주면 될 것을
꼭 저렇게 놀리는 말로 마무리한다.

이러니 마음이 동하나, 안 동하나.

기영이 테이블 위를 치우며 자리에서 일어섰다. 혀로 입술
을 핥는 그를 따라 저도 모르게 입술을 핥던 여울은 시선이
딱 마주치자 그대로 움직임을 멈췄다.

입가가 사르르 말려 올라간다 싶더니 불쑥 다가선 그가 머
리를 부드럽게 헝클어트렸다. 쓰다듬는 것에 가까운 손놀림
이었다.

기영이 엄지로 그녀의 입술을 조심히 쓸었다. 손가락이 스치고 지나는 자리마다 열꽃이 피었다.

"먼저 가서 기다릴래?"

"아, 네."

몽롱해지던 정신을 수습하며 여울이 서둘러 답했다. 연구실 문손잡이를 잡는 순간 어깨 위로 기영이 턱을 기댔다.

"으음, 피곤하고 배고팠는데 우리 은방울 덕분에 클리어. 고마워."

꿀꺽, 마른침이 넘어가고 눈이 저절로 깜빡거렸다. 잘근 깨문 입술이 아직도 뜨거운 열기를 흘려 냈다.

"하하, 동병상련에서 나온 기지라고나 할까요?"

쑥스러움에 에둘러 말하는 여울의 목소리가 떨렸다. 그가 나른한 숨을 흘려 내며 고개를 틀자 숨결이 목덜미와 볼 위로 흩어졌다. 오소소 솜털이 일어서는 느낌에 여울이 발끝을 오므렸다.

쪽, 가벼운 소리와 더불어 볼에 부드럽고 따스한 것이 닿았다 멀어졌다.

"그래도 고마워."

그가 턱을 거둬 내고 여울의 어깨를 감쌌다. 손과 손이 겹쳐졌다. 그녀의 손을 제 손에 가둔 채 문손잡이를 돌리며 기영이 나직하게 속삭였다.

"너부터 제대로 챙기라는 말 그냥 하는 소리 아니야. 조금이라도 더 쉬고."

"에이, 펠로우 2년차가 쉴 시간이 어디 있어요."

어색한 기분을 떨치려 여울이 일부러 너스레를 떨었다. 기영이 그녀를 문밖으로 살며시 밀어 냈다. 그리곤 문에 기대 서서 턱으로 엘리베이터를 가리켰다.

"그러게. 그 바쁜 펠로우가 왜 여기까지 왔을까? 애정이겠지?"

"아니죠. 제가 아까 분명히⋯⋯."

"쉿. 이렇게 떠들 시간 있으면 어서 가서 회진 준비해. 5분 있다가 올라갈 테니까."

"5분이요? 그럴 바엔 같이 가는 게 낫죠. 고작 5분 주면서 준비하라고 그러시면 안 되죠."

말은 그렇게 하면서도 엘리베이터로 뛰듯이 다가선 여울이 바쁘게 버튼을 눌러 댔다. 열린 엘리베이터로 냉큼 오르는 그녀의 모습에 흐뭇한 미소를 머금은 기영이 턱을 가만히 쓸었다.

"그렇게 조금씩 다가오면 돼. 서두르지 말고. 천천히. 스며들 듯이."

가랑비에 옷이 젖듯 저도 모르게 스며든 감정은 쉽게 사그라지지 않는다. 단숨에 다가서다 발을 헛디뎌 엎어지는 것보다는 자신의 감정이 어떻게 흘러가는지 스스로 깨달으며 한 걸음씩 가까워지는 편이 나았다.

연애라는 감정에 무딘 여울은 특히 더 그랬다.

설렘이 쌓이면 떨림이 되고, 떨림이 깊어지면 감당하지 못할 벅차오름을 느끼게 되겠지. 그러다 보면 자신의 마음이 어디를 향해 달려가고 있는지 알게 될 것이고, 종래에는 그 끝에 머문 기영에게 닿게 될 것이다.

　"기다리는 건 또 내가 전문이거든."

　여울의 입술을 쓸었던 손으로 제 입술을 쓸며 기영이 아쉬운 여운을 즐겼다.

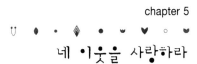

chapter 5

네 이웃을 사랑하라

늦은 회진을 마치고 의국으로 돌아온 여울은 쓰러지듯 소
파에 누웠다. 병동을 도는 내내 긴장했던지라 몸이 뻐근했다.
목을 이리저리 돌리며 손으로 주무르자 절로 신음이 새어 나왔
다.

늘 하던 일인데 오늘따라 이상하게 기영의 옆에서 걷는 게
신경 쓰였다. 초보 인턴들의 긴장과는 다른 의미로 촉을 세우
고 있느라 완전 기진맥진한 상태였다.

"선생님, 어디 안 좋으세요?"

널브러진 자세 그대로 위쪽을 올려다본 여울은 짧은 숨을
삼켰다. 오히려 반문하고 싶을 정도로 송빈은 초췌한 얼굴을
하고 있었다. 그는 오늘 열 시간에 가까운 대수술 현장에 있
었고, 수술이 끝나고 나서도 쉬기는커녕 바로 회진을 돌았다.

누가 누구에게 상태를 묻는 건지.

135

"좋다. 아주 좋다. 널 보니 내가 안 좋을 수가 없다."

"네?"

"옛다, 자리 비켜 줄 테니까 여기 누워서 좀 쉬어라."

"아닙니다. 전 괜찮습니다."

자리에서 일어선 여울은 송빈을 잡아 소파에 눕혔다. 손사래를 치며 일어나려는 송빈의 배 위에 올라앉은 여울이 으름장을 놓았다.

"길어야 20분이야. 그거 싫으면 그냥 여기다 관 짜 줄게. 너 그대로 돌아다니면 공포 영화 주인공 된다. 안 그래도 환자들 심장 안 좋은데 악영향 끼치지 말고 혈색이라도 좀 돌아오게 누워 있어."

"헉, 선생님. 이 상태로는 제대로 쉴 수가……."

"어허. 내가 너의 휴식을 허하노니 마음 놓고 편안하게 푹 쉬어."

"으헙."

잠깐의 휴식이 주어진 의국에 한바탕 웃음이 번졌다. 편히 쉬라는 여울의 명령이 무색하게 송빈의 얼굴은 점점 사색이 되어 갔다. 여울이 배 위에 떡하니 버티고 있으니 휴식은 고사하고 숨도 편하게 쉴 수 없어 헉헉거렸다.

"큭큭, 선생님. 그러다 송빈이 정말 송장되겠습니다."

민재가 피곤한 얼굴에 웃음을 띠며 말했다. 장난스런 미소를 달고 있던 여울이 이쯤에서 일어나 볼까 하던 찰나였다. 의국 문이 열리고 기영이 들어섰다. 모두 놀라 일어섰지만 여울과 그 밑에 깔린 송빈은 그대로였다.

두 손 가득 뭔가를 들고 있는 기영의 곁으로 익현과 인후, 민재가 한달음에 달려갔다.

"교수님, 뭘 이렇게 무거운 걸 들고 계십니까."

"주세요. 저희가 옮겨 놓겠습니다."

기영의 손에서 봉지를 빼앗다시피 받아 든 그들이 웃음꽃을 피웠다. 하지만 기영은 무미건조하게 시선을 움직여 여울을 응시했다. 여울이 쭈뼛거리며 몸을 일으키자 송빈이 그제야 편한 숨을 쉬며 튕기듯 일어섰다. 그녀에게 또 깔림을 당할까 겁나서였다.

"교수님, 퇴근 안 하셨어요?"

여울이 힐끔 벽시계를 확인하곤 조심스럽게 물었다.

벌써 9시가 다 되어 가고 있었다. 회진도 끝났겠다, 잡혀 있던 수술 일정 역시 소화했으니 특별한 일이 없으면 퇴근을 해도 무방했다. 이런 식의 갑작스런 습격은 생각도 못 한 터라 당황한 여울의 얼굴에 살짝 홍조가 깃들었다.

"할 일이 조금 남아서."

"아, 그러시구나. 그런데 여긴 어쩐 일이세요?"

"왜, 여긴 내가 오면 안 되는 곳인가?"

"아이고, 아닙니다. 누가 교수님의 발길을 막는단 말입니까. 흉부외과 전체가 교수님 영역인데."

"아무렴요. 아무 때나 벌컥벌컥이 정석입죠."

간이고 쓸개고 다 빼 줄 것처럼 흉부외과 4인방이 아부를 떨어 댔다. 그들의 눈은 줄곧 테이블 위에 올려놓은 먹거리에 꽂혀 있었다.

"이건 뭐예요?"

얼굴을 꿰뚫을 것 같은 기영의 날카로운 눈빛에 여울이 괜스레 딴청을 피우며 테이블 위 봉투를 뒤적였다. 맛집으로 소문난 병원 근처 레스토랑에서 사 온 것들이었다.

"와아, 이것도 포장이 돼요?"

금방 만들어진 것처럼 온기가 그대로인 음식을 꺼내자 감히 건드리지는 못하고 지켜만 보던 4인방의 눈이 반짝거렸다. 각종 스테이크와 파스타가 여섯 개나 됐다. 각자 하나씩 꿰차고 먹어도 남을 만큼 충분한 양이었다.

언제나 먹어 볼까 했는데 오늘이 그날이구나!

생각하는 것들이 그대로 얼굴에 드러난 4인방은 급기야 갈구의 눈빛으로 기영을 쳐다봤다. 정황상 자신들에게 주기 위해 가지고 온 것은 틀림없었지만 먹으라고 허락한 것도 아닌데 무턱대고 손을 댈 수는 없는 노릇이었다.

"오늘 하루 종일 많이 힘들었을 텐데 야식 먹고 힘 좀 내라고."

"와우! 역시 우리 교수님! 감사히 잘 먹겠습니다!"

일제히 합창이라도 하듯 외친 4인방은 승냥이마냥 음식을 향해 달려들었다.

의국에는 먹을 게 있을 때, 시간이 있을 때 열심히 구겨 넣으라는 선대 흉부외과 써전들의 명언이 대대로 전해 내려오고 있었다. 그들은 그 말을 위장에 새기기라도 하듯 최대한 빨리, 많은 양을 밀어 넣었다.

반면 여울은 포크를 입에 문 채 힐끔힐끔 장승처럼 서 있는 기영의 눈치를 살폈다. 그의 시선은 미친 듯이 음식에 열광하는 송빈의 머리에 직통으로 꽂혀 있었다.

만약 눈에서 레이저가 나왔다면 송빈의 머리통은 벌써 뚫려 버렸을 것이다.

"송빈."

"옙."

입에 먹을거리를 한가득 문 송빈이 기영을 올려다봤다. 시선이 맞물리자 기영이 매끄럽게 입꼬리를 끌어 올렸다.

"많이 먹어."

"……네."

힘겹게 음식을 삼키고 겨우 대답을 한 송빈이 고개를 갸웃했다. 특별히 챙겨 주는 듯한 말인데 어쩐지 등골이 서늘해지는 기분이었다.

"은 선생은 입맛이 없나?"

은방울, 은여울이 아닌 '은 선생'이란 말에 여울이 빤히 그의 얼굴을 응시했다. 어쩐지 낯설고 거리감이 느껴졌다. 이게 말로만 듣던 질투라는 건가?

여울의 눈동자가 반 바퀴 맴을 돌다 다시 기영을 담았다. 무미건조하던 그의 입가에 사르르 미소가 번졌다. 이건 또 뭐지?

"그럼 잠시 나 좀 보지."

"네? 왜요?"

"교수님이 부르시는데 '왜요'가 뭐야? 빨리 따라와."

"저 지금 엄청 배고픈데요."

엉덩이에 철근을 단 것처럼 소파에 앉아 먹히지도 않을 반항을 하던 여울은 기영의 매서운 눈빛 한 번에 당장 포크를 내려놓고 일어섰다.

의국을 나서는 그녀를 4인방이 안타까운 눈으로 바라보았다. 하지만 그것도 잠시, 그들은 곧 한 입이라도 더 먹기 위해 치열한 눈치 싸움을 벌였다.

✜   ✵   ✜

외래 진료가 끝난 병동은 무척 조용했다. 일정한 리듬을 만들며 울리는 기영의 발소리에 맞춰 여울의 심장이 뛰어 댔다. 불안함에 연신 한숨을 내쉬던 그녀의 눈으로 까닥거리는 손이 들어왔다.

제 손을 다 덮고도 남을 큼직한 손은 무척 곱고 길었다. 수술을 집도할 때는 마치 예술을 하는 것처럼 우아했다. 여울은 그의 퍼스트 어시스트를 설 때마다 가슴 떨리는 황홀함을 경험할 수 있었다.

한 치의 망설임도 없는 깔끔한 집도는 비단 그녀의 마음만 빼앗은 건 아니었다. 그의 수술을 참관하고 싶어 다른 과 전공의들까지 줄을 서서 참관 요청을 해 왔다.

귀신같이 유려한 손놀림에 현혹돼 흉부외과로의 전과를 심각하게 고민했다는 말이 나올 정도였다. 그만큼 앞프로뒤태가 유일대학병원 써전들에게 미치는 영향은 꽤 컸다.

그 손이 지금 눈앞에 있었다.

여울의 손이 꼼지락거렸다. 그와의 거리가 점점 좁혀졌다. 저도 모르게 뻗어진 손이 자꾸만 기영의 손으로 다가갔다. 가까워졌다 멀어졌다를 반복하며 아슬아슬한 줄타기를 하다 손에 닿으려는 찰나 기영이 걸음을 멈췄다.

손이 시야에서 사라지고 그 자리를 흰 가운이 대신 차지했다.

뜨끔.

자신이 방금 무슨 짓을 하려고 했는지 깨달은 여울이 숨을 급하게 삼켰다. 그녀의 발끝에 머물렀던 기영의 시선이 위로 올라와 얼굴에 닿았다.

"왜 이래?"

"네?"

"왜 피하냐고. 내가 바이러스라도 되나?"

"아니요."

"그런데?"

기영이 피할 틈도 주지 않고 불쑥 다가섰다. 눈앞으로 다가온 그의 가슴에 시선이 박혔다. 옅은 향수 냄새가 후각을 자극하자 심장이 묘한 설렘을 담아 두근거리기 시작했다.

차마 고개를 들지 못하고 눈만 말똥거리는 여울의 정수리를 기영이 지그시 내려다보았다.

"은방울."

"……네."

이상하게 긴장이 되어 한 박자 늦게 목소리가 나왔다. 그가 손을 뻗어 여울의 머리를 가만가만 느릿하게 쓰다듬었다.

이름을 부르고 아무런 말도 없이 머리를 쓰다듬는 손길에 여울은 의아함이 앞섰다. 궁금증이 부끄러움을 넘어서다니 대단해.

우물쭈물하던 그녀가 용기를 내 물었다.

"흠, 그런데 절 왜 불러내신 거예요?"

"네가 잠깐 잊은 것 같아서."

"잊어요? 뭘요? 환자 체크 다 했고 오더도 내렸는데. 뭐지?"

고개를 갸웃하며 골똘히 생각하는 여울의 모습에 기영이 한 걸음 더 다가섰다. 그녀의 턱과 입술이 그의 가슴에 부딪혔다. 화장을 하지 않아 셔츠에 자국은 남지 않았지만 갑작스런 부딪힘에 여울이 반사적으로 물러섰다.

"왜, 왜 이러세요."

당황해 말을 더듬으며 여울이 급하게 물었다. 상체를 숙이고 그녀의 귓가로 입술을 내린 기영이 속삭임치곤 조금 큰 소리로 말했다.

"더 잘 들리라고."

"네?"

"너, 귀 잘 안 들린다며."

살짝살짝 닿는 입술과 귓속으로 스며드는 숨결에 오금이 저렸다. 여울이 가운을 꼭 쥐며 성큼 뒤로 크게 물러섰다.

그리 넓지 않은 복도였다. 사람을 몰듯이 다가선 기영 때문에 벽에 등을 맞댈 수밖에 없었다. 차고 딱딱한 벽의 감촉에 여울이 한차례 몸을 떨었다.

그의 손이 불쑥 벽과 등 사이로 끼어들었다. 그러자 벽이 아닌 기영의 따뜻한 손에 등이 닿았다.

확실히 겨울엔 사람의 온기만큼 좋은 게 없다. 아니지, 아니야. 내가 지금 그런 생각을 할 때가 아니지.

도리질을 치며 잡생각을 떨친 여울이 기영을 향해 고개를 틀었다.

"잘 들리⋯⋯거든요."

그리고 번개처럼 다시 얼굴을 돌렸다. 기영의 매혹적인 입술과 아슬아슬한 간격을 두고 부딪힐 뻔했다.

"어이쿠, 깜짝이야."

저도 모르게 터져 나온 말에 여울의 얼굴과 목이 붉게 달아올랐다. 비식, 기영의 입술이 호선을 그리며 올라갔다.

그가 다른 손을 뻗어 여울의 얼굴 옆을 짚었다. 품에 안기듯 갇혀 버린 여울의 심장이 터질 것처럼 뛰어 댔다. 그가 상체를 낮춰 얼굴을 마주하자 여울의 눈이 더 이상 커질 수 없을 정도로 커졌다.

"이쯤에서 다시 한 번 상기시켜 줄 필요가 있을 것 같아서 말이야."

눈앞에서 달싹이는 입술을 물끄러미 보며 여울이 침을 꿀꺽 삼켰다. 도저히 시선을 떼려야 뗄 수가 없었다. 이제는 그의 말보다 입술에 더 신경이 집중됐다.

그가 살짝 고개를 모로 기울였다. 그 결에 입술이 조금 더 가까이 다가왔다. 동공의 확장을 느낄 수 있다고 하면 거짓말일지도 모르겠지만, 여울은 지금 눈앞의 장면을 담기 위해 동공이 최대치로 커지는 신비로움을 경험하는 중이었다.

기영이 천천히 시선을 옮겨 여울의 얼굴을 더듬어 내렸다. 그 섬세한 눈길을 따라 말초신경이 자극을 받은 듯 짜릿한 전율이 느껴졌다.

"우리가, 이성적인 자극이 필요한 사이라는 걸."

"무슨 자극이요?"

"협조 타임이라고."

"네?"

등에 머물던 기영의 손에 힘이 들어간다고 느낀 순간, 여울은 어느새 그와 맞닿아 있었다. 기영이 가슴에 폭 안긴 여울의 손을 감싸 얼굴 가까이로 들어 올렸다.

"저기, 교수님."

모든 게 너무 갑작스러워 사태 파악이 제대로 안 된 여울이 그의 손에 이끌린 자신의 손을 멀뚱히 쳐다보았다. 손목 위에 입술이 내려앉는가 싶더니, 간지럽게 달싹였다.

"여기가 동맥이 지나는 자리지."

간질거리는 손목을 따라 여울의 심장도 간질거렸다.

"혈관을 따라 흐른 피가 심장에 닿으면."

기영의 시선이 손목에서 팔로, 팔에서 다시 그녀의 심장 언저리로 옮겨졌다. 그가 잠시 말을 끊자 묘한 여운과 떨림이 스며들었다. 심장이 뛰어 대는 소리가 고막을 터트릴 것처럼 크게 들려왔다.

"내 마음도 전해지겠지."

"……."

"잊지 마. 내가 너 사랑하는 거."

"……어, 그, 흐음."

뭐라 말을 하고 싶은데 목소리가 제대로 나오지 않았다. 머뭇거리는 여울을 뜨겁게 바라보던 기영이 장난스럽게 그녀의 아랫입술을 깨물었다.

"아야."

기영은 찌푸려진 여울의 미간을 보고 만족스런 미소를 지으며 심술 난 목소리로 말했다.

"송빈 송장 만들려다가 간신히 참은 거야."

천천히 다가섰던 것과는 달리 단숨에 물러선 기영이 여울의 이마를 톡 손끝으로 두드렸다. 꿀밤 대신인 것 같았다.

"너무 무리하지 말고. 잠도 좀 자면서 일해."

마치 아무 일도 없었던 것처럼 그는 방향을 틀어 복도를 거슬러 걷기 시작했다.

"어, 어디 가세요?"

"네 옆집."

"아, 퇴근하시는구나."

기영이 여유롭게 등 뒤로 손을 흔들며 멀어져 갔다.

그의 모습이 완전히 사라지자 여울은 벽에 턱 하고 몸을 기대며 그대로 미끄러져 내렸다.

"어떡해. 다리에 힘이 안 들어가."

그 앞에서 버티고 서 있었던 게 용했다. 후들거리는 다리를 주먹으로 통통 두드리며 여울은 아직도 제 페이스를 찾지 못하고 뛰어 대는 심장을 다독였다.

"알아, 안다고. 환장하게 떨리는 거. 그렇다고 네가 지금 여기서 이러면 안 되지. 여긴 병원이라고."

혼잣소리가 텅 빈 복도를 조용히 울렸다.

✤　　　　❀　　　　✤

논문 준비와 병원 생활로 하루하루를 정신없이 보내느라 여울은 집이란 곳이 어떻게 생겼는지 잊어버릴 정도로 귀가를 하지 못했다. 그사이 기영은 연구실에서 한두 번 밤을 보냈고 서너 번은 집에서 출근을 했다.

하루에 몇 번씩 그와 마주쳤지만 업무적인 대화 외엔 제대로 말을 나눌 틈이 없었다. 물밀듯이 밀려드는 환자에 치여 수면이나 식사도 제대로 챙기지 못했다.

"몸 관리 잘하라고 했는데."

어기적어기적 무거운 몸을 이끌고 의국으로 들어선 여울이 침대 위로 쓰러졌다. 지금이라면 시체 놀이를 아주 완벽하게 할 수 있을 것 같았다. 가물거리는 눈으로 시간을 확인한 뒤 무거운 눈꺼풀을 내려놓았다.

"잠깐 눈만 감았다 뜨는 거야. 딱 5분만."

마르판 증후군* 환자의 수술을 마치고 나온 기영이 중환자실로 들어섰다. 실내를 쭉 훑은 뒤 와파린*을 처방 중인 익현

---

*마르판 증후군(Marfan Syndrome):유전 질환. 긴 팔다리와 관절 과신전이 특징으로 심혈관계와 안구 등의 이상을 초래한다.
*와파린(Warfarin):항응고제.

에게로 다가갔다.

"혼자야?"

"네."

"은 선생은?"

"조금 전까지 계셨는데. 잠시 의국에 들르신 것 같습니다."

"그래? 여긴 별다른 이상 없고?"

"다행히 아직까진 잠잠합니다."

익현이 좀체 보기 힘든 밝은 미소를 지으며 말했다. 고개를 끄덕인 기영이 눈앞의 환자를 살피며 물었다.

"이 환자 히스토리에 디엠*이랑 하이퍼텐션* 있지 않았어?"

"네, 맞습니다."

"팔로우업이 누구야?"

"은여울 선생님이십니다."

"바이탈은 다 체크했고?"

"네. 옵져베이션*하고 이상 있으면 노티*하라고 말씀하시긴 했는데. 5분 안에 돌아오시겠다는 말도 함께 하셔서."

마지막 말이 흐지부지한 게 확신이 서지 않는 것 같았다. 기영이 익현을 직시하며 물었다.

"그게 언젠데?"

"그, 그게……."

---

*디엠(DM):Diabetes Mellitus. 당뇨.
*하이퍼텐션(Hypertension):고혈압.
*옵져베이션(Observation):별다른 처치 없이 관찰.
*노티(Noti):Notify. 환자 상태에 대해 연락하고 적절한 처치 명령을 받는 행위.

"최익현."

"16분 지났습니다."

물론 환자를 24시간 팔로우하는 건 어려운 일이었다. 돌아가며 번을 서고 살피는 게 통상적이긴 했지만 약속한 시간이 지났다는 건 여울이 지금 한창 어딘가를 헤매고 있단 소리였다. 이를 테면 꿈나라 같은.

"계속 수고 좀 해."

"네."

자신의 대답이 혹시 여울에게 안 좋은 영향을 미칠까 노심초사하던 익현은 기영이 말없이 자리를 뜨자 안도의 한숨을 내쉬었다.

아무리 의사라도 인조인간이 아닌 이상 잠을 자고 음식을 섭취해야 한다. 하지만 흉부외과에서는 그런 당연한 상식이 통하지 않았다. 이런 상황에서 견디며 살아남으려면 의국인들끼리 의리로 똘똘 뭉치는 수밖에 없었다.

곧장 의국으로 향한 기영이 조용히 문을 열고 안으로 들어섰다.

밤 11시. 이 시각에 의국은 대체로 비어 있었다. 의국 구석 벽을 따라 놓인 2층 침대로 기영이 다가섰다. 가까이 다가갈수록 곤한 숨소리가 더 잘 들렸다. 누군가 침대에서 잠을 자고 있는 게 확실했다.

아래층 침대를 차지하고 누운 건 예상대로 여울이었다. 침대 앞에서 멈춘 기영이 무릎을 굽혀 앉았다. 잠든 얼굴을 가만히 내려다보다 손을 뻗어 뺨 위에 있던 머리카락을 귀 뒤로 넘겨 주었다.

"너무 곤히 자는 거 아니야? 깨우기 싫게."

여울이 손에 꼭 쥐고 있는 휴대폰을 조심스레 빼낸 그가 상체를 기울여 반듯한 이마에 입을 맞췄다. 어쩔 수 없지. 조심스런 걸음으로 의국을 나오기가 무섭게 여울의 휴대폰이 울려 댔다.

콜은 여울에게 했지만 응급실에 나타난 이는 기영이었다. 모두 그를 의아하게 쳐다봤지만 별달리 이유를 묻지는 않았다. 오히려 퇴근한 줄 알았던 기영이 와 줘서 기쁘기까지 했다.

밖엔 비와 섞인 눈이 무지막지하게 쏟아지고 있었다.

그 눈비를 뚫고 달려온 구급차에서 끊임없이 환자가 밀려 들었다. 빙판이 되어 버린 길 때문에 사고가 많이 난 모양이었다.

"선생님! 밖에 잠시 나와 주셔야 할 것 같습니다."

비에 흠뻑 젖은 구급대원이 안으로 들어서며 다급하게 외쳤다. 환자를 살피고 있던 기영이 즉시 그를 향해 달려갔다.

"무슨 일입니까?"

"자상 환잔데 들어오지 않겠다고 난동을 부려서요."

사정없이 쏟아지는 빗속에서 남자가 피로 엉망이 된 옷을 걸친 채 악을 써 대고 있었다. 구급대원의 옷과 손에 묻은 피도 환자의 것인 듯했다.

손으로 비를 막으며 가까이 다가가려는 기영을 구급대원이 만류했다.

"손에 깨진 링거 조각을 들고 있습니다."

피가 흐르고 있는 곳은 오른쪽 하복부와 파편을 쥐고 있는 왼쪽 손바닥이었다.

남자는 과다 출혈로 인한 쇼크 상태에 빠져 자신이 무엇을 하고 있는지도 모르는 듯했다. 망상을 보는 것처럼 허공을 향해 마구 휘두르는 손짓이 무척 불안정했다.

때마침 도착한 보안요원들에게 기영이 지시를 내렸다.

"뒤쪽과 양쪽 동시에 제압해야 합니다. 왼손 조심하시고요."

"네, 알겠습니다."

보안요원들과 기영이 사방을 포위해 좁혀 들어가다 눈짓을 주고받으며 동시에 몸을 날렸다. 미친 듯 몸부림을 치며 발악하는 성인 남자를 제압하기란 보통 힘든 일이 아니었다.

남자의 왼손을 잡아 그 안에서 파편을 빼내려던 기영이 움찔하며 뒤로 물러섰다. 남자가 휘두른 손에 스친 목 부근이 따끔거렸다.

피가 흘러나왔지만 심한 상처가 아니었기에 기영은 다시 보안요원들을 도와 남자를 응급실 안으로 들였다.

"저쪽 베드에 눕혀서 못 움직이게 잡고 계세요. 여기 아티반* 준비해 주시고요."

---

*아티반(Ativan):벤조다이아제핀계 약물로 수면, 항경련 작용이 있으며 진정 작용이 우수함.

기진맥진한 남자의 팔에 신경안정제를 놓고 난 후에야 겨우 응급처치에 들어갈 수 있었다. 손을 비롯해 하복부까지 총 서른여섯 바늘을 꿰맸다. 한숨을 내쉬며 젖은 머리를 쓸어 넘기는 기영을 돌아보던 송빈이 놀란 듯 그의 목을 가리켰다.

"교수님, 목에 피가……."

"아참."

잊고 있었던 목의 상처를 쓸자 손에 피가 묻어났다. 기영이 미간을 찌푸리며 옅은 숨을 내뱉었다.

여울이 있었으면 어쩔 뻔했나 싶어 가슴이 선득했다. 무모하게 달려들다 자신보다 더 심한 상처를 입었을지도 모른다.

"괜찮아. 꿰맬 정돈 아니야."

"그래도 드레싱은 해야 할 것 같은데요."

"내가 알아서 할 테니까 마무리 좀 부탁해."

"네."

걱정스러운 송빈의 시선을 뒤로하고 응급실을 나온 기영이 불 꺼진 외래 접수실 쪽으로 걸음을 옮겼다. 그제야 젖은 몸에서 한기가 느껴졌다. 새벽 2시를 향해 달리고 있는 시곗바늘을 확인한 뒤 의자에 털썩 주저앉았다.

세상모르고 잠에 빠져 있을 여울을 떠올리니 절로 웃음이 묻어났다. 밀린 잠은 오프 때 자면 된다고 자신을 세뇌시키며 견뎌 냈을 것이다. 그러다 잠깐 눈만 붙인다는 게 까무룩 깊은 수면 상태에 빠져든 걸 테고.

"푹 자라. 내 은방울."

눈을 감으니 두통이 머리를 압박해 와 관자놀이를 지그시 눌렀다. 깊고 짙은 한숨을 흘려 낸 기영의 입가에 엷은 미소가 떠올랐다.

내일은 오프니 이대로 귀가해 쉬면 컨디션은 금방 회복될 터였다.

"몸이 좀 무겁네."

여울이 그랬듯 기영도 한 번 감은 눈을 쉽게 들어 올리지 못했다. 아무도 없는 외래 진료실의 시간이 소리 없이 흘러갔다.

두 시간 남짓 지났을까. 기영이 눈을 떴다. 몸이 찌뿌듯했다. 눈비를 맞은 것도 모자라 젖은 옷을 입고 잠이 들었으니 그럴 만도 했다.

"이런, 깜빡 잠이 들었나 보네."

무거운 몸을 일으키자 으스스 한기가 느껴졌다.

여울의 빈자리가 느껴지지 않도록 이것저것 일을 마무리하고 나니 시간이 제법 흘렀다. 퇴근하기 전 간식거리를 사 마지막으로 의국에 들렀을 때도 여울은 세상모르고 잠에 취해 있었다.

집으로 돌아와 샤워를 하고 침대에 눕던 기영이 이마를 짚었다.

"열이 있나?"

자기 관리가 철저한 그였기에 몸의 아주 작은 변화에도 민감하게 반응했다. 거실 서랍장에서 체온계를 꺼낸 기영이 그것을 귀에 대고 체온을 쟀다.

37도 5부. 미열이 있었다.

피식, 바람 새는 웃음을 터트린 기영이 체온계를 제자리에 두고 침실로 걸어갔다. 굳이 약까지 챙겨 먹을 필요는 없을 것 같았다. 오프니 특별히 여울의 방식대로 하루 종일 침대에서 뒹굴어 볼까 싶었다. 그럼 개운해지겠지.

침대에 누워 이불을 덮은 기영의 몸이 물 먹은 솜처럼 축 늘어졌다.

"으아아아아."

크게 기지개를 펴며 눈을 뜬 여울의 얼굴에 만족스런 미소가 떠올랐다. 간만에 진짜 깊고 편하게 잤다. 잠결에 드문드문 운치 있는 빗소리도 들은 것 같다. 내가 창문을 열어 놓고 잤던가?

창가 쪽으로 고개를 돌렸던 여울은 멍하니 눈을 깜빡이다 주변을 휘둘러봤다.

"이런!"

놀라 벌떡 자리에서 일어나려다가 2층 침대의 바닥에 머리를 부딪쳤다.

"아얏!"

호들갑을 떨며 침대에서 기어 나오는 여울을 익현과 송빈이 쾡한 눈으로 쳐다봤다.

"괜찮으세요?"

"어? 어."

주섬주섬 신발을 꿰차고 테이블 쪽으로 다가온 여울이 머리를 매만지며 의자에 털썩 주저앉았다. 삼각김밥을 먹던 익현이 놓여 있는 것 중 몇 개를 내밀자 여울이 말없이 받아 비닐을 깐 뒤 입에 넣었다.

"웬 거야?"

"교수님께서 주고 가셨어요."

"언제?"

"새벽에요."

"새벽?"

한입 또 크게 베어 먹으려다 말고 여울이 벽시계를 확인했다. 바늘이 숫자 6을 넘어서고 있었다.

"빈아. 저게 지금 PM이냐, AM이냐?"

"당연히 AM이죠."

"뭐? 어째서?"

"아침이니까요."

여울이 들고 있던 김밥을 툭 떨어트렸다. 거짓말. 그녀의 눈에 깃든 심정을 읽은 송빈이 고개를 절레절레 흔들었다.

"믿으세요. 저희의 초췌한 모습에서 올 나이트의 기운이 안 느껴지십니까?"

여울이 김밥을 입에 밀어 넣고 있는 익현과 송빈을 번갈아 쳐다봤다. 그의 말대로 둘에게서 숨길 수 없는 음울한 기운이 물씬 풍기고 있었다.

"그럼 내가 대체 몇 시간을 잤다는 거야? 미쳤나 봐."

"염려 마세요. 교수님이 대신 다 해 주셨으니까."

"누가?"

"우리 교수님이요."

송빈의 말을 이해하지 못한 여울이 눈을 깜빡거리다 또다시 물었다.

"누구?"

"서기영 교수님이요."

그의 입을 통해 흘러나온 기영의 이름이 귓속으로 콕콕 들어와 박혔다. 여울이 고개를 갸웃 기울였다.

"교수님이 왜?"

"글쎄요. 중환자실 오셔서 선생님 찾으시기에 의국에 가셨다고 했거든요. 도저히 못 깨우셨나 봐요. 응급실에서 선생님한테 콜 넣으니까 교수님이 내려오셨더라고요. 혹시 무지막지한 잠꼬대로 교수님을 기함하게 만드신 건 아니죠?"

"아니야."

확신이 서진 않았지만 아무리 더듬어 봐도 잠결에 기영을 본 기억은 없었다.

"교수님은?"

"한 시간 전에 들어가셨어요. 오늘 오프시잖아요."

"그래?"

"주말이라 외래도 없으니 편하게 쉬실 거예요. 참, 선생님도 오후 타임 오프시죠?"

"어."

"일주일 만에 가시는 거네요."

익현이 부러운 눈으로 바라보았다. 하지만 여울의 머릿속은 온통 기영에 대한 생각뿐이었다. 대체 그가 왜 자신을 대신해 밤을 지새웠는지 알 수가 없었다.

사랑하니까?

불현듯 떠오른 생각에 볼이 화끈 달아올랐다.

"그나저나 교수님 괜찮으시려나."

"그러게요. 결국 상처 치료 안 하신 것 같던데. 옷도 젖은 채로 계속 입고 계셨는데 감기 안 드셨나 모르겠어요."

"무슨 말이야? 상처는 뭐고, 옷은 또 왜 젖어?"

송빈과 익현이 주고받는 대화에 여울이 불쑥 끼어들었다. 기영이 왜 상처를 입고 젖은 옷으로 돌아다녔는지 선뜻 이해가 되지 않았다.

"어제 과다 출혈로 쇼크 먹은 환자가 실려 왔거든요. 응급실에 안 들어오겠다고 빗속에서 난동을 피우는 바람에 한바탕 소동이 있었어요. 링거 파편을 들고 위협을 하는데…… 아유."

"제압하는 과정에서 교수님이 상처를 입으셨어요."

"얼마나?"

"글쎄요. 제대로 살필 수가 없어서. 알아서 치료하겠다고 하시면서 가셨거든요."

정리해 보자면 기영이 자신을 대신해 일정에도 없던 초과근무를 서다 변을 당했다는 말이었다. 곤한 잠에 빠져들게 만들었던 빗소리가 실제였다니. 그 비를 다 맞으며 환자와 씨름했을 기영을 떠올리자 가슴 한켠이 묵직해졌다.

"상처가 그렇게 깊지는 않은 것 같았어요. 그리고 오프잖아요. 약 먹고 편히 쉬면 괜찮아지실 거예요."

여울의 얼굴 가득 떠오른 걱정을 읽은 송빈이 서둘러 그녀를 안심시키는 말을 내뱉었다. 여울은 고개를 끄덕인 후 자리에서 일어서 그대로 의국을 나섰다. 오전에 처리해야 할 일이 산더미였다.

"나 어제 오늘 연타로 놀라는 중이다."

"저도요."

송빈과 익현이 동시에 여울이 먹다 남긴 김밥으로 시선을 옮겼다. 단 한 번도 먹는 걸 남긴 적이 없던 여울이었다. 그런 그녀가 음식을 남겼다. 이건 실로 엄청난 사건이었다.

✤　　　※　　　✤

손이 더 가지 않도록 일을 깔끔하게 처리해 준 기영 덕분에 오전 근무는 편하게 끝낼 수 있었다. 하지만 마음은 그다지 편하지 못했다. 내내 기영을 걱정하느라 저도 모르게 한숨이 푹푹 나왔다.

1시가 되기 바쁘게 짐을 챙긴 여울이 걸음을 재촉하며 집으로 내달렸다. 20분 거리를 15분도 채 되지 않아 돌파한 그녀는 헉헉, 거친 숨을 토해 내며 빌라 입구에 멈춰 섰다.

기영의 집은 창이 굳게 닫혀 있었다. 호흡을 다스리기도 전에 다시 발을 움직여 그의 집 앞에 다다랐다.

벨을 눌러야 하나? 자고 있을지도 모르는데 깨면 어떡하지?

머릿속에 온갖 생각들이 복잡하게 얽혔다.

엄지손톱을 깨물며 짧은 복도를 왔다 갔다 하던 여울이 이내 우뚝 멈춰 섰다. 그리곤 문에 설치된 게이트맨을 뚫어져라 응시했다.

비밀번호는 이미 알고 있었다. 밤을 꼬박 샜으니 기영은 지금쯤 아주 곤히 자고 있을 터였다. 몰래 들어가 상태만 확인하고 나오면 되는 거였다. 누가 왔었는지조차 모르게.

"에라, 모르겠다."

비밀번호를 누르자 잠금이 해제되는 소리가 들렸다. 조심히 문손잡이를 잡아 돌린 여울이 집 안을 기민하게 살폈다. 아무런 인기척이 느껴지지 않았다. 예상대로 침실에서 자고 있는 모양이었다.

까치발로 들어선 여울은 최대한 소리가 나지 않게 문을 닫고 살금살금 침실 쪽으로 다가갔다. 자신의 집과 방향만 다를 뿐 구조가 똑같은지라 기웃거리지 않아도 금방 알 수 있었다.

반쯤 열려 있는 문틈으로 잠든 기영의 모습이 보였다. 문 쪽을 바라보고 누운 그의 얼굴이 시선을 사로잡았다.

침실로의 잠입에 성공한 여울은 끌리듯 그의 곁으로 다가 섰다. 머리카락이 이마 위로 흐트러져 있었다. 깊은 잠에 빠 졌음을 암시하는 곤한 숨소리에 용기를 얻은 여울이 손을 뻗 어 이마에서 머리카락을 걷어 냈다.

"……어."

손끝에 닿은 이마에서 열기가 느껴졌다. 여울이 손바닥 전 체로 기영의 이마를 짚었다. 미열이 있는 데다 식은땀도 맺혀 있었다.

시선이 목에 닿았다. 7센티미터 정도의 아물지 않은 상처는 아무런 처치도 하지 않은 듯 보였다.

얼마나 피곤했으면.

생각해 보니 기영은 귀국하자마자 곧장 병원으로 출근했다. 그리곤 여태 단 하루도 제대로 쉰 적이 없었다. 오프라고 해도 쉼 없이 병원에서 콜이 왔고 그때마다 마다하지 않고 달려왔다.

자기만 피곤한 줄 알았지, 기영도 그럴 것이라고는 미처 생각하지 못했다. 항상 단정한 모습으로 피곤한 기색 없이 병원을 종횡무진 활보하고 다녔으니까.

"큰일 날 사람일세."

이마에 맺힌 땀을 제 옷깃으로 조심조심 닦아 낸 여울이 침실을 나와 거실 이곳저곳을 살폈다. 서랍을 뒤적여 구급상자를 찾아낸 뒤 그의 곁에 걸터앉았다. 바스락거리며 움직이는데도 기영은 미동도 하지 않았다.

소독용 알코올 솜과 드레싱 용품들을 꺼낸 여울이 민첩하게 손을 놀려 목의 상처를 치료했다. 경미하다고 그냥 내버려 뒀다가 혹여 감염이라도 되면 큰일이었다.

"잘 땐 누구나 천사라더니. 그 말이 틀린 건 아니네."

기영의 얼굴을 유심히 내려다보던 여울이 겁도 없이 손을 뻗었다. 짙은 눈썹, 굳건한 의지의 눈동자를 감춘 눈꺼풀, 남자 같지 않게 길고 풍성한 속눈썹을 손끝으로 어루만졌다.

날 선 콧날까지 매끄럽게 훑어 내린 손이 콧방울에서 머뭇거렸다. 천천히 손가락을 아래로 미끄러트리자 기영의 입술이 닿았다. 찌릿한 전류가 흘렀다.

힐끔, 그의 기색을 살핀 여울이 발칙하게도 입술 사이의 경계를 더듬었다.

"후우."

낮은 숨을 흘려 낸 여울은 짜릿함에 물든 손을 꽉 움켜쥐었다. 이러다가 심장이 멈추는 건 아닌지 모르겠다. 주먹 쥔 손으로 심장을 지그시 눌러 안정을 취하려 했다.

문득 환기가 필요할 것 같다는 생각에 자리에서 일어서던 여울이 움찔하며 그대로 굳었다. 손목을 붙잡는 느낌에 소리도 지르지 못하고 기영을 돌아봤다.

사르르, 눈꺼풀이 올라가고 드러난 기영의 눈동자가 여울을 담아냈다.

"교, 교수님?"

그가 몇 번 느릿하게 눈을 깜빡거렸다. 가늘게 떠 올린 눈동자로 여울을 바라보던 그의 입가에 여릿한 미소가 번졌다.

"로마서 13장 8절."

"……네?"

잠이 덜 깬 듯 나른하게 읊조리는 목소리에 여울이 고개를 갸웃했다.

그가 손을 조금 더 위로 옮겨 팔을 불쑥 잡아당기자 여울의 몸이 저항 없이 기영의 위로 겹쳐졌다. 그의 입술이 그녀의 이마 위에서 감미롭게 달싹였다.

"네 이웃을 네 몸과 같이 사랑하라."

"……."

"이번엔 네가 실천할 차례야."

"그게 무슨……."

열이 완전히 내려가지 않은 상태에서 잠꼬대를 하는 건가 생각한 순간, 여울의 허리를 끌어안은 기영이 그대로 이불을 덮었다.

"나 지금 추워."

"그래서요?"

"인간 난로 해 줘."

"……!"

그가 여울의 얼굴을 제 가슴에 묻으며 정수리에 턱을 문질렀다.

"으음, 따뜻하다."

섹시함이 묻어나는 목소리에 여울의 얼굴이 붉게 달아올랐다.

저기요, 교수님. 여기서 이러시면 제가 심히 곤란하거든요. 이웃 사랑을 왜 꼭 침대 위에서 실천해야 하나요? 네?

여울이 꼼지락거리며 품을 벗어나려 할 때마다 기영이 더 강하게 몸을 휘감았다.

"교수님, 숨 막혀요. 도망 안 갈 테니까 조금만 풀어 주세요."

말이 끝나기가 무섭게 느슨해지는 기영의 팔에, 여울이 막혔던 숨을 몰아쉬며 투덜거렸다.

"자는 거 아니죠?"

"으음."

열은 숨을 흘려 내며 기영이 여울의 이마 위에 입술을 내려놓았다. 그의 입술이 부드러운 곡선을 그리며 말려 올라가는 걸 여울은 미처 보지 못했다.

chapter 6

오랜만이야

잠에 들지 못할 줄 알았다.

서걱거리는 침대 시트의 산뜻하고 포근한 느낌이,

자신을 안은 기영의 따스한 온기가,

두근거리는 심장의 떨림이 정신을 온통 혼란스럽게 만들어 놓았으니까.

그런데 눈을 떴다. 감은 기억도 없는 눈을.

기영의 품 안이 꽤 편안했던 모양이다. 언제 잠들었는지도 모르게 잠이 든 걸 보면.

얼마나 시간이 흘렀는지 가늠이 되지 않았다. 사이드 데스크 위에 켜진 스탠드 조명이 아니었다면 사물을 분간하기 힘들 정도로 어두워졌다는 것만 어렴풋이 깨달았다.

"으음."

여울은 기지개를 켜다 뭔가 이상해 주변을 두리번거렸다. 제 침실이 아니었다. 몇 번 눈을 깜빡이다 머릿속에 떠오른 기억에 헉하고 거친 숨을 삼켰다. 분명 기영의 품에 안겨 버둥거렸는데 저도 모르게 잠이 든 것 같았다. 그의 품이 너무 따뜻해서.

놀란 것도 잠시, 뭔가 허전함을 느낀 여울이 조심히 고개를 돌렸다. 누워서 자고 있어야 할 기영이 보이지 않았다.

"교수님?"

조금 열려 있는 문틈 사이로 거실의 불빛이 스며들었다. 아픈 사람이 왜 일어나 돌아다니는 걸까. 여울은 서둘러 침실을 나섰다.

"아!"

밝은 불빛에 여울이 손으로 눈을 가렸다. 문이 열렸다 닫히는 소리, 사박사박 걸음을 옮기는 소리가 들렸다. 빛에 익숙해지는 눈을 뜨며 발소리의 주인을 찾았다. 샤워를 마치고 나온 듯 기영이 가운을 입은 채 수건으로 머리를 닦고 있었다.

"일어났어? 잠깐만."

멍하니 서 있는 여울에게 엷은 웃음을 보인 기영이 드레스룸으로 들어갔다. 예상치 못했던 그의 모습에 저도 모르게 시선을 내렸던 여울은 손을 입으로 가져가 살짝 깨물었다.

"와우……."

낮은 탄성이 입술 사이로 흘러나왔다. 서기영이 나이트가운을 입은 모습을 보게 되리라곤 상상도 하지 못했다. 물론 이곳이 그의 집이긴 했지만 샤워를 하고 나온 모습으로 말을 걸 줄은 몰랐다.

　잠시 후, 목이 넓은 화이트톤 브이넥 니트 티와 면바지를 입은 기영이 다시 모습을 드러냈다. 여울이 손을 내리고 멋쩍은 웃음을 지어 보이자 그 역시 싱긋 웃으며 손가락을 까닥거렸다.

　"이리 와."

　"네? 네."

　주방으로 들어가는 기영의 뒤를 여울이 쪼르르 따랐다. 배가 고픈 모양이었다. 하긴 밥도 제대로 못 챙겨 먹고 잤으니 그럴 만도 했다. 기영이 냉장고 문을 열고 뭔가를 꺼내자 곁으로 다가선 여울이 얼른 받아 들었다.

　"주세요. 제가 갖다 놓을게요."

　"갖다 놓기만?"

　"……그럼요?"

　여울이 그가 건넨 것들을 보며 되물었다. 다듬어지지 않은 양파, 당근, 애호박, 감자 등이었다.

　설마 이것들로 뭔가를 만들어 먹을 생각은 아니겠죠?

　여울의 얼굴 위로 드러난 질문에 답하듯 기영이 그녀의 어깨를 잡아 방향을 조리대 쪽으로 틀었다.

　"물론 만들어야지."

　"제가요?"

　"내가 하긴 그렇지?"

　등을 부드럽게 밀며 기영이 귀에 대고 속삭였다. 여울이 고개를 틀어 당황스러운 눈으로 쳐다보자 그가 한쪽 손으로 이마를 짚고 미간을 살짝 찌푸렸다.

"난 환자잖아."

여울의 입이 쩍 벌어졌다. 서기영이 엄살을 피우다니. 눈으로 보고 귀로 듣고도 믿지 못할 일이었다.

"왜, 못 믿겠어?"

기영이 느긋이 여울에게로 상체를 기울이며 그녀의 손을 잡았다.

"그럼 확인해 봐."

들고 있던 양파와 호박이 조리대 위로 떨어졌다. 기영이 여울의 손을 제 이마 위에 올려놓았다. 열은 없었지만 손바닥이 뜨거워졌다.

"그리고 여기도, 아파."

그가 여울의 손을 목에 난 상처로 옮겼다. 샤워를 한 후라 이미 드레싱은 떨어져 나가고 없었다. 남자의 목은 여자의 목과 다른 느낌이었다. 남성스러움이 물씬 묻어나는 목에 손이 닿자 여울이 움찔거렸다. 얼른 손을 거둬 등 뒤로 감췄다.

"제가 하기 싫어서 그런 게 아니고요. 음식이란 걸 만들어 본 적이 없어서 그래요."

여울이 몸을 돌려 조리대 위에 나머지 것들을 내려놓으며 말했다.

"괜찮아. 위만 채울 수 있으면 상관없어."

"먹을 수 없을지도 몰라요. 상태가 더 나빠질지도……."

투덜거리면서도 양파를 들어 주섬주섬 껍질을 까기 시작하는데 눈앞에 불쑥 기영의 얼굴이 나타났다. 모로 기운 그의 얼굴에는 엷은 웃음이 머물러 있었다.

"이런, 그건 좀 곤란한데."

그가 여울의 손에서 양파를 빼내 개수대로 끌어 손을 씻겨 주었다.

"이건 됐으니까 다른 거 하자."

"네?"

먹고 상태가 더 나빠질 수도 있다는 말에 마음이 바뀌기라도 했는지 수건으로 여울의 손을 닦아 준 그가 주방을 나섰다.

"밥 안 드세요?"

"조금 이따가."

"식사하셔야 약도 먹죠."

"약 먹을 정도는 아니야."

"아프시다면서요."

진열장 앞에 멈춘 기영이 서랍에서 구급상자를 꺼냈다.

"그래서 치료 먼저 하려고."

"치료요?"

"해 줘."

팔짱을 끼고 턱을 든 기영이 상처 부위가 잘 보이도록 고개를 옆으로 돌렸다. 가만히 눈을 내려 감고 치료를 기다리는 그를 여울이 물끄러미 바라보았다.

날렵한 턱 선과 매끈한 목선이 유려한 자태를 드러냈다. 게다가 어깨가 넓어 쇄골까지 훤히 드러난 브이넥은 뇌쇄적인 매력이 묻어나고 있었다. 그래서일까. 목에 난 상처가 무척 매

167

혹적으로 보였다.

"으음."

그가 나른한 숨을 흘려 냈다. 흠칫 놀란 여울이 서둘러 시선을 거두고 구급상자를 뒤적였다. 아까 분명히 만졌던 구급상자인데 약품이 어디에 있는지 눈에 들어오지 않았다.

"밴드 하나면 돼."

"아, 네."

드레싱 밴드를 손에 쥔 여울은 호흡을 가다듬은 후 그의 목으로 손을 가져갔다.

밴드 하나 붙이는 것뿐인데 왜 이렇게 떨리는지 알 수가 없었다. 손끝에 닿는 피부가 너무 부드러웠다. 손 전체로 어루만지고 싶을 만큼.

어느새 기영이 눈을 뜨고 여울을 내려다보고 있었다.

"호, 해 줘야 하는 거 아냐?"

"뭘 해요?"

"아픈 데는 호, 한번 해 주는 게 최곤데."

장난스럽게 말려 올라가는 기영의 입술 끝이 보였다. 아무래도 자신을 놀리고 있는 것 같았다. 아이처럼 조르는 것부터가 수상했다.

"해 주기 싫어?"

기영이 밴드를 톡톡 두드리며 말했다. 그 동작조차 무척이나 야릇했다. 마치 두근거리는 자신의 마음을 읽고 '너 나한테 반했지?' 하며 유혹하는 것처럼 보였다.

"네."

톡 쏘듯 대답하며 여울이 구급상자를 닫았다. 새침하게 돌아서는 여울의 팔을 잡아당긴 기영이 그녀를 품에 꼭 끌어안았다. 기습적인 포옹이었다.

"꺅!"

놀라 비명을 지르는 여울의 정수리에 기영이 쪽 하고 입을 맞췄다. 그러면서 시선을 그녀의 입술에 주었다. 잠깐일 뿐인데 그의 눈길이 닿았던 입술이 불에 덴 것처럼 화끈거렸다.

"걱정돼서 와 놓고 아닌 척 내빼는 건 반칙이야."

"왜 사람 마음 불편하게 그러셨어요."

"불편하라고."

"네?"

여울의 볼을 어루만지던 손이 입술 위로 미끄러지듯 내려앉았다. 톡톡, 가볍게 입술을 두드리는 손끝으로 숨결이 흩어졌다.

"그래야 내 생각을 한 번이라도 더 할 테니까."

여울은 대꾸할 말을 찾지 못했다. 아니, 입을 열 수가 없었다. 자신의 입술을 어루만지는 손길에 온 신경이 집중되어 도무지 생각이란 걸 할 수가 없었다.

"여기 입 맞추면 화내려나?"

여울의 속눈썹이 파르르 떨렸다. 심장 뛰는 소리가 고막을 뚫고 나올 것처럼 크게 울려 댔다. 그 소리에 모든 것이 삼켜져 버렸다. 여울의 눈동자 가득 기영의 얼굴이 들어찼다.

두근두근.

빠르게 눈을 깜빡이던 여울이 발을 돌렸다. 무언가에 홀린 것처럼 기영의 입술에 입을 맞췄다. 부드럽고 달콤한 감촉이 마치 소프트 아이스크림을 먹는 것 같았다. 느릿하게 깜빡이던 여울의 눈이 기영의 눈과 마주쳤다. 순간 정신이 돌아온 여울이 황급히 얼굴을 뗐다.

'미쳤어! 미쳤어! 은여울 너 지금 뭐한 거니?'

스스로의 행동에 경악한 여울이 속으로 소리를 질렀다.

갑작스런 입맞춤에 기영도 적잖이 놀란 모양이었다. 그러나 그것도 잠시, 어느새 놀람을 지운 기영이 다가왔다. 여울의 입술 위로 겹쳐진 그의 입술에서 옅은 웃음소리가 흘러나왔다. 잠시 떨어졌다 싶은 순간 더 깊이, 더 농후하게 입술을 취했다.

"포인트는 잘못 맞췄는데. 확실히 효과는 좋다."

"……네?"

기영이 여전히 입술을 맞댄 채 달싹였다. 키스에 흠뻑 취해 있던 여울이 몽롱하게 눈동자를 올렸다. 그녀의 아랫입술을 깨물었다 부드럽게 빨아들인 기영이 잔웃음을 터트렸다.

"목에 호, 해 달라는 말이었는데 입술에 해 줘서 더 좋다고. 물론 살짝 놀라긴 했지만."

"그게, 그러니까……."

"도발은 분명히 은방울이 한 거야."

"교수님."

기영의 큼지막한 손이 뒷머리를 파고들었다. 그가 고개를 틀어 더 과감히 입술을 취하자 여울이 눈을 동그랗게 떴다. 사르르 내려 감기는 그의 눈꺼풀이 눈동자에 비쳤다. 어중간하게 허공에서 머뭇거리던 여울의 손이 꼼지락거리며 움직였다.

기영의 등을 조심스럽게 보듬었다. 양팔로 감싸도 다 들어오지 않을 만큼 넓은 등은 무척 든든했다. 그의 니트를 만지작거리자 찌르르한 전율이 손끝으로 스며들었다.

한 번쯤은 본능이 이끄는 대로 무모하게 움직여 보는 것도 꽤 괜찮은 것 같다.

복잡한 생각 따위 할 필요 없이.

심장이 한 사람만을 향해 뛰는 이유를 모르겠다면,

아니, 알면서도 외면해 왔다면,

이보다 더 확실한 방법은 없다.

내가 이 사람을 정말 어떻게 생각하고 있는지,

단정 지어 생각했던 그것들이 지금도 그대로인지 확인이 필요하다면 해 보는 거다.

가장 정확한 방법으로.

의학적 용어로 마우스 투 마우스(Mouth-to-mouth),

사랑의 용어로 키스(Kiss).

“아참, 은여울 선생님. 카페에서 누가 기다린다고 하셨는데요.”

중환자실을 돌고 막 병동으로 올라온 여울이 차트 정리를 위해 너스 스테이션으로 다가가자 김 간호사가 생각났다는 듯 말을 걸었다.

"누가요?"

"그건 모르겠는데 벌써 20분은 넘은 거 같아요."

"누구지?"

차트 기록을 마친 여울이 고맙다고 말하며 돌아섰다. 주머니에 볼펜을 넣고 방금 내렸던 엘리베이터로 걸어갔다.

때마침 도착한 엘리베이터에 몸을 실으려던 여울은 움찔하며 자리에 멈춰 섰다. 기영이 타고 있었다. 문이 닫히려는 찰나 그가 열림 버튼을 눌렀다.

"안 타?"

"탑니다."

황급히 엘리베이터에 오른 여울이 그와 거리를 두고 섰다.

"몇 층?"

"1층이요."

아무도 없는 공간에 기영과 단둘이 있으려니 영 어색하고 불편했다.

여울이 목을 문지르며 힐끔힐끔 그를 바라보았다. 그날 이후 의식적으로 둘만 있는 시간을 피하는 중이었다. 그가 싫어서라거나 자신의 행동을 후회해서가 아니었다.

부끄러웠다. 절대 아니라고, 서기영은 그저 존경하는 교수님일 뿐이라고 단정 지었는데 자신이 먼저 입술을 덮쳤다.

민망해서 차마 그의 얼굴을 대놓고 마주 볼 수 없었다. 지금까지 이리저리 잘도 피해 다녔는데 엘리베이터에서 딱 마주칠 줄은 몰랐다.

1층에 엘리베이터가 멈추자 기영이 먼저 내렸다. 따라 내리려는 여울을 뒤돌아보며 그가 이름을 불렀다.

"은여울."

"네."

"자꾸 피하면 사람들이 보는 앞에서 입 맞춰 버린다."

닫히는 문 사이로 유유자적 걸어가는 그의 뒷모습이 여울의 눈동자에 박혔다.

"하아."

덜컹 내려앉은 심장이 미친 듯이 뛰기 시작했다. 깊게 숨을 들이쉰 여울이 심장을 어루만지며 열림 버튼을 눌렀다. 달아오른 얼굴이 식을 기미가 보이지 않아 로비를 걸어가는 내내 손으로 연신 부채질을 했다.

"농담이겠지. 농담일 거야. 내가 자꾸 피하니까 일부러 저러는 거야. 심술이 나서."

카페로 들어선 여울이 안을 두리번거리며 살폈다. 대체 누가 자신을 찾아왔다는 건지 알 수가 없었다. 안면이 있는 사람을 찾아 실내를 훑다 고개를 갸웃하며 돌아설 때였다. 누군가와 몸이 부딪혔다.

"죄송합니다."

옆으로 비켜서는 여울의 앞을 상대가 또다시 막아섰다. 사과를 했음에도 시비를 거는 것 같은 남자의 행동에 여울의 미간이 구겨졌다. 그 미간으로 남자의 검지가 내려앉았다.

"여전하네. 덜렁거리는 거."

"⋯⋯?"

"은여울, 잘 있었어?"

"누구세요? 저 아세요?"

전혀 기억에 없는 낯선 남자였지만 그는 자신을 잘 아는 것 같았다. 남자의 한쪽 입술 끝이 묘하게 치켜 올라갔다.

"나이 먹더니 머리가 더 나빠진 모양이야, 얼뜨기."

여울의 머릿속에 전구가 켜지듯 불이 들어왔다. 얼뜨기란 말에 번뜩 떠오른 얼굴이 눈앞의 남자와 정확히 겹쳐졌다. 비식하게 입술을 틀어 올리고 무척이나 건방지게 웃는, 앳된 사춘기 소년의 얼굴이.

"이준?"

"빙고! 아직 돌아가긴 하네, 이 먹통이."

머리를 가볍게 톡톡 두드리는 이준의 손을 여울이 붙잡아 저지시켰다.

"야, 너 건방지게 선생님 머리를……."

"그럴 만하니까 하지."

"넌 어째 나이를 거꾸로 먹은 거 같다?"

"내가 좀 동안이긴 해."

"그런 뜻 아니거든. 버릇을 아예 통째로 엿 바꿔 먹었단 말이거든?"

여울이 손을 내려놓자 다시 잽싸게 그녀의 손을 낚아챈 이준이 빼지 못하게 깍지를 꼈다. 여울이 눈을 부라리며 손가락을 쭉 편 채 손을 마구 흔들었다.

"야, 놔. 안 놔?"

"다시 만나니까 즐겁지. 나도 아주 즐거워."

능청스레 여울의 손을 흔들며 이준이 카운터로 걸어갔다.

"뭐 마실래?"

"진짜 이럴래? 나 너랑 노닥거릴 시간 없어."

"앞으론 많을 거야."

"뭐?"

"단거 좋아하지? 민트라떼가 좋겠다. 그걸로 주세요."

"이준!"

여울의 말은 들리지도 않는지 계산까지 마치고 나서야 이준이 고개를 돌렸다. 반항기가 다분한 입매가 다시 곡선을 그리며 말려 올라갔다. 색소가 모자란 듯 보이는 옅은 분홍의 입술이 달싹거렸다.

"나 다시 돌아왔어."

"밑도 끝도 없이 무슨 소리야?"

여울을 향해 얼굴을 바짝 기울인 이준이 가늘게 눈을 내려떴다. 마주한 눈빛을 도도하게 맞받아치며 여울은 턱을 치켜세웠다.

지금 여울은 막 대학을 졸업하고 병원에 발을 디딘 어리숙한 수련의가 아니었다. 그리고 이준 또한 사춘기의 절정에 있던 열일곱 소년이 아니었다.

7년 전 처음 팔로우한 환자 이준이 스물넷 청년이 되어 나타났다. 누군지 알아볼 수 없을 정도로 바뀐 외모와 달리 제멋대로이고 삐뚠 성격은 여전했다.

이준이 별일 아니라는 듯 어깨를 으쓱했다.

"말 그대로야. 나 당신 환자 됐거든. 조금 전에."

"환자?"

"주치의로 당신 지목했으니까 잘해. 전처럼 버벅거리지 말고."

태연하게 말하는 이준을 빤히 쳐다보던 여울의 미간이 와락 구겨졌다.

"재발……한 거야?"

"그런 거 같기도 하고. 뭐, 고장이 나긴 났다나 봐."

"……준아."

"뭐냐, 그 재수 없는 표정은. 나 볼 때 그런 표정 지으면 확 덮쳐 버린다. 차라리 울려 버릴 거야."

"지금 농담이 나오니?"

"농담 아니야. 어디 또 그렇게 쳐다봐 봐. 이 새끼 불쌍해서 미치겠네, 하고."

비아냥거리는 말투와 달리 그의 눈은 슬픔을 담고 있었다. 여울은 아무런 말도 할 수 없었다. 주문한 라떼가 나오자 이준이 분위기를 바꿨다.

"자아, 그럼 우리 다시 만난 기념으로 달콤한 라떼 한 잔 마실까?"

신환에 대한 회진 전 간단한 컨퍼런스가 있었다. 더블 스크린에 떠 있는 이준의 CT와 초음파 동영상에서 여울은 눈을 떼지 못하고 있었다.

"24세 이준 환자. 확장성 심근병증(Dilated Cardiomyopathy)으로

7년 전 한 차례 수술을 받은 적이 있습니다. 이번 정기검진에서 흉부 X선 촬영 결과 우연히 심장비대 소견이 나와 재발이 의심되어 입원하게 되었습니다."

민재의 브리핑이 끝나자 기영의 질문이 이어졌다.

"7년 전엔 예후가 좋아서 악성 사이클(Vicious Cycle)이 반복되지 않았는데 왜 이번 검사에서 우심실 확장이 심해졌지? 속발성이었던 게 원발성으로 나타나다니 상당히 이례적인 경우군. 기록엔 꾸준히 정기검진을 받으면서 관리한 걸로 나와 있는데. 간비대, 목정맥 확장 다 있잖아. 저 정도면 이미 자각 증상이 심했을 텐데 왜 이제야 발견한 거지?"

"환자가 의도적으로 숨긴 것 같습니다. 부친이 같은 병명으로 사망했던지라 아무래도 모친에게 말을 하기 힘들었던 모양입니다."

"유전적 원인이란 말이군."

"네."

"심부전도 이미 진행이 시작됐고."

"내내 미루다 이번에 자발적으로 입원 절차를 밟았습니다."

예후가 무척 나쁜 경우였다. 조기 발견으로 조치를 빨리 한다고 해도 원발성인 경우 증상 발생 5년 이내에 70% 정도가 사망에 이른다. 다행히 아직 부정맥은 나타나지 않고 있었다.

"일단 환자부터 만나 보지."

기영이 일어서 컨퍼런스룸을 나서자 그 뒤를 의국원들이 따랐다. 멍하니 스크린을 바라보던 여울이 뒤늦게 정신을 차리고 일어섰다. 서둘러 나란히 보조를 맞춰 선 그녀를 그가 한 번 스치듯 바라봤다.

"왜 이렇게 넋을 빼고 있어."

"아닙니다."

"주치의 지정이라던데. 아는 사이인가?"

"7년 전에 맡았던 환자예요. 왜, 기억 안 나세요? 병원 한 번 시끄러웠던 적 있잖아요. VVIP 환자라고 다들 떠받드느라 정신없었는데."

"아, 그러고 보니 그런 적이 있었던 것 같네."

7년 전이라면 그녀가 막 인턴이 되었을 때였다. 당시 기영은 조모에게 신경을 쓰느라 다른 일엔 관심이 없었다. 아마 집도의가 그 당시 흉부외과 과장이었던 최극한 교수였을 것이다.

원래 병원에서 지정한 주치의는 기영이었으나 이준이 여울을 지목했기에 환자의 얼굴을 보기도 전에 주치의가 바뀌어 버린 상황이었다. 물론 말이 주치의지, 거의 반 수발에 가까웠다. 아무래도 이준은 다루기 만만한 상대로 여울을 고른 모양이었다.

VIP 병동에 들어선 의국원들이 이준의 병실 앞에 도착했다. 먼저 문을 열고 안으로 들어간 여울의 눈에 헤드셋을 낀 채 눈을 감고 있는 이준이 보였다. 회진 온다는 것을 알면서도 일부러 저러고 있는 것이었다. 곁으로 다가선 여울이 헤드셋을 목으로 내려 벗겼다.

"뭐야."

불만스럽게 올려다보던 이준은 상대가 여울인 걸 확인하고 피식 웃었다.

"회진이야."

낮게 속삭인 뒤 물러서려는 여울의 손목을 이준이 붙잡았다. 놀라 팔을 빼려 했지만 그럴수록 그가 손에 더욱 힘을 주었다. 곤란했다. 뒤에서 느껴지는 서슬 퍼런 기운에 여울은 등줄기로 식은땀이 다 맺힐 지경이었다.

"야, 지금 장난칠 타이밍 아니거든."

"그럼 언제가 좋은데?"

"뭐?"

어이가 없어 찌푸려지는 여울의 미간을 검지로 꾹 누르며 이준이 키득거렸다. 성큼성큼 다가선 기영이 여울의 손목을 잡고 있는 이준의 손을 지그시 누르며 사무적으로 말했다.

"CT 소견상으로는 많이 안 좋아 보이던데 눈으로 직접 확인하니 그렇게 심각하진 않은 것 같습니다. 이렇게 써전의 손을 무지막지하게 잡아 누르는 걸 보면 말입니다. 힘자랑은 그만하면 됐고, 본격적으로 촉진해 봐도 되겠습니까?"

기영의 목소리에 잔뜩 날이 선 것을 예민한 이준이 놓칠 리 없었다. 압도하듯 손을 지그시 누르면서도 미소를 띠고 있는 기영의 천연덕스러움에 이준의 한쪽 입술 끝이 비스듬히 치켜 올라갔다.

눈을 피하지 않은 채 여울의 손목을 놓자 그제야 기영도 이준의 손을 놓았다. 그리고 물러나는 듯하면서 마치 보호하듯 여울의 앞을 막아섰다.

그 모습을 본 이준의 미소가 더 짙어졌다.

"와우, 은여울. 생각 이상으로 능력 있는데?"

기영의 입술에도 옅은 미소가 머물렀다. 그의 눈빛이 말하고 있었다. 알면 이제부터 조심 좀 하지?

이준이 핏기 없는 새하얀 손을 들어 제 입술을 가만히 쓸었다.

"지루하진 않겠네. 상대가 꽤 강해서."

"상대가 된다면야 그렇겠지만, 지금 그 몸으론 좀 곤란할 것 같습니다."

"그건 두고 보면 알 일이지."

마주한 눈빛에 불꽃이 일었다. 후우, 기영이 속으로 낮은 한숨을 내쉬었다. 생각지도 못한 복병의 출현이었다. 자신보다 한 해 늦은 7년의 인연이라니. 그다지 마음에 들지 않는 신환이었다.

회진 중에 갑자기 벌어진 두 남자의 신경전에 여울은 이러지도 저러지도 못했다. 두 사람을 번갈아 바라보던 그녀의 시선이 순간 기영의 등에 머물렀다.

기영의 믿음은 굳건했다. 감정을 온전히 드러내 보이지도 않는데 한결같이 자신을 믿고 기다려 주고 있었다. 문득 그 마음이 여울의 가슴을 울렸다.

그에게 확실한 답을 주지 못한 것이 못내 미안했다.

보면 설레고, 입술을 훔치고 싶을 만큼 좋고, 같이 있다는 것만으로도 행복하다면 이건 분명 사랑이다.

사랑을 받기만 하고 돌려주는 것에는 인색했다. 그래선 안 되는 거였다. 기영의 단단한 사랑에 동참을 해 주는 게 옳았다. 부끄럽다고 피해 다닐 게 아니라.

그랬으면 지금 기영의 마음은 가벼웠을 텐데. 은여울은 서기영의 여자라는 자신감으로 이준을 더 당당하게 대할 수 있었을 텐데.

입장을 바꿔 자신이 이런 상황에 처했다면 무척 화가 났을 것이다. 답답하고 불안하기도 하겠지. 그 불안을 덜어 주고 싶었다. 자신도 당신을 좋아한다고 말해 주고 싶었다.

기영이 느긋이 뒷짐을 쥐고 손가락을 까닥거렸다. 꼭 '이리 와, 이리 와. 내 손 좀 잡아 줘'라고 말하는 것 같았다.

제 마음을 보여 주고 싶었다. 그래서 생각할 겨를도 없이 그의 손을 잡았다. 그러자 기다렸다는 듯 기영이 손을 꽉 마주 잡았다. 심장이 벅차게 뛰기 시작했다.

"두고 볼 필요가 있을까요?"

자신만만한 기영의 표정에 이준의 눈썹이 꿈틀거렸다. 모든 걸 다 가진 듯한 기영의 자신감이 마음에 들지 않았다. 그렇다면 그 자신감의 가장 취약한 부분을 건드리면 되지.

이준이 고개를 모로 기울이며 양손을 펼쳐 보였다.

"촉진하시죠. 주치의 은여울 선생님이 직접."

기영의 입가에서 서서히 웃음이 사라지는 걸 만족스럽게 바라본 이준이 혀로 입술을 핥았다.

"말만 해. 적극적으로 임해 줄게. 벗으라면 벗어 줄 수도 있는데. 뭘 원해?"

기영의 미간이 찌푸려졌다. 잡은 손에 힘이 들어가는 걸 느끼며 여울이 걱정스레 기영을 살폈다.

　반면 뒤에 시립하고 있던 의국원들은 쇼크를 받은 듯 미동도 않고, 맞잡은 기영과 여울의 손을 뚫어져라 응시했다.

　이게 지금 무슨 상황이지?

　그것은 의국원들 모두의 머릿속에 떠오른 지상 최대의 의문이었다.

chapter 7

제 마음은요

여울이 뭔가에 홀린 듯 까닥거리는 기영의 손에 그녀의 손을 올려놓았고, 기영이 그 손을 올가미처럼 꽉 움켜잡았다. 기영의 손을 잡은 건지 장난을 치다 딱 걸려서 잡힌 건지 도통 알 수 없는 그림에 의국원들의 머릿속은 혼잡스러웠다.

"홀, 홀짝?"

송빈이 옆에 선 인후의 옆구리를 툭 치며 조용히 속삭였다. 인후는 여전히 충격에서 벗어나지 못한 눈으로 송빈을 돌아보며 고개를 흔들었다.

"아니, 저건 쌀보리 게임이야. 쌀에서 딱 걸린 거지."

"그런 거지? 은여울 선생님이 장난치신 거지?"

억지로 짜 맞추며 납득 가능한 이유를 만들어 내는 둘을 민재가 한심하다는 듯 쳐다봤다. 그리고 태연을 가장해 중얼거렸다.

"은여울 선생님이 회진 중에 교수님을 상대로 장난이나 칠 그런 사람으로 보이냐? 한심하긴. 다 뜻이 있어서 저러시는 거야."

"저 환자 때문에 화나서 욱할까 봐 말리시는 거 아닐까요? 전 그렇게 보입니다."

뒤에 선 익현이 눈을 빛내며 결연한 의지를 담아 말했다. 손 한 번 잡았을 뿐인데 그에 대한 해석은 각양각색이었다. 하지만 궁극적으로 내린 결론은 같았다. 실수이거나, 실수였거나, 실수일 거라는 것.

제정신으론 절대 할 수 없는 일이었다. 환자와 면담 중인 교수의 손에 펠로우가 제 손을 겹쳤고, 그 손을 교수가 지그시 맞잡았다. 보는 눈을 전혀 의식하지 않고 말이다!

의견이 분분한 가운데 들려온 기영의 시니컬한 목소리에 모두 입을 닫고 앞을 주시했다.

"옷은 샤워할 때만 벗으면 되는 거고. 오늘은 혈액 검사와 심장 초음파로 촉진을 대신하도록 하겠습니다. 이민재 선생."

"네, 교수님."

"검사에 불편함 없도록 환자분 잘 모셔."

"……예."

검사를 주치의가 아닌 다른 사람에게 지시하지 못할 건 없었다. 그다지 드문 일은 아니었지만 왠지 상황이 묘했다. 도전적인 눈빛을 보내고 있는 이준을 기영이 무심하게 내려다봤다.

"그럼, 결과 나오면 또 보도록 하죠."

돌아서서 병실을 나설 때도 기영은 여전히 여울의 손을 꽉 붙잡은 채였다. 여울이 딸려 가듯 그의 뒤를 따라 부지런히 발을 놀렸다.

'내가 무슨 짓을 한 거지?'

여울은 지금 제정신이 아니었다. 제 손을 결박하듯 움켜쥐고 있는 기영의 손만 보였다.

이리 오라고, 잡아 달라고 기영의 손이 유혹했다. 분명 그렇게 보였다. 그래서 아무 생각 없이 손을 올렸다. 자신의 사랑을 보여 주고 싶어서였지만 상황이 좋지 못했다. 자신들만 있는 게 아니었다.

'멍청아, 그건 그냥 교수님 버릇이잖아. 널 부른 게 아니라고. 표현도 장소를 봐 가면서 했어야지.'

여울은 후회의 한숨을 내쉬며 그가 이끄는 대로 걸었다. 기영은 못마땅한 일이 있을 때 뒷짐을 지고 가만히 손을 까닥거리는 습관이 있었다. 알고 있었으면서도 그 순간 자신을 부르는 거라 착각을 하고 말았다.

손 못 잡아 죽은 귀신이 붙은 것도 아니고 계속 기영의 손을 보고 근질거리더니 결국 일을 치고 말았다.

VIP 병동을 빠져나온 기영은 곧장 의국으로 향했다. 뭔가 단단히 화가 난 사람처럼 입을 꾹 다문 채 걷는 기영의 포스에 모두 쥐 죽은 듯 조용히 뒤를 따랐다.

의국 바로 앞에서 기영이 걸음을 멈추자 뒤따르던 사람들도 제자리에 섰다. 기영이 등을 보인 그대로 단호하게 말했다.

"각자 맡은 일 하도록. 여긴 10분 동안 출입 금지다."

여울의 손을 이끌고 의국으로 들어간 기영이 냉정하게 문을 닫았다.

들어오는 놈의 목숨은 장담 못 한다. 의국원들의 귀엔 기영의 말이 그렇게 들렸다.

"어쩐대요. 설마 은여울 선생님, 두 배로 뻥튀기 돼서 나오는 건 아니겠죠?"

"에이, 설마. 우리 교수님이 여잘 막 패고 그럴 사람은 아니지."

"서기영 교수님, 누가 자기 몸에 손대는 거 엄청 싫어해서 연애도 결혼도 안 한다는 소문이 있던데. 혹시 손을 만져서……."

"그만. 교수님의 고고하신 인격을 어떻게 보고. 됐어. 각자 병동이랑 응급실, 중환자실로 흩어져."

닫힌 의국문을 바라보며 주절거리는 의국원들의 말을 자르고 민재가 손짓을 해 보였다. 하지만 그조차 얼굴에 깃든 근심을 감출 수가 없었다.

다른 남녀가 손을 잡았다면 당장 썸이라고 단정 지었을 테지만 이건 딱 꼬집어 말하기 힘든, 애매모호한 뭔가가 있었다.

분위기는 꼭 연인 같았는데 문제는 그 대상들이 혼자 잘나서 그 누구의 접근도 허락하지 않는 앞프로뒤태 서기영과, 연애보다는 잠과 밥이 먼저인 연애세포 제로의 은여울이란 점이었다.

그러니 이준과 기영, 여울의 사이에 흐르는 이상야릇한 분위기를 감지했음에도 모두 설마 하며 부정하고 있는 것이었다.

흩어지는 4인방의 등 뒤로 석연치 않은 의문이 덕지덕지 따라붙었다. 과연 출입 금지령이 내린 의국 안에서 무슨 일이 벌어지고 있을까. 심히 궁금했지만, 절대 궁금해서는 안 되는 일이었다. 오래 살고 싶다면 말이다.

의국 문을 닫자마자 기영이 여울을 문 옆으로 몰아세웠다. 바짝 긴장한 여울이 눈을 동그랗게 뜨고 마른침을 삼켰다. 잡았던 손을 놓고 그녀의 얼굴 옆 벽을 짚은 기영이 호흡을 고르듯 깊은 숨을 들이켰다 내쉬었다.

"심장 떨려 죽는 줄 알았네."

혼잣소리처럼 흘러나온 기영의 말에 여울이 고개를 갸웃했다. 방금 뭐라고 하셨지? 내가 잘못 들었나?

숨을 고르느라 살짝 숙였던 고개를 들어 올리며 기영이 여울의 눈을 직시했다. 그의 눈이 웃고 있었다. 여울의 미간이 의아함으로 꿈틀거렸다.

"급습은 반칙이야."

"네?"

"갑자기 훅 들어와서 놀랐다고. 하마터면 녀석이 보는 앞에서 그대로 끌어안을 뻔했어. 이 여자 내 거니까 건드리지 말라고 선전포고 해 버릴까 고심 중이었거든."

"교수님, 준이 아직 어려요. 철도 없고요."

"그래도 남자야. 널 여자로 생각하는."

187

"에이."

농담하지 말라는 투로 피식 웃던 여울의 입꼬리가 서서히 내려앉았다. 마주한 기영의 눈빛이 너무 진지해서였다. 설마, 교수님이 그 애송이를 상대로 질투를? 여울의 눈이 반짝 빛을 발하며 크게 떠졌다.

"게다가 대놓고 흑심까지 보였어. 내가 눈빛으로 경고하는데도 말이야."

"애가 좀 막무가내잖아요."

"그래서 위험한 거야. 어디로 튈지 모르니까. 널 흔들어 댈지도 몰라."

"안 흔들려요, 저."

"정말?"

"그래서 사람들 앞에서 손잡았잖아요. 제 마음 보여 드리려고."

"그런 거야?"

"네, 저도 교수님이랑 똑같은 마음이에요."

"와우."

"물론, 제가 워낙 인기가 많아서 불안하시겠지만."

여울이 도도하게 콧대를 세웠다. 그런 여울이 더없이 예뻐 보였는지, 기쁨을 감추지 못한 기영의 입매가 만족스럽게 말려 올라갔다.

톡톡, 기영이 여울의 콧방울을 가볍게 검지로 두드렸다.

"조금만 떠라. 정신 못 차리고 날아다니면 확 끌어 내려서 옆에 매달아 놓을 테니까."

비행기 타지 말란 말을 저렇게 또 멋들어지게 한다. 이 사람, 너무 매력적이다. 한시도 눈을 뗄 수 없을 만큼. 지금껏 몰랐다는 사실이 오히려 의아해질 정도로 모든 것이 아름다운 사람이었다.

"우리 집 비밀번호 뭔지 알지?"

"1130000이요."

"거기 담긴 뜻이 뭔지 알아?"

"뜻도 있어요?"

"1130. 힌트를 주자면 날짜야."

곰곰이 생각하며 눈동자를 굴리던 여울이 무언가 떠올랐는지 반색하며 말했다.

"11월 30일! 다시 돌아오신 날짜 아니에요?"

"맞아. 그럼 000은?"

"으음, 글쎄요. 그건 뭔지 모르겠어요."

"땡땡땡. 가장 단순한 음이지."

"그게 뭐예요?"

웃음이 묻어난 여울의 입술을 지그시 바라보던 기영이 나직하게 속삭였다.

"11월 30일, 은방울을 다시 마주한 순간 내 머릿속에 종이 울렸거든. 땡땡땡. 그래, 이 애 때문이다. 은방울 때문에 내가 지금 여기 서 있는 거다. 딱 그렇게."

"아!"

짧은 탄성과 함께 여울의 눈에 기쁨, 설렘, 놀람 등 여러 가지 감정이 떠올랐다. 돌아온 이유가 자신 때문이었다는 건 생각지도 못했다. 모든 것을 다 버리고 돌아올 만큼 기영은 진심으로 자신을 사랑하고 있었다.

벅찬 감동으로 여울의 심장이 들썩거렸다.

왜 그동안 한 번도 그렇게 생각하지 못했을까? 왜 은사와 제자로만 선을 그어 놓고 절대 넘으면 안 된다고 다짐했을까?

보고 있어도 이렇게 자꾸만 만지고 싶고, 안고 싶고, 안기고 싶은데.

한번 생기기 시작한 마음의 틈은 수습이 불가능할 정도로 자꾸만 커져 갔다. 그의 배려가 사랑에서 우러나온 편애라는 걸 알고 있으면서도 애써 무시했던 시간이 후회됐다.

서기영은 은여울에게 남자다. 그가 그 말을 했을 때부터 이미 그에게 조금씩 물들기 시작했는지도 몰랐다. 천하의 서기영이 질투라는 걸 하다니. 그것도 열두 살이나 어린 스물네 살의 철부지 애송이에게.

생각할수록 웃음이 났다. 심장으로 흐뭇한 온기가 번지는 게 느껴졌다. 여울은 더는 자신의 감정을 숨기고 싶지 않았다.

그의 검지를 덥석 붙잡은 뒤 그대로 입으로 가져가 살짝 깨물었다. 기영의 미간이 예쁘게 찌푸려졌다.

"아."

"제가요, 지금 교수님 물었거든요?"

"그래서?"

깨문 기영의 손을 만지작거리며 여울이 엷은 미소를 머금었다. 그가 상체를 기울이자 묵직한 무게감이 그대로 전해졌다. 손가락을 사이에 두고 둘의 입술이 아슬아슬하게 머물렀다.

기영의 입술에도 부드러운 미소가 자리했다.

"저희 아빠가요. 한번 문 건 절대 놓지 말라고 귀에 딱지가 앉게 말씀하셨거든요. 한번 입에 들어온 건 꿀꺽 삼켜서 내 걸로 만들어야지, 뱉어서 남의 것 만들면 안 된다고요."

"아버님이 선견지명이 있으시네."

"그래서요. 저 한번 삼켜 보려고요."

"뭘?"

기영의 눈이 깊어지자 여울이 부끄러운 듯 아랫입술을 살짝 깨물었다. 하지만 용기를 내서 내내 마음속에 담아 뒀던 말을 꺼냈다.

"서기영 교수님을요."

사르르 말려 올라가는 기영의 입술에 숨길 수 없는 만족감이 담겨 있었다.

"어떻게?"

"음, 남자 대 여자로?"

기영이 여울의 허리를 부드럽게 감싸 끌어당겼다. 입술 사이에 놓인 여울의 손에 입맞춤을 하고 그녀에게 잡힌 손을 아래로 내렸다. 눈 맞춤이 먼저, 다음엔 방해물이 사라진 그녀의 입술에 제 입술을 겹쳤다.

"도발이 아주 제대로야, 은방울?"

"늦게 배운 도둑질에 날 새는 줄 모른다는 말이 진짜인가 봐요."

능청스럽게 말하는 여울의 코에 제 코를 문지르며 기영이 간지러운 잔웃음을 터트렸다. 계속 사람 애간장을 태우더니 이렇게 갑자기 마음을 훅 열어 버릴 줄은 몰랐다. 조금 더 노력해야 할 줄 알았는데 다행이다.

"그런데 질투는 계속해 주셨으면 좋겠어요."

"뭐?"

"그거 아주 짜릿하고 기분 좋은데요?"

"남은 복장이 터지려고 하는데 기분 좋아? 계속하라고? 그 애송이를 상대로?"

기영이 얄밉다는 듯 그녀의 아랫입술을 깨물었다.

"아야."

"수용 가능한 범위 안에서만 받아 줄 거야. 그 이상은 안 돼."

"뭘요?"

"그놈 어리광. 안 그러면 질투 폭발해서 그 녀석이랑 정말 한판 뜰지도 모르니까."

"환자인데요?"

"걱정 마. 다 고쳐 놓고 때려눕힐 거야."

단단히 주의를 줘서 이준과 거리를 두게 만들려 했었는데 의외의 소득을 얻었다. 여기서 이런 고백을 듣게 되리라곤 생각도 못 했다.

키스를 하고 손을 잡은 채 하룻밤을 보낸 이후, 줄곧 숨바꼭질하듯 둘만 있는 시간을 피하던 여울이었다. 쑥스러워 그러는 거란 생각은 했었다. 그런데 꼭꼭 잠들어 있던 연애세포의 포텐이 터질 줄이야. 아니, 알고 있었나?

망설이다가도 그게 자신에게 꼭 필요한 거라는 판단이 서면 열정을 다 쏟아붓는 여울의 성격을 기영은 잘 알고 있었다. 그걸 알기에 맹목적이다 싶을 만큼 감정을 숨김없이 드러내며 열심히 그녀의 마음을 노크했다.

여울의 사랑은 지금부터가 시작이었다. 이제부터 함께 사랑을 쌓아 가면 되는 것이다.

이준이란 버릇없는 놈만 없으면 딱 좋았는데.

관심 없었던 7년 전의 인연이 지금에 와서 신경을 거슬리게 할 줄은 몰랐다.

녀석의 까칠하고 예민한 성격은 병에 의해 형성된 것일 테고, 거만함은 아마도 배경에서 기인한 것일 터였다. 저 나이에 VIP 병동을 들락거리는 건 웬만한 배경이 없으면 힘든 일이었으니까. 그런 녀석이 여울을 여자로 보고 접근을 시도하고 있었다.

열두 살이나 어린 환자를 상대로 유치한 싸움을 할 수도 없는 일이고 참 곤란하게 됐다.

"코드 블루(Code Blue)! 코드 블루! ICU(중환자실)!"

위급 상황을 알리는 방송이 나오자마자 기영과 여울이 동시에 시선을 맞췄다. 무어라 말을 나누기도 전에 둘은 의국을 나와 내달렸다. 엘리베이터를 기다릴 시간이 없어 계단을 이용해 중환자실로 내려갔다.

캐비지* 수술이 끝난 후 집중 치료를 받고 있던 55세 환자의 곁에 의료진이 밀집해 있었다.

---

*캐비지(CABG):Coronary rtery bypass Graft. 관상동맥 우회술.

"뭐야."

기영이 사이를 헤집고 들어가 환자의 상태를 살폈다.

CPR을 시행 중이던 송빈이 거친 숨을 몰아쉬며 대답했다.

"서든 카디악 어레스트*입니다."

"산소포화도 80입니다. 점점 떨어지고 있습니다."

간호사의 말에 송빈이 다급하게 처치 내용을 읊었다.

"캐비지 수술 하루 지난 환자라 흉부압박 시 그라프트* 손상이 우려돼 제세동기 시행 중이었습니다. 에피네프린 하나 들어갔습니다."

"얼마나 됐지?"

"1분 42초 지났습니다."

기영이 의료용 장갑을 끼며 빠르게 지시했다.

"베타딘 부어. 5분간 뇌에 산소 공급이 안 되면 뇌사 상태로 간다. 오픈 카디악 마사지*해야 돼. 메스."

베타딘을 부어 소독한 환자의 배를 메스로 가르는 기영의 손길이 신중했다. 여울은 말없이 그의 곁에서 와이어 컷으로 가슴 여는 걸 도왔다.

리트렉터를 걸고 흉곽을 열기까지 일사천리로 이루어졌다. 송빈이 거즈패킹을 하고 기영이 직접 손을 넣어 심장을 마사지했다.

얼마 되지 않아 일직선을 그리던 모니터 파동이 활기를 되

---

*서든 카디악 어레스트(Sudden Cardiac Arrest):갑작스런 심정지.
*그라프트:관상동맥에 이식하는 생체혈관.
*오픈 카디악 마사지(Open Cardiac Massage):개흉 후 심장을 직접 마사지함.

찾기 시작했다. 그제야 모두 긴장감을 덜어 내며 안도의 한숨을 내쉬었다.

"됐어. 송빈, 마무리해."

"네."

"수고."

수술 장갑을 벗는 기영의 모습을 여울이 존경스런 눈으로 바라봤다. 옆을 스쳐 지나며 그가 따스한 눈빛을 건넸다.

마무리를 도와주던 여울은 휴대폰이 울리자 송빈에게 눈짓을 보낸 뒤 자리를 떴다.

"네."

―선생님, VIP 병동 이준 환자요. 지금 좀 와 주셔야겠어요.

VIP 병동 간호사의 콜이었다. 한숨부터 쏟아져 나왔다. 또 이준이 말썽을 부리고 있는 모양이었다.

웬만해선 이준의 난동을 말릴 수가 없는 데다 VIP이니 함부로 제재를 가하지도 못했다. 어쩌지 못해 주치의인 여울에게 콜을 넣은 것일 터였다. 보지 않아도 충분히 유추할 수 있는 상황이었다.

"지금 갈게요."

앞으로 이런 일들이 얼마나 많을는지 걱정부터 앞섰다. 기영의 질투심에 이준이 기여를 한 건 좋았지만 만약 계속 이어진다면 서로 피곤할 터였다. 이쯤에서 정리를 확실히 해야겠다고 생각하며 여울이 중환자실을 나섰다.

"이번엔 또 뭐야?"

벌컥 문을 열고 들어선 여울이 투덜거리다 그대로 입을 허하고 벌렸다. 침대 주변을 둘러싼 장미에서 뿜어 나온 향이 병실을 가득 메웠다.

알레르기를 유발할 수도 있기에 반입 금지가 되어 있는 꽃을 이준이 들여 놓은 것이다. 그것도 꽃집 하나를 다 털은 것 같은 엄청난 양을.

"이건 뭐냐?"

"병원 냄새가 싫어서."

"차라리 향수를 뿌리지 그랬어. 꽃은 병실 반입 금지잖아."

"그랬나?"

"그랬나아? 병원 규칙 너보다 잘 아는 사람 드물거든? 금지된 것만 골라서 하는 게 네 특기잖아."

피식, 이준이 바람 새는 소리를 내며 웃었다. 비웃는 것 같은 미소가 그의 전매 특허였다. 처음부터 삐뚤어진 웃음을 갖고 태어난 게 아닐까 하는 생각이 들 만큼 이상하게 잘 어울렸다.

"각설하고, 얼른 병실에서 치워. 면역력 떨어진 사람한텐 위험해."

"아직은 괜찮아."

"네가 의사야? 말 들어. 안 그럼 정말 주치의 때려치울 거니까."

"안 본 사이 협박이 늘었어."

"나이도 그만큼 늘었다. 너 자꾸 반말 찍찍 할래? 나 너보다 아홉 살이나 많거든?"

"사랑엔 원래 나이도 국경도 없어."

"국경이나 나이는 무관하지. 그런데 너와 나는 결정적으로

196

러브가 빠졌잖아."

"만들면 돼."

창가에 기대서 있던 이준이 별거 아니라는 듯 말했다.

"그러고 보니 너 왜 아무것도 안 달고 있어?"

"뭐, 꼬리?"

"엉덩이 말고. 팔에."

"난 또. 늑대 본능 제대로 발휘해 보란 소린 줄 알았지."

천연덕스런 이준의 말에 여울이 이를 사려 물었다. 말로 저놈을 이기기는 힘들었다. 울화만 찰 뿐이다.

"멍멍이가 더 어울리거든."

분명 오전에 처방을 내린 걸로 아는데 그는 환자복을 마치 패션쇼 의상처럼 걸치고 있었다. 간호사에게 또 무슨 짓을 했기에 링거도 놓지 못한 걸까. 한숨이 절로 나왔다.

"그 발언 상당히 위험한데."

이준이 입매를 위험스럽게 말아 올렸다. 그것을 못 본 척 여울이 그의 팔을 잡아끌었다.

"내가 침대에 얌전히 누워서 처치 받으라고 했지."

자신을 침대에 눕히려는 여울의 허리를 이준이 낚아챘다.

"꺄아!"

놀라 비명을 지르는 여울의 몸을 마주 보게 돌린 이준이 비식 한쪽 입가를 끌어 올렸다.

"그러게 당신이 하라고 했잖아. 왜 남을 시켜."

"내가 맡은 환자가 너만 있는 줄 알아? 나 엄청 바쁘거든."

샐쭉하게 눈을 흘기며 벗어나려는 여울을 이준이 침대 위로 밀쳤다. 방심하고 있다 순식간에 당한 여울이 침대에 눕혀진 채 당황하며 이준을 쳐다봤다. 너무 얕봤던 모양이다.

이준이 얼굴의 양옆을 짚으며 상체를 기울이자 여울이 움찔 몸을 떨었다. 적당한 거리에서 멈춘 그가 야릇하게 말아 올린 입술을 달싹였다.

"그런 발언 위험하다고 했지. 개 취급하면 정말 개가 될 수도 있다고."

"그럼 나도 널 정말 개로 보게 되겠지."

당황했던 것도 잠시, 전혀 굴하지 않고 여울이 맞받아쳤다. 이준의 얼굴에서 웃음기가 옅어졌다. 그 틈을 타 몸을 밀친 여울이 일어서며 등짝을 후려쳤다.

"자식이 어디서 못된 것만 배워 와서. 한 번만 더 이래 봐. 확 그냥 정신까지 개조해 버릴 테니까."

"젠장."

맞은 부위가 아픈 듯 이준이 등을 만지며 짜증을 냈다.

꽃을 치우느라 병실이 요란스러워졌다. 일부는 퇴원하는 사람들에게 나눠 줬고, 나머지는 병원 정문에 아무나 가져가고 싶은 만큼 가져가라고 내놓았다.

여울은 이준의 팔에 직접 바늘을 꽂으며 일 만드는 데는 선수라고 투덜거렸다.

"다음엔 수간호사님이 놔 주는 대로 맞아. 자꾸 이러면 정말 국물도 없어."

"다른 환자한텐 친절하면서 나한테는 너무 막하는 거 아냐?

이래 봬도 VVIP인데."

"네가 그 망할 더블브이라 그나마 내가 주치의가 된 거지, 아니었음 내 쪽에서 거부했어."

"마음에 없는 소리 한다."

"정말이거든."

테이핑 후 투약 속도를 조절한 여울이 자리에서 일어서려 하자 이준이 손을 잡아 왔다. 여울이 미간을 찌푸리며 그를 똑바로 응시했다.

"이거 놓지?"

"당신도 나 좋아하잖아."

"난 말 잘 듣는 환자 좋아해."

여울이 손을 부드럽게 물리며 고개를 젓자 이준이 주먹을 꽉 움켜쥐었다. 뭔가가 빠져나가는 듯한 기분이 들었다. 그게 뭐든 놓치기 싫었다.

"환자 말고 남자로서 난?"

이준을 내려 보던 여울이 한숨을 푹 내쉬었다. 그의 마음을 정리시킬 필요가 있었다. 괜한 기대는 서로에게 악영향을 끼칠 뿐이었다.

"이준, 넌 나한테 특별히 애정이 가는 환자야. 조금 더 각별한 의미를 부여하자면 말 안 듣는 개구쟁이 동생 정도. 그 이상은 절대 아니야."

"그 이상이 될 수도 있잖아."

"아니, 안 돼."

이준의 눈동자가 살짝 흔들렸다. 잠시 말을 끊고 아랫입술을 깨문 이준의 미간이 일그러졌다.

"혹시 그 사람 때문이야? 서기영?"

"네가 함부로 부를 분 아니야. 교수님이라고. 네 생명 살려 주실 분이고."

"그딴 거 필요 없어."

"지금 네게 제일 중요한 건 그거야."

"난 당신이 필요해."

여울이 진지한 눈으로 이준을 바라보며 흔들림 없이 말했다.

"내가 네게 바라는 건 딱 하나야."

여울을 바라보는 이준의 눈이 아렸다. 그녀가 무슨 말을 할지 알 것 같아서.

"건강한 몸으로 이 병원을 걸어 나가는 것. 더 바라는 건 없어. 사랑은 사양할게. 난 이미 사랑하는 사람이 있으니까."

여울은 아픔을 참으려 꿈틀거리는 이준의 미간을 일부러 못 본 척 돌아섰다. 마음이 약해져선 안 되니까.

"대신 동생은 시켜 준다. 그것도 말 잘 들었을 때만 가능한 거야."

여울의 등을 바라보는 이준의 시야가 흐릿해졌다. 그녀가 문을 닫고 나가자 이준이 낮은 한숨을 내쉬며 고개를 치켜들었다. 붉어진 눈시울에서 눈물이 떨어지는 걸 막기 위해.

"그 여자 참 얄짤없네."

혼잣말이 병실을 공허하게 떠돌아다녔다.

진료를 마치고 잠시 휴식을 취하던 기영의 연구실 문을 누군가 두드렸다. 들어오란 말도 하지 않았는데 노크와 동시에 문이 열렸다. 그리고 예상했던 인물이 불쑥 안으로 들어섰다.

"교수 연구실이라고 별건 없네요."

"여기서 살림 차릴 건 아니니까."

들어선 모습 그대로 실내를 휘둘러보며 서 있는 이준에게 기영이 자리를 권했다.

"앉아. 마침 차를 내리던 참이었는데. 한 잔 마시고 가지."

"차는 무슨."

시큰둥하게 대답하면서도 이준은 어슬렁어슬렁 소파로 가서 앉았다. 피식 엷은 웃음을 터트린 기영이 잔 두 개를 테이블에 내려놓았다. 앞으로 잔을 밀자 이준이 입을 삐죽거리며 힐끔거렸다.

"술도 아니고 고리타분하게."

"아직 일 안 끝났어. 취해서 환자를 볼 순 없잖아. 술을 즐기는 편도 아니고. 더군다나 술이 독이 될 수 있는 환자와 대작을 할 정도로 내가 정신 나간 의사는 아니지."

"남자 대 남자로 단판을 지으려면 술이 좀 들어가야 하지 않나?"

비식 입가를 끌어 올린 이준을 물끄러미 바라보며 기영이 차 한 모금을 삼켰다. 우아하게 향을 음미하는 기영의 모습을 이준이 아닌 척 유심히 살폈다.

사랑하는 사람이 있다는 여울의 말이 쉽게 받아들여지지 않았다. 그 후로 하루 동안 그녀를 보지 못했다. 바쁘다고 했다. 자신을 피하는 거라 생각했기에 처치를 받지 않겠다고 고집을 피우며 간호사와 오더리*를 내쳤다. 그러자 여울이 병실로 찾아왔다.

솔직히 약간 신이 났었다. 여전히 그녀는 자신이 이런 식으로 투정을 부리면 열 일 제치고 찾아와 주는 사람이란 걸 확인한 셈이었다. 애정이 없으면 절대 불가능한 일이었다.

하지만 차분하게 주변을 정리한 여울은 눈을 직시하며 또 박또박 말했다.

"다시 한 번 말해 줘? 나 서기영 교수님 사랑해."

그리고 담담하게 하지만 단호하게 덧붙였다.

"그래서 더 이상 너의 이 말도 안 되는 어리광은 받아 줄 수 없어. 그 사람이 무척 싫어하거든. 너와 난 주치의와 환자, 그 이상도 그 이하도 아니야. 그러니까 치료에만 힘쓰자."

이준은 그 뒤로 한참 생각에 빠져 있다가 결론을 내리고 기영의 연구실을 찾았다.

사람을 시켜 확인했을 때는 분명 사귀는 사람이 없었다. 잠

---

*오더리:남자 간호보조원.

시 잠깐 스쳐 지나간 인연 말고는 제대로 연애를 해 본 적도 없는 숙맥이라고. 그래서 용기를 내 입원을 감행했다.

어머니가 알면 무척 놀랄 테지만 그걸 감안하면서까지 여울을 만나고 싶었다. 지금이 아니면 그녀에게 제 진심을 말할 기회가 없을 것 같아서.

처음이자 마지막이 될지도 모를 이 순간을 누구의 방해도 받지 않고 여울과 단둘이 보내고 싶었다. 그런데 큰 변수가, 절대 있어서는 안 될 걸림돌이 나타났다.

이준은 여울의 남자인 기영을 서늘하게 바라보았다.

"남자라고 하기엔 자신이 무척 유치하고 어리다는 생각이 들지 않나?"

"그건 그쪽도 마찬가지인 거 같은데."

"특히나, 그 말투가 상당히 거슬려. 툭툭 끊어 먹는 게 연장자에 대한 예의가 없어. 그러면서 상대방에게 어른 대우를 바라는 건 위선 아닌가?"

"이건 그냥…… 오랜 습관이라 쉽게 고쳐지지가 않아……요. 이해하세요."

매섭게 쏘아보던 이준의 눈빛이 어느새 유순해졌다. 마치 원수라도 대하듯 잔뜩 날을 세우고 까칠하게 굴던 조금 전과는 사뭇 다른 반응이었다.

한 수 접고 들어가겠다는 건가? 기영이 한쪽 눈썹을 치켜올리며 마주 앉은 이준을 세심히 관찰했다.

자기 힘으로 어찌하지 못하는 일이 있을 때 흔히 어린아이들은 이런 반응을 보인다. 시무룩하게 분위기를 잡고 측은지심을 유도한다. 녀석도 마음과 생각이 그대로 드러나는 얼굴을 하고 있었다. 그 누구의 반항아 버전 같았다.

"용건은?"

단도직입적인 기영의 질문에 이준이 힐끔 눈치를 살폈다. 예민한 성격답게 막무가내 작전이 통하지 않는다는 걸 제대로 간파한 모양이었다.

"부탁할 게 있어서요."

"부탁이라. 수술에 관한 거라면 염려 마. 하늘이 준 기회를 잡은 거나 진배없으니까. 내 솜씨가 아주 죽여주거든."

"잘난 척은. 그거 아니거든요."

"여울이에 관한 거라면 듣지 않겠어."

"왜요."

미간을 한껏 찌푸리며 불만을 드러낸 이준의 얼굴을 기영이 빤히 쳐다봤다. 녀석의 태도로 미루어 보아 여울이 선을 그은 모양이다. 여울이 서 있는 선 너머엔 아마도 자신이 있을 것이다. 이준은 넘지 못하는 그 선 너머에.

"첫사랑이에요."

"푸우."

이준의 말에 마시던 차를 뿜어낸 기영이 티슈로 젖은 입술을 닦아 냈다.

"왜 웃어요?"

차게 날 선 이준의 목소리가 즉시 날아들었다. 용기를 내 고백했는데 자신의 첫사랑이 무시를 당한 것 같아 화가 난 듯했다. 기영이 손사래를 쳤다.

"아니, 놀라서 그런 거야. 웃은 거 아니고."

"젠장. 짜증 나."

"부탁을 건방지게 하면 내가 들어줄 마음이 생길까?"

기영의 으름장에 이준이 눈썹을 불만스럽게 꿈틀거리며 주머니에서 휴대폰을 꺼내 내밀었다. 기영이 휴대폰과 그를 번갈아 봤다.

"연락처 찍으라고?"

"미쳤어요? 그거 알아서 뭐하게."

"그럼?"

"안에 보라고요."

답답했던지 이준이 직접 화면을 터치해 켰다. 먼저 눈에 띈 바탕 화면에 기영의 미간이 살짝 찌푸려졌다. 인턴 시절 풋풋한 여울의 사진이었다. 이런 건 또 언제 찍은 거지?

"내 버킷리스트."

사진 위에 1번에서 6번까지 메모해 둔 글귀가 나열되어 있었다. 버킷리스트라는 말을 붙이기엔 너무 간략했다. 모든 문장에 하나의 단서가 붙었다.

'첫사랑의 그녀와 함께.'

휴대폰을 내려 보는 기영의 눈썹이 물결을 그려 댔다.

"도와줘요. 나한텐 시간이 별로 없잖아."

기영이 휴대폰의 액정을 쓱 훑고는 심드렁하게 내려놓았다.

"시간 많아. 수술하고 나면 나보다 더 오래 살 거야. 그러니까 이런 건 필요 없어."

"자만하지 말죠. 내 심장은 내가 제일 잘 알아. 지금까지 버텨 준 게 용하다는 것."

"그래, 버텨 준 건 용하지. 그래서 이건 더더욱 안 돼."

"왜, 왜 안 되는데."

"몰라 물어? 심장에 무리가 갈 수 있는 것들이잖아. 여울이 문제를 떠나 흉부외과 의사인 내가 이걸 허락할 거라고 생각해?"

"해 줘요. 안 해 주면 여울이 납치라도 할 거야."

"여울이가 아니고 선생님. 은여울 선생님이야."

강조하듯 말하는 기영의 얼굴을 가만히 바라보던 이준이 피식 싱거운 웃음을 터트렸다.

"지금 그게 중요해?"

이준의 말끝에서 묻어나는 웃음이 너무 허무해 슬프게 느껴졌다. 기영의 입에서 낮은 한숨이 터져 나왔다. 이준이 깍지를 끼고 소파에 몸을 기대며 건방지게 다리를 꼬았다.

"있잖아요. 내가 한번 한다면 하는 놈이거든. 죽을 고비도 이미 여러 번 넘긴 놈이야. 여길 나가면서 당장 심정지가 와도 이상할 게 없는 그런 심장을 가진 놈이라고."

기영이 입을 다문 채 진지하게 이준의 말을 경청했다.

"난 단 한 번도 뛰어 본 적이 없어. 마음대로 사람을 만나며 돌아다녀 본 적도 없고. 아버지가 이 지랄 맞은 병으로 돌아가시고 나서 유전적인 이유로 나마저 병에 걸리니까 우리 어머니가 빡 도신 거지. 나도 잃을까 봐. 온실 속 화초처럼 아무것도 못 하고 보살핌 속에서 살아야 했어. 그 기분이 어떤지 당신은 모르지? 남들이 평범하게 할 수 있는 모든 것들을 난 단 하나도 할 수가 없었다고. 그래서 지금 완전 돌겠어. 시간이 얼마 남지 않았다는 걸 아니까. 마음이 많이 급해. 당신이 허락하지 않아도 난 여울이랑 그거 다 할 거야."

"여울이가 동참하지 않을 거야."

"안 할 수 없게 만들면 돼."

"……."

"조금 유치하지만 측은지심이 안 먹히면 협박이라도 하려고. 내 목숨을 담보로."

"이준."

"그러니까."

이준의 눈에 이슬이 맺혔다. 비식 끌어 올린 입매는 건방졌지만 눈은 슬퍼 보였다. 이준의 입술이 파르르 떨렸다.

"여울이한테 말해 줘요. 내 부탁 들어주라고. 마지막이잖아요."

"마지막 아니라고 했지. 고려는 해 볼게. 위험하지 않은 범위 내에서."

눈물이 떨어져 내릴 것 같은 눈으로 이준이 빙긋 웃었다. 여태 슬픔을 담아내던 눈이 장난기로 가득해졌다.

"걱정 마세요. 나한테 무리 갈 일은 절대 없을 테니까."

또 금방 시건방 모드로 전환된 자신만만한 얼굴에 기영이 눈을 가늘게 떴다. 의미심장한 미소를 지어 보이는 이준이 무척 못 미더웠다.

"헉헉."

거친 숨소리가 연이어 터져 나왔다. 자전거 페달을 밟는 여울의 다리에 피로감이 묻어났다. 이사장에게서 뜻하지 않게 이틀이라는 휴가를 받아 좋아 날뛰던 것도 잠시, 그 시간을 기영이 아닌 이준과 보내야 한다는 말에 여울은 황당함을 감추지 못했다. 그런 조건이 붙을 줄 알았다면 절대 수락하지 않았을 것이다.

"틈을 보이지 마. 항상 경계하고, 정강이 정도는 걷어차도 되니까 당하지 말고."

당연히 화를 내며 이사장에게 따지고 들 줄 알았던 기영이 그렇게 말했을 때 뭔가 이상하다고 생각했다. 그러다 이준이 슬픔이 뚝뚝 묻어나는 얼굴로 버킷리스트를 보여 줬을 땐 가슴이 뭉클했다.

영원히 간직할 수 있는 추억 하나만 만들어 달라는 말에 깜빡 속았다. 고갯짓 한 번이 이런 결과를 낳으리라고는 전혀 예상하지 못했다. 아름다워야 할 버킷리스트 여행에 육체적 노동이 웬 말이냐고!

"꽤 낭만적이지?"

"낭만은 개뿔. 헉헉. 대꾸할 힘도 없거든. 제발 입 다물고 얌전히 있어."

"어, 저기 비탈길이다. 올라가기 힘들겠는데. 그래도 힘내.
파이팅!"

이준의 버킷리스트 첫 번째.
첫사랑과 함께 산책로에서 낭만적인 자전거 타기.

이준이 숨차 하지 않을까 걱정은 됐지만 적당한 거리를 달
리며 기분만 내면 될 거라고 생각했었다. 그런데 그건 판단 착
오였다.

있는 힘껏 페달을 밟는 건 여울이었고 뒷좌석에 앉아 유유
자적 바람과 풍경을 만끽하고 있는 건 이준이었다. 여울은 거
친 숨을 토해 내며 30분째 자전거를 몰고 있었다.

지금 와서 땅을 치고 후회하면 뭘 하나. 낭만의 '낭' 자도 모
르는 놈에게 그런 걸 바란 자신이 백번 잘못했다.

눈앞으로 다가오는 비탈길을 바라보며 여울이 이를 악물었
다. 내 기필코 저길 통과해 고지를 점령하고 말리라.

"바람이 너무 좋다."

"감기 걸려. 옷 단단히 여며."

"주치의가 바로 앞에 있는데 뭐가 문제야."

"그 주치의가 지금 바람 때문에 콧물이 나려고 하거든. 그
러니까 말 좀 들어."

고스란히 전달되는 여울의 씩씩거림에 이준이 엷은 미소를
띠었다. 한 손을 뻗어 손끝으로 바람을 느꼈다. 손가락 사이
를 스치고 지나는 바람이 너무 좋았다. 다른 쪽 손마저 펼쳐

가슴 가득 바람을 들이켰다.

이 바람을 다 삼키면 풍선처럼 훨훨 날아갈 수 있을까.

"꽉 잡아. 떨어지면 어쩌려고 그래."

"쉿. 바람을 느끼는 중이니까 조용히 해 줘."

"넌 좋겠다. 느낄 바람이 있어서. 난 땀 닦을 손도 없는데."

"어디야? 내가 닦아 줄게."

이준이 여울의 이마 위로 손을 뻗었다. 보이지 않는 곳을 손으로 더듬으며 자꾸만 여울의 시야를 가렸다. 자전거가 고불고불 곡예를 하듯 요동쳤다.

"야, 넘어져. 치워. 치우라고."

"아, 춥다."

진저리를 치는 여울의 얼굴에서 손을 거둔 이준이 키득거리며 그녀를 끌어안고 어깨 위에 턱을 기댔다. 왼팔으로는 그녀의 허리를 휘감고, 오른팔로는 상체를 감싸며 심장 부위를 지그시 눌렀다.

"으악, 뭐하는 거야. 옷만 잡으라고, 옷만."

"시끄러워. 엄청 종알거리네. 좀 조용히 해 줘. 첫사랑에 대한 환상이 깨지려고 하잖아."

"이씨, 그럼 조용히 할 수 있게 손을 치우든가."

"쯧쯧, 내 첫사랑은 너무 말이 많아."

구시렁거리는 여울의 목소리를 들으며 이준이 가만히 눈꺼풀을 내려놓았다. 손바닥을 통해 여울의 심장 소리가 전해지는 것 같았다. 빠르게 뛰는 건강한 심장의 고동 소리. 자신에겐 없는 그녀만의 싱그러움이 무척 강하게 느껴졌다.

부럽다, 은여울 네 건강한 심장이.

기영이 거북이처럼 느릿하게 차를 운전했다. 오후 오프가 있는 날이었다. 일부러 날을 그렇게 잡았다. 갑작스럽게 있을지 모를 응급 상황에 대처하기 위해서라고 했지만 사실은 여울이 걱정되어서였다.

아프다고 엄살을 부리는 건방진 늑대 놈에게 여울을 맡기고 마음 편히 있을 수는 없었다. 어려도 늑대는 늑대니까. 게다가 약기가 타의 추종을 불허하는 놈이었다.

멀리 두 사람의 모습을 지켜보던 기영의 입에서 피식하고 바람 새는 소리가 들렸다.

염려했던 일은 일어날 기미가 보이지 않았다. 낭만적인 분위기 속에 야릇한 감정이 생기지 않을까 걱정했는데 눈앞에 보이는 건 씩씩거리며 목적지를 향해 내달리는 의지의 은여울과 그 뒤에서 좋다고 실실거리는 철딱서니 없는 어린 왕자 이준이었다.

"괜히 걱정했네."

이대로라면 두 번째도 걱정할 필요가 없을 것 같았다. 기영이 휴대폰을 들어 미리 찍어 놓았던 이준의 버킷리스트를 체크했다.

이준의 두 번째 버킷리스트.

첫사랑과 함께 바나나 보트 타기.

"흐음."

배에 여유롭게 앉아 있는 이준과 바나나 보트에 매달려 비명을 지르는 여울의 모습이 그려졌다. 입가에 사악한 미소가 어리는 이준의 얼굴이 떠오르자 기영이 헛기침을 했다.

설마, 그렇게까지 하진 않겠지. 날도 아직 추운데.

기영의 눈이 거친 기합 소리를 내며 비탈길을 오르는 여울에게 닿았다.

허락해 주지 말 걸 그랬나?

조금 전과는 다른 후회가 밀려왔다.

chapter 8

익숙해지지 않는 것들

악으로 깡으로 온 힘을 다해 비탈길을 올라 전망대에 도착했다. 한쪽에 자전거를 세운 여울의 입에서 연신 거친 숨이 터져 나왔다.

자전거 바구니에 넣어 뒀던 음료수를 꺼내 벌컥벌컥 들이켜던 여울의 눈앞으로 이준의 손이 다가왔다.

"어어, 야."

마치 처음부터 제 것이었던 듯 천연덕스럽게 음료를 뺏어 마시는 이준을 여울이 한껏 노려봤다.

"넌 돈도 많은 놈이 꼭 남의 걸 뺏어야겠어? 저기 편의점 있잖아."

"자전거 내가 대여했다."

"대여만 했잖아. 노동은 내가 했거든?"

"공짜로 즐겼으면 된 거지. 음료수 하나 가지고 되게 박하게 구네."

"펠로우 월급이 얼마나 된다고. 너처럼 돈이 차고 넘치는 놈은 내 심정 모른다. 피 같은 음료수를 강탈해 가다니, 나쁜 놈."

출발 전에 두 개를 사서 하나는 이준에게 주고 하나는 자신의 몫으로 챙겼었다. 건네주자마자 음료를 다 마시기에 불안했는데, 아니나 다를까 힘들게 올라온 자신의 것을 뺏어 먹으니 골이 났다.

마지막 한 방울까지 탈탈 털어 마신 이준이 캔을 돌려주며 툭 내뱉었다.

"돈이 많으면 뭘 해. 할 수 있는 게 없는데."

"와아, 이 있는 자의 여유 봐라. 돈으로 할 수 있는 게 얼마나 많은데. 다 열거하기도 힘들겠다. 배가 불렀지, 배가 불렀어."

캔을 버리러 휴지통이 있는 곳으로 가려는 여울의 팔을 이준이 붙잡았다. 돌아보는 그녀의 눈을 직시하며 그가 물었다.

"뭘 할 수 있는데?"

"뭐?"

"내가 원하는 건 단 하나도 할 수가 없는데 그게 다 무슨 소용이야."

툴툴거리던 여울도, 장난기 가득했던 이준도 표정이 사라지고 없었다. 감정 없이 서로를 응시하는 둘의 눈동자가 미세하게 흔들리고 있었다.

차가운 강바람이 불어왔다. 부드럽게 이준의 머리카락을 흩날리고 여울에게로 옮겨 온 바람이 그녀의 빨개진 볼을 식혔다. 마음까지 서늘해지는 게 싫어 여울이 괜스레 싱거운 웃음을 흘렸다.

"지구 정복, 뭐 그런 건 꿈도 꾸지 마."

여울이 무거워진 분위기를 떨쳐 내고 다시 걸음을 옮기려 하자 이준이 팔을 잡은 손에 힘을 줬다. 날 좀 보라고, 내게서 돌아서지 말라고 보채는 것처럼 그렇게.

"오래 살고 싶어."

움찔, 여울은 차마 걸음을 떼지 못했다. 이준을 돌아볼 엄두가 나지 않았다.

"사랑도 하고 싶어."

지그시 가해지는 손의 압력이 어쩐지 슬펐다. 눈을 가만히 감았다 뜨는 사이 잡혀 있던 팔이 자유로워졌다. 놓지 않을 것 같던 팔을 그가 너무 쉽게 놓아 버렸다.

이준은 고집이 센 만큼 한번 뭔가에 집착을 하면 포기할 줄 몰랐다. 그런 그가 자신의 팔을 놓은 것에 여울은 뭔가 알 수 없는 묘한 두려움을 느꼈다. 겁이 났다. 덜컹 심장이 내려 앉을 만큼.

'아니야. 괜히 이상한 생각 하지 말자. 생에 대한 애착은 없지만 그렇다고 삶을 놓아 버릴 정도로 어리석은 놈은 아니니까.'

쓰레기통 대신 바구니 안에 캔을 던져 넣은 여울이 손을 탈탈 털고 이준을 향해 돌아섰다.

"그건 건강해지면 자연히 따라오는 것들이잖아. 무슨 걱정이야. 수술만 잘 받으면 만사 오케이구만."

이준의 입매가 비스듬히 치켜 올라갔다. 의미심장한 눈빛으로 자신을 바라보는 이준을 여울이 꺼림칙하게 마주 응시했다.

"그럼 나한테도 기회를 주는 건가?"

"뭐?"

"건강해지면 사랑도 자연히 따라오는 거라며. 내 사랑은 은여울 당신이니까. 그럼 당신도 가질 수 있는 거겠네."

이준이 속삭이듯 나직하게 말하며 한 발 가까이 다가오자 여울이 손바닥을 펼쳐 보이며 그를 제지시켰다.

"스톱. 미안하지만 난 이미 품절이거든. 다른 여자 찾아봐."

"거 봐, 거짓말이잖아. 건강해져도, 사랑은 안 되는 거잖아."

"내가 좀 매력이 터지는데 어쩌겠어. 임자 있는 몸인데. 좀 빨리 오지. 그랬음 고려는 한번 해 봤을 텐데 말이야."

"내가 알아봤을 때는 분명히 솔로였거든. 그사이에 누굴 만날 줄은 몰랐지. 그게 재수 없는 의사 선생일 줄은 더더욱 몰랐고. 그 사람도 취향이 참 독특해."

"뭐?"

"이런 스타일 좋아하기 힘든데 말이야."

이준이 콕 집어 말하자 여울이 즉시 눈을 희번덕거렸다. 하지만 곧 그 말에 동의했다.

꾸밀 줄 모르고 애교도 없고 연애세포까지 제로에 가까운 여자를 애인 삼고 싶어 하는 남자는 많지 않았다. 아니, 없다고 말하는 게 옳다. 그래서 자신에게 관심을 가지고 다가오는 둘이 신기할 정도였다. 그러나 기분이 나쁜 건 나쁜 거였다.

216

"망할 놈. 좋아한다는 여자한테 하는 말치고 꽤 독한 거 알지?"

"뭐 어때, 내 여자가 되지 않을 거라는데."

"와아, 첫사랑이라며? 첫사랑을 이렇게 막 굴려도 돼?"

툴툴거리며 자전거로 다가서는 여울을 그윽하게 바라보다 이준이 피식 웃었다.

"첫사랑이 마지막 사랑이 되는 거라면 오늘 여행도 좀 다른 스토리가 됐겠지."

"무슨 말이야?"

중얼거리는 이준의 말을 잘 알아듣지 못한 여울이 되물었다. 그는 아무것도 아니라는 듯 어깨를 으쓱하며 그녀의 뒤에 섰다. 자전거의 지지대를 걷어 내는 여울의 등을 툭툭 두드린 뒤 한쪽 눈을 찡긋거리며 뒷좌석에 올라탔다.

"안전 운전 부탁해. 난 소중하니까."

여울이 기가 막힌다는 듯 입을 쩍 벌리고 쳐다보자 이준이 건방지게 턱을 까닥거렸다. 어서 출발하라는 그 눈빛에 여울은 울컥거리는 마음을 다스리려 눈을 질끈 감았다 떴다.

"안 떨어지게 꽉 잡아라. 이 누나가 스피드광이거든. 떨어져도 안 주워 간다."

이를 꽉 깨무는 여울을 이준이 귀엽다는 듯 쳐다봤다.

저보다 작은 그녀의 등을 지그시 바라보다 와락 껴안았다. 움찔하는 여울의 어깨에 태연히 머리를 기대며 엷은 미소를 띠었다.

"체력 아끼는 게 좋을걸. 다음 코스도 고난이도니까."

"뭐?"

어깨에 대고 중얼거리는 이준의 목소리가 바람 소리에 묻혔다. 히죽, 더 깊어진 이준의 입매를 여울은 볼 수 없었다.

"바람이 좋다고."

예상대로 수상레저 타운으로 들어서는 둘을 보고 기영은 고개를 절레절레 흔들었다. 유치한 복수극이라고밖에 이해되지 않는 이준의 버킷리스트를 과연 이대로 계속 지켜봐야 할지 고민이 됐다. 여울의 고생이 이만저만이 아니었다.

"여울이가 백기를 들면 그땐 그냥 치고 들어간다. 철부지."

버킷리스트라는 다소 무거운 주제를 속아 주는 척 받아들인 건 나름의 계산이 있어서였다.

건강을 되찾은 그가 어린 수컷의 페로몬을 남발하며 여울의 주변을 어슬렁거리기 전에 미리 약을 치자는 차원에서 내린 결정이었다.

하지만 딱 여기까지였다. 이 이상은 절대 안 된다. 그가 허용할 수 있는 범위는 수술 전, 딱 지금뿐이었다.

이준의 상태는 매우 위험했다. 부정맥이 생기지 않게 조심하면서 의료진의 도움을 받아 관리를 하고 있었다. 가장 좋은 방법은 하루라도 빨리 수술을 하는 것이었지만 이준의 협박이 아니어도 그에 맞는 심장 기증자가 나타나지 않아 수술이 늦어지고 있었다.

수술대 위에서 어떤 일이 벌어질지는 아무도 몰랐다. 100%의 확신은 있을 수 없었다. 99.9% 확신을 한다고 해도 0.01%의 경우가 생길 수도 있기 때문이었다.

그런 상황에서 이준이 자신의 부탁을 들어주지 않으면 수술을 받지 않겠다는, 생명을 담보로 한 협박을 해 오자 의료진은 경악을 금치 못했다.

이러지도 저러지도 못하는 상황에서 기영이 수락을 했고, 모두 걱정은 되지만 어쩔 수 없다는 결론을 내렸다. 이틀간의 여행에 주치의 여울이 동행한다는 것에 그나마 안심을 했다.

"절대 제가 무리하는 일은 없을 겁니다."

이준의 그 말은 허언이 아니었다. 오히려 철저하게 지켜지고 있었다. 여울이 죽어나고 있는 걸로.

바나나 보트는 바다를 가르는 여울의 비명 소리로 시작되었다. 이준이 배에 앉아 구경할 거라는 기영의 예상은 빗나갔다.

그는 레저클럽 라운지에 앉아서 여울의 비명 소리를 배경음악 삼아 여유를 만끽하고 있었다. 악동도 저런 악동이 없었다.

"꺄아악! 야, 이준! 이 망할 노무 새끼! 너 가만 안 둬! 꺅!"

차를 한 모금 머금은 이준이 지휘를 하듯 손을 우아하게 허공에 저었다.

"으음, 소프라노가 예술인데?"

해가 뉘엿뉘엿 질 때쯤에서야 두 번째 버킷리스트가 끝났다.

　　　　　✠　　　　　❀　　　　　✠

　저녁을 먹고 헤어져 집으로 돌아온 여울은 녹초가 되어 들어선 자세 그대로 바닥에 널브러졌다. 침대까지 기어갈 힘도 없었다.

　딩동.

　어떻게 집에 돌아온 걸 알았는지 누군가 기똥차게 벨을 눌렀다. 무거운 눈꺼풀을 들어 올릴 기력도 없어 미간을 찌푸린 채 여울이 낑낑거렸다. 딱 한 번 울린 벨은 그 뒤로 한참이 지나도록 독촉 없이 조용했다.

　똑똑.

　"은방울."

　가벼운 노크와 뒤이어 들린 기영의 목소리에 철근을 올려놓은 듯 꼼짝도 않을 것 같던 눈이 단박에 뜨였다. 끄응, 앓는 소리를 낸 여울이 몸을 일으켜 문을 열었다.

　문 앞에 기영이 서 있었다. 여울을 한없이 다정한 눈길로 바라보던 그가 두 팔을 벌렸다. 피곤에 지쳐 있던 여울의 얼굴에도 사르르 미소가 번졌다.

　달려든 여울로 인해 기영의 몸이 휘청거렸다.

　"서 있을 힘도 없을 줄 알았더니 완전 저돌적인데?"

　여울의 등을 감싼 기영의 팔에 지그시 힘이 들어갔다. 오늘 하루, 여울도 기영도 무척 힘이 들었다. 앞으로 남은 평생 중 딱 이틀만 이준에게 여울을 양보하기로 했지만 생각처럼 쉽지 않았다.

병원에 있는 동안 내색은 하지 않았지만 초조해 미칠 것 같았고, 둘을 지켜보는 내내 가슴에서 불이 일었다. 불쑥불쑥 달려가 이준의 뒤통수를 때린 뒤 여울의 손을 잡아 데려오고 싶은 충동이 일었다.

환자를 상대로 무슨 어리석은 질투냐 싶었지만 어쩔 수 없었다. 기영도 남자였고, 여울에 대한 사랑은 그 누구 못지않게 깊었다.

게다가, 여울이 자신을 마주 보기 시작한 지 얼마 되지 않은 상태였다. 한창 행복한 시간을 보내도 모자랄 판에 난데없이 끼어든 불청객 때문에 욱하는 마음이 들었다.

이성이 조금 더 위에 있어 꾹 눌러 참기는 했지만 여울을 직접 보고 안아 주지 않고는 견딜 수가 없었다. 그래서 힘들 걸 뻔히 알면서도 집으로 찾아왔다.

"고생 많았어."

"어떻게 알았어요? 나 오늘 정말 고생 진탕했는데."

가슴에 얼굴을 비비적거리며 여울이 어리광을 부렸다. 그녀의 머리 위에 가만히 입술을 내려놓은 기영이 작게 입술을 달싹였다.

"안 봐도 비디오지. 그놈 생각하는 게 딱 철부지 초등학생 같잖아. 좋으면 좋을수록 심술 부리는."

"와아, 준이가 저 좋아하는 거 인정하시면서 절 보내신 거예요?"

고개를 젖혀 빤히 올려 보는 여울의 이마에 기영이 다시 한번 입을 맞추었다. 입매가 예쁘게 말려 올라갔다. 그 입술에 시선을 뺏긴 여울이 삐죽이던 입을 그대로 쭉 내밀었다.

기영의 미소가 더 깊어졌다. 단숨에 그녀의 입술을 취한 뒤 기분 좋은 웃음을 흘렸다.

"그래서 죽을 뻔했어."

"네?"

"질투 나서. 너 데려오고 싶어 미치는 줄 알았거든."

여울의 얼굴에 감출 수 없는 기쁨이 드러났다. 기영은 히죽 웃는 그녀의 입술을 삼키고 갈증을 해소하듯 더 깊이, 더 진하게 키스에 열중했다. 숨이 차올라 더 이상 참기 힘들어질 때가 되어서야 기영은 아쉬운 듯 입술을 놓아주었다.

여울의 머리 끈을 풀어 내리고 가만가만 손가락으로 머리카락을 나릿하게 쓸어내리자 그녀의 표정이 나른해졌다.

"많이 피곤하겠다."

"네. 세상에 공짜는 없다는 걸 아주 절실히 느꼈어요. 예외적인 휴가 같은 거, 다음엔 절대 안 받아들일 거예요."

"내일 견딜 수 있겠어?"

"모르겠어요. 이준이 그 자식 지금 심통 부리는 거예요. 이건 첫사랑과의 추억이 아니라 남의 여자 골탕 먹이기라고요."

"그래도 대견해. 꾹 참고 다 받아 주는 거 보면."

"……지금이 아니면 못 해 줄 거니까. 부아는 조금 치밀지만 참을 만해요. 안쓰럽기도 하고. 자기가 하고 싶어도 못 하는 것들이잖아요. 저로 인해서 대리만족이라도 할 수 있으면 그나마 다행이다 싶어요."

"착한 우리 은방울. 상으로 자장가 불러 줘야겠다."

여울은 몸이 허공에 붕 뜨는 것과 동시에 엉덩이 아래로 받쳐진 기영의 손에 놀라 눈을 동그랗게 떴다.

"가자. 편히 쉬러."

"……어디로요?"

"골라 봐. 이쪽? 아니면 이쪽?"

기영이 여울의 집과 자신의 집을 번갈아 가리켰다. 손짓을 따라 눈동자를 움직이던 여울은 멍하게 그를 응시했다. 이게 지금 무슨 말이지?

"자장가라 하심은……."

"재워 주겠다는 말이지."

"아, 그럼 옆에 누워 계시겠네요?"

"매너 있게 침대맡에서 불러 주려고 했는데. 그렇게 원한다면 옆에 꼭 누워 줄게."

"아, 그게……."

"옷 갈아입고 쉬기엔 여기가 낫지?"

기영이 여울을 안은 채 망설임 없이 집 안으로 들어섰다. 버드 키스를 하며 천천히 욕실로 향한 그가 여울의 겉옷을 벗겼다.

"교, 교수님?"

놀라 말을 더듬는 여울의 입을 막고 그녀의 스웨터를 걷어 올렸다. 여울이 옷깃을 잡고 버티자 그가 아랫입술을 깨물었다.

"아."

"반항하지 마. 혼자 벗기 버거울 것 같아서 겉옷만 돕는 거니까."

"하, 하지만."

"반항하면 다 벗긴다. 안의 것까지."

"교수님!"

여울이 발끈하는 틈을 타 스웨터를 머리 위로 벗겨 낸 기영이 그것을 툭 바닥에 던졌다. 얇은 티 위를 미끄러지듯 천천히 내려간 그의 손이 청바지의 버클 위에서 멈췄다.

손길이 스칠 때마다 여울이 몸을 움찔거렸다. 입 밖으로 튀어나오려는 신음을 기영이 받아 삼켰다.

톡, 바지 버클이 풀리는 소리에 여울의 신음이 짙어졌다. 제 입속으로 들어온 여울의 신음을 음미하듯 혀로 맛본 기영이 흡족한 미소를 지으며 입술을 놓아주었다. 짧은 지퍼를 내리는 순간 발끝이 찌릿하게 저려 왔다.

"아아, 아쉽다."

낮은 한숨을 내쉬며 여울을 조심스럽게 내려놓자 분위기에 취해 감겼던 눈을 뜬 여울이 몽롱한 시선으로 그를 응시했다. 그녀의 얼굴에 엷은 홍조가 깃들었다. 기영이 콩 하고 가볍게 제 이마를 부딪히곤 한쪽 눈을 찡긋거렸다.

"여기까지. 마음 같아서는 내 손으로 직접 씻겨 주고 싶지만."

"……!"

"그렇게 토끼 눈을 뜨고 뻣뻣하게 굳어 버릴까 봐 오늘은 참을게. 딱 오늘만. 다음에 이런 기회가 주어지면 안 참아."

옆구리 쪽으로 손을 뻗자 여울이 흠칫하며 눈을 동그랗게 떴다. 그가 그녀의 머리 옆으로 상체를 숙였다. 스치듯 보인 입매가 매혹적으로 말려 올라가 있었다.

찰칵, 문이 열리며 여울의 몸이 뒤로 기울었다.

"어어."

허우적거리는 여울의 허리를 휘감아 당긴 기영이 그녀의 입술을 훔치듯 취하곤 싱긋이 웃었다.

"씻고 나와. 차 준비해 놓을 테니까."

"……."

뭐라고 말을 하기도 전에 기영이 여울을 안으로 들여 놓곤 문을 닫았다. 사람을 홀리듯 유혹적인 그의 미소 대신 닫힌 욕실 문을 보며 여울은 멍하니 눈을 깜빡거렸다. 심장이 미친 듯이 두근거리고 있었다.

두근두근. 두근두근두근.

천둥처럼 울려 대는 심장박동에 마른침을 삼키며 달아오른 손을 볼에 올렸다.

"세상에. 다음엔 안 참는대. 안 참으면 뭘 어떻게 하려고? 어떡해. 심장이 터질 것 같아."

발을 동동 굴리며 몸부림을 치던 여울은 문밖에서 들리는 달그락거리는 소리에 움찔 몸을 굳혔다.

"씻고 나와."

머릿속에 메아리치는 목소리에 여울의 입꼬리가 히죽히죽 춤을 췄다. 걸치고 있던 옷을 단번에 벗어 내려 세탁 바구니 에 골인시켰다.

"씻고 나가면 나 매력 터질 텐데 어쩌지? 참기 힘들 텐데 큰일이네."

샤워기 앞으로 사뿐히 걸어간 여울이 물을 틀며 콧노래를 흥얼거렸다. 물줄기가 얼굴을 적셨지만 달아오른 열기는 쉽게 가라앉지 않았다.

주인 없는 여울의 방문을 똑똑 두드린 기영이 조심스럽게 문을 열고 안을 살폈다.

"흠흠, 실례합니다."

여자 방에 한 번도 들어가 본 적이 없는지라 조금 망설여졌다. 괜스레 헛기침을 하며 한 발 안으로 들어선 기영이 방을 세심하게 살폈다.

아담하고 간소한 인테리어가 딱 여울을 떠올리게 만들었다. 싱글 침대 하나와 사이드 테이블, 작은 화장대와 옷장이 전부였다.

옷장에 딸린 첫 번째 서랍장을 열자 티와 스웨터들이 보였다. 두 번째 서랍엔 바지와 간편하게 입을 수 있는 홈웨어가 있었다. 그중 편한 것을 골라 꺼낸 기영이 마지막 서랍 앞에서 머뭇거렸다.

"후우."

가볍게 입바람을 불고 서랍을 열었다. 예상대로 앙증맞은 무늬의 속옷들이 들어 있었다. 그중 제일 위에 있는 것을 골라 옷 위에 올린 기영이 얼른 서랍을 닫고 일어섰다. 여울의 은밀한 비밀을 엿본 듯 가슴이 설레었다.

방을 나온 기영이 곧장 욕실 앞으로 가 노크를 했다.

"네!"

다소 높은 톤의 목소리가 들렸다. 깜짝 놀란 모양이다.

"앞에 갈아입을 옷 갖다 놨어. 난 주방에 있을 테니까 가져가서 편하게 입어."

"……네."

이번엔 부끄러움에 기어 들어가는 목소리다. 하나하나 죄다 귀여운 것투성이다. 욕실 앞에 얌전히 옷을 두고 그 사이에 속옷을 감춘 기영이 돌아서 주방 쪽으로 걸어갔다.

싱크대 서랍은 텅텅 비어 있었다. 냉장고도 마찬가지였다.

"하아, 대체 뭘 먹고 사는 거야."

집에서마저 음식을 제대로 섭취하지 않으면 몸이 버텨 내질 못한다. 앞으로는 건강관리까지 철저히 시켜야겠다고 생각하며 기영이 주방을 나섰다.

힐끔 돌아본 욕실 앞엔 아무것도 없었다. 어느새 옷을 들고 들어간 모양이었다. 문이 열리는 소리를 못 들은 것 같은데 언제 가져갔을까.

고개를 갸웃하며 현관으로 나선 기영이 문을 그대로 고정시켜 놓은 채 재빨리 제 집으로 들어섰다. 아직 그는 여울의 집 비밀번호를 몰랐다.

여울이 젖은 머리를 수건으로 감고 욕실을 나왔을 때 기영은 그의 말대로 김이 모락모락 나는 차를 막 찻잔에 따르고 있었다. 눈이 마주치자 그가 눈꼬리를 살며시 말아 올리며 식탁을 가리켰다.

"이리 와."

저음의 부드러운 목소리가 무척 감미로웠다. 여울은 괜스레 쭈뼛거리며 슬금슬금 주방으로 들어섰다. 기영이 직접 의자를 빼 주자 살짝 고개를 숙여 보이고 자리에 앉았다. 앞으로 밀어 주는 찻잔은 눈에 익은 것이었다.

"어, 이건 교수님 찻잔……."

신기한 듯 찻잔을 보던 여울이 말끝을 흐렸다. 그러고 보니 자신의 집에 있는 거라곤 머그잔 하나와 종이컵이 다였다. 차도 기영이 즐겨 마시는 것이었다. 그가 집에서 아예 차와 찻잔, 주전자까지 다 챙겨 온 모양이었다.

뭔가 자신의 치부를 들킨 것 같아 부끄러웠다. 옷 사이에 숨겨져 있던 속옷을 봤을 때와 비슷한 심정이었다. 어떡해…….

"3분만 있다가 마셔. 지금은 좀 뜨거우니까."

여울이 고개를 숙인 채 작게 끄덕였다. 그런 여울의 뒤로 걸어간 기영이 익숙하게 수건을 빼내 물기를 닦기 시작했다.

이상한 익숙함이었다. 언제부턴가 그가 자신의 머리를 말려 주는 게 무척 자연스럽게 받아들여졌다.

"저기, 교수님. 머리는 제가 말릴 수 있는데요."

"오늘은 서비스 차원에서 해 주는 거야. 환자 비위 맞추느라 힘들었을 애제자를 위해서."

"제자면 다 이렇게 해 주실 거예요?"

"애제자라니까. 사랑 애(愛)가 붙어 있는 단 한 명."

"나 하나만?"

"그래. 은여울 단 한 사람만."

그제야 긴장이 풀린 여울이 찻잔을 들어 후후 입바람을 불었다. 차에서 기영의 향기가 났다. 조심스럽게 한 모금을 삼키자 하루 종일 힘들었던 몸이 사르르 녹아내리는 것 같았다.

홀짝홀짝 차를 삼키는 여울의 머리를 기영의 손길이 부드럽게 쓸어내렸다.

여울은 묘한 기분에 사로잡혔다. 마치 차가 기영이고 자신이 기영을 삼키는 것 같은 착각이 들었다. 그가 온몸의 혈관을 따라 몸으로 스며드는 야릇하고 은밀한 느낌을 만끽했다.

비워진 찻잔을 손수 치운 기영이 그녀를 안고 침실로 걸어가 침대 위에 조심히 내려놓았다. 그리곤 옆에 나란히 누워 몸을 바짝 끌어당겼다.

여울은 아무 말도 못 하고 눈만 깜빡거렸다. 몸과 몸이 완전히 밀착되었다.

"침대가 싱글이라 많이 좁네. 꽉 붙어 자야겠다."

"……그렇죠? 침대가 좀 작죠?"

"응. 많이 작아. 절대 떨어지면 안 될 것 같아."

기영이 여울의 다리에 제 한쪽 다리를 감았다. 한 손은 그녀의 등에, 한 손은 팔베개 삼아 그녀의 머리를 받치고 가만가만 머릿결을 쓰다듬었다.

"노래 불러 줄까?"

"자장가요?"

"어떤 노래가 자장가에 어울릴까?"

"으음, Moon river?"

"응?"

기영이 뜻밖이라는 듯 내려 보자 여울이 고개를 들었다.

"대학 때 교수님이 연구실에서 혼자 창밖을 바라보며 부르시는 거 들었거든요. 아마 방학 때였을 거예요. 문이 조금 열려 있었는데 차마 들어가진 못하겠더라고요. 방해될까 봐 다 듣지도 못하고 문만 닫아 드렸어요."

"아, 그랬어?"

기영은 고개를 끄덕였다. '티파니에서 아침을'이란 영화의 OST였다. 한참 고전 영화에 빠져 있을 때라 주위에 아무도 없는 줄 알고 소리 내서 불렀던 모양이다. 그런 것을 용케 기억하고 있는 여울이 신기했다.

"교수님 목소리랑 너무 잘 어울려서 무척 감미롭게 들었어요. 불러 주실 거죠?"

"물론. 그때 감성이 되살아날진 모르겠지만 최선을 다해 볼게."

"네."

흠흠, 목을 몇 번 가다듬은 기영이 나직하고 감미롭게 노래를 시작했다. 머릿결을 쓰다듬는 손길과 매혹적인 노랫소리에 가슴이 설레었다. 쉽게 잠이 들 수 없을 것 같았지만 여울은 눈을 꼭 감고 노랫소리에 귀를 기울였다.

"Moon river, wider then a mail, I'm crossing you in style someday."

사락사락, 가슴에 작은 불꽃이 일었다. 작지만 위대한 불꽃이 너울거리며 춤을 추고 있었다. 기영이 여울의 가슴에 피워 올린, 영원히 꺼지지 않는 불꽃이었다.

✠   ❀   ✠

아침부터 흉부외과 집중 치료실에 암울한 기운이 맴돌았다.

이틀 전 실려 온 환아는 노숙자 부모에게서 태어난, 돌이 채 되지 않은 사내아이였다. 신고에 의해 구조되기 전까지 아이는 방치에 가까운 상태였다. 발견 당시 심한 청색증을 보였고 무산소 발작으로 실신해 있었다.

우심실의 유출로 협착이 심할수록 청색증은 강하게 나타난다. 언제부터 무산소 발작이 있어 왔는지 알 수 없었다. 오래 지속될 경우 경련과 저산소성 뇌 손상이 올 수도 있었다.

고작 4.75kg, 59cm라는 평균에도 미치지 못하는 작은 몸으로 어떻게 지금까지 견뎠는지 신기할 지경이었다.

상태가 좋지 않았기에 응급을 요하고 있었지만 수술을 버틸 수 있을지가 관건이었다. 위험부담이 컸다. 모두가 고개를 내저으며 안 된다고 하는 수술을 기영이 집도했다.

환아는 대견하게도 큰 수술을 잘 견뎌 주었다. 결과는 성공적이었고, 회복되기만을 기다리는 상황이었다.

심장 환자는 문제가 생기면 최소 1~2분 안에 해결을 봐야 했다. 그렇지 않으면 생사의 기로에 놓이거나 심각한 손상을 초래할 수 있었다.

환아의 팔로우업은 익현이었다.

어제 저녁까지 괜찮았던 환아의 증상이 나빠진 건 오전 회진을 돌기 직전이었다. 경련을 동반한 발작이 나타났고 곧 어레스트로 이어졌다. 순식간이었다.

정맥주사를 놓을 수 없을 정도로 혈관이 좁아져 있어 즉시 심폐소생술이 시행되었다.

여린 가슴 위에 손을 올린 익현이 온 신경을 집중해 환아를 되살리려 노력했다. 하지만 심장은 끝내 다시 뛰지 않았고, 익현은 일정한 기계음을 내고 있는 모니터를 멍하게 바라보았다.

예기치 못한 돌연사였다.

"괜찮아?"

송빈이 걱정스럽게 묻자 익현이 움찔하며 돌아봤다. 기영이 그의 어깨에 가만히 손을 올렸다. 눈이 마주치자 익현이 울컥하며 눈시울을 붉혔다.

"선고할 수 있겠어?"

익현의 입술이 바르르 떨렸다. 단 이틀이었지만 익현은 온갖 정성을 다해 환아를 돌봤다. 일찍 결혼했으면 나도 너만한 아들 서넛은 뒀을 거란 농담도 하며 곁을 지켰다.

어젯밤만 해도 미약하게나마 손 아래 넣은 익현의 손가락을 쥐곤 했었다. 따스한 온기가 감돌던 그 손에 얼마나 가슴이 떨렸는지 모른다. 그게 불과 하루 전인데 이럴 수는 없었다.

"됐어, 내가 할게. 무명 환아."

"아닙니다. 제가, 제가 하겠습니다."

익현이 고개를 저었다. 그의 얼굴 가득 슬픔이 깃들었다. 아이는 이름도 없었다. 이렇게 힘든 삶을 살게 할 거라면 차라리 낳지를 말지. 무책임하게 낳아만 놓고 방치한 부모가 밉고 원망스러웠다.

익스파이어* 환자는 비단 이 환아가 처음은 아니었다. 하지만 짧은 기간 익현은 환아와 깊은 라포*를 형성했었다. 그만큼 상처도 깊었다.

"무명 환아. 후우, 2015년 2월 8일. 오전 8시 15분. 사망했습니다."

익현의 목소리에 울먹임이 뒤섞였다. 끝내 고개 숙인 그를 민재가 조용히 데리고 나갔다. 기영이 파랗게 질린 아이의 얼굴을 가만히 쓰다듬고 시트를 조심히 덮어 주었다.

"오늘이 마지막이에요."

새하얀 시트에 덮인 아이의 모습 위로 아침나절 연구실에 찾아와 툭 던지듯 말하던 이준의 얼굴이 겹쳐졌다. 왜 그런지 알 수 없었다. 그저 단순히 '마지막 데이트'라는 말을 한 것이라 생각했는데 순간 불길한 기운이 마음속에 피어났다.

"그래, 마지막 여행이니까. 꼭 즐거운 추억 만들어."

"물론이죠. 평생 잊지 못할 기억을 만들 거에요. 영원히 날 기억할 수 있게. 그럼 선생님 속이 꽤나 아플 텐데. 그렇죠?"

---

*익스파이어(Expire): 치료 중 사망.
*라포(Rappot): 환자와 의사 간의 유대감.

"엉뚱한 생각 말고 잘 지내다 와. 여울이 너무 고생시키지 말고."

"오늘은 괜찮을 거예요."

"그래, 어디 한번 믿어 볼게."

보기 드물게 비뚤어지지 않은 엷은 미소를 머금던 얼굴이 떠올랐다.

"은여울. 행복하게 만들지 못하면 가만 안 둘 겁니다."

선전포고를 하듯 내뱉고 돌아서던 이준의 모습이 거슬렸다. 기영이 주먹을 꽉 움켜쥐었다. 일그러진 얼굴로 병원을 나와 곧장 주차장으로 향했다.

차에 오르며 여울에게 전화를 걸었지만 무슨 일을 하는 건지 연결이 되지 않았다. 재빨리 휴대폰에 저장된 이준의 버킷리스트를 찾았다. 세 번째 항목을 확인한 기영의 입에서 짙은 신음성이 터져 나왔다.

차를 출발시키기 전, 근처 번지점프대를 검색했다. 가장 가까운 곳은 저수지를 끼고 있는 놀이공원이었다. 제발 아무 일도 일어나지 않기를 기영은 속으로 빌고 또 빌었다.

여울은 고개를 뻐근해질 때까지 젖혀 눈앞의 번지점프대를

올려다보았다.

설마, 저걸 나더러 하란 거야? 여울이 믿을 수 없다는 표정으로 시선을 옮겨 태연히 팔짱을 끼고 있는 이준을 노려봤다.

"이건 말이 안 되지."

"왜?"

"왜에? 저걸 내가 어떻게 뛰어. 뛰다가 심장마비 오면 네가 책임질래?"

"책임지지, 뭐."

"야!"

천연덕스러운 대답에 여울이 버럭 소리를 질렀다. 이준이 미간을 찌푸리며 귀를 휘적거렸다.

"고막 터지겠다. 여자가 목청이 왜 그렇게 커."

"지금 내가 소리 안 지르게 생겼어? 나 고소공포증 있단 말이야."

"이참에 그것도 극복하고 간도 키우고. 일석이조네."

"이준!"

"그만 빽빽거리고 올라가자."

"싫어. 안 가."

저것만은 절대 하지 않겠다고 나무 기둥을 잡고 버티는 여울을 물끄러미 바라보던 이준이 가슴을 부여잡고 신음을 터트렸다.

"으윽."

"왜, 가슴 아파?"

"어."

"호흡은? 숨 쉬어져?"

"내 버킷리스트를 더 이상 진행할 수 없다는 사실이 가슴 찢어지게 아파."

이준이 왼쪽 가슴에 손을 올리고 측은한 표정을 지었다. 그의 눈을 마주한 여울의 눈동자가 흔들렸다.

병을 빌미로 사람을 옴짝달싹 못하게 하는 건 정말 마음에 들지 않았다. 하지만 이렇게까지 하는 이준의 마음도 어느 정도 이해는 갔다.

잘근, 아랫입술을 깨문 여울이 밉게 이준을 흘겼다.

"내가 같이 올라가 줄게."

"열심히 응원만 할 거잖아."

"나도 같이 뛸까?"

이준이 입 끝을 올리며 해맑게 물었다. 순간 가슴이 서걱거렸다. 여태 본 적 없는 미소였다. 눈을 깜빡이며 멍하니 바라보자 그 틈을 이용해 이준이 손을 잡아끌었다. 마지못해 끌려가며 여울이 짙은 한숨을 내쉬었다.

"에잇. 그래, 뛴다. 그까짓 것 한번 뛰어 보지, 뭐."

평생 하지 못할 일을 자신이 대신해 주는 것이었다. 대신이란 말이 매우 특별한 의미를 가지는 것 같았다.

위로 올라갈수록 울렁증이 심해졌다. 달달 떨리는 다리가 좀체 진정되지 않았다. 차라리 아래를 보지 말자고 눈을 손으로 가렸지만 창공의 바람은 여전히 드셌다.

그런 여울에 비해 이준의 표정은 무심하기만 했다. 아무 감정 없는 눈빛이 오히려 애잔했다.

덜컹하며 엘리베이터가 멈추자 놀란 여울이 짧은 비명을 질렀다.

"내리자."

"자, 잠깐. 잡지 말고 따로따로 걷자."

"오케이."

이준이 손을 놓고 물러서자 여울이 엉거주춤 철판 위로 발을 디뎠다. 안전요원들이 안심하라고 했지만 영 못 미더웠다. 바람에 상판이 흔들흔들 춤을 추는 것 같았다.

부들거리는 걸음으로 안전요원의 앞까지 온 여울은 몇 번의 망설임 끝에 안전장치를 착용했다. 난간을 잡고 울먹이며 이동한 그녀는 점프대를 힐끔거리곤 눈을 질끈 감았다.

"손 잡아 줘?"

아무런 안전장치도 하지 않은 이준이 여유롭게 곁으로 다가섰다.

"오, 오지 마! 스톱!"

"안 밀어, 안 밀어. 그냥 손만 잡아 준다고."

"네가 제일 못 미덥거든. 세상에서 제일 사악한 놈."

"네가 그 의사 선생이랑 사귄다고 하지만 않았어도 사악하지 않을 뻔했는데 아쉽지?"

"아니. 넌 원래부터 사악했고, 난 일편단심이라 절대 안 변해."

"지가 무슨 민들레라고. 뛸 거야, 말 거야? 여기 높아서 나 숨 쉬기 엄청 힘들거든. 웬만하면 빨리 끝내자."

이준이 바짝 다가와 투덜거렸다. 여울이 한 걸음 더 내딛으며 짜증을 토해 냈다.

"가고 있잖아. 그러게 왜 올라와? 도로 내려갈 걸."

"내가 재촉 안 하면 너 안 뛸 거잖아."

"이게 재촉한다고 될 일이야?"

"뭐가 무섭다고."

이준이 여울을 지나쳐 성큼성큼 점프대 앞으로 다가갔다. 안전요원이 만류했지만 듣지 않았다. 오히려 괜찮다며 안전요원을 안심시켰다.

"봐. 하나도 안 무섭거든. 아래만 안 보면 돼. 하아, 나 숨 엄청 차다. 빨리 안 뛰면 무리 올 것 같아. 어쩔래?"

이준의 머리카락이 거친 바람에 춤을 추듯 제멋대로 휘날렸다. 여울은 눈에 쌍심지를 켜며 그를 향해 손가락을 까닥거렸다.

"너 이리 안 와? 거기 서 있다가 발이라도 헛디디면 어쩌려고 그래. 얼른 와."

"은여울."

이준이 이름을 부르자 심장이 덜컹 내려앉았다. 그가 두 팔을 크게 벌리며 환하게 웃었다. 더없이 싱그러운 미소가 그렇게 처연해 보일 수가 없었다.

"나는 딱 한 번 정말 진한 사랑을 하고 싶었어. 고장 난 심장이라도 이 가슴에 새겨질 단 하나의 강렬한 사랑 말이야."

"알았어. 네 넋두리는 두고두고 들어 줄 테니까 이쪽으로 와."

이준이 한 걸음 그녀에게로 다가섰다. 조급함과 두려움에 여울도 한 걸음 다가섰다.

"그런데 그 기회가 눈앞에서 뿅 사라져 버렸다네. 허무하게."

"사랑도 두고두고 하면 돼. 여자가 어디 나 하나뿐인가? 물론 내가 좀 매력이 넘치긴 하지만."

긴장감을 없애려 여울이 농담을 던졌다. 이준의 눈이 곡선을 그리며 휘어졌다. 갑자기 성큼성큼 다가선 이준이 여울의 입술에 프렌치 키스를 했다. 짧지만 긴 여운이 남는 입맞춤이었다.

'있지, 난 병원에 들어설 때마다 내 발로 지옥에 들어서는 기분이 들어. 걸어서 다시 이곳을 나갈 수 있을까, 끔찍한 생각에 사로잡히곤 해. 태연한 척, 뻔뻔한 척, 심술 맞게 굴지만 사실은 나 많이 두려웠어. 당신이 있는 곳으로 용기 내어 갈 수 있었던 건 이번이 마지막이라고 생각했기 때문이야. 미안. 다시 가슴을 열고 싶지 않아. 더 이상 손을 쓸 수 없을 때의 절망을 이젠 느끼고 싶지 않아. 속았지? 사실은 나 엄청 겁 많은 놈이야. 가장 좋은 순간에 당신 얼굴을 가슴에 담고 가고 싶었어. 당신에겐 미안하지만 나 원래 이기적이잖아. 당신이 나 조금만 이해해 주고 용서해 주라. 저 불쌍한 놈 참 바보 같다, 그렇게.'

입술을 거둔 이준이 여울을 담은 채 한 발, 한 발 뒤로 물러섰다. 그만큼의 거리를 여울이 두려움을 무릅쓰고 다가섰다.

"야! 너 진짜 이럴 거야? 나 임자 있는 몸이라고."

"그러게. 왜 그랬을까."

"장난도 정도껏 쳐야지. 딱 거기 서라. 도망친다고 내가 봐
줄 것 같아?"

"……그래서 벌 받나 보다."

"뭐? 무슨 벌?"

흐릿해지는 시야로 갸웃거리는 여울의 모습이 잡혔다 사라
지기를 반복했다. 그가 버거운 호흡을 가늘게 내쉬며 힘없이
웃었다.

"이준?"

"나 용서해 줄래?"

"어?"

"그래 주라."

마지막 말은 바람결에 묻혀 제대로 전달되지 않았다. 그가
눈을 감았다. 몸이 무너지듯 뒤로 젖혀졌다. 놀란 여울이 다
급하게 달려가 손을 뻗었다. 절대 못 뛴다고 버티던 여울이
아무런 망설임 없이 몸을 날려 이준을 안았다.

아무리 익숙해지려고 해도 익숙해지지 않는 것이 있다.

의사에게 환자의 사망은 어떤 형태로든 견디기 힘든 마음
의 무게를 지운다.

살리고 싶은 환자가 위험에 처했을 때도 그것은 마찬가지
다.

라포가 형성된 후엔 더 심해진다.

견딜 수 없는,

도무지 익숙해지려 해도 익숙해지지 않는 그런 아픔.

의사에겐 환자를 잃는 것이 가장 두렵고 무서운 공포다.

그래서 살리고 또 살려야 한다.

의사의 한계를 넘어 할 수 있는 모든 것을 다 동원해서라도.

chapter 9

♥ ○ ♥ ♥ ● ◈ · ◆ ℧

여기, 우리가 사는 세상

아버지가 갑작스런 죽음을 맞이했고, 이준조차 심장병을 앓게 되자 모친은 신경쇠약에 가까운 증세를 보이며 그를 깨지는 유리병처럼 조심조심 보살폈다.

그게 이준에겐 병보다 더 견딜 수 없는 고통이었다는 걸 모친은 몰랐다. 확장성 심근병증이 유전된다는 걸 안 뒤로는 그 강도가 더 심해졌다. 길을 혼자 걷는 것조차 못 하게 할 정도였다.

그 무엇도 자신의 뜻대로 할 수 없었던 시절, 이준은 건드리면 폭발할 것 같은 시한폭탄 같았다. 서서히 삐뚤어진 그는 급기야 자신의 목숨을 담보로 어머니를 협박하기에 이르렀다.

그 결과로 얻어진 자유는 독약과도 같았다. 달콤하지만 위험한.

하지만 뭔가를 하려고만 하면 몸이 반기를 들었다. 넌 내

허락 없이는 아무것도 할 수 없다고 그를 비웃었다. 그래서 그랬다.

미친놈, 넌 네가 날 지배한다고 생각하지? 아니, 몸은 절대로 의지를 지배할 수 없어. 난 너한테 절대 지지 않을 거야.

어리석은 생각이었지만 극에 달한 인내심은 이미 치명상을 입어 회복이 불가능했다. 스스로는 생각을 되돌릴 수가 없었다. 누군가 자신의 생각이 잘못되었다고 말하며 살 가치를 일깨워 주길 바랐다.

그때 떠오른 게 여울이었다.

처음으로 삶에 대한 의지를 불러일으켜 줬던 사람. 건강하지 못한 자신에게는 자격이 없다고 생각해 선뜻 다가서지 못했던 첫사랑. 아니, 외사랑. 마지막이라 생각하고 그녀를 찾아갔다. 자신을 잡아 주길 바라며.

하지만 망설이는 동안 기회를 놓쳐 버렸다. 가질 수 없다면 얄미운 추억이라도 남겨야겠다. 여행을 핑계 삼아 그녀와 단둘이 있을 수 있는 시간을 만들었다. 괜찮을 줄 알았는데, 몸이 결국 견디지를 못했다. 너무 객기를 부렸나 보다.

놓치지 않으려 악을 쓰고 이준을 안았지만 안전줄의 반동에 한 번 허공으로 튀어 올랐을 때는 그마저도 버거웠다. 두 번째 반동이 있고 수면 가까이 닿았을 때 여울의 팔에서 힘이 빠져나갔다.

첨벙, 여울의 팔을 벗어난 이준의 몸이 물속으로 가라앉았다.

"준아!"

안전줄 때문에 이준에게 다가갈 수 없던 여울이 소리쳐 그를 불렀다. 때마침 도착한 기영이 그것을 발견하고 망설임 없이 호수로 뛰어들었다. 뒤이어 대기 중이던 안전요원들도 보트를 저어 둘에게 다가갔다.

수면 위로 올라온 이준과 기영을 보트에 태운 뒤, 요원들이 여울에게서 안전줄을 제거했다.

"괜찮아요?"

여울이 울먹이는 목소리로 묻자 기영이 그녀를 다독이며 안전요원에게 말했다.

"구급차 불러요."

기영의 지시에 안전요원이 다급히 전화를 걸었다.

"이준, 정신 차려! 준아!"

기영이 이준의 볼을 가볍게 두드리며 정신을 깨웠다. 무겁게 내려앉은 이준의 눈꺼풀이 힘겹게 올라가는 걸 확인한 기영이 안도의 한숨을 내쉬었다. 다시 까마득히 멀어지는 이준의 의식 속에 기영의 목소리가 맴돌았다.

"너 이번에 내가 살려 놓으면 그거 내가 준 생명이니까 네 마음대로 못 한다. 생명 빚이 얼마나 이자가 많은지 모르지. 너 완전 개조시켜 버릴 거야."

'……그걸 협박이라고 하냐. 하나도 안 무서워.'

구급차에 기영과 여울이 함께 올라탔다. 초조함에 아랫입술을 깨무는 여울의 손이 바들바들 떨리고 있었다. 기영이 그 손을 감싸며 엷은 미소를 지어 보였다.

"괜찮을 거야. 이미 오래전부터 심장이식 대기자 명단에 올라가 있었고, 지금은 1순위니까. 맞는 심장 나올 때까지 조금만 견디면 돼."

여울은 차마 입을 열지 못하고 애써 웃음을 띠며 작게 고개를 끄덕였다. 확장성 심근병증의 유일한 치료법은 심장이식뿐이었다.

아직 위험한 상황에까지 이르지 않았고, 평소 조심하며 잘 조절해 온 상태라 안심을 하고 있었다. 이준이 이런 어리석은 선택을 하리라곤 상상도 못 했었다.

확장성 심근병증이 발병하면 환자의 20%가 1년, 70%가 5년 사이에 사망에 이르게 된다.

앞으로 살 수 있는 날이 짧으면 1년, 길면 5년이라는 사실은 환자에게는 차라리 지금 당장 죽고 싶을 정도로 힘든 일이었다. 언제 가능할지 모를 심장이식을 기다리는 건 더욱 그랬다.

병원에 도착해 이준을 병실로 옮기고 상태를 살폈다. 응급처치를 잘한 덕분인지 다행히 별다른 이상은 없었다. 기적에 가까운 일이었다.

아직 죽을 운명은 아닌가 보다 하며 기영이 여울을 다독였다. 여울은 죽은 듯 잠든 이준의 얼굴을 밉게 쏘아보았다.

"망할 놈."

그래도 아무 일 없이 돌아온 것에 감사했다. 병실을 나오며 여울은 또 한 번 기적이 일어나 이준에게 맞는 심장이 나타나기를 간절히 기도했다.

"문제 생기진 않겠죠?"

"이준이 외출? 병원에서 허락한 일이잖아. 어머니 동의도 있었고. 별 문제 없을 거야."

"어머니가 허락을 했다고요?"

여울이 아는 그녀는 깐깐하고 예민하며 도도한 여자였다. 이준과 관련된 모든 것에 촉을 세우고 예민하게 반응하던 그녀가 어떻게 그런 결정을 내렸는지 여울은 선뜻 이해가 되지 않았다.

"저놈 협박이 좀 뭣 같잖아. 안 들어주면 지금 당장 죽어 버리겠다는데 별수 있겠어? 자식 이기는 부모 없단 말이 이런 데에도 적용될 줄 몰랐지만, 별일 없을 줄 알았겠지. 아직은 그리 심각한 단계가 아니라고 판단했으니까. 자신의 상황에 대해 잘 인식하고 있었으니까 스스로 조심할 거라 생각했지, 우리 모두가. 놈한테 깜빡 속은 거야."

"저 처음으로 욕할 뻔했어요. 너무 놀라서."

"깨어나면 대놓고 실컷 해 버려. 수술 끝나고 경과 좋아지면 흠씬 두들겨 패 줘도 되고."

"꼭 그렇게 되게 도와주세요, 교수님."

"오케이. 내 애인의 복수에 기꺼이 동참해 주지."

"애인이요?"

먼저 엘리베이터에 오른 기영이 한쪽 눈을 찡긋거리며 물었다.

"아니야?"

"마, 맞아요. 애인!"

"안 탈 거야? 우리 애인?"

매끄럽게 말려 올라가는 기영의 입술에 여울의 입매도 부드럽게 풀렸다. 긴장과 놀람으로 굳었던 몸이 그제야 사르르 녹아내리는 것 같았다. 기영이 옆에 나란히 선 여울의 머리를 부드럽게 쓰다듬었다.

"안고 싶은데 그럴 수가 없어서 아쉽다."

"아, 교수님도 다 젖으셨죠. 괜찮으세요? 다친 곳은요?"

호들갑스럽게 몸 여기저기를 살피는 여울의 모습에 기영이 쿡 하고 웃음을 터트렸다.

"참 일찍도 물어본다."

"죄송해요. 정신이 너무 없어서."

"옷만 젖었어. 괜찮아."

"좀 쉬셔야죠. 이러다 교수님이 탈 나시겠어요."

"음, 그래야겠다. 미안한데 부탁 좀 해도 될까?"

"네, 얼마든지요."

"집에서 옷 좀 가져다줄래? 예비용으로 준비해 둔 옷이 하나도 없네."

"네."

여울이 고개를 끄덕이며 엘리베이터에서 내리는 기영을 배웅했다.

연구실로 들어선 기영은 젖은 옷을 벗고 수술복으로 갈아입었다. 당장 입고 있을 옷이 그것밖에 없었다. 여울이 옷을 가져오면 근처의 사우나라도 가서 간단히 씻고 와야 할 것 같았다.

띠리리리.

인터폰이 울렸다. 스피커를 누르자 다급한 간호사의 목소리가 들렸다.

—교수님, 코노스* 전화입니다. 이준 환자 심장이식 건입니다.

"연결해 주세요."

—네.

코노스에서 전해 온 사항은 TA*로 뇌사 상태에 빠진 환자의 가족이 기증 의사를 밝혔고, 그 심장이식 대상자가 이준으로 결정되었다는 것이었다.

기영은 통화를 하며 주먹을 꽉 움켜쥐었다. 기회는 이렇게 생각지 못한 순간에 불쑥 다가오기도 한다.

길어야 두세 시간 안에 뇌사 판정이 날 것이다. 그전에 모든 준비를 마쳐야 했다. 기영이 휴대폰을 들어 여울에게 전화를 걸었다.

전화를 받은 여울의 기쁨에 찬 음성이 휴대폰 밖까지 새어 나왔다. 아마 병원 로비에서 펄쩍 뛰며 환호성을 지르고 있을 것이다. 그 모습이 눈에 선해 기영의 입가에 웃음이 머금어졌다.

"다시 돌아와야겠다. 난 직원 샤워장에서 간단히 씻고 나

---

*코노스(KONOS):Korean Network for Organ Sharing. 질병관리 본부 이식관리 센터.
*TA(Traffic Accident):교통사고.

올 테니까 헬기랑 수술 준비 좀 지시해 줘."

　—네, 그럴게요.

　한껏 들뜬 여울의 목소리를 끝으로 전화를 끊은 기영이 서둘러 샤워장으로 향했다. 호수에 빠졌다 나온 몸으로 계속 있을 수는 없었다. 수술을 하려면 일단 몸부터 편안하게 만들어야 했다.

　"이준!"

　안정제를 맞으며 쉬고 있던 이준이 제 이름을 부르는 여울의 활달한 목소리에 힘겹게 눈꺼풀을 들어 올렸다. 몇 번 느릿하게 눈을 깜빡이자 바짝 다가선 여울의 얼굴이 점차 선명하게 보였다.

　눈을 가늘게 흘긴 여울이 이준의 코를 콕 찍어 흔들었다. 그의 미간이 찌푸려지는 걸 흡족하게 바라본 뒤 코를 놓고 환한 미소를 머금었다.

　"수술 들어간다."

　"……뭐?"

　"너 심장이식하게 됐다고."

　"아, 여기 지옥인가."

　"지옥은 완쾌되고 나면 질리도록 경험시켜 줄게. 지금은 일단 살고 보자."

　이준이 여울의 얼굴을 물끄러미 바라보았다. 꿈이 틀림없었다. 현실이라면 화를 내야 마땅할 여울이 환하게 웃으며 '너 이제 살 수 있어'라고 말할 리 없었다.

이준은 힘없이 웃으며 무거운 고개를 설레설레 흔들었다. 꿈도 참 개 같다고 속으로 욕하며 다시 눈을 감는 이준의 볼을 여울이 아프게 꼬집었다.

"아!"

"꿈 아니다."

"꿈이…… 아니라고?"

"곧 수술할 거야. 심장 도착하는 즉시. 마음 편안하게 먹고 잠이나 푹 자. 자고 깨어나면 다른 세상이 펼쳐질 테니까."

"하아, 망할……. 이 의사 선생들 진짜 일낼 모양이네."

비릿하게 치켜 올라가는 이준의 입매가 파르르 떨리고 있었다.

믿고 싶었고 매달리고 싶었지만 이뤄지는 일이 아니라고 생각했다.

수많은 사람이 생사의 기로에 서 있고 자신은 그중 하나일 뿐이었다. 희박한 가능성에 기대고 싶지 않았다. 그랬다가 안 되면 그 실망감을 감당하지 못할 것 같았다. 자신은 나약하기 그지없는 놈이었으니까.

"믿으라고 했잖아. 우리 교수님이 백 년에 한 번 날까 말까 한 천재 써전이라고 내가 말했던가?"

은근히 기영을 치켜세우는 여울을 이준이 얄밉게 흘겼다. 그러다 간호사에게 지시를 하고 돌아서는 그녀의 손을 붙잡았다. 돌아보는 여울과 차마 눈을 마주치지 못하고 고개를 반대편으로 돌린 이준이 기어 들어가는 목소리로 말했다.

"잘못했어. 미안해."

여울이 엷은 미소를 지어 보였다. 이준의 손에 제 손을 올려놓고 부드럽게 쓰다듬었다.

"괜찮아. 깨끗이 고쳐 놓고 나중에 흠씬 패 줄 거니까."

이준의 믿을 수 없다는 눈빛을 받아치며 여울이 두고 보란 듯 도도하게 눈을 내려 떴다.

예상보다 심장을 적출하는 데 시간이 걸려 대기가 길어졌다. 헬기가 착륙하기 무섭게 민재가 아이스박스를 들고 뛰었다. 이준의 심장은 이미 하베스트*에 들어간 상태였다.

도착하기 5분 전 민재의 연락을 받고 빠르게 진행된 적출이었다. 처음보다 더 비대해진 심장이 모습을 드러내자 퍼스트 어시를 서던 여울의 눈썹이 움찔거렸다. 기영이 건넨 심장을 조심히 받아 송빈에게 건넸다.

멸균복으로 갈아입은 민재가 수술실로 들어서고 송빈이 서둘러 멸균팩 안의 심장을 확인했다.

"수고했어."

기영의 말에 민재가 그제야 안도의 한숨을 내쉬며 정중히 인사를 건네고 수술실을 나섰다.

---

*하베스트(Harvest):장기 적출.

"대동맥 클램프 제거합니다. 40분 안에 마쳐야 하니까 정신 바짝 차리세요. 혈관 문합이 쉽지는 않을 겁니다."

"네."

바짝 긴장한 사람들이 기영과 눈을 맞추며 고개를 끄덕였다. 기영 역시 진중하게 고개를 끄덕이고 손을 내밀었다.

"심장."

"네."

송빈이 건넨 멸균팩을 벌린 여울이 꺼내기 쉽게 기울였다. 기영이 정확한 위치에 조심스럽게 심장을 넣었다.

능숙하게 대동맥 문합을 하는 기영의 모습에 여울이 속으로 감탄사를 터트렸다. 남자로서의 기영도 멋있지만 써전으로서의 기영은 존경이라는 말이 절로 나올 만큼 위대했다.

이런 사람이 내 남자라니. 심장이 벅차올랐다.

"클램프 풀고 지지미."

심장에 직접 충격기를 댔다.

"20줄."

"20줄. 충전됐습니다."

몇 번의 충격 끝에 심장이 뛰기 시작했다. 모니터를 바라보던 여울이 기영과 시선을 맞추고 눈으로 웃었다. 기영이 가볍게 고개를 끄덕였다.

심장 수술 중 가장 어렵다는 워닝*까지 완벽하게 끝낸 기영이 이젝션 프렉션을 확인하곤 곧장 수술실 밖 대기실로 향

---

*워닝(Weaning):심장수술 후 인공심폐기를 제거하는 것.

했다.

초조하게 기다리고 있던 이준의 어머니에게 상황을 설명한 뒤 결과가 좋다는 말도 전했다.

기쁨의 눈물을 흘리는 그녀를 다독인 기영이 다시 수술실 안으로 들어서 스크랩대 앞에 섰다. 여울이 그의 옆에 서서 함께 스크럽을 했다.

"저 이상형이 생겼어요."

"뜬금없이 무슨 소리야?"

스크럽을 마친 여울이 기영을 똑바로 응시하며 매끄럽게 입가를 끌어 올렸다.

"존경할 수 있는 남자요."

"그 말은?"

무슨 뜻인지 단박에 알아차린 기영의 입가에도 미소가 머금어졌다.

"교수님이 제 완벽한 이상형이란 뜻이죠."

"수술 성공한 보상으론 꽤 근사한데."

"몰랐는데 존경스러운 교수님의 모습을 보고 가슴이 막 뛰더라고요. 너무 설레고 좋아서."

"좋아, 이상형을 찾은 기념으로 그 이상형과 특별히 축배를 들 수 있는 기회를 줄게."

"와우, 정말요?"

기영이 고개를 끄덕이며 손을 씻었다.

"물론. 그 이상형의 집에 있는 포도주로 간단하게."

"좋아요."

뒤에서 여울이 와락 껴안는 통에 기영의 몸이 앞으로 약간 기울었다. 등에 얼굴을 기댄 여울이 감격에 겨운 목소리로 속삭이듯 말했다.

"너무 좋아요."

사르르 말려 올라간 기영의 입술도 따라 달싹였다.

"응, 나도 좋아."

밤 9시가 넘어서야 겨우 퇴근을 할 수 있었다. 집에 가서 옷을 가져오겠다는 여울을 기영이 만류했다. 이미 이준의 어머니가 옷을 사서 보낸 후였다.

그럴 필요는 없다고 한사코 마다했지만 제 아들을 구하기 위해 물에 뛰어든 기영에게 미안해 이렇게라도 하지 않으면 마음이 편하지 않다며 억지로 안긴 것이었다.

"잠시만."

연구실을 찾아온 여울에게 기영이 양해를 구한 뒤 수술복을 벗었다. 한쪽에 놓인 파티션 뒤에서 바지를 갈아입은 후 책상 옆으로 걸어와 등을 돌리고 윗옷을 끌어 올렸다.

단순히 셔츠가 옷걸이에 걸려 있어 한 행동이었지만 여울의 눈이 동그랗게 커졌다. 그의 섹시한 뒤태가 고스란히 담겨졌다. 잔 근육이 보기 좋게 자리 잡은 등 라인이 예술이었다.

"와우."

앞프로뒤태라는 별명이 괜히 생긴 게 아님을 여실히 보여 주는 군침 도는 자태에 여울이 작은 탄성을 터트렸다. 그러자 기영이 고개만 살짝 꺾어 그녀를 돌아봤다.

옷을 벗느라 조금 헝클어진 머리조차 섹시했다. 거기다 목이 꺾이며 만들어진 눈부신 각도의 우아함과 황홀함이라니!

실실 벌어지려는 입을 손으로 가리자 기영의 입매가 매혹적으로 말려 올라갔다. 옷걸이에 걸려 있는 셔츠를 가볍게 털고 반 바퀴 돌려 팔을 꿰는 모습이 마치 파노라마처럼 눈에 각인되었다.

"그렇게 좋아?"

소매 단추를 잠그며 돌아선 기영이 미소를 피운 입술로 물었다. 여울이 배시시 웃으며 고개를 끄덕였다.

"맘 놓고 감상해. 이젠 네 거니까."

기영이 손가락을 까닥였다. 여울이 고개를 갸웃하며 다가서자 그가 상체를 기울였다. 여울의 눈이 의아함을 담고 깜빡거렸다.

"채워 줄래?"

"제가요?"

"응."

머뭇거리던 여울이 살짝 눈동자를 올렸다. 기영이 눈을 내리고 그윽하게 자신을 내려다보고 있었다. 여울의 두 뺨에 홍조가 깃들었다.

"흠, 그렇게 제 손길을 원하신다면 어쩔 수 없죠."

여울의 너스레에 기영의 입매가 깊어졌다. 손을 뻗은 여울은 잠시 갈등했다. 이걸 위에서부터 채우는 게 나을까, 아님 밑에서부터 채우는 게 나을까.

어느 쪽이 그의 섹시한 바디를 조금이라도 더 오래 볼 수 있을까, 그게 지금 여울에겐 가장 큰 고민이었다.

"천천히 채워도 돼."

마치 마음을 읽기라도 한 듯 기영이 낮게 속삭였다. 귀 가까이 입술을 내리고 말하는 통에 귓가 솜털이 바짝 일어섰다. 여울이 어깨 끝으로 귀를 쓸었다.

"아니요. 빨리 퇴근해서 제 이상형 만날 거예요. 그러려면 서둘러야죠."

단호하게 고개를 저으며 냉큼 첫 단추를 채웠다. 두 번째, 세 번째 단추를 채우는 손길이 조금씩 더뎌졌다. 마지막 단추를 채울 때는 아쉬움에 다시 다 풀어 버릴까 하는 생각까지 들었다. 그 엄청난 유혹을 떨치고 여울이 한 걸음 뒤로 물러나 깊은 숨을 내쉬었다.

기영이 기울였던 상체를 세우며 한쪽 눈을 찡긋거렸다.

"고마워."

"이준이 깨어나도 한동안 복수는 못 하겠죠?"

여울이 일부러 뜨거워진 분위기를 전환하려 이준의 이야기를 꺼냈다. 재킷을 입고 외투를 팔에 걸친 기영이 책상을 돌아 여울의 앞으로 다가왔다.

"왜 못 해?"

"어떻게요? 때릴 수도 없고 아픈 애 상대로 말장난을 할 수도 없잖아요."

"눈에는 눈, 이에는 이."

"네?"

그가 여울의 어깨를 부드럽게 감싸고 문으로 이끌었다. 기영의 윙크를 받았을 때부터 여울의 얼굴은 이미 붉게 달아올라 있었다.

"내가 살렸으니 내 방식으로 죽여 줄 거야."

음산한 말투에 여울이 놀라 그를 돌아봤다. 어려운 수술로 기껏 살려 놓곤 죽이겠다니 써전으로서 할 수 있는 말인가?

혹시 뭘 잘못 말한 건 아닐까. 아니면 자신이 잘못 들었거나. 여울이 귀를 휘적거리며 문밖을 살폈다. 혹시 누가 들었을까 싶어서였다. 기영이 그런 여울을 천연덕스럽게 바라보며 말했다.

"아주 질투 나 죽게 만들어 줄 거야. 보란 듯이 염장질을 해 줄 거거든."

"무슨 질이요?"

기영이 좀체 쓰지 않는 단어를 툭 내뱉자 여울의 눈이 찌푸려지며 끝이 휘었다. 그의 말에 웃음이 묻어난 탓이었다.

"엄청 괴로울 거야. 우리 애정 행각에."

"쿡, 그거 아주 좋은 방법인데요? 콜!"

문을 나서는 여울의 얼굴 가득 행복한 미소가 번졌.

엘리베이터 앞으로 걸어가 버튼을 누르고 기다리는 동안 기영이 어깨를 감쌌던 손을 올려 여울의 귀를 만지작거렸다. 여울이 멈칫하며 올려다보자 그가 고개를 기울여 입을 맞췄다.

띵, 스르르.

문이 열리는 소리에 여울의 입술을 놓아준 기영이 한쪽 눈썹을 꿈틀거렸다.

배시시 웃으며 기영을 사랑스러운 눈으로 바라보던 여울이 뭔가 이상한 낌새에 따라서 고개를 돌렸다. 그리곤 그대로 굳어 버렸다.

송빈이 굳은 모습으로 둘을 멍하니 바라보고 있었다. 많이 놀란 모양이었다. 다시 닫히려는 문을 기영이 열고 안으로 들어섰다. 1층 버튼을 누르며 송빈에게 지나는 투로 물었다.

"중환자실 가는 모양이군."

"……네, 교수님."

답을 하는 송빈의 눈은, 붉어진 얼굴로 정면을 응시하고 있는 여울에게 머물러 있었다. 이게 대체 무슨 일이냐. 자신이 지금 본 게 무엇이냐. 수많은 질문이 뒤섞인 혼란스러운 눈빛이었다.

"무균실 이준 환자 상태 체크 잘하고."

"네."

2층에 도착했음에도 내릴 줄 모르고 멍하니 둘을 바라보고선 송빈을 똑바로 응시하며 기영이 열림 버튼을 꾹 눌렀다.

"안 내리나?"

"아, 내, 내립니다."

후다닥 내렸지만 여전히 멍한 상태로 둘을 돌아보는 송빈을 향해 기영이 근엄하게 말했다.

"그리고 오늘은 되도록 일 생기지 않게 하고. 무슨 말인지 알지?"

"네?"

"내 애인이랑 처음으로 오붓한 시간을 가질 건데. 방해하면 어떻게 될지 감이 오지? 다른 사람한테도 잘 일러두고. 그럼."

여울의 머리를 부드럽게 어루만지며 기영이 말했다. 송빈의 입이 쩍 벌어지고 눈이 최대치로 커졌다.

경악이란 두 글자를 얼굴 위에 고스란히 드러낸 송빈에게 상큼한 미소를 건넨 기영이 버튼에서 손을 뗐다. 그제야 여울이 송빈과 시선을 맞추며 손가락을 까닥여 인사를 대신했다.

송빈의 얼굴에 배신감이라는 단어가 떠올랐다. 어떻게 이럴 수 있어요! 송빈의 소리 없는 외침이 닫히는 문 사이로 들리는 듯했다.

"괜찮을까요?"

"괜찮지 않으면?"

걱정스레 묻는 여울의 말에 기영이 반문했다. 의국원들은 물론, 병원 전체로 소문이 퍼질 것을 염려하는 여울과 달리 기영은 너무나 태연했다.

뭐가 문제냐는 듯 평온한 그의 표정에 여울이 아랫입술을 살짝 깨물었다. 문제가 안 되요, 교수님에게는?

"잘된 거야. 안 그래도 눈치 없는 녀석들 때문에 직접 말하려고 했었어. 그래야 우리 은방울한테 흑심 품고 덤비는 놈이 더는 없을 거 아냐."

1층 로비를 가로지르는 동안에도 기영은 여울의 손을 꽉 잡고 놓지 않았다. 병원 사람들이 수군거리든 말든 전혀 개의치 않았다. 위축되어 고개를 살짝 숙인 여울에게 기영이 다정하게 속삭였다.

"자신감을 가져. 은여울은 서기영이 푹 빠져서 헤어 나오지 못하는, 세상에 단 하나뿐인 사랑이니까."

여울이 고개를 들어 기영을 빤히 올려다봤다. 그가 만면에 미소를 띠며 한쪽 눈을 찡긋거렸다. 여울의 얼굴에도 이내 편안한 미소가 머물렀다.

회전문을 통과해 밖으로 나온 기영이 보란 듯 주차장에 세워 둔 자신의 차까지 여울을 에스코트했다.

"타시죠, 은여울 선생님. 제가 당신의 이상형이 있는 곳까지 모셔다 드리겠습니다."

"그럼 부탁드려요."

움츠렸던 모습을 깔끔히 지워 낸 여울이 장단을 맞추며 보조석에 올랐다. 상체를 기울인 기영이 직접 안전벨트를 매 주고 스치듯 짧게 입술을 취했다.

"이건 선금."

문을 닫고 보닛을 돌아 운전석에 오르는 기영을 여울이 홍조 띤 얼굴로 바라봤다. 그의 거침없는 스킨십이 아직은 당황스럽고 부끄러웠다. 여울의 고개가 살짝 아래로 기울었다. 그 모습이 귀여워 기영의 입술이 저절로 사르르 말려 올라갔다.

벨트를 매고 차를 출발시키는 기영의 손 위에 여울이 제 손을 겹쳤다. 기영이 손을 뒤집어 맞잡고 깍지를 꼈다.

손바닥 사이로 서로를 향한 뜨거운 애정이 녹아내렸다.

기영의 집으로 들어선 여울은 다른 날과 달리 묘한 긴장감을 느꼈다. 설렘과 긴장이 공존하는 이상야릇한 감정에 가슴이 벌써부터 두방망이질 치기 시작했다.

"잠시만 여기 편하게 앉아 있어."

기영이 외투를 벗어 소파 등받이에 걸쳐 놓았다. 곧장 주방으로 걸어간 그는 한켠에 마련된 와인 냉장고에서 와인을 골라 꺼내곤 잔까지 챙겨 돌아왔다.

테이블 위에 그것들을 예쁘게 세팅하고 치즈를 보기 좋게 접시에 담아 왔다.

"외투 벗을래?"

여울이 고개를 끄덕이며 주섬주섬 외투를 벗어 옆에 놓았다. 기영이 그녀의 외투를 들어 조금 더 옆쪽으로 옮기고 자리에 앉았다.

와인을 따는 기영에게서 익숙한 향기가 났다. 새 옷인 데다 샤워를 한 번 한 뒤인데도 어떻게 향수 냄새가 그대로인지 신기했다. 착각인가 싶어 저도 모르게 잔에 와인을 따르는 그의 목덜미에 코를 댔다. 기영이 움찔하는 게 느껴졌다.

"벌써부터 그렇게 자극하면 안 되는데."

"……아, 죄송해요. 향기가 너무 좋아서 저도 모르게."

깜짝 놀라 뒤로 물러서는 여울에게 기영이 잔을 건넸다. 여울의 얼굴이 붉게 달아올라 있었다.

"유혹하는 건가?"

"아니요, 정말이에요."

자신의 잔을 들어 올린 기영이 여울이 했던 것과 마찬가지로 불쑥 그녀의 목으로 얼굴을 기울였다. 그리고 나른한 숨결을 흘려 냈다.

여울이 낮은 한숨을 내쉬며 목을 움츠렸다. 예전에 깨물렸던 부위가 다시금 뜨겁게 달아올랐다.

"나도 그런데."

"네?"

"나도 여울이 향기가 너무 좋은데."

"에이, 전 고작 미스트 뿌리는 게 다인데요. 향기가 날 리 없죠."

"아니야, 여울인 여울이만의 향기가 있어. 나만 맡을 수 있는 유혹의 향기."

"그런 게 어디 있어요. 농담하시는 거죠?"

여울이 너스레를 떨며 그를 향해 고개를 돌렸다. 입술과 입술이 아슬아슬한 거리를 두고 머물렀다. 기영의 입매가 매끄럽게 말려 올라갔다.

"이런, 큰일 났다."

"네? 뭐가요?"

여울이 기영의 입술에 머물던 시선을 들었다. 그러자 그가 그윽하게 바라보다 고개를 더 내려 그녀의 목을 가볍게 빨았다.

"와인 먼저 마시려고 했는데. 그보다 더 끌리는 게 생겨 버렸어."

"어, 어떤 거요?"

짙게 미소가 밴 기영의 입술이 감미롭게 속삭였다.

"이거."

그가 와인 잔을 들지 않은 손으로 여울의 뒷머리를 부드럽게 감쌌다. 그리곤 그녀의 입술을 머금었다. 잔에 담긴 와인이 위험하게 출렁거렸다.

기영이 여울의 손에 들린 잔을 테이블 위에 올려놓은 뒤 자신의 잔을 앞으로 가져왔다.

"그래도 축배는 들어야 하니까."

와인을 입에 머금은 기영이 잔을 내려놓았다. 한 손으로는 그녀의 허리를 끌어안고 한 손은 뒷머리 사이로 밀어 넣었다. 부드러운 머릿결이 손가락에 감겼다. 입술을 겹치며 머금고 있던 와인을 여울의 입안으로 흘려 넣었다.

"아."

짧은 탄성과 함께 벌어진 여울의 입술 안으로 기영이 와인에 젖은 혀를 밀어 넣었다. 달콤하고 쌉싸름한 와인의 맛과 뒤이어 스며든 기영의 부드러운 혀가 맞물려 묘한 감흥을 불러일으켰다. 그가 여울을 더 가까이 당겨 제 품 안에 가두었다.

"여울아, 은여울."

"네."

"내가 널 가져도 될까?"

입술을 맞댄 채 그가 주문처럼 속삭였다. 대범한 말과 달리 목소리에는 긴장이 배어 있었다. 두근두근, 지금까지와는 다른 의미로 심장이 두근거렸다. 그를 향해 미친 듯이 뛰는 심장을 여울은 그대로 인정하기로 했다.

사뿐히 눈을 감았다 뜬 여울이 그의 목에 팔을 휘감았다. 입술이 더 깊이 맞물리며 여울이 행복에 젖은 목소리를 흘려 냈다.

"제가 안 된다고 하면 포기하시려고요?"

"아니. 떼를 써서라도 허락 받을 거야."

"쿡, 그전에 제가 덮쳤을 거예요. 안 된다고 하기엔 교수님이 너무 매혹적이거든요."

그가 입술을 떼고 여울을 가만히 응시했다. 여울이 눈을 말똥거리며 시선을 마주하자 그의 입가에 환한 미소가 번졌다.

"이런, 조금 더 참을 걸 그랬네. 덮침을 당하는 것도 꽤 괜찮을 것 같은데 말이야."

"그래요?"

여울이 장난스럽게 눈빛을 바꾸곤 목에 감았던 손을 풀어 그의 가슴을 밀쳤다. 그리곤 저항 없이 소파 위로 밀쳐진 그의 몸 위를 타고 올랐다.

허리 아래 예민한 부위에 엉덩이를 걸치고 앉아 자신을 앙큼하게 내려다보고 있는 여울을 그가 묘한 눈으로 바라보았다.

매끄럽게 입가를 끌어 올린 기영의 눈썹이 곱게 휘었다. 곤란한 듯 곤란하지 않은 눈빛을 한 그의 셔츠를 여울이 더듬어 올렸다.

"오늘 여러모로 고생하셨으니까 제가 서비스 차원에서 옷 벗겨 드릴게요."

"옷만?"

"글쎄요. 벗기다가 못 참겠으면……."

셔츠 깃을 따라 손가락을 움직인 여울이 첫 번째 단추를 툭 풀었다. 은밀하고 유혹적인 눈빛으로 그를 바라보며 나른하게 혀로 입술을 핥았다.

기영의 미간이 꿈틀거렸다. 한 번도 생각해 보지 못한 여울의 도발적인 모습에 가슴이 설레었다.

"못 참겠으면?"

목소리에 웃음이 배어 있었다. 여울이 벌어진 셔츠 사이로 손을 넣어 그의 쇄골을 가만가만 쓸어 내다 두 번째 단추를 풀었다.

드러나는 맨살의 범위가 넓어졌다. 그에 따라 여울의 손도 민첩하게 움직였다. 세 번째 단추를 과감하게 풀어내고 가슴 위로 손을 밀어 넣은 여울이 상체를 기울여 은밀하게 속삭였다.

"확 덮쳐 버릴지도 몰라요."

야릇한 감촉에 몸이 예민하게 반응하더니 그녀의 손이 직접 닿자 돌기가 딱딱하게 존재감을 드러냈다. 눈으로만 보던 기영의 가슴을 손으로 더듬으면서도 여울은 좀체 믿기지 않았다. 손가락 마디마디, 손끝 말초신경까지 세심하게 그의 몸에 물들어 갔다.

티셔츠를 당겨 둥글고 아담한 그녀의 어깨를 드러낸 기영이 거기에 가만히 입술을 내려놓았다. 한 손은 티 아래로 넣어 천천히 옷을 끌어 올렸다.

벗겨 낸 여울의 티가 기영의 옷 위로 떨어져 내렸다. 여울의 속옷 위에 입을 맞춘 기영이 몸을 돌려 그녀를 소파 위에 눕혔다.

"꺄아."

"미안, 내가 못 참겠다."

그녀의 머릿결을 부드럽게 손으로 쓸어내리며 기영이 입술을 머금었다. 부드럽고 달콤하게 시작된 입맞춤이 점차 격정적으로 변해 갔다.

거친 숨을 몰아쉬며 여울의 입술을 놓아준 기영은 뜨거운 숨결을 그녀의 목 위로 흘려 냈다. 목 위로 나붓이 기영의 입술이 내려앉았다. 살금살금 나비가 춤을 추듯 입맞춤을 하며 내려간 입술이 비단결 같은 여울의 가슴을 삼켰다.

매끈한 여울의 배를 미끄러지듯 쓸어내린 기영의 손이 수줍게 은밀한 부위를 가리고 있는 속옷 위에 머물렀다.

꽃이 나비를 부르듯 여울의 아름다운 육체가 기영의 몸을 불러들였다. 아직 피지 못한 꽃봉오리가 기영의 손길에 조금씩 닫힌 꽃잎을 열기 시작했다. 꿀물이 흘러 그의 손을 적시고 그의 심장도 물들였다.

"사랑한다, 내 은방울."

"흐음, 저도…… 사랑해요. 교수님."

맞이할 준비를 마친 여울의 꽃으로 기영이 자신의 일부를 조심히 밀어 넣었다. 고통에 여울의 몸이 들썩였다. 긴장으로 꽉 조여든 꽃잎을 다시 펼치게 만드는 것도 기영의 몫이었다.

진심을 담은 온전한 사랑을 기영이 여울의 몸 안 곳곳에 퍼트렸다. 스며들듯 조심스럽게, 그러나 한 치의 망설임도 없이 자신의 사랑을 전했다.

그에 응답하듯 여울의 꽃이 만개하기 위해 파르르 몸을 떨었다. 향긋한 꿀물을 끊임없이 흘려 내며 여울이 기영에게 말했다.

내 사랑이 당신이어서 정말 행복하다고. 언제까지나 당신만을 사랑하겠노라고.

이준의 회복은 빨랐다. 감염을 예방하기 위해 멸균실에서 이틀을 보내고 별다른 이상 소견이 발견되지 않자 병동으로 이동하게 되었다.

그동안 불면증에 취해 제대로 이루지 못한 잠을 한꺼번에 몰아 자듯 이준은 하루의 절반 이상을 잠에 취해 있었다.

"휴머럴 리젝션*이 의심된다던 건 어떻게 됐어?"

"잠시 이상 반응이 있긴 했지만 곧 사라졌어요. 심각한 거부 반응은 아직 없고요."

잠결에 들리는 익숙한 목소리에 이준이 눈꺼풀을 힘겹게 들어 올렸다. 몽롱한 시선에 제대로 잡히는 것이 없었다. 말소리가 들리는 곳으로 고개를 돌리고 눈을 몇 번 깜빡이며 미간을 좁혔다.

"오더는?"

---

*휴머럴 리젝션(Humoral Rejection):이식 거부 반응의 일종.

"ATG*와 다크리주맙* 쓰고 있어요."

드디어 초점이 맞춰진 이준의 시야로 침대 옆에 서서 대화를 나누고 있는 기영과 여울의 모습이 보였다.

"하아."

이준이 인상을 구기며 짙은 한숨을 토해 냈다. 기영과 여울은 그 모습을 힐끔 쳐다보곤 다시 대화에 열중했다.

"점심은?"

"아직요."

"이런, 벌써 2시가 넘었는데 그럼 안 되지."

"교수님은요?"

"나?"

"네."

처음엔 상태를 살피며 일반적인 대화를 주고받던 둘이 이준이 깬 것을 알아채곤 달달 모드로 돌입했다.

이준이 손을 올려 이마를 문질렀다. 눈앞의 인물들 때문에 머리가 지끈거렸다. 환자를 눕혀 두고 서로의 얼굴과 머리를 만지작거리는 것은 당최 말이 안 되는 일이었다.

"이봐."

"말투."

이준이 불쾌함이 가득 담긴 목소리를 내뱉자 기영이 단박에 태클을 걸었다. 이준은 이를 꽉 깨물며 숨을 깊이 들이쉬었다 내쉬었다. 가슴에 통증이 일어 미간이 또다시 일그러졌다.

---

*ATG(Anti Thymocyte Globulin):면역 억제제.
*다크리주맙(Daclizumab):면역 억제제로서 이식 거부 반응의 예방 및 치료에 사용.

"이봐요, 의사 양반들. 나 환자거든요. 절대 안정을 취해야 하는 환자라고요. 그런데 여기서…… 후우."

욱하고 치밀어 오르는 감정을 못 이기겠는지 이준이 말을 끊고 심호흡을 했다. 그런 그를 기영과 여울이 천연덕스런 얼굴로 내려다보았다. 하고 싶은 말이 있으면 얼마든지 해 보란 듯이.

지끈거리는 관자놀이를 지그시 누르며 이준이 밭은 숨과 함께 말을 내뱉었다.

"이게 지금 무슨 짓거리냐고요. 여기가 당신네들 데이트 장소야?"

"네가 이해해. 환자 돌보느라 데이트할 시간이 없거든. 이렇게 짬짬이 애정 표현이라도 해야지. 안 그럼 우리가 너무 불쌍하잖아."

"불쌍은 무슨. 제대로 연애 한번 못 해 본 내가 더 불쌍하거든요?"

상체를 기울인 기영이 이준의 눈꺼풀에 엄지와 검지를 대고 벌렸다. 그러다 짜증스럽게 쳐 내는 손길에 가볍게 혀를 찼다.

"심장이 바뀌어도 그놈의 성격은 쉽게 개조가 안 되나 보군."

"그건 뇌를 꺼내 씻지 않는 한 불가능할걸요. 24년이나 묵은 까칠한 성격이니까요."

기영의 말에 여울이 맞장구를 쳤다. 볼수록 가관이었다. 그들은 이준이 정신을 차린 후 보름 동안 하루도 빠짐없이 찾아와 눈뜨고 볼 수 없는 장면을 연출하는 중이었다.

심장은 제대로 고쳐 놓고 천불을 터트려 죽이려는 속셈인 모양이다. 염장질이 아주 제대로였다.

"내가 은여울 쌤 좋아한다고 고백했던 것 같은데. 너무 잔인하다는 생각 안 들어요?"

날 선 말에 여울이 어깨를 으쓱했다.

"흐음, 글쎄. 그 누가 나한테 했던 일보단 양호한 것 같은데?"

"사과했잖아. 대체 언제까지 이럴 작정이야."

"너 말짱하게 나아서 병원 나갈 때까지."

기영이 이준과 시선을 맞추며 진지하게 말했다.

"망할."

"내가 뒤끝이 좀 길거든."

"와아, 저 꼴 보기 싫어서라도 빨리 회복해야겠네."

팩 토라져 고개를 돌린 이준을 만족스레 바라본 기영이 여울의 입술에 쪽 소리가 나게 입을 맞췄다.

"내 점심은 이걸로 충분해. 밥 꼭 챙겨 먹어."

"네."

"안 나가요? 나 조금만 더 흥분하면 혈압 상승할 것 같은데?"

이준은 눈에 한껏 힘을 주고 두 사람을 노려봤다. 기영이 싱겁게 웃으며 돌아서자 여울이 그 뒤를 따랐다. 그러다 깜빡했다는 듯 다시 돌아보며 말했다.

"약간의 흥분은 오히려 혈액순환에 좋아."

"아우! 진짜!"

이준의 외침을 뒤로하고 병실을 나온 기영이 손바닥을 펼쳐 보이자 여울이 거기에 제 손바닥을 부딪쳤다.

'브라보'.

각자의 자리로 돌아가는 둘의 얼굴에 만족스런 미소가 번졌다.

우린 시시때때로 맞이하는 생사의 갈림길에서 무수히 많은 고뇌와 슬픔을 경험한다.

생(生)을 위해 최선을 다하고 사(死)를 막기 위해 온 힘을 다해 격렬히 부딪히지만,

그럼에도 생명을 놓치고 망연자실해 절망의 늪에서 허우적거리기도 하고,

기적처럼 절망에서 희망을 경험하기도 한다.

여기, 신의 영역에 도전장을 내민 우리가 사는 세상은 생로병사의 시작이자 마지막이 공존하는 공간이다.

오늘도 우리는 신에게 기도한다.

내 손끝에 생명을 맡긴 모든 이들이 건강한 모습으로 이곳을 벗어날 수 있기를.

♥ ○ ♥ ♡ ♦ ● ◆ ● ◆ ♉

chapter 10

그녀의 모든 것

논문을 읽고 있던 여울은 사방에서 찔러 들어오는 묘한 시선에 슬그머니 고개를 돌렸다. 그녀의 자리는 의국 안이 한눈에 보이는 안쪽에 있었다. 시선은 양옆으로 도열된 책상과 등 뒤쪽 침대에서 느껴졌다.

여울이 고개를 돌리자 좌측 책상에 앉아 있던 송빈과 인후가 얼른 책에 시선을 꽂았고, 우측 책상에 있던 민재가 모니터에 열중하는 척했다. 등 뒤 침대에 누워 있던 익현은 제대로 시체 놀이를 하는 중이었다. 죽은 척하는 연기가 환상적이었다.

"흐음."

낮은 신음을 흘려 낸 여울이 눈썹을 위아래로 꿈틀거렸다. 이 '무궁화 꽃이 피었습니다'를 연상시키는 요상 야릇한 눈치 게임은 한 달 전부터 시작됐다. 정확히는 기영이 여울을 가리켜 '우리 애인'이라고 말한 다음 날부터였다.

"사내놈들 간이 뭐가 이렇게 작아."

혼잣말을 하며 논문을 바라보자 다시 서서히 시선이 모여 들기 시작했다. 참다못한 여울은 논문을 탁 소리 나게 내려놓고 일어섰다.

가운 주머니에 손을 찔러 넣은 여울이 송빈에게로 다가갔다. 여울의 동태를 예의 주시하던 송빈이 갑자기 분주하게 움직이며 애써 위기를 모면하려 했다. 여울이 엉덩이 반쪽을 송빈의 책상 위에 걸치며 펼쳐 놓은 책을 가렸다.

"왜요, 선생님?"

송빈이 어색하기 그지없는 억지웃음을 띤 채 마지못해 시선을 맞추며 물었다. 여울이 느긋이 팔짱을 끼며 송빈과 그 옆에서 바짝 긴장한 인후를 번갈아 바라보았다.

"그건 내가 묻고 싶은 말이다."

"네?"

"뭐야, 니들? 왜 자꾸 사람을 광년이 보듯 힐끔힐끔 쳐다봐? 할 말 있으면 딱 까놓고 하라고. 돌아보면 아닌 척 시치미 떼는 게 벌써 한 달이 다 돼 가거든? 도무지 신경이 쓰여서 앉아 있을 수가 없다. 이러다 얼굴 뚫릴 것 같으니까 정해. 그냥 말할래, 맞고 말할래?"

"흡."

들키지 말아야 할 것을 들킨 것마냥 송빈이 눈을 동그랗게 떴다. 여울이 눈을 게슴츠레하게 늘이며 반대편에 앉아 있는 민재를 돌아봤다.

"치프, 네가 말해 봐."

느닷없이 지적을 당한 민재가 후다닥 자리에서 일어섰다.

"뭐, 뭘 말입니까? 선생님?"

"이 재미없는 네버 엔딩 '무궁화 꽃이 피었습니다' 에 대해서."

"그게 무슨……."

당최 무슨 말인지 알아듣질 못하겠다는 듯 멍하게 되묻는 민재에게 여울이 친절하게 설명을 덧붙였다.

"왜 자꾸 사람을 힐끔거리다가 돌아보면 딴짓이냐고. 이해 가능하게 제대로 말해."

일부러 딱딱하게 말하는 여울의 모습에 민재가 송빈을 향해 시선을 주었다. 입술을 잘근 깨무는 송빈을 보다 머뭇거리며 입을 열었다.

"그게…… 송빈이가 말도 안 되는 소리를 해서."

"무슨 소리? 토씨 하나 빠뜨리지 말고 말해."

예측 가능한 말이었다. 하지만 여울은 일부러 모른 척 시치미를 떼며 캐물었다.

"서기영 교수님과 선생님이 사귀는 사이라고, 입도 맞췄다고. 그, 그걸 송빈이가 두 눈으로 직접 봤다고 해서."

민재가 슬쩍 여울의 눈치를 살폈다. 입을 다문 채 손가락만 까닥거리는 것이 좀체 보기 드문 모습이라 더 긴장되었다.

"잠이 모자라서 헛것을 본 모양입니다. 그럴 리 없다고 했는데 손잡고 다정하게 병원을 나가는 걸 봤다고 1층 직원들까지 막 떠들어 대서."

"흐음, 그래서?"

"제가 아니라고 딱 잡아뗐습니다."

"어?"

잘나가다가 왜 삼천포로 빠지냐는 표정으로 여울이 빤히 민재를 쳐다봤다. 잡아떼다니, 뭘? 하지만 그것을 칭찬으로 받아들인 민재가 조금 자신감을 되찾은 목소리로 말했다.

"절대 그런 거 아니라고, 사제 관계라 사이가 좀 각별하긴 해도 절대 여자, 남자 그런 건 아니라고 똑 부러지게 말했습니다. 의국에서 얼마나 구박을 당하는지 모른다고 돌아다니면서 해명도 했습니다."

여울의 눈썹이 이번엔 조금 다른 의미로 꿈틀거렸다.

'내가 신데렐라냐, 구박을 당하게? 그걸 또 왜 돌아다니면서 설명을 해. 대놓고 보여 줬으면 소문을 내야지. 우리 교수님이랑 펠로우 쌤이랑 사귄다고, 둘이 뽀뽀도 했다고 왜 대놓고 말을 못 해!'

입을 열면 다다다 쏟아져 나올 말이 속에서 우글우글 순위를 정하지 못해 들썩거렸다. 배시시 웃으며 '우리 잘했죠?' 하는 얼굴로 바라보는 3인방의 순진한 모습에 여울은 울화가 치밀었다.

"아아."

억눌린 신음이 입술 사이로 흘러나왔다. 그것을 감격에 겨운 것으로 받아들인 셋이 뻔뻔하게 고개를 끄덕였다. 그 마음 충분히 이해한다는 듯이.

송빈의 말이 비록 사실이라 할지라도 비밀 연애를 지켜 준

의국인들의 의리에 여울이 감격을 한 것이라 믿어 의심치 않는 눈빛이었다.

여울의 시선이 시체 놀이 중인 익현에게로 돌려졌다. 시체가 굼벵이가 되었다. 동그랗게 말린 등이 배시시 웃고 있었다.

"하아……."

여울의 입에서 헛웃음이 터져 나왔다. 이상하게 조용하다고 고개를 갸웃하던 기영의 모습이 떠올랐다.

이거야 원, 바보들의 행진이 따로 없군. 여울은 순간 너무 오랫동안 연애란 것과 멀리한 나머지 연애세포 제로 바이러스가 흉부외과 의국을 떠도는 건 아닌가 하는 섬뜩한 생각이 들었다.

마치, 흉부외과 의국인은 절대 연애를 하면 안 된다는 불문율이 있기라도 한 것처럼 이곳은 연애 청정 지역이었다.

"이거 단체로 미팅을 하든가 해야지."

"아닙니다. 저흰 두 분을 존경하는 마음으로 그런 거지, 절대 뭔가를 바란 건 아닙니다."

여울의 말을 회식으로 잘못 알아들은 민재가 쑥스러운 듯 얼굴을 붉히며 손사래를 쳤다.

"하아, 미치겠다. 정말."

이대로 있다가는 복장이 터질 것 같아 여울은 빠른 걸음으로 의국을 빠져나갔다.

슬그머니 고개를 돌린 익현을 비롯해 그녀의 뒷모습을 바라보던 4인방이 눈빛을 교환하며 뿌듯한 미소를 만면에 띠었다.

"거 봐, 내 말이 맞지? 얼마나 좋아하시냐. 이렇게 두 분의 연애는 계속 비밀로 덮어 두는 거다. 알았지?"

"네."

"아, 정말 뿌듯합니다. 저흰 역시 의리 하나에 죽고 사는 흥부외괍니다."

"저 심장이 쫄깃해져서 죽을 뻔했습니다."

침대에서 일어나 합류한 익현까지 감격에 겨워하며 주먹을 불끈 쥐고 의리를 외쳤다. 당사자들은 절대 바라지 않는 비밀 연애 사수 단합이었다.

의국을 나온 여울이 휴게실 자판기에서 사이다를 뽑아 벌컥벌컥 들이켰다. 마침 퇴근 준비를 해 내려온 기영이 여울을 발견하고 다가왔다.

"미간에 시냇물 흐른다."

잔뜩 좁혀진 여울의 미간을 손끝으로 쓱쓱 문지르며 기영이 다정히 말했다. 여울이 캔을 내리고 깊은 한숨을 푹 내쉬었다.

"왜, 무슨 고민 있어?"

"고민이라기보단 맹돌이들 때문에 속이 좀 타서요."

"뭐야, 우리 맹순이를 능가하는 맹돌이들이 있단 말이야?"

"에이, 교수님."

"농담이야. 자세히 말해 봐. 누가 우리 여울이 속을 타게 했는지 좀 알아야겠다."

기영의 너스레에 그제야 여울의 입가에 웃음이 번졌다. 그녀가 곧게 손을 뻗어 의국을 가리켰다. 잠시 의국을 보며 가늘게 눈을 늘였던 기영이 옅은 웃음을 머금었다.

"잠잠함의 원인이 바로 저기에 있었나 보군."

역시 눈치 하나는 LTE급으로 빠른 기영이었다. 여울이 고개를 끄덕였다.

"대놓고 말해도 안 되던데요. 비밀 엄수해 주겠다고 자기들만 믿으라는 눈빛을 강렬히 쏘아 보내서 얼굴 뚫릴 뻔했어요."

"그래?"

기영이 비스듬히 입꼬리를 끌어 올리며 가만히 턱을 쓸었다. 그리곤 여울의 손을 덥석 붙잡았다.

"그렇다면 초강수를 둬야겠군."

"네? 어떤?"

"가자."

기영이 여울의 손을 끌며 의국으로 성큼성큼 걸어갔다. 뭔가 상당히 불안하면서도 설레었다. 자신을 괴롭히고 놀린 친구를 일러바친 아이처럼 약간 민망하기도 했지만 어쩐지 재미있었다.

기영이 과연 어떻게 할까 하는 기대감이 의국과 가까워질수록 가슴을 두근거리게 만들었다.

의국 앞에 멈춘 기영이 묵직하게 노크를 두 번 했다.

"네."

인후의 목소리가 들렸다. 문손잡이를 잡고 여울을 돌아본 그가 윙크를 하며 그녀의 허리를 감싸 안았다.

"어머."

"준비됐지?"

"네? 무슨 준비요?"

"지금부터 아주 화끈한 영화 포스터를 찍을 거거든."

"영화 포스터요?"

기영이 의미심장한 미소를 띤 채 손잡이를 돌렸다. 문이 열리자 각자 일을 하고 있던 의국 4인방이 무심한 눈으로 돌아봤다. 그러다 안으로 들어서는 기영과 그의 품에 안긴 여울을 보곤 놀라 그대로 굳어 버렸다.

"송빈."

"네, 네! 교수님."

나지막한 부름에 송빈이 자리에서 튕기듯 일어섰다. 기영이 그를 비롯한 4인방을 휘둘러보며 매끄럽게 입가를 끌어 올렸다. 어쩐지 등골이 송연해지는 미소였다.

"내가 자네한테 소문 전령사가 되라고 했지, 언제 비밀 결사단이 되라고 했나?"

"……네?"

"잘 보고 제대로 전파해."

"무슨 말씀이신지…….."

멍하게 되묻는 송빈과 나머지 세 명을 한 번씩 직시한 기영이 여울의 허리를 바짝 끌어당겼다.

"어."

놀란 여울이 기영을 응시했다. 그가 손끝으로 그녀의 얼굴을 가만히 쓸어내렸다. 우아하고 나른한 기영의 손끝을 따라 모두의 시선이 움직였다.

기영의 손이 뜨거운 시선과 함께 여울의 입술에 머물렀을 때는 모두 숨이 멈추는 듯했다. 왜 영화를 감상하듯 둘의 모습에 감정이 이입되는지 알 수가 없었다. 단지 본능적으로 숨을 죽인 채 지켜볼 뿐이었다.

"은여울."

"네."

"미치게 사랑해."

기영이 감미로우면서도 지독하게 섹시한 목소리로 속삭였다. 그 목소리는 메아리처럼 의국을 떠돌아다니며 모두의 귀와 머릿속을 울렸다. 기영의 손이 미끄러지듯 여울의 뒷머리를 파고들어 받쳤다.

"헉."

여울의 상체가 뒤로 휘는 것을 보며 익현이 놀란 숨을 삼켰고, 송빈이 그런 익현의 입을 막으며 호흡을 멈췄다. 꿀꺽, 민재가 마른침을 삼키며 두 손을 다소곳이 모았다. 인후는 두 주먹을 불끈 쥐고 긴장한 채로 눈앞의 장면에 열중했다.

기영이 여울과 시선을 맞추며 매혹적인 미소를 입술에 걸었다. 여울의 눈에 그와 닮은 미소가 번졌다.

"저도요."

기영이 고개를 꺾어 예술적인 각도를 선보이며 여울의 입술을 취했다. 그에 답하듯 여울 역시 발칙하게 그의 입술을 탐했다. 그들의 화끈하고 로맨틱한 키스는 꽤 오래도록 이어졌다.

발끝에서 시작한 찌릿함이 온몸으로 순식간에 퍼져 나갔다. 그것은 마치 전염병처럼 둘을 지켜보는 모두에게 동시에 일어났다.

아쉬운 듯 여울의 입술을 놓아준 기영이 타액이 묻어 반짝이는 그녀의 입술을 다시 한 번 가볍게 빨았다. 여울의 상체를 바로 세워 제 품에 꼭 끌어안은 뒤 넋이 나간 4인방을 진지하게 바라보며 말했다.

"이번엔 정확히 본 그대로 말해. 서기영이 은여울을 미치게 사랑한다고. 알았나?"

"……네, 넵."

그나마 정신을 수습한 민재가 서둘러 대답했다. 몸에 밴 습관 때문에 본능적으로 나온 행동이었다. 만족한 기영이 고개를 끄덕이며 여울의 이마에 다시 한 번 입맞춤을 함으로써 확인 사살을 했다.

"퇴근은?"

"공부할 게 좀 있어서요."

"너무 무리하지 마. 집에서 본 지 며칠 됐다. 혼자 있는 거 별로야."

"에이, 얼마나 됐다고. 오늘까지만 좀 할게요."

"내가 도와줄게. 집에서 하자."

"교수님이 옆에 계시면 집중을 못 해서 안 돼요."

"이런. 아쉽다."

주고받는 대화가 어쩌면 이렇게도 다정한지. 모르는 사람이 들었으면 부부 사이로 오해할 정도였다. 같은 빌라에 사는 걸 몰랐다면 의국 사람들도 아마 놀라 나자빠졌을 것이다. 뭐, 알고 들어도 놀랍기는 마찬가지였지만.

눈에 담기도 아까울 만큼 예쁘다는 말이 여울을 바라보는 기영의 눈빛에서 고스란히 느껴졌다. 아쉬움이 잔뜩 묻어나는 손길로 여울의 볼을 어루만진 기영은 발걸음을 돌리며 4인방을 향해 말했다.

"내 여자 잘 모셔라."

"아…… 예."

한 템포 늦은 민재의 대답을 듣고서야 기영이 의국을 나섰다. 문밖까지 굳이 배웅을 나온 여울의 머리를 부스스 헝클이며 그가 낮은 한숨을 내쉬었다.

"돌아가기 싫다. 나도 그냥 병원에 남을까?"

"한 사람이라도 편히 쉬어야죠. 얼른 가서 쉬세요."

"내일은 꼭 같이 퇴근하는 거다?"

"그럼요, 물론이죠. 저도 교수님이랑 떨어져 있는 거 싫어요."

작별 인사가 길어지고 있었다. 가라면서도 손을 놓지 않는 여울의 귀여운 모습에 기영의 입가에 연신 미소가 머물렀다.

2주 만에 맞는 오프였다. 기영은 반나절 오프였기에 오전 근무를 마치고 집으로 돌아왔다.

차를 마시며 느긋한 오후를 즐기다 여울의 스케줄에 맞춰 숙면도 취할 예정이었다. 사이사이 애정 확인은 필수였다. 기영의 집에서 기다리던 여울이 그를 맞았다.

"먼저 씻으셔야죠."

가방을 받아 소파에 놓는 여울을 사랑스럽게 바라보며 기영이 짓궂은 미소를 지었다.

"은근히 야하단 말이지, 우리 은방울이."

"아니, 다른 뜻이 아니라. 피곤하실까 봐요. 씻고 쉬시는 게 좋을 것 같아서."

당황해 급히 변명을 늘어놓는 여울을 기영이 와락 껴안고 이마에 입을 맞췄다.

"이대로 그냥 욕실에 끌고 들어가 버릴까."

"네?"

"너무 예뻐서 잠시도 떨어져 있기가 싫은데 어쩌지?"

"아, 그게……."

귓불까지 붉어진 여울을 사랑스럽게 바라보며 기영이 막 입술을 내리던 순간이었다.

Rrrr.

여울의 휴대폰이 울렸다. 테이블 위에서 휴대폰을 들어 발신인을 확인한 여울이 미간을 찌푸렸다. 입에서 절로 한숨이 터져 나왔다.

"왜?"

"집이에요."

"집?"

"본가요."

"아."

본가라는 단어에 기영의 사고회로가 살짝 느릿해졌다. 여울과 지낸 그 긴 시간 동안 거론된 적도, 생각해 본 적도 없던 말이었다. 그녀를 여자로 받아들인 이후에도 그랬다.

왜 생각을 못 했지. 다시 회전을 시작한 기영의 머릿속으로 수많은 생각들이 스쳐 지나갔다.

"왜요."

—왜요? 그게 말이냐, 양이냐. 아버지가 전화를 했으면 그동안 건강하게 잘 지내셨는지 안부부터 물어야지. 이 버르장머리를 국그릇에 말아 먹은 놈아.

"그러는 아버진요. 하나밖에 없는 딸한테 그동안 밥은 잘 먹고 살았는지, 어른들의 함축적인 사랑이 가득 담긴 그 말은 왜 안 하시는데요."

—봐라, 봐라. 딱따구리를 말로 삶아 먹어서 막 쪼아 대지.

"엄마가 저 가졌을 때 돼지고기만 드셨다고 했거든요. 팩트만 얘기하세요. 아니면 언제 딱따구리 한번 잡아 주시고 말씀하시든가요."

—야, 이것아.

"이거 아니고 여울이요, 은여울. 딸 이름도 까먹으셨어요?"

—나 까마귀 고기 안 먹었어!

여울이 혹여 까마귀를 운운할까 싶어 그녀의 아버지가 먼저 선수 치며 고함을 버럭 질렀다. 곁에 선 기영은 부녀의 대화를 그저 듣고만 있었다.

여울의 아버지라면 장래 자신의 장인이 될 분이었다. 들려오는 걸걸한 목소리로 보아 보통 성격은 아닌 듯했다. 그와 더불어 그동안 보아 온 여울과는 사뭇 다른, 투박하기 그지없는 말투에 잠시 어안이 벙벙해졌다.

"귀청 떨어져요."

툴툴거리다 기영과 눈이 마주친 여울이 꿀꺽 마른침을 삼켰다. 아버지와의 대화에 너무 열중한 나머지 그가 있다는 걸 잠깐 잊었다. 여울이 배시시 웃으며 휴대폰을 손으로 막았다.

"저희 아버지가 성격이 좀 급하시거든요."

"아, 그래."

—울이 너 언제 내려올 거냐!

휴대폰 밖으로 쩌렁쩌렁 울리는 아버지의 목소리에 여울이 어색한 미소를 띠었다.

"바빠요, 엄청."

—네 어미 다 죽게 생겼다.

"엄마가요? 왜요?"

—심장이 벌렁거려서 숨을 제대로 못 쉬겠다고 난리다. 빨리 와서 좀 봐.

"아버지는요? 아니, 병원은요?"

—청심환 먹였는데도 안정이 안 된대. 병원이야 말하면 입만 아프지. 의사 딸 있는데 어딜 가냐고 버틴다. 네가 어떻게 좀 해 봐.

"증상이 어떤데요."

기영이 입 모양으로 가 보자는 말을 했다.

285

"지금 가요. 엄마 안정시키고 계세요."

두 사람은 전화를 끊고 급히 집을 나섰다. 기영의 차에 올라탄 여울이 깊은 한숨을 내쉬었다. 뒤이어 운전석에 오른 기영은 그녀와 자신의 안전벨트를 채우고 내비게이션을 켰다.

"어디야?"

"수원 장안이요."

여울이 대답하며 직접 주소를 입력했다.

한 시간이 못 되어 도착했지만 시간적으로는 늦은 밤이었다. 함께 들어가기 애매한 시간대였지만 여울은 전혀 개의치 않았다.

기영은 그녀가 존경하는 최고의 흉부외과 의사였고, 믿음직한 연인이었다. 그가 함께 있다는 사실이 뭐라 말할 수 없는 큰 힘이 되었다.

그리고 그것이 후회로 바뀌는 데에는 불과 5분도 걸리지 않았다.

여울의 손에 이끌려 그녀의 본가 앞으로 달려간 기영의 눈에 대문 위에 걸린 오래된 나무 현판이 들어왔다.

은가(殷家) 한의원.

말하지 않아도 여울의 본가임을 알 수 있었다. 그녀의 집이 한의원을 한다는 것은 새로운 사실이었다.

대문을 들어서자마자 마당 한가운데 정승처럼 서 있는 사람의 모습이 보였다. 백발이 아주 잘 어울리는 풍채 좋은 노인이 무명의 생활한복을 입고 대문을 바라보며 서 있었다. 여울이 움찔하며 빤히 쳐다보자 상대 역시 그녀를 날카롭게 응시했다.

"망할 것. 아비를 봤으면 인사를 해야지."

"잘 지내신 것 같네요."

오가는 말투가 전화와 다름없이 투박했다. 기영은 평소 둘의 사이가 그다지 돈독하지 않다는 걸 느낌으로 알 수 있었다.

"안녕하십니까, 어르신."

기영이 정중히 허리를 굽혀 인사하자 여울의 부친 은두석의 눈이 곧장 옮겨 갔다. 기영을 쭉 훑던 날카로운 시선이 여울과 맞잡은 손에서 멈췄다. 그의 숱 많은 눈썹이 들썩거렸다.

시선을 느낀 여울이 당장에 제 몸으론 다 가려지지도 않는 기영의 앞에 섰다. 기영이 그런 여울을 의아하게 내려다보았다.

"우리 교수님이세요."

"그런데 왜 가려?"

"걱정돼서 같이 온 거라고요."

두석이 한 발 다가서자 여울이 긴장하며 기영에게로 바짝 붙어 섰다.

"비켜 봐. 인사하던 차잖아."

"인사했잖아요. 엄마는요."

말을 돌리며 자리를 피하려는 여울의 모습에도 두석은 아랑곳하지 않고 기영을 빤히 쳐다봤다. 기영 역시 두석을 올곧게 바라보며 앞으로 나섰다. 여울이 흠칫 놀라자 기영이 손을 지그시 잡고 안심시켰다.

"처음 뵙겠습니다. 서기영이라고 합니다."

"은여울 애비 되는 은두석이오. 보아하니 내가 말을 놔도 될 것 같은데."

두석은 눈빛이 매서운 사람이었다. 사람의 속을 훤히 꿰뚫는 듯한 눈빛을 정면으로 받고서도 기영은 흔들림 없이 부드러운 미소를 머금었다.

"말씀 놓으셔도 됩니다, 어르신."

"어르신은 아닌 거 같고. 저놈은 안으로 보내고 자넨 나랑 얘기 좀 하지."

"엄마 보러 온 거라니까요."

"그러니까 보라고. 너 혼자."

"아버지."

여울이 왜 이렇게 초조하게 구는지 어렴풋이 알 것도 같았다. 집에 남자를 데려온 것이 아무래도 처음인 모양이었다.

게다가 외간 남자를 들이기엔 너무 늦은 시간이었다. 그런데도 거침없이 손을 잡고 집 안으로 들어왔다는 건 보통 사이가 아니라는 뜻이었다.

여울은 자신의 아버지가 기영에게 무슨 말을 할지 몰라 매우 불안했다. 기영이 따라나서는 걸 반겼었는데 아버지를 마주하자 괜히 함께 왔다는 때 늦은 후회가 밀려들었다.

아무나 감당하지 못하는 아버지의 성정을 기영이 어찌 받아들일지 두려웠다. 세상의 모든 아버지들은 딸의 남자를 다 도둑으로 간주한다고 하는데, 아버지가 혹여 기영에게 엄한 행동을 하지 않을지 걱정되었다.

"어머니 먼저 살펴봐. 아버님 뵈니까 괜찮으신 것 같긴 한데 그래도 직접 봐야지. 어서 가 봐."

"교수님."

"난 아버님과 있을 테니까 걱정하지 말고."

"그게 제일 걱정되는데요."

속마음을 숨김없이 털어놓으며 어리광을 부리는 여울을 보고 두석이 헛웃음을 터트렸다.

여태 살아오면서 단 한 번도 보지 못한 모습이었다. 물론 제 엄마에게 간혹 아이처럼 굴기는 했지만 저런 눈빛으로 남자를 바라보는 건 처음이었다.

두석은 스멀스멀 치밀어 오르는 불쾌함에 눈살을 찌푸리면서도 한편으론 통쾌함을 느꼈다. 드디어 저 망아지를 잡을 놈이 나타났구나, 하는.

"괜찮아."

다정한 목소리와 함께 기영이 여울의 어깨를 가볍게 두드렸다. 아버님이 지켜보는 앞에서 과한 애정 표현은 삼가는 게 좋을 것 같아 그 정도에서 그쳤다. 여러 가지 감정이 뒤섞인 시선이 자꾸만 몸을 콕콕 찔러 댔다. 그 시선이 두석의 것임을 기영은 잘 알고 있었다.

"금방 갔다 올게요."

"응."

"아버지, 교수님한테 이상한 말 하시면 안 돼요."

"뭔 말이 그리 많아. 어서 들어가."

손을 휘휘 내저으며 두석이 먼저 별채 쪽으로 걸음을 옮겼다. 별채는 한의원으로 쓰고 있는 곳이었다. 입을 삐죽이며 멀어지는 아버지의 등을 얄밉게 흘기던 여울이 냉큼 시선을 옮겨 기영에게 단단히 일렀다.

"저희 아버지가 힘들게 하더라도 이해하세요. 성격이랑 말투가 그래서 그렇지, 심성이 나쁜 분은 아니시거든요."

"걱정 마. 나 앞프로뒤태거든. 둘이 있으면 아마 아버님도 내 매력에 푹 빠지실걸?"

여울을 안심시키려 농담을 건넨 기영이 별채로 들어서는 두석을 돌아보며 서둘러 자리를 떴다.

"어머니 먼저 살펴 드리고 천천히 와."

"빨리 갈게요."

별채로 뛰다시피 걸어가는 기영을 걱정스럽게 바라보던 여울이 한숨을 푹 내쉬며 안채로 달려갔다.

"엄마!"

별채 입구에서부터 한약 냄새가 은은하게 풍겨 왔다. 오랜 세월 손때가 묻은 가구들이 시선을 사로잡았다.

"이리로 오게."

"네."

진료실로 들어가자 책상에 앉아 있는 두석의 모습이 보였다. 그가 서랍에서 뭔가를 꺼내며 툭 던지듯 무심하게 말했다.

"바지 내리고 여기 눕지."

책상 앞에 선 기영이 고개를 갸웃하며 멈칫거렸다. 방금 들은 말이 무슨 뜻인지 선뜻 이해가 되지 않아서였다. 혹여 뭘 잘못 들은 건 아닌지 기영이 조심스럽게 되물었다.

"바, 바지는 왜……."

"볼일이 있으니 그러는 게지."

"여기서 벗으라는 건……."

"여기서 벗으라는 거야."

"제가 당장 볼일이 급한 게 아니라서."

두석이 말한 볼일이 그 볼일이 아닐 텐데 기영은 답지 않게 당황해 말을 더듬으며 두서없이 쏟아 냈다.

장인이 될 여울의 아버지가 첫 대면에 바지를 벗으라고 하니 당연히 놀라고 당황할밖에. 이게 대체 무슨 일인지 어찌할 바를 몰라 횡설수설했다. 태어나 이런 당혹스러움은 처음 겪어 보는 기영이었다.

"허리띠 풀고 바지 내려서 여기 누우란 말일세."

"저, 저기 아버님. 그게……."

두석이 기영을 똑바로 응시한 채 진찰대를 손으로 툭툭 쳤다.

기영은 미간을 미세하게 꿈틀거리며 진찰대를 주시했다.

주사를 맞을 것도 아닌데 왜 바지를 벗어야 하는지, 두석이 왜 자신을 누우라고 하는 것인지 좀체 상황 판단이 안 되었다.

"남자는 자고로 허리힘이 좋아야 여자한테 사랑받는단 말이지."

어딘지 모르게 음산함과 웃음기를 동반한 목소리였다. 손에
는 빛을 받아 번쩍거리는 뾰족한 침이 들려 있었다. 남자 손바
닥을 넉넉히 넘어서는 길이였다.

"아……."

좀체 듣기 힘든, 난감하기 이를 데 없는 기영의 신음 소리
가 입에서 새어 나왔다.

"난 손자가 아주 많았으면 좋겠는데."

도저히 거부할 수 없는 매혹적인 말을 꺼내며 두석이 히죽
웃었다. 그 웃음이 묘하게 여울과 닮아 있었다. 풍모에서부터
남성다움이 물씬 풍기는 두석과 여린 여울은 생김새가 확연
히 다른데 말이다.

꿀꺽, 기영은 난생처음 등줄기로 식은땀이 흐르는 걸 느꼈
다. 여울을 보내지 말 걸 그랬나 하는 후회도 잠시 들었다.

"뭐해? 안 누울 건가?"

"아, 아닙니다."

기영이 숨을 깊이 들이쉬며 진료대로 걸어갔다. 코트와 재
킷을 벗어 옆 테이블에 올려 두고 바지춤으로 손을 내리자 등
뒤로 두석의 매서운 눈빛이 느껴졌다.

버클이 내려가는 소리에 기영이 질끈 눈을 감았다. 태어나
처음 마주한 난감한 상황이었다.

'하아, 여울아. 빨리 와 줄 수 없을까.'

안채에 있다던 엄마는 그 어디에도 없었다. 주방에도 거실에도. 방이란 방은 다 열어 보고 소리쳐 불러 봤지만 없었다. 안채는 텅 비어 있었다. 여울이 휴대폰을 꺼내 전화를 걸었다.

신호가 한참이 가고서야 엄마가 전화를 받았다. 주변이 꽤 시끄러웠다. 여자들의 깨알 같은 웃음소리와 잡담 소리가 쉼 없이 들려왔다.

—어, 우리 딸.

한층 들뜬 목소리를 듣고 여울은 자신이 속았다는 걸 깨달았다. 지끈거리는 이마를 짚으며 억눌린 한숨을 푹 내쉬었다.

"엄마, 어디세요?"

—나? 동호회 모임이 있어서 놀러 왔지, 1박 2일로. 네 아빠가 웬일로 허락을 다 한 거 있지.

"그래요? 별일이네요. 꼼짝달싹 못하게 하시더니."

—그러게 말이다. 역시 나이가 들면 어쩔 수 없나 봐. 이빨 빠진 호랑이 될 날도 얼마 안 남았어.

엄마의 말에 주변 사람들이 박장대소를 하며 맞장구치는 소리가 들렸다. 현모양처 소리를 들으며 오래도록 집 안에 갇혀 살던 엄마는 몇 년 전부터 구청에서 하는 바느질 동호회에 참여하고 있었다.

젊었을 때 마음대로 바깥출입도 못 했던 엄마였다. 그게 엄마를 너무 사랑한 아버지의 독점욕 때문임을 커서야 알게 되었다.

엄마는 누구나 한 번쯤 뒤돌아볼 정도로 청초한 매력을 지닌 순진한 시골 아가씨였다. 대학 시절 농활을 가서 엄마에게 첫눈에 반한 아버지가 집안 어른들을 들볶아 성사시킨 결혼이었다.

여울이 대학 때문에 서울로 가 버리자 엄마는 잠시 우울증을 앓았고, 그 일을 겪고 난 뒤 아버지는 어머니의 외출에 대해 아무런 말을 하지 않게 되었다.

아내가 없는 1박 2일이 외로워 눈코 뜰 새 없이 바쁘게 일하고 있는 딸을 불러들인 아버지를 도무지 용서할 수가 없었다. 엄마가 아프다는 핑계를 댄 건 정말 이해 불가였다.

"재미있는 시간 보내세요."

—넌 안 바쁘니? 오랜만에 목소리 들으니까 너무 좋다. 엄마 오늘 기분 업이야, 업!

아이처럼 좋아하는 엄마의 목소리에 여울의 울분이 조금 가라앉았다.

"시간이 조금 나서요. 나중에 다시 전화 드릴게요."

—그래. 자주는 못 해도 일주일에 한 번은 통화하자, 딸.

"네."

엄마와의 통화를 끝내자 솟구치던 화도 누그러들었다. 얼마나 외로웠으면, 얼마나 보고 싶었으면 그랬을까. 문득 하나뿐인 딸을 외지로 보낸 부모님의 쓸쓸함이 느껴져 마음이 울컥했다.

"치, 그래도 엄마 핑계는 심했다고요."

입을 삐죽이며 서둘러 안채에서 나온 여울이 별채로 쪼르르 달려갔다. 아버지와 단둘이 있는 기영이 걱정되어서였다.

"교수님."

밖에서 들려오는 여울의 목소리에 기영의 몸이 들썩였다.

"가만있어. 움직이면 안 돼."

반가움에 저도 모르게 몸을 들썩이던 기영이 자세를 바로 잡았다. 거친 숨을 몰아쉬며 진료실 안으로 들어서던 여울이 진료대에 누워 있는 기영을 보고 우뚝 멈춰 섰다.

엉덩이 골이 다 보일 정도로 내려간 바지에, 상의는 날갯죽지까지 올라가 있었다. 그의 허리에 꽂혀 있는 침을 발견한 여울의 눈이 단박에 쭉 찢어졌다.

"아버지!"

"나 귀 안 먹었다."

"내가 정말 못 살아."

느긋이 컴퓨터 모니터를 보고 있는 두석을 지나쳐 여울이 기영의 곁으로 다가갔다.

"교수님, 괜찮으세요?"

"……어, 그게."

난처한 기색이 역력한 기영의 얼굴에 여울은 미안해 죽을 지경이었다. 자신의 아버지를 한껏 흘겨본 뒤 기영의 등으로 손을 뻗었다.

보지도 않고 두석이 툭 던지듯 말했다.

"그냥 둬. 30분은 더 있어야 돼."

"이런 거 필요 없어요. 교수님 민망하게 이게 뭐야."

여울이 막 침 하나를 잡으려던 찰나였다. 무심한 두석의 목소리가 그녀의 손을 멈추게 했다.

"허리에 좋은 거다."

"아, 그래요?"

미안해 어쩔 줄 몰라 하던 여울이 눈을 깜빡거리더니 손을 천천히 거뒀다. 여울이 도와주리라 생각했던 기영이 얼굴에 의아함을 담아냈다.

"여울아?"

그의 부름에도 여울은 고개를 돌려 먼 산을 보듯 천장에 시선을 고정시켰다. 기영의 미간이 당혹스러움으로 꿈틀거렸다.

"은여울?"

"흠, 조금만 참으세요. 30분이면 금방 끝나겠네."

"……은방울."

믿는 도끼에 발등이 찍히면 딱 이런 기분일까. 허리에 좋다는 두석의 한마디에 딴청을 부리는 여울의 모습을 보자 기영은 또다시 난감함을 느꼈다.

"쿡."

그럴 줄 알았다는 듯 두석의 웃음소리가 들려왔다.

두석은 기영에 대한 기사로 가득한 모니터를 찬찬히 훑어보며 속으로 휘파람을 불었다. 자신의 딸이 생각보다 꽤 괜찮은 놈을 잡은 것 같아 나름 흡족해하는 중이었다.

"한 달에 한 번은 맞으러 와. 그래야 효과가 좋아."

"네."

당사자인 기영이 무어라 대꾸를 하기도 전에 여울이 답했다. 어딘지 모르게 닮아 보이던 그것이 뭔지 이제야 알 것 같았다. 제 것이라 생각하면 망설임 없이 돌진하는 성격이 딱 닮아 있었다.

"훗."

기영은 속으로 두 부녀에게 항복을 외쳤다. 초면에 엉덩이를 보이는 다소 민망한 장면이 연출되기는 했지만 어쩐지 싫거나 기분이 나쁘지는 않았다.

다짜고짜 침부터 맞고 보자는 두석에게 가족의 일원으로 인정을 받은 것 같아 솔직히 기분이 좋았다.

'아이를 많이 낳아야 된단 말이지.'

자신은 자신만만했지만, 정작 걱정을 해야 할 여울 본인은 그에 대해 아무런 생각도 없는 듯했다. 허리에 좋다는 말을 듣고 즉시 딴청을 부리는 여울의 천연덕스러움에 자꾸만 웃음이 났다.

'미치겠다, 은방울. 네가 너무 사랑스러워서.'

chapter 11

❤ ○ ❤ ❤ ● ◆ ✦ · ◆ ♉

종이 울리네, 꽃이 피네

피곤한 상태에서 운전을 하는 건 위험하다는 두석의 강력한 반대에 부딪혀 기영과 여울은 어쩔 수 없이 은가 한의원에서 하룻밤을 보내고 아침 일찍 출발하기로 했다.

침을 다 맞고 저녁을 먹은 후, 차 한 잔을 나누며 이런저런 얘기를 하다 두석이 먼저 자러 가겠다고 자리를 떴다.

12시가 다 되어 가는 시간이었지만 두 사람은 쉽게 잠에 들수 없었다. 여울이 손님방에 기영의 잠자리를 펴는 동안 그는 홀로 마당을 거닐었다.

사박사박 마른 잔디를 밟는 소리가 정겹게 들렸다. 봄이 오는 길목이었다. 색 바랜 잔디 사이로 푸릇한 새싹이 간간이 모습을 내비치고 있었다.

은가 한의원은 고즈넉한 아름다움을 품고 있는 곳이었다. 투박하지만 속정이 넘치는 두석의 손길과, 아직 만나지 못했지만 차분하고 섬세한 기품일 것 같은 어머니의 손길이 고스란히 담겨 있었다.

참 바쁘게 보낸 시간이었다. 뒤돌아볼 여유도 없이 앞만 보며 달렸다. 딱히 정해진 목적지도 없었다. 그저 할 줄 아는 게 공부밖에 없어서 그것에 전념했고, 뛰어난 두뇌로 남들보다 먼저 세상에 발을 내딛었다.

기영은 부모의 정이 무엇인지 알 수 있는 기회를 가져 본 적 없었다. 그를 키워 준 건 조모였다. 사랑을 받아 본 적이 없는 사람은 사랑을 주는 방법 또한 모른다. 그는 그 말이 꽤 적절한 표현이라고 생각했다.

사랑이 무엇인지 모르는데 어떻게 사랑을 할 수 있다는 건지 이해할 수 없었다. 그렇게 생각하고 그렇게 행동했다. 그래서 젖먹이 어린 손자를 혼자 힘으로 키워 낸 조모에게조차 살갑게 대하지 못했다.

자신은 그런 걸 모른다. 항상 그렇게 핑계를 댔다.

그러다 조모에게 병마가 닥쳤다는 말에 덜컥 가슴이 내려앉는 것을 느꼈다. 영원할 수 없는 것이 사람의 생명임을 누구보다 잘 알고 있었지만 정작 제일 소중한 사람에게 그 말을 적용시키지 못했다.

언제나 그 모습 그대로 곁에 있을 거라고 생각했었다.

그제야 조모와 마주하고 밥 한 끼 제대로 먹어 본 적이 없음을 깨달았다. 그러나 늦은 후회를 했을 때 이미 조모는 입을 통해 음식을 섭취하기 힘든 지경에 이르러 있었다.

왜 늘 자신의 뒷모습만 보여 드렸을까. 다정히 제 이름을 부르고 살뜰히 보살펴 주신 분의 손을 왜 따스하게 잡아 드리지 못했을까.

사랑을 받아 본 적이 없었던 것이 아니라, 받은 사랑을 돌려주기 싫었던 것이다. 또 사라져 버릴까 봐 그게 두려워서.

은가 한의원은 아프고 고맙고 아련한 추억을 되새기게 만들어 주었다. 바쁜 일상을 핑계 삼아 잊고 살았던 것들을 떠올릴 수 있게 해 주었다. 그것에 더없이 감사했다.

"교수님, 많이 피곤하시죠."

어느새 다가온 여울이 그를 뒤에서 껴안으며 낮게 속삭였다. 기영이 제 배 앞에서 겹쳐진 여울의 손을 부드럽게 감쌌다.

병원이나 빌라에서 둘만 있을 때와는 기분이 사뭇 달랐다. 여울의 본가였고, 그녀의 아버지가 있었다.

긴장을 해야 마땅했지만 기영은 오히려 편안함과 온화함을 느꼈다. 마치, 이곳이 오래전부터 자신을 기다리고 있었던 고향 집인 것처럼.

"아니, 편안해."

"거짓말. 오늘 오전에 수술도 한 건 있었고, 여기까지 운전도 하셨잖아요."

"그건 맞는데 몸이 아주 개운해. 기분도 좋고. 아버님 침술 덕인가?"

"정말요?"

고개를 살짝 빼서 모로 올려다보는 여울을 기영이 사랑스러운 눈빛으로 바라보았다.

한 손을 올려 그녀의 볼을 어루만졌다. 찬 기운이 살짝 스민 볼의 감촉이 달콤하게 감미로웠다. 여울이 어리광을 피우듯 그의 손에 볼을 비벼 댔다.

기영이 그녀를 품에 가뒀다. 너무 꽉 끌어안는 바람에 여울이 앓는 소리를 냈다.

"윽, 너무 강렬한데요."

"미안. 힘이 넘쳐 나는 중이라서."

볼에 가볍게 입을 맞춘 기영은 여울을 안은 채 천천히 걸음을 옮겼다. 본의 아니게 뒷걸음질을 치게 된 여울이 그를 빤히 올려다봤다. 동그랗게 커진 여울의 눈동자 가득 기영의 얼굴이 담겼다.

넘쳐 나는 힘의 근원에 대해 떠올린 여울의 눈이 배시시 늘어지며 눈꼬리가 말려 올라갔다. 마주한 기영의 입가에도 미소가 번졌다.

"침의 효능을 제대로 증명하고 싶은데 여기선 좀 곤란할 것 같아서 참는 중."

"아……."

"그러니까 그런 눈빛으로 날 유혹하지 말아 줘."

"저기 우리 그냥 지금 올라갈까요?"

허리 강화를 위한 특제 침의 효능을 지금 당장 확인하고 싶어 하는 앙큼한 여울의 볼이 발그레해졌다.

고삐 풀린 망아지. 차를 마시며 여울에게 톡 쏘아붙이던 두석의 말이 떠올랐다.

두석은 '고집불통 영감님'이라 맞받아치는 여울을 두고 어릴 때는 그렇게 말을 잘 듣더니 불치병에 걸린 후론 반항이 아주 몸에 붙어 버렸다고 투덜거렸다.

무슨 불치병이냐고 놀라 묻는 기영에게 두석이 태연히 '중2병'이라고 말했다. 잠시 그 말의 의미를 곱씹던 기영이 마시던 차를 저도 모르게 뿜어냈다.

그로 인해 기영은 두 번째 별명을 가지게 됐다. '콩쥐 항아리', 다시 말해 구멍 뚫린 항아리란 뜻이었다.

아무래도 두석의 유머 코드를 이해하려면 좀 더 시간이 걸릴 것 같았다.

유독 반짝이는 여울의 생기 가득한 눈동자를 보자니 기영도 마음이 동했지만 안방에서 자고 있을 두석을 생각하면 그럴 수가 없었다.

하나뿐인 딸이 얼마나 보고 싶었으면 아내를 핑계로 불러들였을까. 그 마음이 이해가 돼서 차마 자고 가라는 두석의 말을 거역할 수가 없었다.

"흐음, 아버님 말씀대로 너무 늦었으니까. 오늘은 여기서 자고 가자."

"아무래도 그래야겠죠? 하긴, 제대로 쉬지도 못하고 또 운전하려면 힘들 거예요."

아쉬움이 묻어나는 여울의 말에 기영이 웃음을 머금었다. 이심전심. 여러 가지 감정이 복합적으로 얽힌 여울과 자신의 마음이 다르지 않았다.

기영이 손님방 앞에 있는 대청마루에 여울을 앉히고 그 옆에 나란히 앉았다. 그리곤 그녀의 머리를 조심히 제 허벅지 위로 눕혔다.

"오랜만에 만끽하는 여유로운 시간인데 그냥 자긴 그렇고 별 구경이나 좀 할까?"

"별이요?"

여울이 디귿 자로 꺾인 기와집 위로 뻥 뚫린 하늘을 바라보았다. 보석 같은 별들이 까만 밤하늘 위로 아름답게 수놓아져 있었다.

"와아, 저기 북극성도 있어요."

여울이 신기한 듯 손을 뻗어 유독 빛나는 큰 별 하나를 가리켰다. 기영이 유심히 바라보더니 고개를 가로저었다.

"그건 인공위성인데?"

"네? 정말요?"

"북극성은 저기. 작은곰자리 별 중에서 가장 빛나는 큰 별이 북극성이야."

"어라, 정말이네."

북두칠성과 가까운 곳에 있는 또 다른 일곱 개의 별이 작은곰자리였고 그중 제일 빛나는 별이 북극성이었다. 언제부턴가 바쁘다는 이유로 별을 보며 낭만을 즐기지 못했다. 그러니 인공위성과 별도 구분을 못 하지.

그것조차 사치라고 느낄 정도로 병원 생활은 쳇바퀴 돌듯 쉼 없이 흘러갔다. 그러고 보니 아버지 덕분에 사랑하는 사람의 다리를 베고 누워 별 구경을 다 해 본다고 생각하며 여울이 작게 웃었다.

"여울아."

"네, 교수님."

기영이 고개를 내려 시선을 맞췄다. 그윽한 그의 눈동자가 별처럼 반짝이고 있었다. 기영의 눈 속에 담긴 별을 만지고 싶어 여울의 손이 간질거렸다.

"미안해."

"……뭐가요?"

"널 사랑한다면서 네 가족에 대해서 내가 너무 무심했던 거, 너에 대해 자세히 알려고 하지 않았던 거, 그래서 네가 이렇게 좋은 부모님 밑에서 자란 것에 대해 지금에야 감사함을 느끼는 거. 모든 게 다 미안해."

"에이, 그게 뭐가 미안해요. 한 번도 말씀을 안 드렸는데 모르는 게 당연하죠. 오히려 말씀 안 드린 제가 죄송해요."

"아니야, 내가 챙겼어야 했는데 소홀했어."

"서로 미안해하다 날 새겠는데요."

"훗, 그런가."

기영이 가만가만 제 다리 위로 흘러내린 여울의 머리카락을 쓸어내렸다. 기분 좋은 듯 여울이 나른한 숨을 흘려 내며 그의 손을 잡아 손바닥에 입을 맞췄다.

"아버님이 한의사이실 줄은 몰랐어."

"음, 그것 때문에 많이 다퉜죠."

"응?"

"3대째 이어져 온 한의원이거든요. 증조부께서 조선시대 내의원 부제조까지 지내셨다고 아주 자부심이 대단하세요. 가업을 이어 한의학을 전공하길 바라셨는데 전 이상하게 한약 냄

304

새가 싫더라고요. 엄마가 한약 달이느라 고생하는 것도 보기 싫고. 그래서 반항심에 현대 의학 쪽으로 방향을 틀었죠."

"이런. 아버님이 많이 실망하셨겠다."

"완전 뒤집어졌죠. 재수해서 다시 한의대 들어가라는 걸 절대 못 한다고 바로 짐 싸서 서울로 튀었거든요."

그때 생각이 나는지 여울이 작게 키득거렸다. 잔웃음에 흔들리는 몸의 진동이 기영에게로 전해졌다.

그 속에 담긴 추억들이 얼마나 행복한 것인지 말하지 않아도 알 것 같았다.

"게다가 제일 힘든 흉부외과 써전이 됐고?"

"처음엔 반대하시다가 결국 두 손 두 발 다 드셨죠. 너 같은 똥고집은 처음 봤다고 하시면서. 그 똥고집, 아버지한테 물려받은 건데. 큭."

"여울인 뭐든 열정적이니까. 그 열정에 감탄하신 거 아닐까?"

"정말요?"

기영은 매끄럽게 입가를 끌어 올리며 고개를 끄덕였다. 여울이 그의 얼굴을 두 손으로 감싸 끌어 내리곤 입술을 덥석 삼켜 버렸다.

물러난 여울의 입술에 환한 미소가 번졌다. 그 사랑스런 입술에 기영이 다시 키스를 했다. 그녀의 입술을 머금은 채로 입을 달싹였다.

"거 봐, 이렇게 열정적이잖아."

"으음, 아직 더 많은 열정이 여기 잠재되어 있는데. 지금 못 보여 드려서 안타깝네요."

"괜찮아. 두고두고 봐 줄 테니까."

"두고두고요?"

"어. 아주 오래도록 보여 줘야 할 거야."

서로의 숨결을 나누며 주고받던 대화가 맞물린 입술 안으로 삼켜졌다. 벌어진 입술 사이로 가지런한 치열을 훑고 들어간 혀가 입안 곳곳을 쓸며 탐닉의 바다를 유영했다.

밤하늘을 물들인 수많은 별들을 배경 삼아 로맨틱한 키스에 빠져 든 그들은 그날 쉬이 잠을 이루지 못했다.

이른 아침 두석의 배웅을 받으며 은가 한의원을 나온 기영과 여울은 출근 전 잠시 집에 들러 옷을 갈아입었다. 다시 차를 타고 병원으로 향한 둘은 이동하는 내내 서로의 손을 꼭 맞잡았다.

여울의 아버지를 만나기 전과 후의 느낌이 사뭇 달랐다. 가볍게 사귀는 사이가 아니라 조금 더 책임감이 느껴지는, 서로에게 진지한 관계가 된 것 같았다.

"손자가 많았으면 좋겠다던 아버님 말씀이 무슨 의미인지 알겠다."

차를 주차시키고 병원 로비로 들어서면서 기영이 말했다.

"그런 말을 했어요?"

"침 놓기 전에."

"아마 아버지도 독자이시고, 저도 무남일녀라 그러셨을 거예요."

"그것도 있고 일거양득을 바라는 마음도 있고. 그중 한 놈이라도 가업을 이었으면 좋겠다는 소망이 담긴 말이 아닐까 싶어서 말이야."

엘리베이터를 기다리는 사람들 뒤로 선 여울이 고개를 끄덕였다. 기영의 말이 맞는 것 같았다.

엄마의 나약한 몸은 자신을 낳는 것만으로도 무척 버거웠다. 온갖 한약재를 달여 자궁을 보호했지만 원체 약하다 보니 쉽지 않았다.

결국 딸 하나 번듯하게 잘 키우면 열 아들 안 부럽다는 말로 엄마를 안심시키며 아버지가 자식을 더 낳는 것을 포기했다. 하지만 그 딸은 아버지의 소원을 이뤄 주기엔 많이 이기적이었다.

한의원 집의 딸로 태어났어도 한약 냄새가 싫으니 어쩔 도리가 없었다.

"음, 그럴 수도 있겠네요. 대신 손주 한의사 보시려면 아주 오래오래 사셔야 할걸요."

"정정하시니 오래 사실 거야."

3층에 도착하자 기영이 엘리베이터에서 내렸다. 아쉬움에 차마 발길을 떼지 못한 그가 문이 닫히기 전 손가락 키스를 날렸다. 여울은 사람들이 눈치채지 못하게 혀를 쏙 내밀어 그것을 받아먹는 시늉을 했다.

문이 닫히고 여울이 웃음을 참기 위해 아랫입술을 살짝 깨물었다. 갈수록 애정 표현이 과감해지고 있었다. 서기영은 도저히 사랑하지 않을 수 없는 남자였다.

"서기영 교수님, 안녕하세요!"

5층 의국이 있는 곳으로 올라온 기영을 발견한 빛나가 목소리를 돋워 힘차게 인사를 건넸다.

너스 스테이션에서 잡담을 하면서도 빛나의 시선은 계속 엘리베이터에 쏠려 있었다. 기다렸던 기영이 나타나자 그녀의 얼굴이 이름처럼 빛났다.

"저 나빛나예요."

기영이 미간을 살짝 좁히며 고개를 갸웃했다.

자신이 돌아오고 3주 후 파견 근무를 마치고 다른 과로 갔던 그녀가 왜 여기 있나 싶었다. 있지 못할 이유야 없었지만 기영은 모두가 돌아볼 만큼 자신의 이름을 크게 부르는 걸 그리 좋아하지 않았다.

기영이 보일 듯 말 듯 고개를 끄덕이고 지나가려 하자 빛나가 서둘러 따라붙었다.

"저요, 지금 내과 파견 중인데요. 인턴 마치면 흉부외과 지원하려고요."

한껏 들뜬 빛나의 목소리가 귀에 거슬렸다. 여울 이외의 여자가 자신에게 붙어 친근한 척 조잘거리는 게 불쾌했다.

기영이 우뚝 걸음을 멈췄다. 한 발을 내딛다 얼른 따라 멈춘 빛나가 예쁜 척 눈을 깜빡이며 그를 빤히 올려다봤다. 기영이 무표정한 얼굴로 차게 물었다.

"내가 지금 한가해 보여?"

"네?"

"인턴 잡담 들어 줄 만큼 내가 한가해 보이냐고."

"아니, 그게 아니라 제가요……."

모두가 꺼려하는 흉부외과였다. 1년 동안 아무도 지원을 하지 않아 익현 아래로 1년차 레지던트가 한 명도 없었다. 그래서 흉부외과로 오겠다고 하면 기영이 좋아하며 반길 줄 알았다. 그런데 그의 반응은 생각했던 것과 많이 달랐다.

어색한 미소를 띠며 고개를 갸웃하던 빛나가 더 예쁜 척 입꼬리를 끌어 올리고 격하게 눈을 깜빡거렸다. 기영의 미간이 조금 더 구겨졌다. 그가 길고 우아한 손을 들어 올려 검지로 빛나의 눈을 가리켰다.

"눈병 걸렸어?"

"네?"

"아니면 Tic disorder*?"

"……아닌데요."

"아파서 그런 게 아니라면 당장 치워 주겠어? 보기 역한데."

"……."

차갑고 냉정하다는 소문과 달리 빛나가 본 기영은 젠틀하고 자기 일에 열심인 프로페셔널한 써전이었다. 거기다 잡지에 나올 정도로 매력적인 외모는 이상형과 딱 들어맞았다. 그를 꼬셔 보겠다 단단히 작정하고 온 길이었다.

---

*Tic disorder:틱장애.

흉부외과 파견 근무를 하는 동안 퍼석해진 피부와 변비를 떠올리면 지원은 생각도 하기 싫었지만 기영을 유혹할 수 있다면 못 할 것도 없었다.

저런 남자와 평생을 살 수 있다면 그 정도는 감수할 수 있다는 결론을 내리고 달려온 길이었다.

한데 예쁘게 보이려고 한 짓을 눈병과 틱장애라고 하다니. 빛나는 말을 잇지 못하고 입만 벙긋거렸다.

기영이 앞머리를 우아하게 쓸어 올리곤 느긋하게 뒤돌아섰다. 뒤에 남은 빛나가 넋을 놓았든 말든 전혀 상관 없다는 듯이.

"방울아. 은방울."

그가 의국 문을 열고 나오는 여울과 4인방을 발견하고 부드러운 목소리로 불렀다. 놀리는 거라고 생각했던 은방울이란 별명이 무척 사랑스럽게 들렸다.

"설마 소문이 사실이었어?"

서기영 교수와 은여울 선생이 사귄다는 소문이 나돌았다. 빛나는 헛소문이라고, 여울과 기영에 대해 앙숙도 그런 앙숙이 없다며 열변을 토했었다. 그런데 지금 보니 사실이었던 모양이다.

기영이 여울을 사랑스럽게 바라보며 그녀의 머리를 다정하게 쓰다듬고 있었다.

입을 삐죽 내민 빛나가 홱 돌아서 빠르게 흉부외과 병동을 빠져나갔다. 서기영이 남의 남자가 된 이상 이곳에 있을 이유가 없었다.

아침 회진의 마지막은 스물네 살이나 먹고도 '삐뚤어질 테다'의 전형적인 케이스를 선보이고 있는 이준의 병실이었다. 기영을 선두로 여울과 의국 4인방이 들어서고 담당 간호사들까지 도열하자 침대 주변이 꽉 들어찼다.

"이젠 혈색도 좋고 퇴원해서 외래 다녀도 괜찮을 것 같은데."

기영의 말에도 이준은 헤드셋을 낀 채 눈을 감고 리듬을 타듯 상체를 까닥거렸다.

"이준 환자, 그것 좀 벗죠?"

여울이 성큼 다가서 늘 그랬듯 헤드셋으로 손을 뻗었다. 찰나의 순간, 이준이 여울의 손을 덥석 붙잡았다.

천천히 눈꺼풀을 들어 올린 그는 잡힌 손을 빼내려는 여울을 무시하고 기영을 응시했다.

마주한 기영의 한쪽 눈썹이 불쾌하게 꿈틀거리자 이준의 입매가 비스듬히 치켜 올라갔다. 이준이 여울의 손목을 당겨 손바닥에 입맞춤했다. 즉시 반응이 왔다.

여울이 들고 있던 차트로 이준의 머리를 내려쳤고, 기영이 성큼 다가서 이준의 팔을 움켜잡았다.

"아, 젠장. 손바닥에 입 맞춘 거 가지고 반응 한번 살벌하네."

이준이 투덜거리며 손을 놓자 기영도 손에서 힘을 뺐다. 조금만 더 힘을 가했으면 팔을 부러트릴 뻔했다. 이준이 아픈 듯 팔을 주물거리며 기영을 흘겼다.

"심장 고쳐 놨더니 이번엔 여기에 문제가 생긴 모양이네. 이걸 확 들어내서 고쳐, 말아."

여울이 이준의 머리를 가리키며 씩씩거렸다. 그에 이준이 뇌쇄적인 포즈를 선보이며 머리를 쓸어 넘겼다. 환자복 단추 하나를 풀어 헤치고 나르시시즘의 절정을 선보이는 이준의 모습에 뒤에 선 간호사들이 군침을 삼켰다.

똑같은 환자복인데 왜 이준이 입으면 패션쇼를 방불케 하는 고급 의상이 되는지 알 수가 없었다.

"이준 환자, 아무거나 덥석덥석 먹으려고 하면 안 되죠. 그러다 탈 나면 어쩌려고."

기영이 웃는 낯으로 이준을 내려 보며 부드럽게 말했다. 회진 중이었기에 말을 놓진 않았지만 뼈가 있었다.

"글쎄요, 아직 제대로 먹어 보질 않아서 모르겠는데요. 그냥 보기엔 꽤 맛있을 것 같은데."

기영은 보기보다 질투가 굉장히 심했다. 그걸 안 이준은 가끔 이렇게 복수 아닌 복수를 감행할 때가 있었다. 자기에게 염장을 질렀듯 똑같이 염장질을 해 주리라. 유치한 다짐을 했고 그것을 실행에 옮겼다.

오늘의 염장 포인트는 도발인 모양이었다.

기영을 직시하던 시선을 돌려 여울을 야릇하게 쳐다본 이준이 혀로 입술을 핥았다. 은밀한 눈빛으로 던지는 유혹의 화살을 여울이 차트로 차단시켰다.

"아유, 저 뻔뻔함은 왜 죽다 살아나도 바뀌질 않는 거야."

여울이 차트 너머 이준을 흘기며 투덜거렸다.

기영이 손을 뻗어 윗옷을 들추자 이준의 얼굴이 와락 구겨졌다. 하지만 그런 반응을 깔끔히 무시하고 기영이 상체를 조금 숙여 수술 자리를 살폈다. 선명하게 남아 있는 흔적이 묘한 이질감을 선사했다.

기영이 손끝으로 수술 부위를 만지자 이준이 옷을 잡아 내리며 손을 쳐 냈다.

"내 주치의는 은여울 선생인데요."

"집도의는 접니다."

한 치의 물러섬도 없는 팽팽한 신경전이 펼쳐졌다.

이준이 눈을 날카롭게 늘이자 기영이 입가에 엷은 미소를 머금었다.

유치한 장난에 휘말릴 그가 아니었다. 그렇다고 또 가만히 당하고 있는 것도 성미에 맞지 않았다.

기영이 여울의 머리를 부드럽게 쓸어내리며 제 쪽으로 바짝 끌어당겼다.

"그리고 은여울은 내가 죽고 못 사는 사랑스러운 내 애인이지."

여울의 볼을 감싼 기영이 그윽한 눈길로 그녀를 바라보며 얼굴을 가까이 기울였다. 가까워진 만큼 고개를 틀어 키스하기 적당한 기울기를 만들어 냈다.

입술이 닿을 듯 말 듯한 거리에서 멈춘 기영이 여울의 놀란 눈을 마주하곤 싱긋이 입매를 끌어 올렸다.

뒤쪽에서 그보다 더 격하게 숨을 삼키는 소리가 들렸다.

설마 모두가 보는 앞에서 아침 회진 중에 키스를 하거나,

키스를 하려거나, 키스를 하고 싶은 건 아니겠죠?

소리 없는 질문들이 무수히 쏟아져 내렸다.

사나운 시선이 날카롭게 기영의 옆얼굴을 파고들었다. 보지 않아도 이준의 것임을 알 수 있었다.

이준은 못마땅하다는 듯 얼굴을 찌푸려졌다.

기영의 성격상 회진을 하면서 사사로이 애정 표현을 하는 일은 결코 없을 거라 생각했었다. 그래서 보란 듯이 도발을 했는데 그가 예상을 깨는 행동을 하고 있었다.

기영은 느릿하게 여울의 얼굴을 훑어 내리며 입술 위에 시선을 고정했다. 나른한 숨결을 흘려 내며 그녀의 입술을 엄지 끝으로 가만히 쓸어 냈다.

"입술에 뭐 묻었다."

"아, 그래요?"

여울이 민망해하며 손을 입술로 가져가려 하자 기영이 만류하며 부드럽게 그녀의 입술을 여러 번 어루만졌다. 그리곤 사뭇 진지한 어투로 말했다.

"환자를 만날 때는 항상 청결해야 된다고 했는데 내 말을 흘려들었나 봐."

"너무 바빠서 거울 볼 틈이 없었어요."

"내 방에 거울 있어. 회진 돌기 전이나 병동 돌기 전에 수시로 들어와서 보고 가. 주의 사항도 더 자세히 알려 줄 테니까 듣고 가고."

"아…… 네. 교수님."

훈계하는 것이 분명한데 이상하게 꼭 유혹의 소나타로 들렸다.

마치 '내 방에 수시로 들러서 내 얼굴 보고 가. 머릿속에 콕콕 박히도록 네 몸에 하나씩 친절하게 새겨 줄게'라는 야하디야한 밀어로 들렸다.

뒤에 도열한 사람들의 얼굴이 하나같이 화르륵 타오르며 붉게 물들었다. 넓은 병실 안이 무척 덥게 느껴졌다.

"환장하겠네. 해요, 해. 이 꼴 보기 싫어서 내가 당장 퇴원하고 만다."

신경질적으로 머리를 쓸어 올리며 이준이 투덜거렸다. 여울이 보는 앞에서 뛰어내렸다는 걸 빌미 삼아 내내 괴롭히는 이 염장 커플 때문에 다시는 병원에 오기 싫어질 만큼 진절머리가 났다.

물론 그만큼 후회도 됐고 깨달은 것도 있었다.

깨어나자마자 기영이 자신에게 한 말.

"네가 사랑한 건 은여울의 모든 것이 아니라 그녀의 생기발랄한 생명력뿐이야. 그건 사랑이 아니라 동경 또는 질투지. 사랑과 동경을 착각하지 마. 질투는 뭐, 앞으로 계속해야 할 거니까 그건 무시하고."

처음엔 무슨 뜻인지 몰랐다. 그저 자신을 포기시키기 위해 둘러댄 말이라고 생각했다. 하지만 시간이 갈수록 기영의 말이 옳다는 생각이 들었다.

자신과 다른 여울의 생명력이 부러웠다. 그리고 그것을 사랑했다. 은여울이 아닌 그녀의 눈부신 생명력을.

"탁월한 선택입니다."

여울의 볼을 부드럽게 쓸던 손을 거둔 기영이 매끄럽게 입술 끝을 올렸다. 그에 이준이 고개를 홱 돌렸다.

"은여울 쌤보다 멋진 여자 데려와서 제대로 염장질해 줄 테니까. 딱 기다려요."

"기다리죠. 물론 승산은 그다지 없어 보이지만."

여유만만한 기영의 목소리에 이준이 다시 그를 돌아보며 이를 꽉 깨물었다.

"은 선생은 이준 환자 퇴원 수속 잘할 수 있도록 도와 드리고."

"네."

"그럼 일주일 후 외래에서 보도록 하죠."

기영이 고개를 살짝 기울여 목례를 하고 돌아섰다. 그의 뒤를 따르기 전 여울이 이준을 향해 혀를 날름 내밀곤 한쪽 눈을 찡긋거렸다. 병 주고 약 주고, 아주 커플이 손발 척척이다.

"좀 이따 봐."

여울이 기영을 쫓아 병실을 나서자 멍하니 서 있던 나머지 사람들도 서둘러 뒤따랐다. 마지막으로 병실을 나서던 VIP 병동 간호사가 어색한 미소를 띠며 문을 닫았다.

이걸 축하해 줘야 할지, 위로해 줘야 할지 난감했던 모양이다.

"쳇, 심장 하난 제대로 단련됐네. 웬만해선 충격 받을 일도 없겠어. 저 커플 염장질에 단단해져서."

문을 바라보는 이준의 입가에 엷은 미소가 머물렀다. 졌지만, 이상하게 기분 좋은 패배였다는 건 인정.

✠   ✸   ✠

하루가 또 정신없이 흘러갔다.

신생아 집중 치료실로 내려온 익현이 인큐베이터 안에 있는 43일 된 환아 주인이를 살피기 위해 상체를 기울였다. 주인이는 선천성 심기형으로 생후 11일 만에 1차로 폐동맥 밴딩*술을 받았다.

경과가 좋아 내일 2차 노우드 수술*을 받을 예정이었다.

"꼬맹아, 오늘은 좀 어때?"

주인이라는 예쁜 이름은 얼마 전에 생겼다. 이름도 없이 가엾게 죽어 버린 노숙자의 아이를 떠나보낸 후 다시 환아를 맡을 수 없을 거라 생각했지만 결국 또 이렇게 작은 생명 앞에서 버렸다.

가슴을 에는 성장통을 심하게 겪은 후였다. 마음을 다잡은 익현은 모든 생명 앞에서 최선을 다해 후회를 남기지 않을 거란 다짐을 하고 또 했다.

"저번에도 잘했으니까 내일도 잘 해낼 수 있지? 오빠가 함께 있을게. 용감하게 싸우자."

"오빠는 무슨. 나이 차가 아빠뻘이구만."

---

*폐동맥 밴딩(Pulmonary Artery Banding):심장 수술 중 1차 고식적 수술의 한 단계.
*노우드 수술(Norwood Operation):선천성 심기형 소아 심장 수술의 일종.

급성 종격동염* 환자를 치료하고 온 여울이 익현의 옆으로 다가와 주인을 내려다보며 놀렸다.

"제가 아빠면 선생님은 할머니뻘이신데요."

"하늘 같은 펠로우랑 지금 농담 따먹기를 하겠다 이거지."

"에이, 설마요."

"자식이 많이 능글맞아졌어."

여울이 얄밉게 익현을 흘기다 히죽 웃었다. 그녀를 따라 웃음을 띠며 익현이 물었다.

"응급실 다녀오시는 길이세요?"

"어."

"내일 선생님이 주인이 퍼스트 서시죠? 세 시간에서 네 시간 정도 걸린다던데 잘 견디겠죠?"

"교수님 집도잖아. 그럼 보통 확률 50%에 플러스알파를 적용해야지. 잘될 거야. 걱정 마."

"후우, 이상하게 제가 자꾸만 긴장돼요."

"좋은 자세야. 써전은 환자를 대할 때 항상 긴장해야 해. 실수하지 않도록."

"네."

심호흡을 크게 하며 애써 밝게 답하는 익현의 어깨를 여울이 톡톡 두드렸다.

이번 수술이 잘되기를 바라는 건 모두가 같은 마음이었다. 하지만 그 누구보다 주치의 익현의 마음이 가장 무거웠다.

---

*급성 종격동염(Mediastinitis):흉부의 종격동에 생기는 염증. 대부분 식도 파열이 원인이며, 급성과 만성이 있다.

환자를 잃은 지 얼마 되지 않은 그 마음이 얼마나 불안하고 힘들지 잘 알고 있었다. 열 마디 말보다 마음을 담은 토닥임 한 번이 더 위로가 된다는 것도.

그래서 익현이 이곳으로 들어가는 것을 보고 의국으로 향하던 발길을 돌려 다가가 농담을 건넨 것이다.

"주인이도 좀 쉬게 우린 올라가자."

"네."

주인이와 눈을 한 번 더 맞춘 익현이 여울을 따라 신생아 집중 치료실을 나섰다.

엘리베이터 대신 계단을 이용해 의국으로 향하던 둘은 마침 아래에서 올라오는 기영과 마주쳤다.

"교수님."

"어."

마지막 일정이었던 대동맥 박리* 수술을 마친 기영이 여울의 부름에 반사적으로 피곤한 기색을 털어 내며 환한 미소를 띠었다.

"이제 업무 다 끝나신 거죠?"

"음, 여울인?"

"저도요."

"같이 퇴근할까?"

"그럴까요?"

다른 사람이 있어도 대화에서 애정이 뚝뚝 묻어나는 그들

---

*대동맥 박리(Aortic Dissection):대동맥의 벽에 열상이 생겨 혈액 이동 통로 외의 다른 통로가 만들어지면서 생기는 질환.

이었다.

서기영과 은여울의 신경전을 경험했던 의국원들은 둘이 사귄다는 말을 들었을 때 믿지 않았다. 티격태격하기 바빴던 둘이 언제 썸을 타고 연인 사이로 발전을 했다는 건지 도무지 이해가 가지 않았다.

그런데 날로 심해져 가는 둘의 애정 행각에 어느새 세뇌가 되고 무뎌져 이젠 그러려니 하게 되었다.

익현이 모른 척 시치미를 떼고 몇 계단 아래로 떨어져 걸었다. 알콩달콩한 둘의 모습은 보면 볼수록 기분 좋게 느껴졌다. 절로 웃음이 날 만큼.

아침 회진 때는 조금 유쾌하기도 했다. 안하무인이라고 소문이 자자한 이준에게 통쾌하게 한 방 먹이는 걸 보며 어쩐지 마음 한켠이 시원해졌다.

"10분 뒤에 로비에서 봐."

"네."

3층에 도착하자 기영이 손을 지그시 쥐었다 놓으며 부드럽게 말했다. 여울이 상큼하게 고개를 끄덕이고 몸을 돌려 계단을 올랐다.

"그럼 교수님, 내일 뵙겠습니다."

"어, 그래."

뒤늦게 올라온 익현이 정중히 인사를 했다. 기영이 고개를 끄덕이고 돌아서자 그제야 익현도 여울의 뒤를 쫓아 의국으로 향했다.

여울이 의국을 나서 로비로 내려가는 데는 채 5분도 걸리지 않았다. 외투를 걸치며 시계를 확인한 기영이 엘리베이터에서 내리자 여울이 그 앞에서 기다리고 있었다.

둘은 누가 먼저랄 것도 없이 서로의 손을 잡고 로비를 걸어 나갔다. 늦은 퇴근도 연인과 함께라면 달콤할 수 있다는 것을 느끼는 요즘이었다.

"이쪽? 아니면 이쪽?"

빌라에 도착해 기영이 양쪽으로 마주 보고 있는 현관문을 가리키며 물었다. 여울이 품에 와락 안기며 기영의 집 쪽으로 방향을 틀었다.

"오늘은 이쪽."

"오케이."

그가 현관문을 열고 들어서며 여울을 번쩍 안아 올렸다. 그리곤 그녀의 붉은 입술을 머금고 단숨을 흘려 냈다.

"아."

매끄럽게 말려 올라간 여울의 입술이 유혹하듯 살짝 벌어졌다. 그 입술을 차례로 빨아 맛보고 혀로 훑은 기영은 벌어진 틈을 비집고 들어가 가지런한 치열을 가만가만 쓸었다.

딱딱함과 부드러움이 묘하게 어우러지며 야릇한 숨결을 자아냈다. 여린 살결 위를 섬세하게 터치하며 스며드는 혀의 감촉이 간질거리면서도 짜릿했다.

서로의 타액이 입안을 오가며 물들었다. 혀와 혀가 뒤엉키고 옅은 숨결이 짙어지며 호흡이 가빠 왔다. 여울의 블라우스 단추가 기영의 손에 저항 없이 풀려 나갔다.

기영의 옷가지들도 하나둘씩 여울의 손에 벗겨져 이동 경로를 따라 바닥으로 떨어졌다.

"으음, 거기 좋아요."

침대에 여울을 조심히 눕힌 기영이 그녀의 몸 위로 제 몸을 겹치며 상체를 기울였다. 귓불 뒤쪽을 혀로 핥자 여울이 나른한 숨과 함께 그의 목 위로 말을 흘렸다. 기영의 입매가 매혹적으로 말려 올라갔다.

"또?"

"여기…… 또 여기."

여울이 그의 뒷머리를 감싸 제 목과 쇄골로 이끌었다. 그러자 기영의 미소가 더 짙어졌다.

기영이 그녀의 등 뒤로 손을 돌려 브래지어의 버클을 풀었다. 허물을 벗은 가슴이 탐스러운 자태를 드러내며 기영을 현혹시켰다. 그가 과실을 먹듯 그녀의 가슴을 한입 가득 머금었다.

아이스크림처럼 달콤하고 부드러운 살결과 그 위에 깜찍하게 솟은 유두를 핥고 빨며 기영이 섹시한 목소리로 물었다.

"여기도?"

"아응."

짜릿함에 발가락을 오므린 여울이 몸을 뒤척이며 앓는 소리를 냈다. 단단하게 일어선 돌기가 답을 대신하듯 혀에 밀착됐다.

기영이 미끄러지듯 부드럽게 여울의 머리에서 얼굴로, 목에서 가슴으로 손을 움직였다. 그의 손이 닿는 곳곳 열꽃이 피었다. 여울의 가슴을 느리고 빠르게, 때론 대범하게 어루만졌다.

입술이 열꽃을 터트리며 아래로 내려갔다. 애무하며 흔적을 남길 때마다 여울이 몸을 들썩거렸다. 배꼽 주변을 지분거리던 혀가 배꼽을 핥자 여울의 배에 힘이 들어갔다. 입술이 더 아래로 내려가자 숨이 가빠졌다. 호흡이 흐트러지며 짙은 신음을 흘려 냈다.

"하아아, 하아."

거뭇한 수풀이 은밀하게 감춘 신비로운 곳에 기영이 입을 맞추며 여울의 다리를 제 어깨에 걸쳤다. 자꾸만 본능적으로 다리를 모으려는 여울의 행동을 저지하고 더 깊이 그녀의 그곳을 맛보기 위해서였다.

"괜찮아. 여기가 제일 좋을 거야."

"으윽, 교수님."

"기영 씨."

"으음…… 네?"

"이름 불러 줘. 침대 위에서까지 교수라 불리고 싶지 않아."

"아……."

"어서."

여울을 재촉하듯 기영이 그녀의 은밀한 곳에 피어난 여린 꽃잎을 한 장, 한 장 빨았다.

"윽! 잠깐만."

혀가 꽃잎 안쪽으로 밀려들자 여울이 허리를 들썩이며 괴로워했다. 뜨거운 숨결과 혀가 스며들며 타액과 애액이 뒤섞인 채 안을 유영했다. 여울이 격한 숨을 토해 내며 어깨를 밀쳤지만 기영은 꿈쩍도 하지 않았다.

"말해."

"……기, 기영 씨."

"응. 다시."

"기영 씨. 하아."

이름 뒤에 붙은 뜨거운 숨결이 기영의 심장에 불을 지폈다. 깊이 밀려든 기영의 혀가 무방비한 그곳을 거침없이 탐했다. 참지 못한 여울이 기영의 머리를 붙잡고 칭얼거렸다.

"기영 씨, 그만. 으윽."

"후우, 하아. 이제 더 좋은 걸 넣어 줄게."

기영이 상체를 들고 여울의 입술을 취하며 속삭였다. 기영의 몸이 여울의 몸속 깊숙이 밀려들었다. 여울이 내뱉은 신음을 기영이 삼켰다. 아픔을 어르고 달래듯 섬세하고 부드럽게 허리를 움직였다.

"하아, 아버님 침술이 얼마나 대단한지 오늘 제대로 증명해 보일게."

"으응."

"멈추지 못할지도 모르겠다."

잔뜩 잠긴 목소리로 기영이 나직하게 속삭이며 여울의 꽃망울을 터트렸다. 꽃이 만개해 눈부신 열락의 열매로 피어났다.

"아아, 어떡해. 머릿속에서 종이 막 울려 대요."

나른한 몸을 기영의 몸에 휘감으며 여울이 중얼거렸다. 무겁게 내려앉는 눈꺼풀만큼이나 몸도 물에 젖은 솜마냥 축 늘어졌다.

손가락 하나 까닥할 수 없을 것처럼 몸이 천근만근인데 이상하게 머릿속에선 맑은 종소리가 연신 울려 퍼졌다.

마치 축복의 은총을 내리듯 아름답게 종이 울렸다.

"괜찮아. 나만 울릴 수 있는 은방울이야. 앞으론 계속 울릴 거야. 시시때때로."

여울의 이마 위에 입술을 내린 기영이 감미롭게 속삭였다.

chapter 12

♥ ○ ♥ ♥ ● ◆ ● ● ∪
오픈 하트

중환자 집중 치료실은 언제나 긴장감이 넘쳤다. 언제 무슨 일이 생길지 알 수 없으니 항상 주의를 기울여 환자를 살펴야 했다.

심장 환자들은 심장이 멈추고 4~5분이 지나면 사망한 것으로 봐야 했다. 그만큼 최대한 빨리 발견하고 처치를 하는 게 중요했다.

"선생님, 이명지 환자 통증이 심합니다. 많이 아파하는데 어쩔까요?"

마르판 증후군 수술을 마친 환자의 상태를 살피던 여울에게 중환자실 전담 간호사가 다가와 물었다. 여울이 옆 베드에 누운 환자를 돌아봤다. 억눌린 신음을 흘리는 환자의 차트를 확인한 그녀가 오더를 내렸다.

"펜타닐* 0.5ml 주세요."

"네, 알겠습니다."

여울의 눈에 막 중환자 집중 치료실로 들어서는 기영의 모습이 보였다. 기영도 여울을 발견하고 눈인사를 건넸다. 같이 출근해 놓고도 그가 수술실에 들어간 몇 시간이 매우 길게 느껴졌다.

"피곤하실 텐데 좀 쉬다 오시죠."

"간단한 수술이었어. 괜찮아."

너스 스테이션으로 걸어가는 그의 곁에 다가간 여울이 속삭이듯 말했다. 간호사들은 둘의 다정한 속닥거림을 보고도 애써 모른 척했다.

병원에 나도는 소문이 사실이 아닐 거라고 부정하던 단계는 이미 지나 있었다. 아닌 척, 무심한 척 여울을 챙기는 기영은 확실히 사랑하는 여자를 대하는 남자의 모습이었다.

그래도 못 믿겠다고, 진실이 아닐 거라며 부정하던 병원 여자들의 곁에 나타난 흉부외과 4인방이 '우리가 보았다', '우리가 바로 살아 있는 목격자다' 하며 원하지도 않는 증인을 자처했다.

실망에 실망을 거듭하던 여자들은 결국 질려서 두 손 두 발 다 드는 형국이 되어 버렸다.

기영의 사랑을 독차지하는 여울이 부러워 죽을 지경이었지만 현실을 받아들이기로 했다. 여울을 제외한 다른 여자가 추파라도 던지려고 하면 기영이 어찌나 매몰차게 대하는지 그

---

*펜타닐(Fentanyl):마약성 진통제의 한 종류.

앞에서 얼음이 되는 일이 부지기수였다.

그래서 택한 방법이 '너희가 아무리 닭살스러운 행동을 하더라도 우리는 투명인간인 듯 모른 척하리라' 였다.

써전을 써전으로만 대하는 건 당연한 일이었다. 그리고 둘도 어느 정도 시간이 지나자 자리를 봐 가며 애정 표현을 했다.

다른 사람들이 어떤 생각을 하고 대하든 둘은 프로페셔널한 써전의 자세를 보여 주었기에 뭐라 말을 할 거리가 없었다.

Rrrr.

속닥속닥 정답게 대화를 나누며 차트와 환자의 상태를 살피던 중 휴대폰이 울렸다. 여울이 양해를 구하는 눈빛을 보내자 기영이 고개를 끄덕였다.

"네, 은여울입니다."

—나다.

"아버지?"

여울이 휴대폰을 귀에서 떼 발신인을 확인했다. 다시 확인해도 병원 내선과 연결된 번호였다. 이건 무슨 뜻일까.

"누구?"

"아버지요."

"아버님?"

휴대폰에서 말소리가 들리는데 여울이 멍하니 보고만 있자 기영이 이상해 물었다.

아버지 전화를 왜 그렇게 받나 싶어 의아하게 쳐다보는데 여울이 휴대폰을 그의 면전에 내밀었다. 기영이 휴대폰을 보곤 대뜸 말했다.

"병원에 오신 거야?"

아, 그런 거구나. 여울은 그제야 번호가 의미하는 것을 알아챘다. 그런데 왜 갑자기 병원에서 내선 전화를 하시는 거지?

"아버지, 어디세요?"

―안내 데스크다.

"거기서 뭐하세요?"

―내 사위 보러 왔다. 좀 바꿔.

"예?"

―서 서방 바꾸라고.

옆에서 듣고 있던 기영이 손을 내밀자 여울이 휴대폰을 건넸다. 그가 입가에 엷은 미소를 띠었다.

멍하던 여울의 얼굴에 서서히 열꽃이 피었다. 붉게 물든 뺨을 두 손으로 감싸고 기영을 빤히 쳐다보며 '어떡해'를 연발했다.

"예, 아버님."

전화를 받는 동시에 아버님이라고 말하는 기영의 목소리가 귀에 착착 감겼다. 전에 본가에 들렀을 때도 아버님이라고 부르긴 했지만 오늘은 왠지 느낌이 달랐다.

여울의 마음이 한껏 들뜬 이유는 바로 '서 서방'이라는 명칭 때문이었다. 마치 기영이 벌써 가족의 일원이 된 것 같아 심장이 떨렸다.

"네, 지금 내려가겠습니다."

간단한 통화를 마친 기영이 휴대폰을 건네자 여울은 궁금증이 가득한 얼굴로 그를 바라봤다.

"그럼 수고."

하지만 기영은 여울의 궁금증을 해결할 어떤 말도 해 주지 않은 채 그대로 등을 돌렸다. 중환자 집중 치료실 입구를 향해 걸어가는 그의 발걸음이 무척 바빠 보였다.

지금 내려가겠다는 말은 아버지를 만나겠다는 의미였다. 아버지를 만나는 자리에 자신을 두고 혼자 갔다. 이건 대체 무슨 의미지? 나 지금 따 당한 거야? 내 아버지랑 내 애인한테?

"아, 이 요상한 기분은 뭐지?"

여울의 시선이 입구를 나서는 기영의 뒷모습에 박혔다. 뒤통수가 따갑지도 않은지 기영은 단 한 번도 뒤를 돌아보지 않았다.

뭐라 설명이라도 해 주고 가든지. 수고하란 한마디만 던져 두고 가다니. 이건 아무래도 자신이 모르는 모종의 음모가 있음이 확실했다. 그 주동자는 의심의 여지도 없이 아버지일 것이다.

"오 간호사님, 송빈 선생 호출 좀 해 주세요. 제가 다 둘러보긴 했는데 그래도 혹시 모르니까. 지금 의국에 있을 겁니다. 꼭 필요한 경우 아니면 30분 동안 저 호출하지 말라고 해 주시구요."

"네."

"쓸데없는 일로 호출하면 죽는다고 꼭 전해 주세요."

"······네. 무슨 일 있으세요?"

긴밀하고 급박한 분위기에 오 간호사가 조심히 물었다. 여울이 의미심장하게 눈썹을 위아래로 들썩이며 입술에 검지를 세워 보였다.

"어쩌면 제 인생이 걸린 아주 중대한 일일지도 몰라요. 저 몰래 음모가 이뤄질지도 모르고요. 전 그럼 잠시만 자리를 비우도록 하겠습니다."

"음모······?"

당최 알아듣기 힘든 말을 내뱉으며 두 주먹을 불끈 쥐어 보인 여울이 어리둥절해하는 오 간호사를 두고 빠른 걸음으로 밖을 나섰다.

안내 데스크는 1층 로비에 있었다. 그 옆에 조그마한 카페가 있기에 그곳에서 대화가 이뤄질 거라 생각한 여울이 한달음에 1층으로 내려갔다.

기영은 한 번의 만남으로도 꽤 깊이 각인된 두석을 단번에 알아볼 수 있었다.

생활한복 위에 외투를 걸친 모습은 기품이 느껴졌다. 그리고 그 옆에 수줍은 듯 단아하고 고운 자태로 서 있는 중년 여인의 모습이 보였다.

아직도 소녀 같은 청순함이 물씬 풍기는 것으로 보아 그녀가 여울의 어머니임을 묻지 않아도 알 수 있었다.

달리다시피 그들 앞으로 다가간 기영이 옷매무새를 다듬고 정중히 인사를 건넸다.

"먼 길 오셨습니다, 아버님."

"어, 그래. 또 보는구만."

호출해 놓고 꼭 우연히 만난 듯 인사를 건네는 두석의 능청에 기영이 웃음을 머금었다.

두석이 헛기침을 하며 은근슬쩍 옆에 선 여인을 눈짓으로 가리켰다. 수줍은 듯 다소곳이 서 있는 어머니의 눈이 기영을 마주하자 반짝거렸다.

"안사람이 하도 자네 얼굴 한번 보고 싶다고 성화이기에 서울 구경도 할 겸 겸사겸사 왔네."

"네, 잘하셨습니다. 처음 뵙겠습니다. 서기영입니다, 어머님."

"어, 어머님? 아, 나도 반가워요. 김지수라고 해요."

기영이 상냥하고 부드러운 미소를 만면에 띠었다. 여울에게만 보여 주는 미소였다.

성격은 아버님을 꼭 빼닮은 것 같더니, 청순한 외모는 어머니에게서 물려받은 것이었나 보다. 보면 볼수록 사랑스러운 모녀였다.

"너무 그렇게 빤히 쳐다보지 마. 내 거 닳아. 자네 거나 많이 보게."

"어머, 당신 무슨 그런 말을."

두석의 핀잔이 싫지 않은 듯 기영이 고개를 숙이며 엷게 웃었고, 지수도 눈꼬리가 예쁘게 휘었다.

"바쁜데 실례가 된 건 아닌가 모르겠네요. 우리 여울이가 남자를 데리고 집에 온 게 처음이라서. 게다가 이 양반이 사윗감이라고 호언장담을 하기에 궁금해서 참을 수가 없었어요. 정말 미안해요."

"아닙니다. 제가 먼저 찾아 뵀어야 했는데 죄송합니다."

"아니에요. 알아요. 얼마나 바쁜지. 오죽했으면 딸아이 얼굴 보기가 하늘의 별 따기보다 힘들다고 농담 삼아 말하겠어요."

"이해해 주셔서 감사합니다. 여기서 이러실 게 아니라 저쪽에 가셔서 차라도 한 잔…… 아니, 편하게 제 방에 가시는 건 어떠십니까?"

"으흠, 그게 낫겠군. 그런데 시간 괜찮나?"

"오늘 수술은 다 끝났습니다. 응급만 아니면 괜찮습니다."

"그래. 그럼 올라가지."

"네, 이쪽으로."

엘리베이터로 안내하는 기영을 따라 걸음을 옮기며 지수가 미안한 마음을 얼굴 가득 드러냈다. 여울이 의사로 있다 보니 이곳 사정을 누구보다 잘 알고 있는 부부였다.

그럼에도 불구하고 이렇게 달려온 건 딸이 처음으로 마음을 준 남자가 누군지 궁금하기도 했고, 부모의 욕심일지 모르겠지만 꽉 붙잡아 제 집 사람으로 만들고 싶기도 해서였다.

좀체 칭찬에 인색한 두석이 꽤 그럴싸하더라, 흡족한 웃음을 띠었던 것도 지수의 궁금증을 증폭시키는 데 한몫했다.

그런 사람이 여울 하나만을 사랑하고 아껴 준다면 얼마나 좋을까 하는 마음으로 두석을 졸라 올라온 것이다. 급습이라면 급습인 방문이었다.

그렇게 찾아온 부부를 기영은 불편한 기색 하나 없이 반갑게 맞아 주었다. 어른을 대하는 태도 역시 공손하고 정중한 것이 요즘 사람 같지 않았다.

부모 없이 조모 밑에서 자란 데다 그 조모도 오래전에 돌아가셨다기에 혹여 인정이 메마르지는 않았을까 조금 걱정을 했었다.

한데 기영을 실제로 보고 얘기를 나누자 그런 걱정이 한꺼번에 싹 사라졌다. 모든 것이 기우에 지나지 않았다.

이리 바르고 다정한 인사가 제 딸의 짝이라니.

절로 눈길이 가는 외모가 또 다른 걱정으로 남긴 했지만 이런 눈부신 자태의 사위를 보는 것도 나쁘지 않겠다는 생각이 솔솔 지수의 마음속에 자라났다.

에스컬레이터를 탄 여울이 로비 사방을 어지럽게 눈으로 훑었다. 그러다 낯익은 세 명이 엘리베이터 쪽으로 걸어가는 것을 발견하곤 눈을 동그랗게 뜨고 손을 쭉 뻗었다. 그녀의 검지가 허공에서 부르르 떨렸다.

'엄마?'

아버지만 온 거라 생각했는데 그 옆에 엄마가 서 있었다. 기영을 살피는 눈빛이 반짝반짝 빛나는 것이 멀리서도 보일 정도였다.

고함을 지를 뻔한 여울이 가까스로 제 입을 막으며 서둘러 에스컬레이터를 내려왔다. 반대 방향의 에스컬레이터로 올라서며 새로운 만남의 장소를 유추했다.

무슨 첩보 작전도 아니고 쫓기만 하는 자신의 신세가 참

어이없었다. 자신의 부모님이었고, 자신의 애인이었다. 그들을 뒤쫓아야 하다니 이게 말이 되느냔 말이다.

기가 막혀 한숨을 푹푹 내쉰 여울은 기영의 연구실이 있는 곳으로 살금살금 다가갔다.

"편하게 앉아 계십시오. 차 준비하겠습니다."

기영이 가리킨 소파에 두석과 지수가 나란히 앉았다. 미소를 지어 보인 기영은 연구실 한켠에 마련된 싱크대 쪽으로 다가가 찻물을 올리고 찻잔을 꺼내 들었다.

"죄송합니다. 대접할 차가 한 종류밖에 없습니다."

"괜찮아요."

"이해해 주셔서 감사합니다."

감사해야 할 사람은 가만히 앉아 대접을 받는 사람들인데 기영은 오히려 제가 감사하다고 말했다.

통에서 차를 집게로 집어 찻주전자에 걸어 놓은 망에 넣었다. 잔 동작 없이 깔끔한 모습에서 익숙함이 느껴졌다. 차를 우려내 찻잔에 따르는 손길에서도 우아한 기품이 느껴졌다. 천방지축인 제 딸과는 사뭇 다른 모습이었다.

하지만 그게 또 두 사람의 마음을 흡족하게 했다. 하나가 덤벙거릴 때 하나가 묵직하고 우직하게 자리를 잡아 준다면 최상의 조합이 아닐까.

기영은 이미 두석과 지수의 마음속에 놓치기 싫은 사윗감이 되어 있었다.

"드십시오."

기영이 얌전히 두 사람의 앞에 찻잔을 내려놓고 맞은편에 앉았다. 시간을 두고 차분하게 우려낸 터라 적당히 식어 있어 마시기에 좋았다.

상대가 누구든 당황하지 않는 적절한 대처가 또 한 번 두 사람의 마음에 감탄을 자아냈다. 두석이 차를 한 모금 들이켰다. 그리곤 슬그머니 시선을 들어 기영을 쳐다봤다.

흔하지 않은 차였다. 기호성이 까다로운 사람임이 분명했다. 그럼에도 집에 왔을 때 자신이 내어주는 것들을 아무 거리낌 없이 고맙게 받아 마셨다.

서른여섯이라고 들었는데 그에 비해 인품이 깊은 것이 두석의 마음을 짠하게 만들었다. 어린 나이에 얼마나 고단한 삶을 살았으면 자기 관리가 저리 철저할꼬.

"기문홍차구만."

"네. 조모께서 즐겨 드시던 찹니다. 저는 굉장히 좋아하는데 두 분 입맛에 맞을지 모르겠습니다."

"좋지. 이런 명차는 쉽게 접할 수 있는 게 아니니 더 좋아."

"음, 맛이 아주 깊이가 있네요. 저도 좋아요."

어느 정도 차를 마신 두석이 찻잔을 내려놓고 기영을 빤히 응시했다. 이야기를 들을 자세가 되었음을 말해 주듯 기영의 얼굴이 진지했다.

"그래, 침 효과는 어떻던가."

"네. 아주 좋았……."

반갑게 답을 하던 기영은 그 의미를 떠올리곤 등골로 식은 땀이 주르륵 흐르는 걸 느꼈다. 느긋하던 얼굴에 어색한 초조함이 깃들었다. 그를 즐겁게 바라보며 두석이 조금 더 은밀하게 물었다.

"좋았어?"

꿀꺽, 기영이 드물게 마른침을 꿀꺽 삼켰다. 이미 말을 꺼냈기에 발뺌을 할 수도 없었고, 그럴 기영도 아니었다. 단지, 대놓고 물을 거라고는 예상을 못 했던 터라 무척 당황스러웠다.

"……네, 아버님."

"흐음, 그랬구만."

두석이 의미심장한 미소를 띠며 소파에 등을 기댔다. 두 사람 사이에 오가는 대화를 유심히 듣던 지수가 고개를 갸웃하며 물었다.

"침이요? 혹시 어디가 안 좋은가요?"

"아니야. 먼 길 운전해 온 것도 그렇고 피곤해 보이기에 내가 건강침 하나 놔 줬어."

"아, 그래요? 이 양반이 침술로 아주 정평이 자자해요. 효과 좋을 거예요. 종종 맞으러 와요."

"네, 어머님."

이마 위로 식은땀이 맺히는 걸 모른 척하며 기영이 부드러운 미소를 머금었다. 지수에게는 미안했지만 그렇다고 곧이곧대로 그게 허리에 좋은 침이라고 말할 수는 없었다.

은근슬쩍 건강침이라고 둘러댄 두석의 속내가 궁금하긴 했지만 기영은 아무런 내색도 하지 않았다.

"그럼 이제 두 사람 결혼 얘기를 해도 되겠구만."

"어머, 여보."

다짜고짜 결혼 이야기를 꺼내는 두석을 나무라듯 지수가 그의 다리에 손을 올렸지만 어째 그 손길이 잘했다고 두둔하는 것처럼 보였다. 갑작스런 얘기에 당황할 만도 했지만 이번엔 기영이 반색했다.

"물론입니다. 저도 말씀드릴 기회만 엿보고 있던 차였습니다."

"그 망아지는 결혼한다던가?"

"아직 말을 못 꺼냈습니다. 하지만 언젠가 할 거라고 생각은 하고 있을 겁니다."

"굳이 타이밍을 따질 필욘 없어. 서로가 바쁜데 후다닥 해치우는 게 낫지."

"저는 좋습니다. 한데."

"한데?"

혹여 기영이 무슨 핑계를 대고 빠져나갈까 부부가 촉각을 세웠다. 심각한 두 사람의 표정에서 걱정을 읽은 기영이 편안한 미소를 띠었다.

"어머님께 부탁을 드려야 할 것 같습니다."

"무슨 부탁이요?"

"말씀 낮추십시오, 어머님."

"그럴까? 사위 될 사람한테 말을 높이는 게 좀 어색하지?"

"네. 다름이 아니라 제가 일가친척 하나 없는 외톨이라 결혼을 준비해 줄 분이 안 계십니다."

"그런 거라면 걱정 말아요. 내가 다 알아서 할 테니까."

"식은 간단하게 치르지."

이젠 결혼식의 진행까지 거론되고 있었다. 연구실 문에 귀를 밀착시키고 대화 소리에 신경을 기울이던 여울이 헛웃음을 터트렸다.

"이게 말이 돼?"

참을 만큼 참았다. 당사자도 모르게 진행되는 결혼 이야기에 말이 안 된다고 판단한 여울이 벌컥 문을 열었다.

"그 결혼, 전 반댑니다."

호기롭게 외치며 안으로 들어선 여울에게 모두의 시선이 집중됐다.

입을 삐죽이며 단단히 토라졌음을 여지없이 드러낸 그녀를 빤히 쳐다보던 세 사람이 약속이나 한 듯 동시에 시선을 돌렸다.

"길게 끌 것 없네. 병원 사람 몇만 불러. 우리도 보다시피 손이 귀해서 친척이 그다지 없어. 식이 중요한가, 서로의 마음이 중요하지."

"감사합니다."

"맞아요, 그게 중요하죠. 다른 건 필요 없어요."

쿵짝이 아주 잘 맞는 세 사람의 모습에 여울이 헛웃음을 터트렸다. 딸인 자신이 오히려 객인 것 같은 묘한 기분을 느꼈다.

"아버지, 엄마, 교수님."

"저놈은 자네가 알아서 하고. 우린 이만 감세. 바쁜 사람 시간 더 뺏으면 안 되니 일어나야지."

"다음에 찾아뵙겠습니다."

"침 맞으러 종종 오고."

자리에서 일어난 두석과 지수를 배웅하던 기영이 침 얘기엔 답하지 못하고 엷은 미소만 흘렸다. 두석이 의미심장한 얼굴로 고개를 끄덕이며 문을 나섰다.

"결혼 지참금이 손주면 딱 좋겠군."

"아이, 당신도 참."

천연덕스러운 두석과 달리 지수가 얼굴을 붉혔다. 하지만 손주를 빨리 보고 싶은 마음이 없진 않은지 은근히 수긍의 눈빛을 보냈다.

기영이 입가를 매끄럽게 말아 올리며 정중히 허리를 숙여 보였다.

"나올 필요 없네. 자넨 그놈이나 단속해."

"네. 살펴 가십시오. 아버님, 어머님."

"와아, 이게 무슨 상황이죠? 나 지금 엄청 황당하거든요?"

기영에게 손을 흔들어 보이곤 뒤도 돌아보지 않고 가 버리는 부모님을 향해 여울이 입을 열어 물었다. 하지만 돌아오는 대답은 없었다.

"말도 참 안 들어."

기영이 그녀의 손을 잡아 안으로 끌어당기며 문을 닫았다. 여울이 새침한 눈으로 기영을 흘겼다.

"저만 빼고 이러기 있어요?"

"나 만나러 오신 거잖아."

여울을 소파에 앉힌 기영이 옆자리에 앉으며 그녀를 다독였다. 하지만 다른 때와 달리 여울의 마음은 쉽게 풀어지지 않았다.

다른 이야기도 아니고 결혼에 관한 것이었다. 자신이 빠졌다는 것도 그렇지만 기영과 진지하게 그것에 대해 말해 본 적이 없다는 게 더 속상했다.

기영의 말처럼 당연히 결혼을 할 거라는 생각은 했지만 진지하게 말을 나눈 적은 없었다. 그걸 부모님이 먼저 다그치고 그가 수긍했다는 것이 섭섭했다.

순서가 틀렸다. 기영과 여울이 먼저고 다음에 부모님께 허락을 구해야 마땅했다.

"속상하지?"

마음을 안다는 듯 기영이 머리를 가만가만 어루만지자 여울이 입을 삐죽이며 그를 올려 보았다. 기영이 그녀의 이마에 입술을 내려놓았다.

"미안. 너한테 먼저 허락을 구했어야 했는데 내 마음이 너무 급했어."

"우리 아버지가 다그쳐서 할 수 없이 그런 거죠, 뭐."

기영이 여울의 뺨에 손을 올리고 그녀를 지그시 응시했다. 피하고 싶어도 피할 수 없는, 아니, 피하고 싶지 않은 그의 눈을 여울이 새침하게 마주했다. 그가 엄지로 여울의 삐죽이는 입술을 쓸었다. 손끝이 지나는 자리마다 따스한 온기가 번졌다.

겨울은 이미 떠나간 후인데 사람의 온기는 그와 상관없이 늘 반가웠다. 특히나 그의 온기는 때와 상관없이 좋았다.

"내가 다그친다고 거기에 굴복할 사람인가?"

"으음, 대상이 누구냐에 따라 다르겠죠?"

"물론 대상은 아주 중요하지. 그분이 내가 죽도록 사랑하는 여자의 부친이라면 더더욱. 결혼에 대해 먼저 말을 꺼내주신 것에 엎드려 절하고 싶을 만큼 감사하니까."

그의 말에서 진심이 느껴졌다. 완전히 마음이 풀린 건 아니었지만 여울의 삐죽 나왔던 입술이 제자리를 찾았다. 대신 나긋한 미소가 그 자리를 메웠다.

"정말이에요?"

"응. 정말."

"나랑 결혼하고 싶은 거 정말?"

"하루라도 빨리 하고 싶은 욕심도 정말."

"뭐, 그럼 조금 용서해 줄게요. 나 빼고 모의한 거."

"고마워."

입가를 말아 올린 기영이 여울의 입술을 머금었다. 입술을 함께 취한 여울이 그의 품을 파고들었다. 사부작거리는 여울의 작은 움직임이 너무 사랑스러웠다. 이 기쁨을, 이 포근함을 계속 누릴 수만 있다면 더 바랄 것이 없었다.

봄을 알리는 비가 소리 없이 내리고 있었다.

오랜만에 가진 오프였다. 기영은 오전 근무가 있었고 여울은 늦잠을 자고 일어난 터였다. 그의 침대에서 기분 좋게 기지개를 켠 여울의 코가 달콤한 냄새를 감지하고 씰룩거렸다.

눈동자가 사이드 테이블 위에 놓인 쟁반으로 옮겨 갔다.

"와아, 이 남자 정말 매력의 끝이 어딘지 모르겠네."

이른 출근을 하면서도 손수 아침까지 준비해 침대맡에 둔 기영의 세심한 배려에 여울은 감탄을 금치 못했다.

자리에서 일어나 대충 머리를 정리하고 침대를 빠져나온 여울이 사이드 테이블 위의 쟁반을 창가 티 테이블로 가져갔다.

의자에 앉으며 음식을 눈으로 훑자 침이 꿀꺽꿀꺽 넘어갔다.

유명한 카페 브런치가 부럽지 않을 정도였다. 정성이 한껏 깃든 퀘사디아에 여울이 입맛을 다셨다. 옆에 놓인 오렌지 주스도 그가 직접 내린 것으로 보였다.

"이런 대접을 받아도 되나? 사람 살리는 그 고귀한 손으로 이런 것까지 만들고. 정말 볼수록 매력적이야."

기영의 바다에 빠져 허우적거리는 자신을 상상하며 여울이 퀘사디아를 한입 가득 베어 물었다. 상큼, 달콤, 고소한 맛이 입안에서 환상적으로 어우러졌다. 감동도 이런 감동이 없었다.

"으음, 짜릿해."

오렌지 주스도 일품이었다. 기영에게 사랑받고 있음이 느껴지자 가슴이 벅차올랐다.

"이러면 교수님이 너무 손해 보는 거 아닌가. 난 할 수 있는 게 아무것도 없는데."

줄어드는 게 아쉬울 만큼 맛이 좋았다. 그와 더불어 미안한 마음도 깊어졌다. 자신이 기영에게 해 줄 수 있는 게 너무 없다는 생각이 들자 어쩐지 우울해지는 것 같았다. 침울하게 주스를 마시던 여울의 눈이 번쩍 뜨였다.

"내가 할 수 있는 걸 최대한 활용하면 되지. 기쁨과 행복을 굳이 똑같은 걸로 채울 필욘 없잖아?"

여울에게 우울은 어울리는 단어가 아니었다. 그녀는 쟁반을 들고 서둘러 침실을 나섰다. 그가 오기 전까지 준비할 게 많았다.

기영은 퇴근길에 꽃집에 들렀다. 예쁜 화분과 꽃들이 향기롭게 그를 맞이했다. 꽃들을 둘러보는 기영의 눈빛이 점점 심각해졌다.

꽃의 종류가 너무 많은 것도 그랬고, 한 번도 꽃을 사 본 적이 없는지라 고르기가 쉽지 않았다. 고심하는 기색이 역력한 기영의 곁으로 꽃집 주인이 다가왔다.

"선물하시게요?"

"아, 네."

"여자 친구요?"

"어떤 게 좋을까요?"

"어떤 의미냐에 따라 다르겠죠?"

"청혼할 겁니다."

"오, 그럼 고귀한 의미의 꽃이 좋겠네요. 붉은 장미는 너무 흔하니까 뺄게요."

꽃집 주인의 말에 기영이 고개를 끄덕였다.

"대신 붉은 달리아를 추천할게요. 달리아의 꽃말은 '당신의 사랑이 나를 행복하게 만듭니다' 랍니다."

거기에 고귀함과 우아함을 뜻하는 자란을 섞고 알알이 영근 사랑을 의미하는 비라칸사를 더했다. 기품이 느껴지는 꽃다발이 완성됐다.

사람을 많이 상대하는 직업이다 보니 손님의 취향은 물론, 선물하려는 사람의 취향까지 어렴풋이 간파하게 된 모양이다. 받아 든 기영의 마음도 흡족했다.

꽃을 들고 집으로 향하는 기영은 평소와 달리 무척이나 떨렸다. 걸음을 내딛을 때마다 떨림도 더해 갔다.

차는 일부러 병원에 두고 왔다. 그녀에게 가는 길을 음미하고 싶어서였다. 빌라 앞에서 기영은 숨을 깊게 들이쉬었다.

호흡을 가다듬고 떨리는 심장을 지그시 누르며 계단 위로 발을 올려놓았다.

현관 앞에 도착해 눈을 감고 마음을 다스렸다. 벨을 누를까, 비밀번호를 누르고 들어갈까 잠시 고민하다 벨을 눌렀다. 그녀가 마음의 준비를 할 시간을 주고 싶어서였다.

딩동, 딩동.

두 번의 벨이 울렸다.

안에서 분주히 뭔가를 준비하던 여울이 놀라 현관 쪽을 바라보았다. 심장이 철렁 내려앉음과 동시에 빠르게 두근거렸다. 까치발로 천천히 인터폰을 향해 걸어갔다.

"누구세요?"

"어, 나."

인터폰을 통해 주고 받는 둘의 목소리가 떨리고 있었다. 여울이 떨리는 가슴을 진정시키며 열림 버튼을 눌렀다. 그리곤 후다닥 현관에서 가장 잘 보이는 곳에 자세를 잡고 섰다.

잠금이 풀리는 소리에 기영이 조심히 문을 열었다. 실내가 무척 조용하다고 느끼며 안으로 들어서던 기영의 걸음이 우뚝 멈췄다. 그의 등 뒤로 문이 닫히는 소리가 들렸다. 감춘 꽃다발이 작게 흔들렸다.

"여울아."

은은한 음악이 들려왔다. 보이는 곳곳 향초가 켜져 있어 아늑한 분위기를 더했다. 하지만 그 모두를 불식시키는 장면이 기영의 눈앞에 펼쳐져 있었다.

표정 없이 정면을 주시하던 기영의 입가에 서서히 미소가 번졌다. 그가 신발을 벗고 안으로 들어섰다.

요염하게 자세를 잡고 시스루 슬립의 한쪽 끈을 손끝으로 휘감은 여울의 모습이 눈동자에 맺혔다.

다소 과한 몸짓과 분위기를 자아내는 여울의 모습이 너무 사랑스러웠다. 이런 걸 두고 눈에 콩깍지가 씌었다고 하나 보다.

적당한 거리를 두고 멈춰 선 기영이 두 손을 등 뒤로 두고 여울을 지그시 바라보았다. 그를 정면으로 보지 못하고 여울이 힐끔힐끔 곁눈질을 했다. 마음에 들면 좋겠다는 생각으로 열심히 준비한 것인데 어떻게 받아들일지 초조했다.

"아버님께 침을 좀 자주 맞아야겠는데."

기영이 한 발 더 다가섰다. 여울의 심장이 그에 맞춰 터질 듯 뛰어 댔다. 떨리는 마음을 다스리려 여울이 목을 돋워 기침을 했다.

"흠, 아침밥에 대한 제 나름의 성의 표시예요."

"보답치곤 무척 과한데?"

기영의 얼굴 가득 기쁨의 감정이 담겼다. 그 솔직한 마음을 여울도 느낄 수 있었다. 그래서 기뻤다. 그에게 조금이나마 기쁨을 줄 수 있어서.

"지금 당장 그 끈을 풀고 싶은데. 그전에 내 마음부터 먼저 전해야 될 것 같아."

한쪽 발끝을 세우고 있던 여울이 기영의 말에 삐끗하며 자세를 헝클어트렸다. 그 결에 저도 모르게 기영을 빤히 쳐다보며 돌아서게 되었다.

자신만 뭔가를 준비했다고 생각했는데 그게 아니었던 모양이다. 그러고 보니 기영의 몸에서 매우 향긋한 향기가 흘러나오고 있었다. 아마도 등 뒤에 있는 물건 때문인 듯했다.

"뭐예요, 그게? 혹시 꽃이에요?"

"응. 여기."

기영이 성큼 다가서며 여울의 앞에 꽃다발을 내밀었다. 흔하지 않은, 처음 보는 꽃의 조합에 여울의 눈이 단박에 커졌다.

기영이 여울을 뒤에서 끌어안아 그녀의 어깨에 가만히 턱을 올린 채 꽃집 주인에게서 들었던 말을 속삭이듯 읊조렸다.

"이건 달리아. '당신의 사랑이 나를 행복하게 만듭니다' 란 뜻이고."

그가 손가락을 옮겨 은은한 보랏빛 빛깔의 자란을 가리켰다.

"자란은 우아함과 고귀함을 뜻한대."

감미롭고 다정다감한 기영의 목소리가 귓가를 물들일 때마다 솜털이 오스스 일어났다. 섬세한 감각을 일깨우는 숨결에 여울이 저도 모르게 뜨거운 숨을 흘려 냈다. 그의 입술이 닿은 쪽 어깨를 움츠리며 파르르 몸을 떨었다.

"고마워요."

그를 알아 온 세월 동안 단 한 번도 그가 누군가를 위해 꽃을 사는 걸 본 적이 없었다. 그랬던 그가 자신을 위해 직접 꽃을 고르고 사 온 것이 너무 감격스러웠다. 난생처음 꽃을 산 그의 마음이 고스란히 전해졌다.

"이런 옷을 입고 그런 숨소리를 내면 내가 참을 수가 없게 되는데."

나른한 기영의 말소리에 여울이 고개를 돌렸다.

"참지 말아요."

그의 입술이 보이자마자 제 입술을 겹쳤다. 기영도 더 이상은 그녀를 만류하지 않았다. 여울의 손에 들린 꽃다발을 들어 한쪽에 내려 두고 그녀를 품에 꼭 안았다.

겹쳐진 입술 사이로 흐르는 깊은 사랑과 신뢰가 서로의 마음을 따스하게 물들였다. 기영이 여울을 번쩍 들어 올렸다. 그의 허리에 제 다리를 감아 고정시킨 여울의 얼굴 가득 사랑스런 미소가 번졌다.

"줄 게 하나 더 있는데."

기영이 여울을 안은 채 침실 쪽으로 걸어갔다. 그의 목에 자연스레 팔을 두른 여울이 쪽쪽 입을 맞추며 물었다.

"뭔데요?"

침실 문을 열고 들어선 기영이 그녀를 침대에 얌전히 내려놓고 그 앞에 한쪽 무릎을 꿇고 앉았다. 여울의 눈이 동그랗게 커졌다.

그가 양복 주머니 안쪽에서 뭔가를 꺼내 내밀었다. 납작하고 긴 케이스는 흡사 처음 전문의 시험에 통과했을 때 받은 메스 케이스와 닮아 있었다.

"케이스가 심상치 않은데요?"

"훗, 눈에 익지?"

기영이 맞장구를 치며 케이스를 열었다. 우아한 빛깔의 루비가 박힌 하트 모양의 펜던트가 들어 있었다. 하트 안에 또 다른 작은 하트가 있어 빛을 받는 각도에 따라 신비로운 빛깔을 흘려 내며 반짝였다.

"와아, 예쁘다."

"반지는 아무래도 번거로울 것 같아서 목걸이로 준비했어."

기영이 목걸이를 여울의 손바닥 위에 올려놓으며 정숙하게 자세를 가다듬었다. 그를 본 여울도 절로 숙연해졌다. 그가 최대한 목소리의 떨림을 덜어내고 진중하게 여울의 이름을 불렀다.

"은여울."

"네, 교수님."

그가 눈을 감았다 다시 뜨고 올곧게 바라보자 여울이 엷은

미소를 머금었다. 살짝 아랫입술을 깨물었다 놓으며 수줍게
말했다.

"네, 기영 씨."

그제야 기영이 흡족한 미소를 띠며 그녀의 손을 부드럽게
감싸 쥐고 목걸이가 놓인 손 위에 올려놓았다.

"이건 내 심장이야."

"심장이요?"

"내 심장을 너에게 맡길게."

"네?"

기영이 맞잡은 손에 지그시 힘을 가했다. 온기가 두 손을 타
고 흘러 펜던트에까지 전해지는 것 같았다. 그가 상체를 기울
여 그녀의 손등에 제 입술을 눌렀다. 여울의 두 눈 가득 그의
모습이 들어왔다.

"내 여인으로서, 훌륭한 써전으로서 너에게만 내 심장을
내어줄게."

"기영 씨."

"이 세상에서 내 심장을 열 수 있는 사람은 너밖에 없어."

벅찬 감동이 여울의 가슴에 쓰나미처럼 몰려들었다.

사랑하는 여자에게 할 수 있는 청혼의 말은 많았다. 하지만
그 여자를 대등한 위치에 있는 써전으로서 인정하고 제 목숨
을 맡기겠다는 말은 쉽게 할 수 있는 것이 아니었다.

"심장 안에 든 건 내가 첫 집도를 하게 됐을 때 받은 선물.
할머니께서 마지막으로 남기신, 나한텐 남다른 의미가 있는
물건이지. 메스의 일부를 잘라 만든 거야. 여울이에게도 좋은

의미가 되길 바라. 그리고 영원히 나와 함께하길 간절히 부탁해."

"할머니가 주신 귀한 걸."

여울의 목소리가 떨렸다. 기영이 할머니를 보낼 때 얼마나 힘들어했는지 곁에서 지켜봤었다. 마지막 남은 혈육을 떠나보내는 심정이 어떤 것인지 당사자가 아닌 이상 온전히 알 수는 없었다.

하지만 새벽녘 그가 아무도 없는 빈소에서 영정 사진을 보며 소리 없이 흘리던 눈물은, 여울의 가슴까지 아릿하게 물들였다.

안아 주고 싶었고 위로해 주고 싶었지만 그땐 자신에게 그럴 자격이 없었다.

소중한 분이 남기신 귀한 물건의 일부를 자신에게 준다는 건 말할 수 없는 감동을 안겨 주었다.

"할머니가 살아 계셨다면 정말 좋아했을 텐데. 무뚝뚝한 나 대신 애교 많은 여울이가 곁에 있었으면 얼마나 좋아하셨을까. 조금 더 일찍 여울이의 진가를 알아봤어야 했는데. 아쉽다."

"살아 계셨을 때 몇 번 뵌 적 있어요. 무척 다정다감하시던데요. 저한테 참 잘해 주셨어요."

"정말? 언제?"

"인턴 때부터요. 워낙 단아하신 분이라 눈길이 갔었는데 교수님 할머니 되신다고 해서 더 자주 갔었죠. 왠지 제 은사님 조모라니까 친근함이 들더라고요. 자주는 못 찾아뵙고 돌아가

시기 전까지 일주일에 한두 번은 만나서 담소 나누곤 했었어
요."

"난 몰랐어."

금시초문이었다. 바쁘게 병동과 수술실을 오가며 환자를
돌보다 밤이 돼서야 할머니 곁에서 쪽잠을 잤었다. 그사이 여
울이 할머니를 보살폈을 줄은 꿈에도 몰랐다.

"고운 처자 하나 눈여겨봤는데."

할머니가 기력 없는 목소리로 했던 말이 불현듯 떠올랐다.
됐다고, 연애할 틈이 어디 있느냐고 그런 거 신경 쓰지 말고
당신 몸이나 잘 챙기시라고 잘라 대답했었다.

못내 아쉬워하던 그 얼굴이 눈앞에 어른거렸다. 혼자 남을
자신을 생각해 한 말이었음을 모르지 않았다. 하지만 그때는
모든 것이 다 부질없게 느껴졌다. 혼자가 편하다고 그렇게 생
각했었다.

울컥, 눈물이 치솟았다. 물기 어린 기영의 눈을 여울이 가만
가만 손등으로 쓸었다. 기영이 애써 아무렇지 않은 척 미소를
머금었다. 그 입가가 부들부들 떨리는 걸 보자 여울도 가슴이
뭉클해졌다.

"그래도 다행이에요. 할머니를 살아생전에 뵈어서."

"응. 고마워."

"제가 더 고맙죠. 소중한 인연을 맺게 해 주셨는데."

기영이 촉촉이 젖은 눈으로 여울을 응시했다. 그 눈 위로 여

울이 입술을 내려놓았다. 지그시 감긴 기영의 눈 아래로 또르르 눈물 한 방울이 흘러내렸다. 그 눈물을 여울이 제 입술로 닦아 냈다.

"할머님이 계셨으니 기영 씨가 있는 거잖아요. 그분이 제게 주신 가장 큰 선물이에요, 기영 씨는."

매끄럽게 올라간 그의 입술이 파르르 떨렸다. 주체할 수 없을 만큼 벅찬 감동과 기쁨에 온몸이 떨려 왔다.

"목에 걸어 주세요."

여울이 머리카락을 한쪽으로 걷어 머리를 기영 쪽으로 기울였다. 기영이 그녀를 품에 안듯 손을 돌려 목걸이를 걸어 주었다.

흉부외과 의사들에게 반지는 무척 거추장스러운 물건이었다. 수술도 잦았고, 손에 피를 묻히는 응급도 많았다. 환자와 마주할 때는 아무런 장신구도 하지 않는 것이 좋았다. 그래서 고심 끝에 기영은 청혼에 쓸 증표로 목걸이를 선택했다.

목걸이를 건 여울의 고운 목덜미에 그가 입술을 눌렀다. 존경과 신뢰를 담은 입맞춤이었다. 여울이 고개를 들자 기영이 그윽한 눈길로 그녀를 마주 바라보았다.

"고맙습니다."

여울이 온 마음을 담아 진심을 전했다.

"나야말로 진심으로 고마워. 내 청혼을 받아 줘서."

펜던트를 소중히 감싼 여울의 손 위로 기영이 제 손을 겹쳤다. 그리고 다른 손으로 여울의 얼굴을 부드럽게 감쌌다. 그가 천천히 고개를 틀어 여울의 입술을 깊숙이 머금었다. 달콤하고 부드러운 감촉이 입술로 스며들어 온몸을 짜릿하게 물들였다.

여울이 슬립의 끝을 잡아 스르륵 풀었다. 슬립이 벗겨져 내려가는 것을 몸으로 느낀 기영의 입가에 짙은 미소가 머물렀다.

"이번엔 제가 준비한 걸 받을 차례예요."

그가 여울의 손 아래 부드러운 살결을 손등으로 쓸었다. 봉긋한 가슴이 기영의 손에 닿자 뜨겁게 달아올랐다. 그가 입술을 내려 그녀의 여린 살결을 혀로 핥았다.

달콤하고 감미로운 향기가 혀끝을 물들였다. 거부할 수 없는 여울의 유혹에 기영이 자리에서 일어나 그녀를 침대 위에 눕혔다.

"감사히 받겠습니다."

그의 입매가 아름다운 빛깔로 물들어 가는 걸 보며 여울도 예쁜 미소를 머금었다. 그리고 그의 넥타이 끝을 잡아당기며 야릇하게 속삭였다.

"컴 온 베이비."

여울의 도발에 기영이 눈을 가늘게 빛냈다. 그가 여울이 지켜보는 앞에서 천천히 옷을 벗었다. 여울의 애간장이 녹아내리는 것을 즐겁게 지켜보며 그가 유혹하듯 섹시한 몸짓으로 나신을 드러냈다.

결국 참다못한 여울이 그를 덮쳤다. 침실 가득 기분 좋은 기영의 웃음소리가 울려 퍼졌다. 여울의 고운 나신 위로 아름다운 펜던트가 반짝거렸다.

내 심장을 열어.

내 마음을 받아 줘.

날 살게 하는 유일한 존재는 이 세상에 단 한 사람.

너 하나뿐이야.

오픈 마이 하트.

chapter 13

❤ ○ ♥ ♥ ● ◈ · ♦ ♈

이게 사랑인가 봐

결혼 이야기가 나온 지 얼마 지나지 않아 여울의 본가에서 결혼 날짜가 잡혔다는 연락이 왔다. 밥이나 한 끼 먹으면서 그에 대해 논의하자는 말에 서둘러 일을 마친 기영과 여울이 은가 한의원으로 향했다.

남들은 불타는 금요일이다 뭐다 하면서 즐거운 밤을 보내고 있는데 여울은 한숨을 푹푹 내쉬며 투덜거리기에 여념이 없었다.

"어떻게 이럴 수가 있죠?"

"뭐가?"

"번갯불에 콩 볶아 먹는 것도 아니고, 무슨 결혼을 이렇게 서둘러요?"

"나랑 결혼하는 게 싫어?"

"아니, 그게 아니라 부모님이 너무 서두르시니까 그렇죠."

결혼이 싫은 건 아니었다. 말 그대로 딱 하나뿐인 딸을 너무 쉽게 시집보내려는 부모님에게 약간 서운해서 그런 것이었다.

그런 마음을 모를 리 없는 기영이었다. 은가 한의원 앞에 차를 세운 그가 여울의 얼굴을 돌아보며 가만가만 달래듯 머리를 쓰다듬었다.

"결혼하고 안정되길 바라는 마음에서 그러시는 거야. 너무 서운해하지 마."

"그보다는 교수님을 놓치기 싫어서 그런 거예요. 두 분이 아주 마음에 들어 하시던데."

"그렇다면 나야 감사할 뿐이지. 이렇게 어여쁜 딸을 나한테 주시겠다니, 얼마나 감사한 일이야."

"피이, 제가 보기엔 교수님이 엄청 손해인데요?"

"아니. 내가 엄청 복 받은 거야."

"참 이상해요. 제 어디가 예뻐요?"

"다 예뻐. 눈에 넣어도 아프지 않을 만큼."

"정말요?"

"왜, 안 믿겨? 잘 봐. 내 눈에 담긴 네 모습이 얼마나 아름다운지."

기영이 얼굴을 가까이 기울였다. 그 얼굴을 빤히 바라보던 여울이 가볍게 입맞춤을 하곤 수줍게 웃었다.

"확인 끝."

물러서는 여울의 입술을 기영이 다시 머금었다. 도망가지 못하도록 그녀의 뒷머리를 단단히 고정시키고 모로 고개를 기울여 빈틈없이 입술을 맞물렸다. 제 마음 가득 들어찬 여울에 대한 사랑이 그녀에게 온전히 전해질 수 있도록 정성을 기울였다.

"음, 확인 제대로 했어."

기영의 입술에도 미소가 번졌다. 여울이 잔웃음을 터트리며 앙큼하게 그의 입술에 남은 타액을 혀로 핥았다. 기영의 미소가 짙어졌다. 다시 둘의 입술이 엉켜들었다.

"흠흠."

창 밖에서 들리는 기침 소리에 놀라 몸을 뗐다. 고개를 움직이자 시선을 돌린 채 서 있는 두석의 모습이 보였다. 기영이 서둘러 여울과 자신의 안전벨트를 풀고 차에서 내렸다.

"나오셨습니까, 아버님."

어찌할 바를 몰라 당황해하는 여울과 달리 기영은 재빨리 자세를 가다듬고 정중히 인사를 건넸다. 두석이 둘을 번갈아 바라보곤 시치미를 뚝 뗐다.

"오는 길이 힘들진 않았고?"

"괜찮았습니다."

"그래. 보니 기운이 팔팔하게 남아 있는 것 같구만. 들어가지. 자네 장모가 아침부터 동분서주하며 음식 한다고 난리를 떨었네."

"안 그러셔도 되는데. 괜히 민폐를……."

"가족인데 무슨 민폐야. 당연한 거지."

두석이 먼저 몸을 돌려 대문으로 이어진 계단에 발을 올렸다. 기영이 뒤에서 머뭇거리는 여울을 돌아보며 다정한 미소를 지었다. 그가 손짓으로 부르자 여울이 생긋이 웃으며 발걸음을 옮겼다.

"아이고, 우리 서 서방 어서 오게. 먼 길 오느라 힘들었지."

열린 대문으로 지수가 환하게 웃으며 한달음에 달려 나왔다.

"잘 지내셨습니까, 어머님."

"그래, 그래. 어서 들어가."

"힘드신데 너무 무리하신 건 아닌지……."

"아니야. 내 자식 먹일 건데 뭐가 고생이야. 사위도 자식이잖아. 안 그래?"

"네, 맞습니다. 어머님."

기영의 팔에 팔짱을 끼고 날듯이 기뻐하는 지수의 얼굴 가득 웃음꽃이 피어났다. 그녀는 기영을 이끌고 얼른 대문 안으로 들어섰다. 한시라도 빨리 기영의 입에 손수 만든 음식을 넣어 주고 싶어서였다.

두석이 그런 둘의 모습을 얄밉다는 듯 흘기며 뒤를 따랐다.

남은 여울이 멍하니 그들이 사라진 대문을 바라보았다. 헛웃음이 터져 나왔다.

이게 말이 돼? 금지옥엽, 하나밖에 없는 딸이라고 그리 찾을 때는 언제고 기영을 예비 사위로 맞고 나서 자신은 완전히 뒷전이었다. 왠지 모르게 섭섭하면서도 좋은, 묘한 감정이 엇갈렸다.

새침하게 그들을 흘겨보던 여울이 언제 그랬냐는 듯 냉큼 표정을 바꾸곤 대문을 향해 힘차게 발을 내딛었다.

"엄마, 아버지. 사랑하는 딸 여울이도 왔어요!"

활짝 열어젖힌 대문을 통과해 너른 마당을 훑어보던 여울의 눈썹이 들썩였다.

개미 새끼 한 마리 얼씬거리지 않았다. 고요가 내려앉은 마당을 허망하게 바라보는데 온기가 느껴지는 다정한 목소리가 들려왔다. 여울의 고개가 안채 쪽으로 기울었다.

"와아, 우리 엄마 음식 솜씨 정말 죽여준다. 냄새가 아주 그냥……."

싱글거리며 안채로 들어선 여울의 귀에 한껏 들뜬 지수의 목소리가 들려왔다.

"너도 얼른 와서 앉아."

기영의 눈이 식탁 가득 차려진 음식을 하나하나 더듬었다. 상에 놓인 네 개의 수저를 바라보던 기영이 밥을 떠 내려놓는 지수에게 물었다.

"아직 두 분도 식사 안 하셨습니까?"

"같이 먹어야 한다고 어찌나 성화를 부리는지. 배고파 죽을 뻔했네."

툴툴거리면서도 지수의 눈치를 보는 두석이었다. 지수가 그런 두석을 가볍게 흘기며 그의 앞에 국을 내려놓았다.

"뭐든 함께 먹어야 더 맛있는 법이예요."

"알아, 안다고. 그래서 참고 기다렸잖아."

"잘했어요. 이제 들어요."

"쳇. 무슨 말이 애 다루듯 그래."

"아이고, 하늘 같은 서방님을 애라니요. 그럴 리가요. 시장하신데 얼른 드세요. 자네도 들게."

"네, 감사히 먹겠습니다."

여울이 숟가락을 입에 문 채 물끄러미 두석과 지수를 쳐다봤다.

확실히 지수의 말처럼 두석의 기세가 많이 누그러졌다. 젊어서는 툭하면 성질을 내고 버럭해 속을 그렇게도 긁어 대더니 지금은 오히려 눈치를 보며 은근슬쩍 분위기를 맞춰 주고 있었다.

간이 작아졌다거나 기가 죽어서가 아니었다. 나이가 들어갈수록 마누라 소중한 걸 알아 그런 것이다. 젊어서 제대로 표현하지 못한 정을 지금은 숨기지 않고 제 방식대로 표현하고 있었다.

지켜보던 여울의 입가에 엷은 미소가 번졌다.

기영이 국을 한 술 떠 입에 넣고는 자신을 빤히 쳐다보는 지수에게 환하게 웃어 보였다.

"맛있네요."

"정말? 입에 맞아?"

"네, 정말 맛있습니다."

고개를 끄덕이며 기영이 밥을 한 술 뜨자 지수가 반찬을 위에 올려 주었다. 여울과 두석이 그 모습을 빤히 쳐다봤다.

"손이 없는 것도 아닌데 뭘 얹어 주고 그래."

투덜거리는 두석의 수저 위에도 지수가 반찬을 올려 주었다. 그러자 두석이 마지못한 듯 숟가락을 입에 넣었다. 그 입술 끝에 맺힌 미소를 모두 놓치지 않았다.

여울이 입을 삐죽이며 숟가락으로 밥을 떴다. 혹시나 하면서 지수를 쳐다보니 그녀의 시선은 여전히 기영에게 머물러 있었다.

사랑은 움직이는 거라지만 어떻게 부모의 사랑이 변할 수 있는지. 질투 아닌 질투에 속으로 투덜거리는 찰나 수저 위로 기영이 그녀가 좋아하는 반찬을 올려 주었다.

"많이 먹어."

따스한 한마디에 모든 서운함이 눈 녹듯 사라져 버렸다. 기분 좋게 수저를 입에 넣는 여울을 흡족하게 바라보며 기영이 두석과 지수를 차례대로 응시했다. 단 한 번도 느껴 보지 못한 감정이 가슴속 깊이 뭉클거렸다.

이런 걸 두고 행복한 가족의 식사라고 하는 건가 보다. 밥한 끼가 주는 행복이 얼마나 소중한 것인지 기영은 절실히 느끼는 중이었다.

아버지와 어머니가 있는, 사랑하는 사람과 함께인 식사 자리가 이렇게도 따스한 것이었음을. 이 모든 것을 가능하게 해준 여울의 부모님에 대한 감사함을, 기영은 가슴 깊이 새겨 넣었다.

두고두고 보답해 드리겠습니다. 감사합니다.

식탁을 둘러싼 온기가 기영의 마음을 따스하게 물들였다. 밥이 달았다. 여태껏 먹은 밥 중에 가장 맛있었다.

식사를 마치고 차를 들며 거실에 옹기종기 모여 앉았다. 두석이 먼저 입을 열었다.

"이왕 할 거 미룰 필요 없겠다 싶어서 날을 좀 빨리 잡았네."

"언젠데요?"

기영보다 먼저 여울이 물었다. 지수가 한껏 들뜬 얼굴로 손가락을 쫙 펼쳤다. 여울과 기영의 시선이 그 열 손가락에 머물렀다.

"10일 뒤에."

"네?"

여울이 믿을 수 없다는 듯 눈을 동그랗게 뜨고 반문했다. 딸의 당황스러움을 느끼지 못했는지 지수가 천진난만하게 웃으며 다시 말했다.

"10일 뒤로 날 잡았어. 좋지?"

"엄마, 그게 정말 가능하다고 생각해요?"

"왜? 안 돼?"

"당연히 안 되죠."

"바빠서 그런 거면 괜찮다. 병원장님이 그날 두 사람 휴가 주시기로 하셨어."

두석이 아무 걱정 말라는 듯 말했다. 그에 더 놀란 여울이 고개를 모로 기울이며 멍하게 물었다.

"병원장님이요?"

"아끼는 제자 결혼식이라고 먼저 전화를 주셨다. 흉부외과 의사들도 그날은 결혼식에 참석할 수 있도록 배려해 주시겠다고 하더구나. 모자란 손은 다른 병원에 협력 요청해 두신다고."

덧붙인 두석의 설명에 여울의 입이 벌어졌다. 기영이 깊은 숨을 들이쉬며 고개를 끄덕였다.

"결혼식에 참석해 주십사 제가 말씀을 드렸더니 이런 세심한 배려를 해 주신 것 같습니다."

"자네를 아주 아끼시는 게 목소리에서 그대로 전해지더군."

"참 좋은 분이십니다."

"그런데 한 가지 문제가 있어."

"뭔데요?"

날 잡았겠다, 병원장의 특별한 배려도 있어 병원 식구들도 참석을 할 수 있다는데 문제가 있을 게 뭐냐는 생각에 여울이 의아한 눈으로 두석을 바라봤다. 기영이 무슨 말인지 알겠다는 듯 두석을 보고 입을 열었다.

"아버님, 제가 먼저 부탁을 좀 드려도 되겠습니까?"

"무슨 부탁인가?"

"결혼식을 병원 공연장에서 했으면 합니다만."

"병원 공연장?"

기영의 말에 여울이 반색하며 그의 말을 거들었다.

"아, 그것도 좋겠네요. 다들 바쁜데 공연장에서 하면 잠시 들렀다 갈 수도 있고."

"그래? 그럼 그렇게 하지. 내가 하려던 말도 그거네. 날이 빠듯하다 보니 식장 잡기가 힘들어서 말이야."

"그래서 야외나 교회에서 하는 건 어떨까 물어보려던 참이었어."

지수가 덧붙여 설명하며 기영의 의견에 동조했다. 의견이 모아지자 모든 게 일사천리로 이뤄졌다. 화기애애한 분위기 속에 스피드하게 결혼에 대한 모든 것을 결정 내렸다.

급한 성격답게 시원시원하게 일을 처리하는 여울의 부모님이 기영은 무척 마음에 들었다. 얼른 이분들의 진짜 사위가 되고 싶었다.

✛   ❀   ✛

정확히 10일 후, 결혼식이 병원 공연장에서 치러졌다.

공연장 옆에 있는 대기실에서 드레스를 입고 식을 기다리던 여울의 귀에 노크 소리가 들렸다.

"네."

대답하기가 무섭게 문이 조심스럽게 열리며 동욱이 고개를 내밀었다. 여울이 혼자인 것을 확인한 그가 성큼성큼 안으로 들어섰다.

"야, 옷이 날개란 말이 맞긴 맞네. 전혀 여자일 것 같지 않던 널 여성스럽게 탈바꿈시킨 웨딩드레스에 찬사를 보낸다."

"뭐야?"

"누가 예상이나 했겠냐? 천하의 말괄량이 사고뭉치 은여울이 서기영 교수님 같은 거물을 냉큼 물 줄이야. 천하의 둔탱이가 천재 써전으로 불리는 남자와 결혼이라니, 이게 말이 돼?"

"되지, 왜 안 돼?"

"세계 10대 미스터리로 남지 싶다."

"너 무사히 살아 나가고 싶으면 그 입 딱 다물어라."

여울이 입바람을 푸푸 불며 치밀어 오르는 화를 억누르는 게 보였다. 당사자는 복장이 터질지 몰라도 보고 있는 사람에겐 또 하나의 즐거움이었다.

동욱이 모른 척 시치미를 떼곤 여울의 눈앞에 손가락을 세워 휘휘 저었다.

"봐라, 봐. 웨딩드레스 입은 신부 입에서 그런 험악한 말이 나와서야 되겠어? 자세가 안 됐어, 자세가."

"너 때문이잖아."

"틀린 말 한 건 아니지. 널 여자로 보는 동기가 있긴 했어?"

확실히 틀린 말은 아니었다. 덤벙거리고 툭하면 사고나 치는, 선머슴 같은 여울을 여자로 보고 대시하는 동기는 단 한 명도 없었다.

하지만 그 덕분에 이렇게 지상 최고의 남자를 평생의 반려자로 맞는 거 아니겠어?

욱해서 불쑥 나왔던 여울의 입이 어느새 곡선을 그리며 올라가고 있었다. 그에 놀리는 재미에 푹 빠져 있던 동욱의 한쪽 눈썹이 들썩였다.

"뭐냐? 그 음흉하게 기분 나쁜 웃음은?"

"전화위복이랄까? 그 덕분에 아주 근사하고 멋들어진 남자를 얻었으니 됐어. 너희 같은 찌질이와는 격이 다르지, 암."

"와아, 눈만 높아진 게 아니라 콧대도 완전히 높아졌네. 혹시 교수님이 성형수술 뭐 그런 것도 하시냐?"

"잡소리 그만하고. 너 결혼식 끝까지 보고 가. 한가한 거 다 안다. 중간에 튀면 죽어."

여울이 주먹을 흔들어 보이며 협박 아닌 협박을 했다. 동욱이 움찔하는 척 모션을 취하곤 싱겁게 웃었다.

겉으론 웃었지만 속은 아렸다. 빨리 고백을 했어야 했는데 언제나 그 자리에 그대로 있을 거라는 착각에 시기를 놓쳐 버렸다. 늘 바쁘게 뛰어다니는 여울을 배려한다는 생각으로 미루고 미뤄 온 고백이었다.

일 외의 다른 것엔 전혀 관심이 없는 여울이었고, 워낙 남녀 간의 애정에 둔감한 녀석이라 너무 마음을 놓고 있었다.

서기영 교수가 돌아왔을 때도 별다른 위기감을 느끼지 못했다. 그가 저런 덜렁이에게 마음을 두리라고는 생각하지 못했기 때문이었다.

서기영 교수가 한국으로 돌아온 이유가 여울이란 말을 들었을 때는 정말 경악을 금치 못했었다.

저게 뭐가 그리 좋아서?

눈앞에 있는 제 동기를 뜨악한 눈으로 훑어 내리던 동욱의 눈이 점점 그윽해졌다. 나이답지 않은 생기발랄함이 단점이자 장점인 그녀는 쭉 지켜보면 깊은 속내에 반하지 않을 수가 없는 여자였다.

한번 빠져들기 시작하면 좀체 헤어 나오기 힘든 늪처럼 깊은 매력이 있었다.

"야, 누가 내과 써전이 한가하대. 나 같은 능력자는 여기저기서 불러 대는 통에 정신이 없거든. 쭉 지켜볼 거라 장담은 못 하지만 최선을 다하마. 그리고 나 부주 많이 했다. 소아암 병동에 전부 기부한단 소리에 흔쾌히 거금을 투척했지."

"땡큐. 듣던 중 반가운 소리다."

"어째 나의 참석 여부보다 그걸 더 좋아하는 것 같다?"

"어머, 들켰나?"

게슴츠레하게 내려 뜬 동욱의 눈과 곱게 흘기는 여울의 눈이 허공에서 맞물렸다. 묘한 신경전이 벌어지는 듯싶던 둘의 얼굴에 웃음이 번졌다.

"교수님한테 감사 인사드려야겠다."

"네가 왜?"

"똥차 치워 줘서 감사합니다, 인사드리는 게 인지상정이지."

"뭐?"

"어찌나 앞에서 꼬물거리면서 길을 막고 서 있는지, 나중에는 지가 여잔지 남잔지 정체성의 혼란까지 겪던 녀석을 데려가 주시니 당연히 감사해야지. 안 그러냐?"

"너 오늘 날 잡았지? 이리 와."

"아이코, 이런. 호출이다. 식장에서 나 빨리 오라고 난리네. 먼저 가서 기다린다. 천천히 와."

동욱이 서둘러 대기실을 나섰다. 여울이 얄밉게 흘기다 이내 표정을 풀고 환하게 웃었다. 동기 중에서 가장 친한 동욱이었다. 비록 다른 과지만 아닌 척 살뜰하게 보살펴 주는 그가 고마웠다.

동욱이 나가고 얼마 지나지 않아 노크도 없이 문이 열렸다. 여울이 고개를 들어 당당하게 걸어 들어오는 인물을 확인했다. 이준이었다.

"준아."

반가움에 이름을 부르는 여울을 무심히 쳐다보던 이준이 거만한 몸짓으로 곁에 다가섰다. 손을 재킷 주머니에 찔러 넣은 채 파우더 데스크에 비스듬히 걸터앉았다.

"결혼식을 뭐 이런 데서 해, 재미없게."

"왜, 딱 좋은데. 그리고 결혼을 재미로 하진 않지."

"그렇게 좋은가? 입이 아주 귀에 걸렸네."

"좋지. 최고로 멋진 신랑을 얻는데 안 좋을 수가 있겠어?"

"쳇, 묻는다고 여자가 냉큼 답하나?"

"그럴 만하니까. 그리고 너, 내가 한참 위거든? 웬만하면 존대 좀 하자?"

건방지게 툭툭 내뱉는 말투가 또래 친구에게 하는 것 같아 여울이 제지를 걸었다. 이준의 눈이 반항적으로 길게 내려 떠졌다. 그가 입을 삐죽거리며 투덜댔다.

"내 여잔 줄 알고 내내 반말했는데. 그게 쉽게 고쳐지겠어……요?"

말끝을 흐리긴 했지만 그래도 나름 애쓰는 흔적이 보여 여울이 다정한 미소를 지었다. 철부지 남동생이 있다면 딱 저럴 것 같단 생각이 들었다.

지금 자신의 눈앞에 건강한 모습으로 서 있는 이준이 너무 고마웠다. 어쩌면 저 모습을 보여 주기 위해 일부러 여기까지 온 것일지도 몰랐다.

결혼 소식을 전하며 꼭 오라고 신신당부를 했을 때 '절대 안 가!' 라고 딱 자르던 이준의 목소리가 아직도 귓가에 생생했다.

그랬던 녀석이 제 발로 찾아와 줬으니 고마움이 두 배가 되는 건 당연했다.

"후회 안 해요?"

"무슨 후회?"

"나 말고 교수님 택한 거."

"절대 안 해."

"와아, 어떻게 당사자를 앞에 두고 그렇게 딱 잘라 말을 하지? 진짜 독한 건 내가 아니라 당신이야."

"여지를 두는 게 더 잔인한 거야."

이준이 재킷에 손을 찔러 넣은 채 두 팔을 활짝 벌렸다. 단추 두 개가 풀어진 블루스카이 톤의 근사한 셔츠가 눈앞에 드러났다. 언뜻 보이는 쇄골이 무척 섹시했다.

"이래도 아쉬움이 안 남아?"

저보다 더 아름다운 남성의 쇄골을 보지 못했다면 혹했을지도 몰랐다. 하지만 저 정도로는 간에 기별도 안 갈 정도로 섹시미가 철철 넘치는 남자가 곁에 있었다.

그리고 오늘부터 그 남자와 평생을 함께하게 된다. 이준의 유혹이 눈에 들어올 리 없었다.

"전혀. 더 환상적인 바디의 소유자가 오늘부로 내 남편이 되거든."

"쳇, 서기영 교수님은 실패작이야. 신이 잠깐 정신이 나갔던 거지. 어떻게 그런 사람이 있을 수가 있냐고. 말이 안 되지!"

"거기엔 조금 동감."

그러니 앞프로뒤태라는 별명이 붙었지. 여울이 이준의 말에 동조하며 고개를 끄덕였다. 주머니에서 손을 뺀 이준이 여울의 이마 위로 흘러내린 머리카락 한 가닥을 조심히 뒤로 쓸어 넘겨 주었다.

"작별 인사해도 돼?"

"무슨 작별?"

"내 첫사랑을 떠나보내는 마지막 인사."

말과 동시에 이준이 여울의 이마에 제 입술을 가만히 내려놓았다. 살짝 닿았다 떨어지는 입술에서 아쉬움 가득한 여운이 느껴졌다. 말로 표현하지 못할 아릿함도 깃들어 있었다.

여울이 다정한 눈빛으로 이준을 올려다보았다. 그가 한쪽 입술 끝을 올려 비스듬히 웃었다.

"그렇게 웃지 마. 보내기 싫어지잖아."

"누가 누굴 보내."

이준의 말에 토를 달며 기영이 대기실 안으로 들어섰다. 언제 문을 열었는지 기척도 없이 성큼성큼 들어온 기영이 여울과 이준 사이에 끼어들며 둘을 떼어 놓았다. 이준이 헛웃음을 터트리며 그를 쏘아보았다.

"내 여자야. 꼬리 치지 마."

"꼬리는 무슨. 마지막 인사였거든요."

"내가 혹할 정도로 근사한 여자를 데리고 나타날 거라더니 뭐야, 아직도 혼자야?"

기영이 보란 듯이 여울의 입술에 입을 맞췄다. 여울이 그의 입술에 묻은 립스틱을 손끝으로 닦아 냈다. 마주 보는 눈빛에 사랑이 가득했다. 지켜보는 사람의 속을 제대로 뒤집는 애정 행각이었다.

이준이 눈을 감고 낮은 한숨을 푹 내쉬었다. 차라리 안 보고 말지.

"맘처럼 쉽지 않지? 하긴 그 까칠한 성격에 여자가 좋다고 하겠어?"

"무슨. 길만 나가도 당장 연락처 달라고 달라붙는 여자들이 즐비하거든요."

발끈해 눈을 부릅뜬 이준이 대기실 밖을 가리키며 말했다. 기영과 여울이 무심하게 어깨를 으쓱했다.

"그런 건 사랑이 아니잖아. 진짜 사랑하는 여잘 데려와야지."

"그럴 겁니다. 지금 심사숙고하는 중이니까 기다려 봐요."

"혹시 거기가 부실해서 쉽지 않은 거라면 말해."

기영이 허리를 가리키자 단박에 이준의 미간이 찌푸려졌다. 기영이 여울의 어깨에 다정히 팔을 두르며 은밀한 목소리로 말했다.

"우리 장인어른이 침을 참 잘 놓으시거든. 아주 대단한 명의시지. 조금 과장해서 죽은 사람도 벌떡 일으킬 정도로 효과가 좋아."

"장인이면 은여울 쌤 아버지?"

"당연하지. 장인어른이 그분 말고 누가 있겠어."

"한의사셨어?"

"거기 튼실하게 하고 싶으면 찾아와."

기영의 은근한 장인 자랑을 들은 이준의 얼굴에 못마땅함이 가득했다. 여울이 싫지 않은 듯 기영을 부드럽게 응시했다. 그런 둘의 모습에 이준의 속이 또 부글거렸다.

"곧 식 시작한답니다."

다급하게 문을 연 민재가 두 사람을 향해 말하고 또 빠르게 어딘가로 뛰어갔다. 기영의 도움으로 자리에서 일어선 여울이 그가 내민 팔에 팔짱을 꼈다.

"갈까?"

"네."

행복이 가득 묻어나는 여울의 목소리에 불퉁했던 이준의 마음이 조금 풀어졌다. 입구로 걸어가는 여울의 드레스 자락을 바로 펴 주며 투덜거렸다.

"무슨 결혼식에 들러리도 없고 도우미도 없어."

"있잖아, 너."

"뭐라는 거야. 내가 왜 들러리예요."

뒤따르는 이준을 돌아보며 여울이 면사포 뒤쪽을 가리켰다.

"준아, 거기 좀 펴 줄래?"

"여기?"

아니라고 버럭하더니 여울의 부탁에 즉시 손을 움직여 구겨진 면사포를 펴 주는 그였다. 눈이 마주치자 이준이 짜증을 내며 고개를 확 돌렸다. 그런 이준을 귀엽다는 듯 바라본 둘은 공연장 입구에 멈춰 섰다.

"잘 보고 배워. 이런 게 바로 진정한 사랑이야."

기영이 곁으로 다가오는 두석에게 여울의 손을 건네고 당당하게 버진로드 위에 섰다.

어느새 사회자 자리에 선 민재가 기영을 보고 힘차게 외쳤다.

"신랑 입장이 있겠습니다. 힘찬 박수로 맞아 주시기 바랍니다."

성큼성큼 식장 안으로 들어가는 기영을 기쁘게 바라보고 선 부녀의 모습이 무척 아름다웠다. 그의 믿음직스러운 등을 바라보며 이준이 낮은 한숨을 내쉬었다.

"오늘 가장 아름다운 신부가 저기 있습니다. 사랑하는 사람을 위해 그녀가 걸어갈 길에 축복을 내려 주시기 바랍니다. 신부 입장!"

두석의 손을 잡고 버진로드를 걷는 여울을 바라보자 이준의 가슴 한켠이 아릿해졌다. 입가에 엷은 미소가 번졌다.

"졌다. 서기영 당신이 이겼어. 당신만 아니었으면 절대 포기 안 했을 거야. 당신이니까 보내 주는 거야. 나보다 더 행복하게 해 줄 걸 아니까."

미소에 슬픔과 기쁨이 묘하게 공존했다. 이준이 박수가 쏟아지는 식장 안으로 걸어 들어갔다. 이왕 떠나보내는 거 끝까지 봐 줘야지.

"좀 천천히 걸어. 뭐가 그렇게 급해."

두석이 신부답지 않게 빠른 보폭으로 걷는 여울을 조용히 다그쳤다. 여울의 시선은 줄곧 저를 기다리고 있는 기영에게 머물러 있었다. 그에게 빨리 다가서고 싶은 마음이 걸음에 반영된 모양이었다.

"아."

짧은 탄성과 함께 민망한 듯 두석을 돌아보는 여울의 볼이 붉게 물들어 있었다. 여식을 보내는 마음이야 어느 부모나 다 똑같겠지만 두석은 서운함보다는 반가움이 앞섰다.

여울의 마음을 십분 이해할 만큼 기영을 식구로 맞이하는 것이 흡족스러웠다. 딸을 시집보내는 게 아니라 사위를 맞이하는 거라 기쁨이 더 컸다.

"그리 좋냐?"

"안 좋을 이유가 없죠."

"내숭도 좀 떨고 그래야지. 매력 없게."

"제 신랑은 저 자체를 좋아하거든요. 그런 거 필요 없어요."

"허어, 이건 또 무슨 자신감이야?"

"무한한 믿음과 신뢰죠."

"넘치는 사랑이겠지."

주고받는 대화가 마치 투덕거리는 것 같았지만 그 속에 담긴 마음은 같았다.

잘살아라. 잘살게요.

말하지 않아도 서로의 마음을 알 수 있었다. 기영의 앞에 선 여울과 두석의 얼굴 가득 미소가 떠올랐다.

"감사합니다, 아버님."

"내가 더 감사하지. 어서 오게."

두석이 여울의 손을 기영에게 주며 그의 등을 투박하게 쓸었다. 그 손끝에 담긴 온기에 기영이 깊이 감사함을 느끼며 고개를 숙였다.

버진로드의 끝에 함께 선 둘의 아름다운 모습에 두석이 괜스레 눈시울을 적셨다.

"늙어 노망이 났나. 몸이 말을 안 들어."

눈가를 찍어 내는 두석의 손을 지수가 부드럽게 감쌌다. 마주한 둘의 시선에 따스함이 깃들었다. 행복이란 건 전염성이 강해서 함께 있는 사람들에게 순식간에 번져 나간다. 식장 가득 행복 바이러스가 넘쳐흘렀다.

모두의 축복 속에 식을 무사히 마치고 국내로 신혼여행을 갔다 온 게 엊그제 같은데 벌써 두 달이 지났다.

여울이 응급 환자를 처치하고 돌아서며 손으로 입을 가리고 하품을 했다. 눈가에 맺힌 눈물을 손등으로 쓸어 내던 여울의 곁에 기영이 다가섰다.

"많이 피곤해 보이네?"

"아응, 괜찮아요."

"좀 쉬어."

"조금 이따가 오피캡* 있으시잖아요. 저 퍼스트 어시예요."

여울이 고개를 저으며 단호하게 말했다.

이마로 흘러내린 머리카락을 쓸어 넘겨 주며 기영이 낮은 한숨을 내쉬었다.

요즘 들어 여울이 전보다 더 무리한다는 생각이 들었다. 왜

---

*오피캡(OPCAP):무펌프 관상동맥우회술.

그러는지 모르는 건 아니지만 굳이 그럴 필요는 없었다.

"그렇게 버둥거리지 않아도 돼. 흉볼 사람 아무도 없어."

"어휴, 누가 흉을 봐요. 제가 얼마나 열심인데."

"원래도 열심이었잖아."

여울이 환자 모니터와 차트를 펼쳐 보이며 단호하게 말하자 기영이 고개를 가로저으며 다독였다.

"적어도 교수님한테 누가 되는 모습은 보이지 말아야죠."

"너만큼 잘하는 써전 없어."

"교수님만큼 하려면 아직 멀었어요."

기영이 차트를 살피다 말고 여울을 빤히 쳐다봤다. 여울이 고개를 갸웃하며 그를 마주 응시했다.

기영이 한쪽 입가를 매끄럽게 끌어 올리곤 여울의 볼을 살짝 꼬집었다.

여울의 눈이 동그랗게 커지는 걸 흡족하게 바라보며 기영이 자만심 가득한 목소리로 말했다.

"난 넘을 수 없는 벽이야. 나를 능가하려면 천재로 새로 태어나는 게 빠를걸?"

"와아, 뭐라 반박하고 싶은데 할 수가 없어서 참 억울하네요."

"괜찮아. 이런 남잘 제 남편으로 만든 사람이 진정한 능력자니까."

"음, 그렇긴 하네요."

속닥속닥 주고받는 말에 애정이 듬뿍 묻어났다. 지켜보던 간호사의 얼굴에도 흐뭇한 웃음이 번졌다.

처음엔 둘의 모습에 적응하기가 쉽지 않았다.

늘 차갑고 이지적인 기영이 여울에게 내비치는 무한 애정은 눈으로 보면서도 믿기지 않았다. 앞프로뒤태에게 저런 모습이 있을 줄이야!

하지만 시간이 지나도 수그러들 줄 모르는 둘의 다정한 모습에 점차 물들어 갔다.

두 사람이 각자의 일에 소홀한 것은 아니었다. 서로의 이름에 먹칠을 하지 않으려 더 열심히 하는 모습이 존경스러울 정도였다.

나도 저런 결혼을 하고 싶다!

사람들의 워너비적인 존재가 된 둘은 삭막한 병원 생활의 엔돌핀 같은 역할을 해 주고 있었다.

"수술 시간 얼마 안 남았어요."

여울이 기영을 재촉해 중환자 집중 치료실을 나섰다. 곧장 기영의 연구실로 향한 여울이 수술복을 챙기며 그의 가운을 벗겼다. 순순히 여울이 하는 대로 놔두며 기영이 미소를 띠었다.

"말 들었으면 좋겠다."

"간단한 수술이라면서요. 그럼 더더욱 같이해야죠."

"알았어."

바쁜 일정 때문에 요즘 같이 지낼 시간이 많지 않았다. 어제는 여울이 당직을 서서 퇴근도 함께 하지 못했다.

자신만 편히 잘 수 없다고 기영도 병원에서 숙직을 하는 바람에 둘 다 집에 들어가지 못했다. 그래서 더는 토를 달지 않았다.

여울이 그의 셔츠 단추를 하나둘 능숙하게 풀어 나갔다. 틈틈이 몸 관리를 한 덕분에 기영의 몸은 근육으로 잘 다져져 있었다.

그가 훤히 드러난 제 맨살에 여울의 얼굴을 감싸 지그시 기대게 만들었다.

"이런 자극은 참 바람직해요. 간간이 둘만 있을 때 해 줘요."

"시간이 너무 짧아서 아쉽다."

"2분. 딱 2분만 이렇게 있어요."

"음."

기영이 제 품에 안긴 여울의 머리 위에 입술을 내려놓았다. 입술을 통해 전해진 따스한 온기가 여울의 몸 전체로 퍼져 나갔다.

세상 그 어느 곳보다 편안하고 아늑한 휴식처는 사랑하는 사람의 품이라는 걸 여울은 기영을 만나고 나서야 깨달았다.

"좋다. 너무 좋다."

"동감."

2분이란 시간의 제약이 아쉬운 듯 더 깊이 파고드는 여울이 흘려 낸 행복에 기영이 동의를 표했다. 세상 그 무엇도 이보다 좋을 순 없었다.

바쁜 와중에 잠시 시간을 내 본가를 방문했다.

반갑게 맞아 주는 부모님을 마주하니 그동안의 피로가 싹 가시는 듯했다. 식사를 하기 전 기영은 두석에게 이끌려 별채로 갔다.

강렬한 첫 만남 이후 다소 민망함이 감소되기는 했다. 매번 정성을 들여 침을 놓아 주는 두석에게 기영은 고마움과 미안함을 느꼈다.

"괜찮아. 자손 가지는 게 어디 인력으로 되는 일이던가. 마음 쓰지 말고, 계속해서 노력하게."

마음을 편히 해 주겠다는 건지 말겠다는 건지 은근한 압력을 가하며 두석이 손끝에 정성을 기울였다. 침술이 끝나고 두석과 마주한 기영이 그의 얼굴을 유심히 살폈다.

"어디 안 좋은 곳 있으세요?"

"속이 불편해서 그래. 요즘 들어 소화가 잘 안 돼."

"병원에 한번 오셔서 종합검진 받아 보세요."

"내가 의산데 무슨. 그냥 속병이야. 잘 다스리면 나아. 걱정 마."

"그래도……."

기영의 걱정을 단칼에 자르며 일어선 두석이 먼저 별채를 나섰다.

기영은 마음이 불편했다. 두석의 안색이 눈에 띄게 어두웠기 때문이다. 분명 무슨 문제가 있는 것 같은데 쉽게 건강검진을 받지 않으려는 두석의 고집 때문에 난감했다.

"식사 준비 다 됐어요."

여울의 부름에 기영도 서둘러 별채를 나섰다. 오랜만에 마주한 식사 자리였다. 지수가 온갖 정성을 들인 음식이 식탁을 가득 메웠다. 침이 꿀꺽 넘어가게 맛있는 냄새가 후각을 자극하고 시각을 현혹시켰다.

"아이고, 상다리 부러지겠네. 대체 얼마나 벌어야 되는 거야?"

두석이 싫지 않은 투정을 부리며 자리에 앉았다. 기영도 여울의 옆자리에 앉으며 지수에게 찬사를 보냈다.

"와아, 보기만 해도 군침이 도는데요? 제가 어머니 음식이 먹고 싶어서 자꾸만 오고 싶어진다니까요."

"그게 뭐 어렵다고. 먹고 싶을 때 언제든지 와. 아니면 내가 만들어서 올라가도 되고."

"번거롭게 그러지 않으셔도 됩니다. 저희가 내려올게요."

"밥 식어. 빨리 먹자."

두석이 툴툴거리며 수저를 들었다. 시원하게 끓인 냉이국을 한 술 떠 입으로 가져간 그가 움찔하며 손을 멈췄다.

"욱."

갑작스런 두석의 헛구역질에 모두가 놀라 바라보았다. 기영이 벌떡 자리에서 일어나 그의 곁으로 다가가 상태를 살폈다.

"아버님, 속이 거북하신 거예요?"

"당신 여기 뭐 넣은 거야?"

두석이 기영에게 손을 저으며 묻자 지수가 당황해 냉이국을 숟가락으로 세심히 뒤적거렸다.

"아무것도 안 넣었어요. 평소 끓이던 대로 끓였는데. 왜요,

뭐가 이상해요?"

"왜 이렇게 비려. 멸치 똥도 안 따고 넣은 거 아니야?"

"어머, 멸치는 당신이 다듬었거든요."

"아, 그랬나?"

그러고 보니 낮에 멸치를 다듬다가 속이 뒤집어질 뻔했던 게 생각났다. 지수의 말대로 햇볕 좋은 마당 평상에서 손수 멸치 배를 갈라 똥을 떼어 냈었다.

"깔끔하게 다듬었는데 이상하네."

두석이 혼잣말을 하며 냉이국을 한 수저 다시 떴다.

이번엔 입에 넣기도 전에 코로 스며든 냄새가 역하게 느껴졌다.

"우욱."

"아버님!"

"아버지."

기영이 놀라 두석의 등을 쓸어 내며 그의 손목을 잡고 진맥을 했다. 맥이 조금 빠르긴 해도 정상 범위 안에 들었다. 걱정스레 두석과 기영을 바라보던 지수의 시선이 여울에게로 옮겨졌다. 그녀가 여울을 향해 넌지시 물었다.

"여울아, 너 혹시……."

"어?"

기영이 아버지를 살피는 걸 돕던 여울이 지수를 돌아봤다. 지수가 갑자기 여울의 손을 덥석 잡고 진지하게 물었다.

"너 아이 가진 거 아니야?"

"예?"

두석이 파리한 안색으로 구역질을 하는 상황에서 여울의 손을 잡고 임신이냐고 묻는 게 의아해 모두들 지수를 돌아봤다. 구역질을 하던 두석도 뭔가 머릿속을 스치는 게 있었던지 눈을 번뜩였다.

"너 생리 언제 했어?"

"엄마도 참, 무슨 그런 말을……."

아무리 가족이지만 아버지와 기영도 있는 자리였다. 그것도 식사를 하던 차에 난데없이 나온 화제에 난감했다. 여울이 얼굴을 붉히며 지수를 만류하는 사이 두석이 끼어들어 다짜고짜 그녀의 손을 잡아끌었다.

"가자, 병원에."

"네? 아버지."

"저기, 아버님."

"조심해요."

지수가 서두르는 두석을 말리며 여울의 옷을 챙겨 들었다. 그리곤 기영을 돌아보며 환한 미소를 지어 보였다.

"집안 내력이야. 사랑하는 여자 대신 입덧하는 거."

"네?"

"산부인과부터 가 보자. 확실하긴 하지만 그래도 확인은 해 봐야 하는 거니까."

지수의 말을 정리해 보자면 두석이 사랑하는 딸을 대신해 입덧을 한다는 것이었다. 신랑이 와이프를 너무 사랑해 입덧을 대신하는 경우는 봤어도 친정아버지가 딸을 대신하는 건 처음 봤다.

"무슨 말도 안 되는 소리예요. 아버지가 왜 나 대신 입덧을 해?"

"넌 그래도 친정 아빠지. 난 시아버지가 대신했어."

"네?"

두석이 여울을 챙기고 지수가 멍해 있는 기영을 챙겨 집을 나섰다.

은가 한의원 근처 산부인과로 달려간 그들은 닫힌 문을 두드리고 의사에게 전화를 거는 등 야단법석을 떨었다. 그런다고 닫힌 문이 열릴 리 없었지만 지수와 두석의 마음은 무척이나 다급했다.

"이러지 마시고 저희 병원으로 가시죠. 거기가 여울이도 편할 거고."

"그, 그럴까?"

기영의 말에 다시 차에 오른 가족들이 한 시간을 내처 달려 유일대학병원에 도착했다. 무슨 응급환자나 되는 것처럼 여울의 양옆을 철저히 호위하고 그녀의 부모가 병원으로 들어섰다.

어쩔 줄 몰라 하는 여울을 향해 안심하란 듯 고운 미소를 흘린 기영이 앞서 산부인과 쪽으로 걸어가며 그쪽 과장에게 전화를 걸었다.

마침 당직을 서던 전공의가 그들을 반갑게 맞았다.

"이쪽으로 오세요. 일단 옷부터 갈아입으시고요."

난생처음 받아 보는 산부인과 진료에 여울의 얼굴이 붉어졌다. 여울의 만류에 부모님은 대기실에서 결과를 기다리기로 했고 기영만이 안으로 들어섰다.

초음파 기기 화면을 유심히 바라보던 기영의 미간이 좁아졌다. 그가 상체를 기울여 화면을 더 가까이 바라봤다.

"이게 아기집인가?"

"맞아요. 잘 아시네요? 지금은 초기라 아기 모습이 제대로 안 보이네요."

"아."

뭔가 뭉클한 감정이 기영의 가슴속 깊은 곳에서 치밀어 올랐다. 여울이 동그랗게 뜬 눈으로 화면을 콕콕 찔렀다.

"저거, 저 콩!"

"네. 임신 확실합니다. 6주 정도 된 거 같은데요. 축하드려요. 선생님, 교수님."

"와아, 신기해."

"응, 신기하다."

화면을 바라보는 둘의 눈이 반짝거렸다. 밖에서 궁금함을 참지 못하고 귀를 쫑긋 세우고 있던 두석과 지수의 얼굴에도 웃음꽃이 활짝 피어올랐다.

"으음, 그런데……."

화면을 다른 각도로 살펴보던 전공의가 고개를 갸웃했다. 기영과 여울이 의아해 돌아보자 전공의가 화면과 두 사람을 번갈아 바라보았다.

"무슨 문제라도……."

기영이 초조한 기색을 애써 숨기며 조심히 물었다. 여울도 긴장이 되는 듯 기영의 팔을 꼭 붙들었다.

"여기…… 아기집이."

"아기집이?"

"셋인데요."

"……네?"

"세쌍둥이예요. 선생님. 진정한 능력자신데요. 교수님?"

"아, 이런."

기영은 넘치는 기쁨을 감추지 못하고 터져 나오려는 웃음을 아랫입술을 깨물며 다스렸다. 이 모두가 바깥에서 환호를 내지르는 부모님 덕분이었다. 확실히 침술의 효능이 대단한 것 같았다.

"오, 마이 갓!"

여울이 탄식을 터트리는 가운데 아까와는 격이 다른 환호성이 대기실을 넘어 진료실 안까지 들려왔다.

언제 아팠나 싶게 기력이 팔팔 넘치는 두석이 지수를 덥석 끌어안고 연신 너털웃음을 터트렸다.

"여보, 들었어? 셋이래, 셋! 저놈 처음 볼 때부터 맘에 쏙 들더라니. 내가 이러니 저놈을 안 좋아할 수가 있냔 말이지."

"그러게요. 복덩이가 들어왔네요."

며느리를 잘 들인 집안 어른들이 할 말을 두석과 지수가 하며 기영에 대한 애정을 숨김없이 드러냈다.

어느 것 하나 마음에 들지 않는 구석이 없는 기영이었다. 안 그래도 예뻐 죽겠는데 그리 원하던 손주까지 한꺼번에 셋이나 만들어 내다니. 이런 복덩이가 또 어디 있겠냐며 칭찬이 끊이질 않았다.

자리를 정리하고 전공의가 먼저 눈치껏 진료실을 나섰다. 아직 충격에서 벗어나지 못한 여울의 이마에 입술을 내리고 기영이 감미롭게 속삭였다.

"역시 대단한 우리 은방울. 땡땡땡, 정확하게 울렸네."

"어떡해요."

"뭐가?"

울상을 짓는 여울의 얼굴을 기영이 가만가만 쓰다듬으며 다정하게 물었다.

"세 명을 어떻게 키워요. 내 몸 하나도 제대로 못 챙기는데."

"그건 걱정 마. 우리가 알아서 다 키워 줄 테니까. 넌 몸 건강히 잘 낳기만 하면 돼."

문밖에서 두석의 굵직한 목소리가 들려왔다.

"그래, 아무 걱정 말고 태교에만 힘써."

이어 들린 지수의 말에 기영이 입술을 매끄럽게 끌어 올렸다. 여울의 튀어나온 입술에 입을 맞추고 그 위에 나직하게 속삭였다.

"그렇다고 하시는데? 마음껏 기뻐해도 된다고."

"남은 걱정이 태산인데 다들 너무 좋아하는 거 아닌가?"

"좋아. 이렇게 가슴이 벅찰 만큼."

기영이 여울의 손을 잡아 제 가슴 위에 올려놓았다. 두근 두근 터질 듯 뛰어 대는 기영의 심장박동이 고스란히 전달됐다.

여울이 시선을 맞추자 기영이 진심을 담아 키스했다.

"고마워. 내게 이렇게 사랑스러운 가족을 만들어 줘서."

너를 만난 건 내 인생 최고의 행운이야. 감사하고 감사한
다.

내 사랑 은방울.

에필로그

두석은 평상에 누워 파란 하늘을 올려 보았다.

느긋하게 오수를 즐길 생각이었으나 그게 영 쉽지 않았다. 평상 아래 옹기종기 모인 세쌍둥이가 머리를 맞대고 뭔가를 궁리 중이었다.

문제는 그 궁리가 다른 사람의 귀에도 정확히 들린다는 것이었다. 은밀함과는 다소 거리가 먼 세쌍둥이의 꿍꿍이는 이랬다.

"할부지 다리는 내가 할 거야."

"할부지 등은 내 거."

"그럼 할부지 팔은 내가."

누가 들으면 토막 사건으로 오해할 만큼 끔찍한 말이었지만 느긋이 눈을 감고 있던 두석의 입가에는 미소가 번졌다.

세쌍둥이의 꿍꿍이가 뭔지 잘 알고 있었기 때문에 지을 수 있는 미소였다.

사부작사부작 움직이는 소리가 들렸다. 이어 동시다발적으로 각자가 지목한 부위로 올라오는 것이 느껴졌다. 본인들은 상당히 주도면밀한 줄 알겠지만 옆에서 보면 허술하기 그지없었다.

금율이가 먼저 두석의 다리에 답삭 매달렸다. 그 뒤 은율이가 팔을 잡고 늘어졌다. 동율이는 배 위에 올라타고 어떻게 해야 하나 심각한 고민에 빠졌다. 등이어야 하는데 볼록한 배가 몸 아래 있었다.

"아이고, 몸이 왜 이리 무겁누."

두석이 뒤척이며 일어나자 세 놈이 대롱대롱 매달렸다. 동율이 눈을 반짝 빛내며 두석의 배를 넘어 등으로 움직였다. 마치 등산을 하듯 그의 등을 타 오른 동율이 까르르거리며 두석의 목을 껴안았다.

"대추나무에 대추가 익었으려나."

마치 세 녀석이 눈에 보이지 않는 듯 두석은 아이들을 대롱대롱 달고 마당 한켠에 있는 대추나무 앞으로 걸어갔다.

조롱조롱 매달린 대추들이 먹음직스럽게 익어 있었다. 이쯤에 따서 먹으면 달짝지근한 맛이 일품이었다.

두석이 팔을 들어 올리자 은율이 나무 위로 자연스럽게 옮겨 갔다.

"할부지, 어느 거?"

"거기 그거."

늘 있는 일인 듯 나무 위를 쳐다보며 묻자 두석은 은율의 손이 닿는 곳에 잘 여문 대추를 가리켰다. 은율이 매미처럼 나무에 납작 엎드려 손을 쭉 뻗었다. 그런 은율을 금율과 동율이 주의 깊게 쳐다봤다.

"여기, 할부지."

손에 쏙 들어오는 대추를 따서 팔을 내밀자 두석이 은율을 안아 바닥에 내려놓았다. 기다렸다는 듯 금율이 다리를 흔들며 졸랐다.

"할부지, 나두 나두."

"그래. 이리 오너라."

두석이 손을 뻗자 금율이 덥석 안겼다. 은율이 앉았던 나무 기둥에 올려놓자 금율은 더 힘껏 발을 돋워 은율의 것보다 더 커 보이는 대추를 땄다.

"옳지, 잘했다."

두석이 금율을 안아 내리자 등 뒤의 동율이 어느새 목마를 타곤 나무로 손을 뻗어 댔다. 두석이 흐뭇하게 웃으며 나무 기둥에 등을 기대자 동율이 제 손에 닿는 대추를 따서 두석의 앞에 내밀었다.

"할부지, 여기 드세요."

"오냐."

두석이 동율이 내민 대추를 맛나게 먹자 은율과 금율도 앞다투며 자기들이 딴 대추를 내밀었다.

"할부지, 내 것도."

"여기, 여기."

둘의 손을 모아 동시에 받아먹은 두석이 대추를 맛나게 우적우적 씹었다. 흡족해하는 두석의 얼굴을 빤히 올려다보며 셋이 동시에 함박웃음을 터트렸다.

"이 맛에 내가 욘석들을 키우지."

두석이 양팔 가득 세 아이를 안아 올려 빙글빙글 맴을 돌았다.

"아이고, 그러다 저번처럼 넘어져서 고생하시려고. 그만해요."

때마침 고구마를 삶아 나오던 지수가 두석을 만류하고 나섰다.

손주 사랑도 좋지만 60줄에 들어선 양반이 청춘인 것처럼 세 아이를 데리고 놀다가 툭하면 다치기 일쑤니 지수로서는 요즘 자신이 아이 넷을 키우는 건 아닌가 하는 착각이 들었다.

"괜찮아. 저번엔 너무 심하게 돌아서 그런 거지."

말은 그렇게 했지만 두석이 엉거주춤하며 조심히 제동을 걸어 평상에 아이들을 내려놓았다.

"와아, 고구마다!"

언제 매달렸냐는 듯 두석에게서 떨어져 고구마를 향해 달려드는 아이들을 두석이 얄밉게 흘겼다.

힘들게 놀아 줬는데 고구마가 더 인기라니. 지수가 들고 온 고구마에 애꿎은 타박을 하며 평상에 털썩 주저앉았다.

"무슨 고구마가 이렇게 투박해."

"그런 게 맛있는 거예요."

"뭐든 생김이 좋아야 맛있는 거야."

"응? 이거 못생겨도 맛있어, 할부지."

은율이 고구마를 번쩍 들어 보이며 지수의 말을 거들었다.

두석이 시큰둥하게 쳐다보다 고구마를 들고 있는 은율의 손을 잡았다. 그리곤 잘 깐 고구마를 제 입 쪽으로 끌어왔다. 고구마를 베어 물자 달콤하고 고소한 맛이 입안에 가득 들어찼다.

"그렇네. 맛있네."

"우리 할부지 할무니가 키운 거라서 더 맛있어."

"그래?"

"응!"

두석의 물음에 셋이 동시에 고개를 끄덕였다. 그 모습이 어찌나 귀엽던지 고구마 대신 꽉 깨물었으면 좋겠다고 두석은 생각했다.

"금! 은! 동!"

대문간에서 들리는 활기찬 목소리에 다섯 사람의 귀가 쫑긋 섰다. 동시에 고개를 돌린 그들의 시선에 여울과 기영의 모습이 보였다.

여울이 대문을 들어서며 팔을 활짝 펼쳤다. 셋은 누가 먼저랄 것도 없이 우르르 뛰어가 여울의 품에 와락 안겼다.

"어우, 내 귀여운 강아지들."

"엄마, 아빠. 잘 다녀오셨어요."

금율이 맏이답게 의젓한 인사를 하자 은율과 동율도 여울의 품을 벗어나 허리를 꺾으며 인사를 건넸다.

"그래. 할아버지, 할머니 말씀 잘 듣고 있었어?"

기영이 자세를 낮춰 세 아이의 머리를 차례대로 부드럽게 어루만졌다. 그의 손길이 닿을 때마다 아이들은 배시시 행복한 미소를 지어 보였다.

눈에 넣어도 아프지 않을 세 아이는 약속대로 두석과 지수가 돌보고 있었다.

병원 근처 신혼집에서 생활을 하던 기영과 여울은 결국 짐을 싸 은가 한의원으로 내려왔다.

두 분에게만 아이들을 맡기고 일에 몰두할 수는 없었다. 적어도 부모라면 하루에 한 시간이라도 아이들을 위해 투자해야 한다는 게 둘의 지론이었다.

물론 처음엔 무척 힘들었다. 지금이야 익숙해졌지만 처음엔 더 일찍 일어나 차를 한 시간가량 몰고 가야 하는 게 부담으로 느껴졌다.

"네. 엄청 잘 들었어요. 그렇죠, 할부지?"

은율이 돌아보며 두석에게 윙크를 했다.

둘째 은율이는 여자답게 앙큼한 구석이 있었다. 애교로 아주 사람을 살살 녹이니 예뻐하지 않으려야 안 할 수가 없었다.

"그럼, 아주 잘 놀았지."

"나도 나도. 고구마도 잘 까고 대추도 잘 땄어."

"그래, 착하게 잘 있었네."

기영이 아이들의 볼에 입을 맞추고 안으로 들어서며 두석과 지수를 향해 환한 미소를 지어 보였다.

"힘드시지 않으셨어요?"

"힘들긴. 우리는 오히려 좋아 죽지."

"하나같이 날 닮아 똘망똘망해. 아주 키우는 맛이 일품이야."

"그건 아니죠. 우리 기영 씨 닮아 똑똑한 거죠."

여울이 단번에 토를 달며 끼어들었다. 기영이 손을 저으며 만류하는데도 여울은 동율을 안고 두 사람 사이로 다가와 딱 부러지게 말했다.

"이 뚜렷한 이목구비 어디에 아버지의 흔적이 보여요? 완전 예술이지. 오목조목 우리 기영 씨랑 내 작품이라고요."

"쳇. 그래, 네 서방 잘났다."

"그럼요. 누가 골랐는데."

결국엔 자기 자랑으로 끝난 여울의 말에 두석과 기영이 웃음을 터트렸다.

결혼하고 애를 낳으면 참 뻔뻔해진다더니.

대놓고 자기 잘났다 자랑을 해 대는 걸 보자 기가 막힐 따름이었다.

"그래도 넌 내 핏줄이거든. 빼도 박도 못해. 내가 너를 그만큼 잘 만들었으니까. 저런 신랑도 얻는 거야."

"그건 옳으신 말씀."

여울이 웬일로 두석의 편을 들었다. 지수와 두석이 의아하게 돌아보자 기영과 여울이 뭔가 비밀스런 시선을 주고받았다.

두석이 설마 하는 얼굴로 여울을 빤히 쳐다봤다.

금은동 세쌍둥이는 올해 네 살로 접어들고 있었다. 이제 제

법 키워 놔서 수월하다 싶었는데. 왠지 모를 불길함이 두석의
마음을 들썩이게 만들었다.

"뭐야, 빨리 털어놔. 애비 마음 급한 거 알지. 기다리다 숨
넘어 간다."

"그게, 그러니까……."

"침의 효능이 또……."

말을 다 잇지 못하고 서로 눈치만 살피던 여울과 기영이 은
근히 힌트를 던졌다. 두석의 눈썹이 들썩였다.

옆에서 듣고 있던 지수의 입이 함지박만 하게 커졌다. 기뻐
어쩔 줄 몰라 하는 지수의 치마를 은율이 잡고 흔들었다.

"할무니, 왜요?"

"너무 좋아서 그래. 너무 좋아서."

"좋기는 개뿔."

"어머, 당신 무슨 말을 그렇게 해요."

처음엔 손주 욕심이 많았다. 그래서 될 수 있으면 많이 낳
으라는 조건까지 내걸며 허리에 좋은 침을 손수 놔 주기도 했
다.

하지만 나이 들어 손주 셋을 동시에 키우는 건 마음처럼 쉽
지 않았다. 삭신이 쑤신다는 말을 절실히 실감하고 있는 요즘
이었다.

그런데 또 아이라고?

"하나야?"

제발 그러기를 바라는 간절한 마음으로 묻는 두석에게 기
영이 편안한 미소를 지어 보였다.

"네. 딱 하납니다."

"그, 자네. 이제 좀 쉴 때도 되지 않았나?"

두석이 갑자기 기영에게 휴식을 권하자 모두 어리둥절한 눈으로 돌아봤다. 두석이 턱짓으로 기영의 아랫도리를 가리켰다. 일을 쉬라는 게 아니라 아이 생산을 좀 쉬라는 말인 듯했다.

"영구적으로다가 쉬어도 되는데."

"훗. 그럴까요, 아버님?"

"아무래도 그게 좋을 것 같아."

절레절레 고개를 젓는 두석의 눈이 벌써부터 피로로 물들어 갔다.

다정하게 안채로 들어서는 아이들과 세 사람을 바라보며 두석이 심각하게 고민했다.

"이거 다른 침을 좀 놔 줘야 하는 거 아니야?"

정력을 줄이는 그런 침이라든가. 그러면 여울이 저것이 화 내려나?

하늘을 올려다보는 두석의 입에서 연신 한숨이 터져 나왔다.

"할부지, 얼른 오세요!"

그러다 자신을 부르는 금율의 목소리에 만면에 웃음꽃을 활짝 피워 냈다.

"오냐. 할부지 간다, 가."

은가 한의원은 사시사철 웃음이 멈추지 않는 행복의 공간이었다.

두석이 꿈꾸고, 기영이 바라고, 여울이 그리워했던, 지수가 늘 한결같은 마음으로 지켜 온 그곳에 올망졸망 귀여운 생명들이 둥지를 틀었다.

　가족이라는 이름 아래.

—fin

봄이 오는 길목입니다.

처음 '이게 사랑일까 봐'를 시작하기 전엔 많은 두려움과 망설임, 또 설렘이 있었습니다.

처음 써 보는 메디컬이라 과연 내가 잘해 낼 수 있을까 하는 마음이 앞섰습니다.

그 모든 것들에도 쓰고 싶은 욕구는 끝내 누를 수가 없었습니다.

자료 조사로 보내는 시간이 늘어 가고 수많은 메디컬 드라마와 영화, 대본을 보고, 또 보고. 의사분들의 블로그와 다큐를 수도 없이 반복해 봤습니다.

그리고 써 내려간 '이게 사랑일까 봐'가 드디어 행복한 엔딩을 맞았습니다.

뇌까지 섹시한 앞프로뒤태 서기영과 딸랑딸랑 귀여운 은방울 은여울의 매력에 제가 빠져들고 말았답니다.

　부디, 이 아이들의 이야기가 읽으시는 모든 분들의 마음을 흡족하게 해 주기를 바라며.

　세상에 조심스럽게 내놓아 봅니다.

2015년 봄.
수현 올림.